U0710521

中华国学文库

龚自珍己亥杂诗

〔清〕龚自珍 撰

刘逸生 注

中华书局

图书在版编目(CIP)数据

龚自珍己亥杂诗/(清)龚自珍撰;刘逸生注. —北京:中华书局,2019.5(2025.8 重印)
(中华国学文库)
ISBN 978-7-101-13852-8

Ⅰ.龚… Ⅱ.①龚…②刘… Ⅲ.古典诗歌-诗集-中国-清代 Ⅳ.I222.749

中国版本图书馆 CIP 数据核字(2019)第 066875 号

书　　名　龚自珍己亥杂诗
撰　　者　〔清〕龚自珍
注　　者　刘逸生
丛 书 名　中华国学文库
责任编辑　许庆江
责任印制　管　斌
出版发行　中华书局
(北京市丰台区太平桥西里 38 号　100073)
http://www.zhbc.com.cn
E-mail:zhbc@zhbc.com.cn
印　　刷　河北新华第一印刷有限责任公司
版　　次　2019 年 5 月第 1 版
2025 年 8 月第 4 次印刷
规　　格　开本/880×1230 毫米　1/32
印张 12　插页 2　字数 260 千字
印　　数　9001-10000 册
国际书号　ISBN 978-7-101-13852-8
定　　价　52.00 元

中华国学文库出版缘起

《中华国学文库》的出版缘起，要从九十年前说起。

1920年，中华书局在创办人陆费伯鸿先生的主持下，开始编纂《四部备要》。这套汇集三百三十六种典籍的大型丛书，精选经史子集的“最要之书”，校订成“通行善本”，以精雅的仿宋体铅字排印。一经推出，《四部备要》即以其选目实用、文字准确、品相精美、价格低廉的鲜明特点，最大限度地满足了国人研治学问、阅读典籍的需要，广受欢迎。丛书中的许多品种，至今仍为常用之书。

中华人民共和国成立之后，党和国家倡导系统整理中国传统文献典籍。六十馀年来，在新的学术理念和新的整理方法的指导下，数千种古籍得到了系统整理，并涌现出许多精校精注整理本，已成为超越前代的新善本，为学界所必备。

同时，随着中华民族以前所未有的自信快速发展，全社会对中国固有的学术文化——国学，也表现出前所未有的关注和重视。让中华文化的优秀成果得到继承和创新，并在世界范围内进行传播和弘扬，普惠全人类，已经成为中华民族的历史使命。当此之时，推出符合当代国民阅读需要的权威的国学经典读本，实为当务之急。于是，《中华国学文库》应运而生。

《中华国学文库》是我们追慕前贤、服务当代的产物，因此，它自当具备以下三个基本特点：

一、《文库》所选均为中国学术文化的“最要之书”。举凡哲学、历史、文学、宗教、科学、艺术等各类基本典籍，只要是公认的国学经典，皆在此列。

二、《文库》所选均为代表当代学术水平的“最善之本”，即经过精校精注的整理本。其中既有传统旧注本的点校整理本，如朱熹《四书章句集注》，也有获得学界定评的新校新注本，如余嘉锡《世说新语笺疏》。总之，不以新旧为别，惟以善本是求。

三、《文库》所选均以新式标点、简体横排刊印。中国古籍向以繁体竖排为标准样式。时至当代，繁体竖排的标准古籍整理方式仍通行于学术界，但绝大多数国人早已习惯于现代通行的简体横排的图书样式。《文库》作为服务当代公众的国学读本，标准简体字横排本自当是恰当的选择。

中华书局自1912年成立，至今已近百岁。我们将《中华国学文库》当作向中华书局百年诞辰敬献的一份贺礼，更是向致力于中华民族和平崛起、实现复兴大业的全国人民敬献的一份厚礼。我们自当努力，让《中华国学文库》当得起这份重任，这份荣誉。

中华书局编辑部

2010年12月

目　录

龚自珍和他的《己亥杂诗》

1840 年的鸦片战争,是中国近代史开端的第一年。自此以后的一百多年间,中国出现了许多惊天动地的变化,阶级与阶级的,民族与民族的,中国与外国的矛盾和斗争,由潜伏到激发,由局部到全面,一幕又一幕地展开,把不同阶级、不同地位、不同思想、不同信仰的人全都卷了进去。这一切,是到了以后才变得明显的。而在它的酝酿时期,也就是 1840 年鸦片战争之前,尽管也有些人看出诸如鸦片输入、白银外流、农村贫困、农民起义对清王朝的威胁这一类问题,表示了隐忧,但是,大抵都把它作为个别的局部的现象来议论。至于整个封建王朝的上层,却正如龚自珍所尖锐指出的:

秋气不惊堂内燕,夕阳还恋路旁鸦。

——《逆旅题壁次周伯恬原韵》

他们正象是躲在华堂深幕中的燕子,尽管外面已经充满肃杀的“秋气”,可是在这些“堂内燕”看来,似乎仍旧是一派温煦的春光。他们对即将来临的暴风骤雨一无所觉,仍旧以为“天朝”的繁华兴旺是可以永久的，即便有些小小麻烦，也不足为虑。因而他们照样欢歌漫舞，花天酒地，同时丝毫也不肯放松对劳动人民特别是农民的压迫剥削。

在“世运”正在开始“潜移”之际，也曾有人能够站在思想家的高度，有力地指出清王朝眼前的处境不是什么“盛世”，而是“衰世”，并且大胆地提出“一祖之法无不敝”，主张必须“豫师来姓”（预先汲取新兴王朝的长处），不要等待别人来取而代之。这在当时的确是非常大胆、言人所不敢言的议论。作出这种议论的人，是一个地主阶级的进步思想家兼文学家，也是近代我国维新思想的先驱者，此人就是站在我国近代思想史的大门口的龚自珍。

龚自珍，浙江仁和（今杭州）人，字璱人，号定庵，又名巩祚。生于清乾隆五十七年（公元 1792 年），卒于道光二十一年（公元 1841 年），得年五十岁。

龚自珍生长在经济号称繁庶，文化也较为发达的东南地区，门第又可称得上书香世族。祖辈和父辈除了任官，还有著述；外祖父段玉裁更是著名的古文字学家，父亲丽正有史学著作，母亲段驯也是诗人。龚自珍从小就受到严格的文化传统的教育，对经学、史学、古典文学、诸子百家，或深入研究，或广泛涉猎，早年就打下相当扎实的学问基础。其时正当乾嘉考据之学盛行，龚自珍的师友辈中，不少又是考据学者，加上祖父辈的薰染，所以龚自珍自幼便养成考据的癖好，懂得如何“以字说经，以经说字”。他十二岁开始习诵《说文解字》，十四岁考订古今官制，十六岁读《四库全书总目》，开始蒐罗罕见古籍，致力于目录学，十七岁进一步收集石刻，研究金石文字，进行古文字学的研究。凡此，都说明他自小深受乾嘉朴学的影响。假如不是“世变剧烈”，迫使他走上另一条道路，他大有可能沿着阎若璩、戴震、王念孙、段玉裁等人开辟的路子走下去，成为著名的考据学者的（清《皇朝经世文编》《经解续编》均收录龚自珍的《大誓答问》；光绪重修《杭州府志·人物志》列龚自珍于“儒学”，可见当时一些人的看法）。

但客观现实的严峻性却不断地冲击龚自珍的头脑。他看到鸦片烟的灾祸正在愈演愈烈，因鸦片入侵而引起的白银外流、农村破产、吏治加剧腐败、农民起义此伏彼起，以及东南沿海敌舰环伺，西北边疆形势阽危……这一系列惊心怵目的事实，不能不使他深深觉得：人们竭力吹嘘的“天朝盛世”，确实已经一去不返了。

他以惊人的洞察力，透过现象看到事物的本质。指出：“衰世者，文类治世，名类治世，声音笑貌类治世。”而实则是“左无才相，右无才史，阃无才将，庠序无才士，陇无才民，廛无才工，衢无才商……”而且，偶然有才士与才民出，“则百不才督之缚之，以至于戮之。”其结果自然是由“衰”到“乱”——“起视其世，乱亦竟不远矣！”（均见《乙丙之际箸议第九》）

由于人才受到束缚和杀戮，于是朝廷与山野出现了相互转化，美好的东西不再出现于“京师”而转入“山中”。龚氏在《尊隐》一文中隐隐约约指出：“古先册书，圣智心肝，不留京师，蒸尝之宗之子孙，见闻媕婀，则京师贱；贱，则山中之民，有自公侯者矣。如是则豪杰轻量京师；轻量京师，则山中之势重矣。如是则京师如鼠壤;如鼠壤,则山中之壁垒坚矣。京师之日苦短,山中之日长矣。……”龚氏甚至预见了清王朝被推翻的可能性:“夜之漫漫,鹖旦不鸣,则山中之民,有大音声起,天地为之钟鼓,神人为之波涛矣。”

龚氏又从几个方面揭发清王朝制度的不合理。

其一曰:学与治分离:“后之为师儒不然。重于其君,君所以使民者则不知也;重于其民,民所以事君者则不知也。生不荷耰锄,长不习吏事,故书雅记,十窥三四,昭代功德,瞠目未睹,上不与君处,下不与民处。……是故道德不一,风教不同,王治不下究,民隐不上达,国有养士之资,士无报国之日。”(均见《乙丙之际箸议第六》)

其二曰:以资格抑制人才。“凡满洲、汉人之仕宦者,大抵由其始宦之日,凡三十五年而至一品,极速亦三十年,贤智者终不得越,而愚不肖者亦得以驯而到。此今日用人论资格之大略也。夫自三十进身,以至于为宰辅,为一品大臣,……然而因阅历而审顾,因审顾而退葸,因退葸而尸玩;仕久而恋其籍,年高而顾其子孙,傫然终日,不肯自请去。或有故而去矣,而英奇未尽之士,亦卒不得起而相代。……一限以资格,此士大夫之所以尽奄然而无有生气者也。”(见《明良论三》)

其三曰:一人专断,臣僚无权。“朝廷一二品之大臣,朝见而免冠,夕见而免冠;议处、察议之谕不绝于邸抄;部臣工于综核,吏部之议群臣,都察院之议吏部也,靡月不有。府州县官,左顾则罚俸至,右顾则降级至,左右顾则革职至。……夫聚大臣群臣而为吏,又使吏得以操切大臣群臣,虽圣如仲尼,才如管

夷吾，直如史鱼，忠如诸葛亮，犹不能以一日善其所为，而况以本无性情本无学术之侪辈耶？”（见《明良论四》）

其四曰：士大夫之无耻，其原因则为“一人为刚”。龚氏指出清王朝的最高统治者“未尝不仇天下之士，去人之廉，以快号令，去人之耻，以嵩高其身，一人为刚，万夫为柔，以大便其有力强武。……大都积百年之力，以震荡摧锄天下之廉耻。既殄，既狝，既夷，顾乃席虎视之馀荫，一旦责有气于臣，不亦暮乎！”（见《古史钩沉论一》）

此外，龚氏还论述科举考试制度的不合理，西域形势之可虑，番舶入侵之频繁，以及“自京师始，概乎四方，大抵富户变贫户，贫户变饿者，四民之首，奔走下贱，各省大局，岌岌乎皆不可以支月日”的危险情势。（见《西域置行省议》）

以上几个方面，可说都触及清王朝政治上的痛处或社会上的隐患。因而龚自珍便发出“一祖之法无不敝，千夫之议无不靡，与其赠来者以劲改革，孰若自改革”的主张。他希望清王朝统治者“奋之！奋之！将败则豫师来姓，又将败则豫师来姓”。（见《乙丙之际箸议第七》）

他为清王朝开出了一系列的“医国之方”，如申张士气（见《乙丙之际箸议第二十五》），保持天下之士之耻（见《古史钩沉论一》），破格录用人才（见《明良论三》），使臣僚有职有权（见《明良论四》），主张以“讽书射策”的办法选用人才（见《述思古子议》）等等。此外，龚自珍又进一步指出平均财富的重要性，他特地写了一篇《平均篇》以申明此义。开宗明义就说：

有天下者，莫高于平均之尚也，其邃初乎！

他指出："浮（与）不足之数相去愈远，则亡愈速，去稍近，治亦稍速。千万载治乱兴亡之数，直以是券矣。"

他大声疾呼，揭示不平均的灾祸：

小不相齐，渐至大不相齐；大不相齐，即至丧天下。

平之之道，龚氏认为：

此贵乎操其本源，与随其时而剂调之。

——均见《平均篇》

我们可以看出，龚自珍这些笔锋犀利、墨光四射的政治论文，深刻揭出清王朝的病痼，是言人所不敢言的。这就使不少头脑还比较清醒的士大夫知识分子受到激励，深感震动，不能不潜心思索国家社会的去向。清代士大夫知识分子议论时政的"一代风气"，正是从这里开端的。

乾嘉之际出现的公羊学派，原不过是清代经学一个分支，其初还只是纯学术性，并不含有变革现实的政治内容，从孔广森到刘逢禄都是如此。可是被称为"东南绝学在毘陵"的清代公羊经学，到了龚自珍手中，就从本质上发生了变化。龚自珍曾经说：

昨日相逢刘礼部，高言大句快无加。
从君烧尽虫鱼学，甘作东京卖饼家。

——《杂诗己卯自春徂夏在京师作》十四首之六

他是受到刘逢禄的一定影响的；可是龚自珍却比这些公羊经学的老前辈想得更远也更多，立场也和他们大不相同。因为龚氏认为，重新发掘评价的公羊经学，不应该为了复古（主要的不是为了恢复汉儒之旧），而应该是服务于当前的政治需要，复公羊古义的目的在于革新政治。这就不仅与虫鱼琐屑的汉学家截然不同,便是与纯学术研究的公羊经学也大异其趣。

我们可以这样说:利用西汉今文学家提倡的“微言大义”,通过公羊经学“托古改制”的手段,使自己的变革主张获得顺利推进,换言之,将经学化为维新变法的政治工具,这是清代公羊经学研究的一个飞跃,一种质变。它开创于龚自珍而大大发扬于康有为等人。这是龚自珍对清代经学的一大贡献。

不过,龚自珍在仕途上是很不得意的。由此终于阻塞了他亲手施行改革政治的宏愿。

龚自珍于嘉庆十五年庚午(公元 1810 年)首次应顺天乡试,考中副榜第二十八名,那时只有十九岁。但在龚自珍自己看来,还是很不如意的。因为乡试的副榜贡生,在一般人心目中还不是正式举人,比秀才高不了多少。龚自珍不满意这个“出身”,因此他在嘉庆十八年癸酉(公元 1813 年)和嘉庆二十一年丙子(公元 1816 年)两次再应乡试,希望取得正式举人的资格,可惜都落了第。直到嘉庆二十三年戊寅(公元 1818 年),第四次应乡试,即清嘉庆帝六旬万寿恩科,他终于中式第四名举人。那时不过是二十七岁。第四名举人是所谓“五经魁”之一,这使龚自珍大受鼓舞,以为科名从此一帆风顺,可望置身于卿相之列,实现改革政治的理想了。

不料事与愿违,龚自珍再考进士试,却连连落第。嘉庆二十四年己卯是恩科会试,不第;嘉庆二十五年庚辰是会试正科,仍不第,只好出任一名内阁中书的微官;道光二年壬午是道光皇帝登极恩科,会试仍未第。这样一直到道光九年,龚自珍已经三十八岁了，这年是第六次会试，才勉强中了第九十五名，殿试为三甲第十九名，连一个翰林院也考不上，只好仍旧回到内阁中书的老位子上。

我们知道，科举出身的高下，在那时是极关重要的。龚氏既无法“掇取巍科”，此后就始终被弃置在中书、主事的冷署闲曹之中，无从施展抱负。十年之后，终于迫得他不能不辞官而去。这就是龚自珍在官场上坎坷的一生。

龚自珍早年放言高论，词锋稜厉，一方面固然使他获得许多人的注意，但同时也因此受到官僚大地主和他们豢养的“貌儒”之流的敌视和打击。道光元年，也就是他出仕中书的第二年，他打算另找一条进身之阶，应考军机章京（清政府军机处的属员），就受到某权贵的阻挠，使他落选。（龚自珍《小游仙词十五首》的第十四首，有“吐火吞刀诀果真，云中不见幻师身”句，就是暗述此事。）次年，某权贵又使用流言飞语的阴险手段，对龚自珍进行陷害。龚氏在《十月廿夜大风不寐起而书怀》诗中，曾这样写道：

贵人一夕下飞语，绝似风伯骄无垠。平生进退两颠簸，诘屈内讼知缘因。侧身天地本孤绝，矧乃气悍心肝淳，欹斜谑浪震四坐，即此难免群公瞋。名高谤作勿自例，愿以自讼上慰平生亲。……

到了弃官回乡之时，他回顾过去官场中的经历，又写道：

猰貐猰貐厉牙齿，求覆我祖十世祀。

我请于帝诅于鬼，亚驼巫阳莅鸡豕。

——《己亥杂诗》第一七一

这些都绝不是无根而发的。

政治斗争是你死我活的斗争。站在维护已得权益的立场上的官僚大地主们,是决不会容忍龚自珍肆无忌惮地对“现存制度”加以怀疑和进行攻击的,至于任何的变法更新,他们更是视如大敌,非加以扑灭不可。所以,我们可以这样说,当时满朝的王公大臣,除了少数个别的之外,都是龚自珍政治上的反对者,甚至是镇压者。

龚自珍的确抱着“死我信道笃,生我行神空。障海使西流,挥日还于东”的改革宏愿,但是,也饱受种种挫折。正如他在诗中写的:

危哉昔几败,万仞堕无垠。不知有忧患,文字樊其身。

深重的创伤,使他觉得即使是用文字来表达思想,也遭到意外的不幸:

第一欲言者,古来难明言。姑将谲言之,未言声又吞。
不求鬼神谅,矧向生人道?东云露一鳞,西云露一爪,与其
见鳞爪,何如鳞爪无!况凡所云云,又鳞爪之馀。

——均见《自春徂秋偶有所触拉杂书之……》

当然,龚自珍并不曾屈服,也并不绝望。他有两句诗正好道出内心的自信:

五十年中言定验,苍茫六合此微官。

——《己亥杂诗》第七六

对于他自己写的《东南罢番舶议》和《西域置行省议》固然有此自信,对于其他的改革主张,他又何尝不有此自信呢!

龚自珍也免不了时代局限和思想局限。在龚自珍生活的年代,中国还没有脱出古老的封建主义,甚至连“西方思想”介

绍到中国来的也还很少很少,所以他的思想仍被桎梏在封建主义的范畴之中(例如他的《农宗》主张,就带有浓重的复古色彩)。对于清王朝,他固然敢于大胆揭露其积弊,但又常常流露出"臣子的依恋",所谓"终是落花心绪好,平生默感玉皇恩"。(见《己亥杂诗》第三)所谓"弃妇丁宁嘱小姑,姑恩莫负百年劬"。(见《己亥杂诗》第一六)都是这种心情的反映。这也是一个地主阶级知识分子的严重弱点。至于他有时还好谈佛学,追求出世,虽然同他在政治上的失意有一定关系,仍不能不是暴露了作为一个地主阶级革新者的软弱和不彻底性。

龚自珍不仅是清代著名的思想家,又是清代著名的诗人;而且"诗人龚自珍"的名气也决不逊色于"思想家龚自珍"。一百多年来,龚自珍的诗同他的政论一样,也产生过重大影响。晚清民初之际,学龚诗、集龚句的人之多,打开几大册《南社诗集》便可见一斑。南社诗人柳亚子推崇龚自珍的诗是"三百年间第一流",决不是过誉之词。

可惜在龚自珍身后,著作严重佚失,而以诗为尤甚。龚氏于己亥年(1839年)出都时,曾自称"诗编年始嘉庆丙寅,终道光戊戌,勒成二十七卷"(见《己亥杂诗》第六五作者自注),那时还未包括《己亥杂诗》。但这二十七卷早已佚失,今除龚氏自定的《破戒草》《破戒草之馀》外,都是后人陆续收拾的,全部合起来不过二百八十馀首。龚诗现存而最完整的,就是《己亥杂诗》了。

《己亥杂诗》是中国诗史上罕见的大型组诗,共有三百一十五首,都是七绝(有些是不那么按照格律的古绝)。这一大型组诗写于道光十九年己亥（公元 1839 年）龚氏辞官返家之时，由当年农历四月二十三日开始写起，至同年十二月二十六日止。龚自珍于庚子年（道光二十年）春给友人吴虹生的信中，提到这事：

> 弟去年出都日，忽破诗戒，每作诗一首，以逆旅鸡毛笔书于帐簿纸，投一破簏中。往返九千里，至腊月二十六日抵海西别墅，发簏数之，得纸团三百十五枚，盖作诗三百十五首也。
>
> ——《龚自珍全集·与吴虹生书（十二）》

这一组诗，是龚自珍有意识地对前半生经历作一小总结而写的（当然其内容不限于总结过去）。其中不少篇章是自述家世出身、仕宦经历、师友交游、生平著述的。这种自述性质的诗，可使后人更好地了解作者的生平为人。但这仅仅是内容的一部分，《己亥杂诗》所涉及的远不止此。

龚氏在写给吴虹生信中的所谓“往返九千里”，大抵是这样的：己亥年农历四月二十三日出北京，行前向一些老朋友告别，然后遵陆路南行。五月十二日抵达江苏省清江浦，再南行至扬州，沿路会见一些友人，渡长江到镇江，历江阴、秀水、嘉兴，于七月初九日抵达杭州。在杭州稍作停留，与旧友相见，大约八月底回到昆山县的羽琌别墅。住到九月十五日再出发北上迎接妻儿。九月二十五日重到清江浦，十月初六日渡河北上，在山东曲阜稍作勾留，然后在河北省固安县等候妻儿出都。十一月二十二日，与妻何颉云及儿子昌匏、念匏女儿阿辛等南归，至十二月二十六日抵羽琌别墅。《己亥杂诗》就是在这大半年时间内写成的。

龚自珍辞官出京之初，行色匆匆，不带妻儿，不少人以为龚自珍在政治斗争中是彻底失败，从此一蹶不振了。甚至连龚氏一些朋友也是这样想。龚自珍是怎样表示的呢？他一出都门，就朗声吟出四句诗：

著书何似观心贤，不奈卮言夜涌泉。

百卷书成南渡岁，先生续集再编年。

——《己亥杂诗》第一首

并不是停止斗争，宣告失败，不过是换了一个地点罢了。今后还是照样拿起笔杆，继续写我的战斗文章，决不歇手。

这就是开宗明义第一章，是一篇简短而又明确的宣言书。

辞官归去，别人以为他已成委地的落花。不妨也承认是落花吧；然而——

落红不是无情物，化作春泥更护花。

——第五首

自己还是要培育新花的。而且——

先生宦后雄谈减，悄向龙泉祝一回。

——第七首

不仅培育新花而已，还要重新亮出宝剑，进行新的战斗。

这是《己亥杂诗》的中心主干，值得我们充分注意。

于是我们看见年近五十的龚自珍随处都关注着国计民生：

满拟新桑遍冀州，重来不见绿云稠。

——第二一首

他记起以前曾经向直隶布政使提议在河北大量种桑养蚕，

而现在显然未蒙采纳。因为农村还是一片破败景象。

五都黍尺无人校,抢攘廛间一饱难。

——第二〇首

这是城市和墟镇一片乱哄哄的情况。因为市集上竟连一把标准的官尺都找不到了。

一路上,树木稀疏,老百姓连一间像样的房子都盖不起,尽是破烂的窝棚、窑洞:

谁肯栽培木一章,黄泥亭子白茅堂。

——第二四首

不论把守城门还是驻扎地方,军队总是纪律腐败,训练全无,只懂得向老百姓敲诈勒索。他感到这情况实在不妙:

椎埋三辅饱于鹰,薛下人家六万增。

半与城门充校尉,谁将斜谷械阳陵?

——第二五首

回到了号称富庶的江南,那光景也大不如前了。沉重的赋税,使农民大量破产,到处出现逃亡弃耕的现象。这使他禁不住大声喊出:

国赋三升民一斗,屠牛那不胜栽禾!

——第一二三首

江南的水利,由于地主富农不断侵占土地而大受破坏。他打算再向当局提出治水的意见:

耻与蛟龙竞升斗,一编聊献郑侨书。

——第一四〇首

但最使龚氏惊心的却是西方资本主义侵略者挟着炮舰推

行其鸦片政策，在广大城乡已投下更深的阴影：官吏们许多都变成鸦片烟鬼，连劳动人民也大受毒害；鸦片的走私和贿赂，遍及沿海，使吏治急剧败坏。他忧心忡忡地问道：

津梁条约遍南东，谁遣藏春深坞逢？

——第八五首

这又使他想起正在广东厉行禁烟的朋友林则徐。这任务多么艰巨，前途实在不能乐观。自己初时本想助他一臂之力，而环境却不允许，如今更是感到献计无门：

我有阴符三百字，蜡丸难寄惜雄文。

——第八七首

难怪他在路上常常涌起悲凉的情绪：

少年击剑更吹箫，剑气箫心一例消。

——第九六首

少年揽辔澄清意，倦矣应怜缩手时。

——第一〇七首

他甚至慨叹自己命运不佳：

香兰自判前因误，生不当门也被锄。

——第一二〇首

但当他回到自己的羽琌山馆，看到那棵倔强的“奇古全凭一臂撑”的枯树时，又会心地发出微笑：

烈士暮年宜学道，江关词赋笑兰成。

——第二二一首

他携着妻子儿女渡过大雪纷飞的长江时，又不禁回过头去，仿佛向敌人投去冷眼：

江天如墨我飞还，折梅不畏蛟龙夺。

——第三一二首

龚自珍同朝廷和社会上的顽固腐朽势力较量了以后，似乎已经认识到，只有毫不气馁地战斗，才是唯一可走的路。

一路上，他回忆着在朝在野的许多朋友，也会见了许多新旧朋友。为了互相鼓励，互相支持，他特意给每个人都写了诗。这些诗感情深厚，内容或表示期望，或寄托眷念，或报以谢意，或揄扬学术，都不是泛泛应酬之作。

这些朋友多数都是学有专长，像作者称为"北方学者君第一"的许瀚，著名书法家何绍基，地理学家程同文和徐松，金石学家吴式芬，博学多能的学者李兆洛等。对于已故的师友，龚氏也为他们写了表示悼念的诗，如公羊学者刘逢禄，天文学家黎应南，校勘学家顾广圻，著名八股文作手姚学塽等。此外还有好友吴葆晋、黄玉阶、蒋湘南、冯启蓁、陈奂、汤鹏、朱腹等人，大抵都是活跃于嘉道两朝的学者文士，在各自的岗位上留下历史的脚印的。

于是他又回顾过去三十年来自己写过的文章和提出过的一些建议。龚自珍觉得至今还没有失去它的价值：

少年《尊隐》有高文，猿鹤真堪张一军。

——第二四一首

《尊隐》是龚氏早年的作品，文章写得尖锐泼辣而深刻。它指出代表清王朝统治集团的"京师"和代表被统治阶级（或阶层）的"山中之民"，由于出现了新的条件，正在向着它们的对立方面所处的地位转化过去；并且预言"山中之民"将有"大音声起，天地为之钟鼓，神人为之波涛矣”。

文章合有老波澜，莫作鄱阳夹漈看。

——第七六首

为了抵抗西方资本主义从海上和帝俄从陆上的进侵，他写了《西域置行省议》和《东南罢番舶议》，如今，建议虽未受采纳，他却坚信“五十年中言定验”，将来是势在必行的。

他还记得十年前在朝考时写的奏疏，即《御试安边绥远疏》，对西北边防提出了切实可行的建议。当时他第一个交卷出场，并且自己感到十分满意。如今，得意的微笑再一次挂在脸上：

眼前二万里风雷，飞出胸中不费才。

——第四五首

他认为殿试时的对策也是平生得意之作，可以和王安石的《上仁宗皇帝书》比美：

霜毫掷罢倚天寒，任作淋漓淡墨看。

何敢自矜医国手，药方只贩古时丹。

——第四四首

这些都可以说是美好的回忆。

当然，龚自珍也有他的苦闷与迷惘。和同时代的思想家比较，他是跑在前头的，能够了解、同情和欣赏他的人，本来就不很多。“解道何休逊班固，眼前同志只朱云。”（第七〇首）这种感叹，绝不止限于一种观点而已。他往往感到自己像是走在一座无边的千年老林中，十分孤寂。前头的路到底能否走通？自己的呼喊能够产生多大影响？这些都是未可知的。所以他有时颓然地吟出“忽然搁笔无言说，重礼天台七卷经”（第三一五首）的遁世之辞。

龚自珍作为一个封建末世的士大夫知识分子，阶级局限和时代局限，使他无法看到蕴藏在人民大众中的巨大力量，虽有革新的抱负，终究找不到一条根本出路，就不能不发出这种悲叹。不过，龚自珍毕竟是个提倡变革的热情歌手，当历史正在转折的关头，他已经嗅出了异样的气息：

观理自难观势易，弹丸累到十枚时。

——第一九首

局势已经到了不能不变的时候了，正如叠起十枚弹丸，难道可以维持长久吗？他看到一班朋友，如注意世界事态的林则徐，讲求经济实学的魏源、丁履恒，研究水利、漕政的包世臣、周济，留意西北边防地理的程同文、徐松，等等，已经看出一种新的风尚。一潭死水的局面，是可以打破的。龚自珍过了黄河，会见不少朋友，当渡过长江抵达镇江的时候，心情异常激动，于是挥洒大笔，淋漓酣畅地写下二十八个字：

九州生气恃风雷，万马齐喑究可哀。
我劝天公重抖擞，不拘一格降人材。

——第一二五首

他要呼唤“大风大雷”赶快来临，震响大地，让生气在整个社会上掀起，在亿万人的心中升腾、激荡，彻底改变“万马齐喑”的局面。

《己亥杂诗》是一座千门万户的华厦，以上所引，不过是其中较为重要的一部分，除此之外，它还有许多别致的绮窗文牖。例如，龚自珍有时唱出“为恐刘郎英气尽，卷帘梳洗望黄河”或

"箫声容与渡淮去,淮上魂须七日招"这一类风华绮丽的句子;有时,他又唱出"洗尽东华尘土否?一秋十日九湖山"或"记得花阴文宴屡,十年春梦寺门南"等闲适之词。其中还有一组龚氏自称为"寱词"的,在秋末冬初写于清江浦(今江苏清江市),描述他在该地重见妓女灵箫的经过,竟占了《己亥杂诗》的篇幅十分之一以上。这说明龚氏辞官以后,仍免不了陷进"红似相思绿似愁"的"凄馨绮艳"之中。这部分的诗作,以及其它"访僧谈禅""花月冶游"之什,自然说不上有什么积极意义,但也可以从中看出龚氏性情嗜好之一部分。

正如龚自珍的政治论文是鸦片战争前夕这个新旧交替时代的产物一样,龚自珍的诗歌也是在中国封建社会末期和近代社会开始之际出现的一种新风格的艺术。

尽管许多人都能感到龚诗有着不同于一般的独特面貌:语言瑰丽,意境鲜新,诗味浓冽,奇思妙构常如异军突起,奇光闪耀,使人震动。有人以为作者在运用形式方面确有独特技巧。这当然是事实。没有优美的形式,即使表现了一定的思想内容,也很难说得上是好诗。但是同样也是正确的:光有形式,没有深刻的思想内容,也不能产生强烈感人的艺术效果。龚诗之所以具有震撼人心的力量,首先是诗中闪烁的批判腐朽、呼唤光明的革新破旧的精神。

我们不妨放眼看看同时期的诗坛。嘉庆、道光年间,诗坛也不乏咏吟的人才,可是他们绝大多数都是在形式方面追求,把王士祯的"神韵说",翁方纲的"肌理说",沈德潜的"格调说",乃至袁枚的"性灵说",翻来覆去,到底跳不出形式的圈子。

龚自珍却完全不受这些"理论"所束缚，自己也不提什么诗歌理论，但他的诗却如神龙游空，不拘一格，而精神骏发，血肉饱满，光辉通彻，变化出奇。形式和内容结合圆满，显出了形式多彩而又内容鲜新之美。概括来说，博采融铸古今诗家之长，运以个人深厚的才情与广博的学问，尽文字之美，抒一家之言，在思想性与艺术性的结合上开辟一新境界。这也许就是我们所理解的龚自珍诗歌的主要特色。

《己亥杂诗》于己亥年腊月完成后，翌年即由龚氏自编自印，分赠友好(孔宪彝《对岳楼诗续录》卷一有《龚定庵自吴中寄示己亥杂诗刻本读竟题此即效其体》五首，可为确证)，是为羽琌别墅本。可见龚氏本人对这一大型组诗是颇为重视的。鉴于龚氏编年诗的严重佚失，完整的《己亥杂诗》便愈加显得可贵。

为了研究龚自珍其人的生平和他的政治思想、交游、著述，《己亥杂诗》是极珍贵的材料，即便是探索中国近代史序幕时期的各种因素，也不能忽略《己亥杂诗》。不过，它是用旧体诗的形式写的，我们今天在阅读时，上距龚氏的时代又已一百馀年，难免产生理解上的困难，而龚诗至今尚未有一个全注本，许多龚诗的爱好者和文史工作者都感到不便。笔者不揣谫陋，尝试做一点注释工作。其所以必须全注，则正如鲁迅先生说的："倘有取舍，即非全人，再加抑扬，更离真实。"虽然知道谬误必然难免，姑且作初步之试，以求高明读者的指正。

刘逸生

一九七九年七月

凡　例

一、《己亥杂诗》最早有羽琌别墅本，今未见。兹注以吴煦刻本为底本，校以诸通行本。各本均无诗前号码，今为读者查阅方便，全部加上编号，从第一起至第三一五止。

二、本注除注明典故出处，训释文字，考核名物，取证史实之外，为便于初学，并加诗句串解；其有观注自明不须串解者则略之，诗意明白不烦串解者亦略之。

三、诗中常有借事寓意或以古喻今，乍观不易明了，为帮助读者领会诗意，间加注者见解，附于注后。

四、注中凡称"作者"，均指龚氏；凡注者所附私见，均加"按"字以别之。

五、诗中涉及作者师友亲串达百馀人，既有当时名家硕学，亦有生平业绩不显者。注者翻检前人载记，就所见及，择要录入，生平宦绩，详略不等。因篇幅关系，凡节略处一般不加省略符号。

六、作者自注（诗后圆括号内者），间有误记者，如谓黄河徙于金明昌元年而实为五年，谓郑侨为南宋人而实系北宋人，谓冯晋渔（启蓁）为海南人而实系鹤山人之类，今均加以订正。

七、“诗无达诂”，龚氏亦自言之。此非谓诗不能解，实因读者对诗意之领略，实难求得完全一致。注者解释诗意，虽再四涵泳，力求接近作者原意，而学殖荒陋，且不能无个人之主观偏蔽。绳愆纠缪，是望通人。

八、本诗注于一九七六年在报刊上发表时，曾用“万尊嶷”笔名，附此说明。

一

著书何似观心贤，不奈卮言夜涌泉〔一〕。百卷书成南渡岁，先生续集再编年〔二〕。

〔一〕著书两句：著书立说，虽说比不上沉默“观心”，可以明哲保身，无奈此心总是不能平静，各种思想有如暗泉夜涌，无法制止。这是作者开宗明义，表示辞官以后自己的政治态度。　观心：佛家语，指通过自心修炼而达到对宇宙人生的悟解。它是佛教天台宗提倡的修炼方法之一。该宗创立人是活动于陈、隋两代的僧人智颢，他提出所谓“止观论”。按照他的说法，一个人要认识世界本质，就得先排除心灵障碍，达到澄明境界，然后进入内心观照，求得悟解。《大乘义章》：“粗思曰觉，细思名观。”　卮言：《庄子·寓言》：“卮言日出。”或释为支离其言，或释为无心之言。作者取其“出之不尽”的意思。

〔二〕百卷两句：我已经写了上百卷著作，如今南返故乡，我还要再出续集，而且把它编上年月，准备出版。　南渡：走向南方。刘长卿《送朱山人》诗：“南渡无来客，西陵自落潮。”　先生：作者自指。

按，作者由于主张变法革新，抨击时弊，针砭衰世，因而不断受到官僚大地主顽固派的打击。在京师二十年间，浮沉于中书、主事的下僚，仍然不安于位。这次辞官，有人说他是“忤其长官”（汤鹏《赠朱丹木》诗注），其实原因远不止此。从他此次出都的匆忙急迫来看，幕后显然有更凶险的鬼蜮活动。因而作者一出都门，便有“何似观心贤”的深沉感慨。但他并不甘心屈服退让，而是公开宣告：我的话还没有说完，此后还要拿起笔杆，继续写下去。作者态度鲜明，斗志坚决，由此可见。

二

我马玄黄盼日曛，关河不窘故将军〔一〕。百年心事归平淡，删尽蛾眉惜誓文〔二〕。

〔一〕我马两句：黄昏日落，马已疲劳，但人还要赶夜路。幸而没有人来阻拦。　作者出京匆促情状，由此可见。　玄黄：《诗·周南·卷耳》：“陟彼高冈，我马玄黄。”旧注：“马病则毛色玄黄。”这里是指疲劳。故将军：汉名将李广罢职闲居，有一次夜出，回经霸陵亭，亭尉喝他止步。李广的从人说：这是故李将军。亭尉说：“今将军尚不得夜行，何乃故也！”硬要李广在亭下过了一宵。见《史记·李将军列传》。

〔二〕百年两句：生平激烈的心情如今已趋于平淡，即使像屈原那样被迫离开京师，我也不写像《惜誓》一类文章了。　百年：此生，生平。杜甫《戏题寄上汉中王》诗：“百年双白鬓，一别五秋萤。”　惜誓：《楚辞》里的一篇，后人或说是屈原所作，但多以为是贾谊所作。王逸注云：“惜者，哀也；誓者，信也，约也。言哀惜怀王与己信约而复背之也。”《惜誓》中有这样几句话：“念我长生而久仙兮，不如返余之故乡。黄鹄后时而寄处兮，鸱枭群而制之。神龙失水而陆居兮，为蝼蚁之所裁。夫黄鹄神龙犹如此兮，况贤者之逢乱世哉！” 蛾眉：指美好的人。屈原《离骚》：“众女嫉余之蛾眉兮，谣诼谓余以善淫。”删尽：不再写的意思。

三

罡风力大簸春魂〔一〕，虎豹沉沉卧九阍〔二〕。终是落花心绪好，平生默感玉皇恩〔三〕。

〔一〕罡风句：越高的地方，风力越强，花就越受到摇撼。暗喻仕途危险，自己终于被迫离开官场。罡（gāng）：同刚。 罡风：高天的风。《抱朴子·杂应》：“上升四十里，名为太清。太清之中，其气甚刚，能胜（按，承起）人也。”范成大《古风上知府秘书》诗：“身轻亦仙去，罡风与之俱。” 春魂：雍裕之《宫人斜》诗：“应有春魂化为燕，年年飞入未央栖。”原指宫人之魂，作者借指花。

〔二〕虎豹句：还有虎豹把守在天门前面。比喻朝廷中某些大臣，盘据要津，使自己不安于位。《楚辞·招魂》：“魂兮归来，君无上天些！虎豹九关，啄害下人些！” 沉沉：深邃的样子。 九阍：指朝廷。李商隐《哭刘蕡》诗：“上帝深宫闭九阍，巫咸不下问衔冤。”

〔三〕终是两句：自己虽然是落花身分，毕竟还抱着好心情，因为我平生是默默地感激“玉皇”的恩惠的。 玉皇：道家说的天帝。作者诗中用“春魂”“落花”和“九阍”“玉皇”对举，“玉皇”应是暗指皇帝。

四

此去东山又北山〔一〕，镜中强半尚红颜〔二〕。白云出处从无例，独往人间竟独还〔三〕。（予不携眷属傔从〔四〕。雇两车，以一车自载，一车载文集百卷出都。）

〔一〕此去句：我这次南归，是决定归隐山中。 东山：东晋大臣谢安曾在东山隐居。葛立方《韵语阳秋》卷五：“会稽、临安、金陵，皆有东山，俱传以为谢安携妓之所。按谢安本传，初寓居会稽，与王羲之、许询、支遁游处，被召不至，遂栖迟东山。此会稽之东山也。本传又云：安尝往临安山中，悠然叹曰：此与伯夷何远？今馀杭县有东山。东坡《游东西岩》诗注云：即谢安东山。此临安之东山也。本传又谓：及登台辅，于土山营墅，楼馆林竹甚盛，每携中外子侄游集。今土山在建康上元县崇礼乡。此金陵之东山也。” 北山：即南京紫金山，又称锺山。南齐时，周颙曾隐居锺山，后应诏出山做官，再经锺山时，孔稚珪写了《北山移文》，借北山口吻，讽刺他“身在江湖之上，心居魏阙之下”的虚伪面目。作者借谢安、周颙的典故（取其隐居一点），说明自己决心归隐。

〔二〕镜中句：照照镜子，觉得自己还不算太老。按，作者这年四十八岁。

〔三〕白云两句：我像白云一样，做官也好，归隐也好，都带点偶然性。开头既是独往，终于也是独还。白云：作者二十八岁时，赴京应进士考试，有两句诗说：“白云一笑懒如此，忽遇天风吹便行。”

早把自己比作白云。陶潜《归去来辞》:“云无心以出岫,鸟倦飞而知还。” 出处:指个人进退。《易·系辞》:“君子之道,或出或处。”

〔四〕傔从:(qiàn zòng)仆从。《新唐书·裴行俭传》:“傔从至刺史、将军者数十人。”

五

浩荡离愁白日斜〔一〕,吟鞭东指即天涯〔二〕。落红不是无情物,化作春泥更护花〔三〕。

〔一〕浩荡句:在广阔无边的离愁中,眼看夕阳西下。杜甫《秦州杂诗》:“浩荡及关愁。”作者自幼居住北京,又在北京作官多年,这次匆匆离开,很有点舍不得,所以有这句话。

〔二〕吟鞭句:离开京师,马鞭东指,从此便同朝廷远隔了。 吟鞭:诗人所持的马鞭。辛弃疾《鹧鸪天》词:“愁边剩有相思句,摇断吟鞭碧玉梢。” 东指:作者当日从北京外城东面的广渠门出城。 即天涯:便是天的边涯。指离京师很远。刘禹锡《和令狐相公别牡丹》诗:“春明门外即天涯。”

〔三〕落红两句:落花并不是无情的东西,它化成春泥,还能起着护育新花的作用。 比喻自己虽然辞了官,仍然愿意为国家社会尽一点馀力。作者本年另有《己亥六月重过扬州记》一文,其中说:“抑予赋侧艳则老矣;甄综人物,蒐辑文献,仍以自任,固未老也。”所谓“更护花”,应是指这种心境。

六

亦曾橐笔侍銮坡〔一〕，午夜天风伴玉珂〔二〕。欲浣春衣仍护惜，乾清门外露痕多〔三〕。

〔一〕橐笔：指从事文字工作。《汉书·赵充国传》："安世本持橐簪笔，事孝武数十年。"师古注："橐，所以盛书也；簪笔，插笔于首以纪事。" 橐（tuó）：装东西的匣子。 銮坡：地名，旧在长安。徐松《唐两京城坊考》："蓬莱殿之西偏南，馀有支陇，因坡为殿，曰金銮。殿西曰金銮坡。"苏易简《续翰林志》："（唐）德宗时，移翰林院于金銮坡上。"刘祁《过陈司谏墓》诗："銮坡乌府旧游空。"銮坡原是翰林院的典故，作者因自己曾任内阁中书，所以有"侍銮坡"的话。

〔二〕玉珂：杜甫《春宿左省》诗："因风想玉珂。"注引《本草》："珂，贝类，可为马饰。"按，刘歆《西京杂记》："昭阳殿织珠为帘，风至则鸣，为珂珮之声。"当是杜诗所本。这里的"玉珂"即指宫殿珠帘因风相触发出的声音，是在内阁值夜时听到的。

〔三〕欲浣两句：我任内阁中书时，常到乾清门外军机处领事，早晨入朝，衣上染有露水。现在弃官归去，要把衣服洗干净，总觉得有点可惜。按，龙顾山人《南屋述闻》："内阁亦派中书逐日赴军机处领事。盖凡发钞各件，胥由内阁领钞，而于次日缴回原件。"汪厚石《初到内阁口号》："乾清门侧档初交，匣砚看人唤打包。枯坐今朝拚守晚，领归谕摺件传钞。（原注：领上谕奏摺日，直中例派一人候夜直交代，为守晚。）"可见内阁中书值夜情况。　乾清门：在北京紫禁城保和殿北，清帝常在这里御门听政。门西有军机处。金梁《清宫史略》："乾清门，中门三。凡召对臣工，引见庶僚，俱由右门出入，内廷行走之大臣官员亦得由之。中门之旁，左为内左门，右为内右门，凡内官及承应人等，出入俱由内右门；军机大臣、南书房、翰林、内务大臣官员出入亦得由之。内左门之东为侍卫直宿房、散秩大臣直宿房，及文武大臣奏事待漏之所。内右门之西为侍卫房及军机处、内务府办事处。其南相对，东为宗室王公奏事待漏之所，西为军机章京直舍。"

七

廉锷非关上帝才〔一〕，百年淬厉电光开〔二〕。先生宦后雄谈减，悄向龙泉祝一回〔三〕。

〔一〕廉锷句：自己的言论文章之所以词锋稜厉，不同寻常，并不是天生得来的。　廉锷：原指刀剑的锋稜，引申为词锋锐利。《文心雕龙·封禅》："义吐光芒，辞成廉锷。"　上帝：天帝。《诗·大雅·大明》："上帝临汝。"

〔二〕百年句：经过百年的反覆磨炼才显耀光芒。淬（cuì）：淬火。厉：磨砺。　按，"百年淬厉"指家学渊源。作者本生祖父禔身，官至内阁中书军机处行走，著有《吟臞山房诗》。父亲丽正，官至江南苏松太兵备道、署江苏按察使，著有《国语补正》等。外祖父段玉裁是文字学专家，著有《说文解字注》等。母亲段驯也能写诗，著有《绿华吟榭诗草》。

〔三〕先生两句:自己做官以后,便减少了青年时代议论政治的锋芒。如今我私下祝愿旧日的锋芒重新回复。　龙泉:古剑名,《越绝书》作龙渊,避唐高祖讳改称龙泉。《晋书·张华传》:"(雷)焕到县,掘狱屋基,入地四丈馀,得一石函,光气非常,中有双剑,并刻题,一曰龙泉,一曰太阿。"《抱朴子·博喻》:"韬锋而不击,则龙泉与铅刀均矣。"按,作者二十多岁时便写出《明良论》、《乙丙之际箸议》等政论文章,"雄谈"也包括这一类论文。

八

太行一脉走蝹蜿〔一〕,莽莽畿西虎气蹲〔二〕。送我摇鞭竟东去,此山不语看中原〔三〕。(别西山〔四〕)

〔一〕太行:指太行山,是纵贯山西、河北两省之间的大山脉,蜿蜒曲折,北起拒马河谷,南至晋、豫边境黄河沿岸。　蝹蜿:曲折起伏。《文选》张衡《西京赋》:"状蜿蜿以蝹蝹。"薛注:"蜿蜿蝹蝹,龙形貌也。"

〔二〕莽莽:形容山色深远。杜甫《秦州杂诗》:"莽莽万重山。"　畿西:京师的西面。　虎气蹲:意谓西山的气势像一头蹲着的猛虎。

〔三〕送我两句:西山有什么话好说呢?它默默看着中原,也默默送我东行。　摇鞭:挥着马鞭。赵嘏《汾上宴别》诗:"不待管弦终,摇鞭背花去。"　按,戴熙《习苦斋画絮》:"龚祠部定庵尝语予曰:西山有时渺然隔云汉外,有时苍然堕几榻前,不关风雨晴晦也。其西山诗有云:此山不语看中原。是真能道西山性情矣。”

〔四〕西山：在北京市区之西。朱彝尊《朱人远西山诗序》：“自居庸折而南，连峰出没者百数，以其在都城右，合名之曰西山。”张际亮《翠微山记》：“太行之支，绵延千里，属于燕京。其近在京师西郭者皆曰西山。”

九

翠微山在潭柘侧〔一〕，此山有情惨难别〔二〕。薜荔风号义士魂〔三〕，燕支土蚀佳人骨〔四〕。（别翠微山）

〔一〕翠微山：在北京市区近郊。明刘侗《帝京景物略·平坡寺》：“秘魔崖而西，行碎石中一里，息龙泉庵而上，平坡寺也。寺为仁宗敕建，曰大圆通寺。制宏丽，宫阙以为规。今圮坏……山初名翠微，以山半得地，差平可寺，曰平坡矣。”孙承泽《天府广记》：“翠微山在城西三十馀里。”嘉庆《清一统志》：“平坡山一名翠微山。”沈榜《宛署杂记》：“平坡山，山脉发迹香山，折而东，忽开两腋，中有平地，故名平坡。登之则极目平原，百里草树在目。” 潭柘：《天府广记》：“潭柘山在京西八十里。旧志：山上柘树一株，屈曲如虬，斜傍二潭，潭水磅礴而出。”

〔二〕此山有情：作者对翠微山很有好感，他在《说京师翠微山》一文中，列举它有许多优点。

〔三〕薜荔：蔓生常绿灌木，桑科。《植物名实图考》：“木莲即薜荔，自江而南皆曰木馒头，俗以其实中子浸汁为凉粉以解暑。” 义士魂：指明代景泰年间瓦剌族统治者也先进犯北京时，因抗敌而死难的群众。《宛署杂记》载录景泰二年《御制悯忠义阡之碑》有云:“中官上言:比岁虏贼背逆天道,率其徒旅数万馀骑入寇京师,宗社为之震惊,臣民莫知所御。一时智谋勇敢之士,……莫不于此感激思奋,竞以迎敌杀贼而起……然闻阜成门外西南伏尸数千,形貌已变,其有父母妻子往收葬者,尚以不可辨识而听其暴露矣;其无父母妻子在者尤多……愿命即西山麓闲旷之地,为一大圹,凡因战死之骨,悉收瘗之。……爰命有司悉如所言,而赐名曰悯忠义阡。”

〔四〕燕支土:指土色红如胭脂。 佳人骨:翠微山侧近有金山,又称瓮山,是明代后妃、公主的葬地。严嵩《西山杂诗》有云:“玉匣珠襦掩夜泉,世人那见鹤归年?秋来十里金山道,华表参差夕照前。”便是指这些坟墓。嘉庆《清一统志》:“金山,乾隆十六年命名万寿山。”刘侗《帝京景物略》:“瓮山去阜成门二十馀里,土赤,坟墓童童无草木。”

一〇

进退雍容史上难〔一〕,忽收古泪出长安〔二〕。百年綦辙低徊遍〔三〕,忍作空桑三宿看〔四〕?(先大父宦京师〔五〕,家大人宦京师〔六〕,至小子,三世百年矣!以己亥四月二十三日出都。)

〔一〕进退句:出仕和归隐都保持从容不迫的态度是历史上难得的事。 雍容:态度大方,从容不迫的样子。《汉书·司马相如传》:“相如时从车骑,雍容闲雅甚都。”《文选》曹植《七启》:“雍容暇豫,娱志方外。”

〔二〕忽收句:我匆匆揩干怀旧的眼泪走出京师。　长安:西汉、唐代的都城,这里借指北京。

〔三〕百年句:意谓祖父和父亲留下的遗泽,我看着很舍不得离开。綦(qí):地上鞋印。《汉书·扬雄传》:"履欃枪以为綦。"晋灼注:"綦,履迹也。"　辙:车轮子压过的痕迹。　低徊:来回踱步。潘岳《寡妇赋》:"嗟低徊而不忍。"

〔四〕忍作句:我留恋先人遗泽,怎忍心拿"三宿空桑"的话来加以指责?　空桑:《后汉书·襄楷传》:"浮屠不三宿空桑下,不愿久生恩爱,精之至也。"意说修道的和尚不肯在一棵桑树下住上三天,以防对它产生感情,戒律何其精严。

〔五〕先大父:作者祖父敬身,本生祖禔身,都曾在北京做官。

〔六〕家大人:作者父亲丽正,先后在礼部仪制司等衙署当官达二十年。

一一

祖父头衔旧颎光〔一〕,祠曹我亦试为郎〔二〕。君恩够向渔樵说,篆墓何须百字长〔三〕?(唐碑额有近百字者)

〔一〕祖父头衔:作者祖父敬身,曾官礼部精膳司郎中兼祠祭司事;父亲丽正曾官礼部主事,姓名头衔都写在礼部题名记中。作者《国朝春曹题名记序》云:"巩祚之大父,以乾隆己亥岁由吏部迁礼部,家大人以嘉庆丙辰岁除礼部,名在此记。至巩祚,三世矣。"　颎光:光明。　颎(jiǒng):同炯。

〔二〕祠曹句:我也曾在礼部祠祭司做一员郎官。　按,作者于道光十七年(1837)官礼部主事,祠祭司行走。

〔三〕君恩两句:三代受君主恩惠已经够向渔樵们宣说了,何必一定在墓碑额上篆刻整百字的头衔。　渔樵:泛指家乡的邻里们。　篆墓:封建时代,官僚的墓碑用篆字书额,官做得越大,兼职越多,碑额的字也就越多。唐代韩愈替人写过一篇行状,题额是:“故金紫光禄大夫检校尚书左仆射同中书门下平章事兼汴州刺史充宣武军节度副大使知节度事管内支度营田汴宋亳颍等州观察处置等使上柱国陇西郡开国公赠太傅董公行状曾祖仁琬皇任梁州博士祖大礼皇赠右散骑常侍父伯良皇赠尚书左仆射。”以此为例,可见一斑。按,吴曾《能改斋漫录》谓:“自唐以来,未为墓志,必先有行状。”赵翼《陔馀丛考》则谓行状自汉末已有。

一二

掌故罗胸是国恩〔一〕,小胥脱腕万言存〔二〕。他年金鐀如搜采〔三〕,来叩空山夜雨门。

〔一〕掌故句:有关朝廷礼法方面的掌故,自己搜罗在胸,这是国家给我的恩惠。　作者《礼部题名记序》:“诸老前辈目自珍,旧事往往询自珍,皆以自珍为尝闻之也。”又《国朝春曹题名记》:“愿以其平日闻于事父者,若风气,若律令,若言若行,勉奉持之以事诸君子而已矣。”这是因为作者的祖父和父亲都曾在礼部做官。

〔二〕小胥句:让抄手抄起来,可以很快写出一万字。　小胥:钞录文书的下级吏员。　脱腕:写字过快,腕部受伤。《新唐书·苏颋传》:"玄宗平内难,书诏填委。颋在太极后阁,口所占授,功状百绪,轻重无所差。书吏白曰:丐公徐之,不然,手腕脱矣。"

〔三〕他年两句:今后朝廷如果要搜集有关这方面的故实材料,请来找我这个归隐山中的人吧! 金鐀:朝廷收藏史料的柜子。《汉书·司马迁传》:"䌷史记石室金鐀之书。" 空山:幽静山居。张说《灉湖山寺》诗:"空山寂历道心生。"

一三

出事公卿溯戊寅〔一〕,云烟万态马蹄湮〔二〕。当年筮仕还嫌晚〔三〕,已哭同朝三百人〔四〕。

〔一〕出事公卿:出外服事公卿,也就是踏入做官的门路。《论语·子罕》:"出则事公卿。" 作者于嘉庆二十三年戊寅(1818)应浙江乡试,中式第四名举人。按照清代制度,举人除可参加进士考试外,还可选择做官的出路。

〔二〕云烟句:现在已经过了二十二年,回顾万种世态,恍如缥缈云烟,就像马蹄的痕迹湮灭了一样。

〔三〕筮仕:古人在出仕之前,先进行占卜,决定吉凶,称为"筮仕"。引申为开始做官的代词。《左传·闵公元年》:"初,毕万筮仕于晋,遇屯之比。辛廖占之曰:吉。" 作者于嘉庆二十四年和二十五年(1819—1820)两次会试失败,决定出任内阁中书,那时已是二十九岁。

〔四〕已哭句:二十年间,同朝的官员已有三百人去世。按,三百人恐是约数,并非确指。

一四

颓波难挽挽颓心〔一〕，壮岁曾为九牧箴〔二〕。钟虡苍凉行色晚〔三〕，狂言重起廿年喑〔四〕。

〔一〕颓波：指社会政治风气败坏。吕温《谒舜庙文》："三代之后，谁为圣贤？政如颓波，俗若坏山，韶乐犹在，薰风不还。"刘禹锡《咏史》诗："世道剧颓波，我心如砥柱。" 颓心：指心理方面的颓唐堕落。像作者曾在《乙丙之际箸议》中指出的：封建统治者对人民是"徒戮其心，戮其能忧心，能愤心，能思虑心，能作为心，能有廉耻心，能无渣滓心"。作者指出这是衰世的情况，这样下去，"乱亦竟不远矣"。

〔二〕壮岁：三十岁为壮。见《礼·曲礼》。 九牧箴：西汉扬雄曾写过《冀州牧箴》、《兖州牧箴》等十二箴。按：《后汉书·胡广传》："雄作十二州箴。"《汉书·扬雄传》晋灼注："九州之箴也。"都是劝诫州郡长官要"治不忘乱，安不遗危"的训诫式文章。作者在这里似是指《壬癸之际胎观》九篇，见《定庵续集》。九篇文章写于道光二年三年间，正是作者"壮岁"之时。

〔三〕钟虡：封建时代朝廷的重要礼器，象征一种最高权力。钟虡给人搬走，表示国家灭亡。《后汉书·东海恭王强传》："（帝）赐虎贲旄头，宫殿设钟虡之悬，拟于乘舆。"苏轼《渚宫》诗："秦兵西来取钟虡，故宫禾黍秋离离。"指楚国灭亡。这里说的"钟虡苍凉"，比喻清王朝的命运很不美妙。 虡（jù）：同簴，悬钟的架子。《文选》扬雄《甘泉赋》："金人仡仡其承钟虡兮，嵌岩岩其龙鳞。” 行色：原指旅客在路上风尘满面的情态。《庄子·盗跖》：“车马有行色。”这里的“行色晚”比喻清王朝已处在日落西山的局面之中。作者在《尊隐》文中曾说：“日之将夕，悲风骤至，人思灯烛，惨惨目光，吸饮暮气，与梦为邻。”同样是比喻清王朝已进入衰世。

〔四〕狂言句：二十年前，我曾发表过政治议论，被人目为“狂言”。如今我又要重新发出“狂言”，打破这二十年的沉默了。 狂言：《史记·淮阴侯传》：“狂夫之言，贤人择焉。” 喑（yīn）：哑病。

一五

许身何必定夔皋〔一〕，简要清通已足豪〔二〕。读到嬴刘伤骨事〔三〕，误渠毕竟是锥刀〔四〕。

〔一〕许身：立志投身于某种事业。杜甫《自京赴奉先咏怀》诗：“许身一何愚，窃比稷与契。” 夔皋：传说中帝舜的两个名臣，夔是主管音乐教化的乐正。皋是替帝舜制定律令法制的人，又称皋陶。这里借用作“名臣”的代词。

〔二〕简要清通：对政事处理的态度：简练扼要，明白通达。《世说·赏誉》：“吏部郎阙，文帝问其人于锺会。会曰：裴楷清通，王戎简要，皆其选也。于是用裴。”又曰：“王濬冲、裴叔则二人，总角诣锺士季（按，锺会），须臾去。后客问锺曰：向二童何为？锺曰：裴楷清通，王戎简要。”

〔三〕嬴刘：指秦朝和汉朝。韩愈《唐故相权公墓碑》：“权在商周，世无不存。灭楚徙秦，嬴刘之间。” 伤骨：损伤深入到骨。也可解为伤心、痛心。古人常心骨互用。《新唐书·卢杞传》:“忠臣寒膺,良士痛骨。”与此意近。

〔四〕锥刀:有两种意思:一是微细事物。《左传·昭公六年》:“锥刀之末,将尽争之。”注:“锥刀末,喻小事。”一是严刑峻法。《后汉书·樊宏传》:“樊准上疏曰:文吏则去法律而学诋欺。锐锥刀之锋,断刑辟之重。德陋俗薄,以致苛刻。”这里作者用后一义。

按,作者虽自称“不薄秦皇与武皇”,但对于秦、汉两代统治者为镇压人民而使用严刑峻法则是坚决反对的。而且应当看到,作者在这里并不是批评秦、汉,而是隐约指斥清王朝使用残暴手段镇压人民群众。

一六

弃妇丁宁嘱小姑〔一〕,姑恩莫负百年劬〔二〕。米盐种种家常话,泪湿红裙未绝裾〔三〕。(有弃妇泣于路隅,因书所见。)

〔一〕弃妇:被丈夫遗弃的妇人。　丁宁:同叮咛,再三嘱咐。

〔二〕百年劬:一生辛苦劳累。劬(qú):劳苦。《诗·邶·凯风》:“母氏劬劳。”

〔三〕绝裾:拉断衣襟走掉,表示决绝。晋元帝登位前,温峤奉命劝进,“其母崔氏固止之,温绝裾而去”。见《晋书·温峤传》。

按,作者似是拿弃妇比拟自己。在《己亥杂诗》中,我们确实可以看到不少可以称为“米盐种种家常话”的东西。

一七

金门缥缈廿年身，悔向云中露一鳞〔一〕。终古汉家狂执戟，谁疑臣朔是星辰〔二〕？

〔一〕金门两句：我在朝廷做了二十年的官，如今真是悔恨像云中的龙一样，显露出一鳞半爪。　金门：汉代宫门名，又叫金马门。《史记·东方朔传》："（朔）据地歌曰：陆沉于俗，避世金马门……金马门者，宦者署门也。门傍有铜马，故谓之曰金马门。"这里借东方朔在朝廷来自比。　缥缈：恍惚虚无的样子。白居易《长恨歌》："山在虚无缥缈间。"木华《海赋》："群仙缥眇，餐玉清涯。"　露一鳞：指略为显露一些才华抱负。　按，作者由嘉庆二十五年（1820）出任内阁中书，至道光十九年（1839）辞礼部主事，前后共二十年。

〔二〕终古两句：如果我一直像东方朔那样做一员执戟郎，谁会怀疑我是天上的星辰下凡呢？　终古：一直不改变。屈原《离骚》："吾焉能忍而与此终古？"　狂执戟：汉武帝时，东方朔曾做执戟郎。《史记·东方朔传》："朔行殿中，郎谓之曰：'人皆以先生为狂。'朔曰：'如朔等，所谓避世于朝廷间者也。'"　星辰：《太平广记》卷六引《东方朔别传》："朔卒后，武帝诏太王公问之曰：'尔知东方朔乎？'公曰：'不知。''公何所能？'曰：'颇善星历。'帝问：'诸星具在否？'曰：'具在；独不见岁星十八年，今复见耳。'帝叹曰：'东方朔在朕旁十八年，而不知是岁星哉！'惨然不乐。"作者拿东方朔自比。张祖廉《定庵年谱外纪》："少时读东方朔传，恍惚若有遇，自谓曼倩后身。有曼倩后身印，嘉兴文鼎镌之。”曼倩，东方朔别字。

按，诗意颇悔自己提出变法革新的主张，以致招惹大地主顽固派的嫉忌和打击，以为像东方朔那样佯狂玩世，便没有人看出自己的真面目。不过作者所谓追悔，也不是内心的真实感情，我们毋宁认为作者隐隐有自负之意。

一八

词家从不觅知音，累汝千回带泪吟〔一〕。惹得而翁怀抱恶，小桥独立惨归心〔二〕。（吾女阿辛〔三〕，书冯延巳词三阕〔四〕，日日诵之。自言能识此词之指，我竟不知也。）

〔一〕词家两句：写词的人从来不希望找到知音的人，想不到你却受到这些词的感动。　按，汲古阁本向子諲《酒边词》胡寅序云："词曲者，古乐府之末造也……然文章豪放之士，鲜不寄意于此者，随亦自扫其迹，曰谑浪游戏而已也。"就是不承认自己写的词曲有什么重要作用。作者所谓"不觅知音"，意思和这相近。

〔二〕惹得两句：你的父亲由此引起很难过的情绪，独自站在小桥上，心情凄惨。　而翁：你爸。　归心：这时作者还在旅途中，所以说"归心"。

〔三〕阿辛：作者的大女儿，后来嫁给作者的同年南丰刘良驹（星舫）的儿子。

〔四〕冯延巳词：冯延巳，五代时仕南唐，官至宰相，又是著名词人，著有《阳春集》。其中《鹊踏枝》十多首最为有名，其中一首有几句是：“河畔青芜隄上柳，为问新愁，何事年年有？独立小桥风满袖，平林新月人归后。”阿辛背诵的三首词中，可能有这一首，因此作者用“小桥独立”点出。

按，作者这次出京，回忆平生，自己的革新主张总是受到许多顽固人物的讽刺打击，因此不能不涌出“知音难遇”的感慨。

一九

卿筹烂熟我筹之〔一〕，我有忠言质幻师〔二〕。观理自难观势易〔三〕，弹丸累到十枚时〔四〕。（道旁见鬻戏术者，因赠。）

〔一〕卿筹句：对于要弄弹丸的问题，你已经考虑到烂熟了，如今由我来考虑一下吧！　卿：你。指弄把戏的人。

〔二〕我有句：我有一句逆耳的忠言想跟你商量商量。　幻师：魔术师。《波罗蜜经》：“如彼幻师，得化美团，虽似有益，而实无益。”

〔三〕观理句：有些事情光凭道理去看，好像很难会出现，但假如看它的势，那就并不难了。《商君书·禁使》：“今夫飞蓬飘风而行千里，乘风之势也。探渊者知千仞之深，县绳之数也。故托其势者，虽远必至；守其数者，虽深必得。”又《定分》：“势治者不可乱，势乱者不可治。夫势乱而治之愈乱，势治而治之则治。故圣王治治不治乱。”这些话都指出势的重要性。

〔四〕弹丸句：你的弹丸已经叠到十枚，这就是眼前的势。

按，未必便真是当场赠诗，作者似在诗中暗示：清王朝眼前的情况，正如叠起十枚弹丸，造成极危险的态势。诗中最后一句，正是“危如累卵”四字的代用语。

二〇

消息闲凭曲艺看〔一〕，考工古字太丛残〔二〕。五都黍尺无人校，抢攘廛间一饱难〔三〕。（过市肆有感）

〔一〕消息句：社会发展的趋势是消还是长，就凭一些小事情也可以看出来。　消息：一消一长。《易·丰》：“天地盈虚，与时消息，而况于人乎？”《诂经精舍文集》汪家禧《易消息解》：“治极乱，静极动，人事消息也。”　曲艺：小技能。《礼·文王世子》：“曲艺皆誓之。”注：“曲艺为小技能也。誓，谨也。”

〔二〕考工句：《考工记》文字太古旧，而且残缺不全，不必征引它作为今日的标准。　考工：《考工记》，先秦时代专谈百工技艺的书，附在《周礼》中。　丛残：琐碎残缺。

〔三〕五都两句：都市里的升斗尺秤，短长大小都不一样，官府又不加以校正，难怪老百姓在市场上乱哄哄的，想找一碗饱饭吃都困难了。　五都：大都市。班固《西都赋》：“五都之货殖。”《后汉书·班固传》引《前书音义》：“五都谓雒阳、邯郸、临淄、宛、成都也。”　黍尺：古代用黍百粒纵排连接起来作为一尺的长度标准。　抢攘：乱哄哄的样子。《后汉书·贾谊传》：“国制抢攘，非甚有纪，胡可谓治！”晋灼注：“抢音伧。伧攘，乱貌也。”　廛间：商店集中的地方。

二一

满拟新桑遍冀州,重来不见绿云稠〔一〕,书生挟策成何济?付与维南织女愁〔二〕。(曩陈北直种桑之策于畿辅大吏〔三〕。)

〔一〕满拟两句:我满以为新种的桑树会长满冀州土地上,不想如今重新经过根本看不见有什么稠密的桑树。 冀州:西汉时曾将今河北省中南部划为冀州刺史部,这里指清代的直隶省。 绿云:指桑树绿叶成阴,遍佈如云。鲍照《代陈思王京洛篇》:“扬芬紫烟上,垂彩绿云中。”

〔二〕书生两句:我这个书生的建议何济于事,只好让南方的织丝妇女自己发愁罢了。 挟策:原意是挟书,这里指种桑的建议。 成何济:济得甚事。吴伟业《行路难》诗:“归来故乡无负郭,破家结客成何济?” 维南:泛指南方。《诗·小雅·大东》:“维南有箕。” 织女愁:北方不种桑,不能生产丝绸,丝绸的供应责任都压在南方织女身上,所以作者有这句话。

〔三〕曩:从前。 畿辅大吏:指直隶布政使托浑布。道光十八年(1838)作者曾向托浑布提出在河北普遍种桑的建议,旨在抵制毛呢羽缎等洋货的输入,防止白银外流。但未被采纳。参看作者编年诗《乞籴保阳》之四及《送钦差大臣侯官林公序》一文。

按,关于河北种桑的事,《后汉书·张堪传》载,张堪为渔阳太守,劝民种稻麦,植桑树,民间歌颂,有“桑无附枝,麦秀两岐”的话。颜之推《颜氏家训·风操》又指出:“河北妇人,织纴组紃之事,黼黻锦绣罗绮之工,大优于江东也。”可见河北蚕桑事业,来历甚久。作者这次建议，虽未被托浑布采纳，但据卫杰《蚕桑萃编》引光绪二十四年《举办蚕政逐渐扩充以广利源摺》："查直隶原有蚕桑之处，向仅深、易二州，完县、元氏、邢台三县。现清苑、满城、安肃、束鹿、高阳、安州、定兴、望都、定州、深泽、曲阳、冀州、衡水、安平、广昌、滦州、昌黎、抚宁、丰润等州县，在在皆有。"则知作者此一建议，在五十年后已部分实现，并可见作者在经济方面的远大眼光。然而，这并未带来杜绝"夷物"的预期效果，说明作者的经济改革方案不能拯救国难。

二二

车中三观夕惕若〔一〕，七藏灵文电熠若〔二〕，忏摩重起耳提若〔三〕，三普贯珠累累若〔四〕。（予持陀罗尼已满四十九万卷〔五〕，乃新定课程，日诵普贤、普门、普眼之文。）

〔一〕三观：佛家语。中国佛家说"三观"的，有天台、华严、南山、慈恩等宗，但以天台宗的"三观"为最普通。天台宗的"三观"是：一、空观，观诸法之空谛（客观世界原本是空无的）；二、假观，观诸法之假谛（客观世界却存在假象）；三、中观，观诸法非空非假，亦空亦假，即是中谛（从现象说，客观世界非空非假；从本源说，是亦空亦假，能加以参透，即达到中观）。按，印度佛教龙树菩萨《中观论・四谛品》曾说："因缘所生法，我说即是空。亦为是假名，亦是中道义。"这是天台宗三观论的根据。因为物质世界毕竟是抹杀不了的，他们就挖空心思说，一切万法皆无自性，故谓之空；皆有假相，故谓之假；空假不二，故谓之中。把真的说成是假象，而假象则实是空的。就此得出"万法皆空"的唯心主义的结论。参见第一六一、二二六两首诗注。　夕惕：《易·乾》："君子终日乾乾，夕惕若，厉无咎。"疏："夕惕者，谓终竟此日至向夕之时，犹怀忧惕。"　按，作者此时正在南归途中，在车上修持经咒，警惕不忘，所以说"夕惕"。　若：语尾助词。《易·离》："出涕沱若，戚嗟若。"

〔二〕七藏灵文：僧俗持诵经咒，或以五千四十八卷为一藏，或以七千二百馀卷为一藏。《等不等观杂录》："今时僧俗持诵经咒，动称一藏。问其数，则云五千四十八也。尝考历代藏经目录，惟《开元释教录》有五千四十八卷之数，馀则增减不等。至今乃有七千二百馀卷矣。世俗执著五千四十八者，乃依《西游记》之说耳。"　按，作者持诵经咒已满四十九万卷，正是七千卷的七倍数，所以称为"七藏"。　灵文：指佛经。　电熠（yì）：像电光那样闪耀。

〔三〕忏摩句：我重新定出念经课程，就像有人揪着耳朵吩咐一样。　忏摩：即忏悔。佛家认为念经是表示忏悔的一种行动。《南海寄归传》："忏摩是西土音，悔乃东夏之字。"　耳提：揪着耳朵。《诗·大雅·抑》："匪面命之，言提其耳。"

〔四〕三普：三种佛经名称。普贤，《普贤菩萨劝发品》的略称。普门，《观世音菩萨普门品》的略称。普眼，《圆觉普眼品》的略称。累累：连续不断。《礼·乐记》："累累乎端如贯珠。"

〔五〕陀罗尼：佛家语。又译真言，又称密言、密语、秘密咒。修佛的人要天天诵念这些真言，称为"持明"。作者《诵得生净土陀罗尼记数簿书后》云："龚自珍以辛卯岁（按，道光十一年）发愿，愿诵大藏贞字函《拔一切业障根本得生净土陀罗尼》五十九言四十九万卷。"即指此事。

二三

荒村有客抱虫鱼[一],万一谈经引到渠[二]。终胜秋燐亡姓氏,沙涡门外五尚书[三]。(逆旅夜闻读书声,戏赠。沙涡门即广渠门[四],门外五里许有地名五尚书坟。五尚书不知皆何许人也。)

〔一〕荒村句:荒凉的村落中有人埋头考订古籍。　抱虫鱼:先秦时有一本解释词语及鸟兽草木虫鱼的书,名叫《尔雅》,汉以后成为解释经籍名物的重要工具书,有郭璞等作注。有人又贬抑专门从事这种琐屑考证为“虫鱼之学”。韩愈《读皇甫湜公安园池诗书其后》诗:“尔雅注虫鱼,定非磊落人。”

〔二〕万一句:意指这种琐屑考证,作用虽有限,但也许别人研究古籍时,会引用到他的见解。　渠:他。

〔三〕终胜两句:他毕竟胜过那些连姓氏都没有留下来的人。沙涡门外有五尚书坟,如今谁也不知道坟墓中人的名姓了。　秋燐:燐火,指死去的人。王充《论衡·论死》:“燐,死人之血也,其形不类生人之血也。”庾信《周车骑大将军宇文显和墓志铭》:“草衔秋火,树抱春霜。”　亡:同无。

〔四〕广渠门:北京外城东面近南的一个城门。

二四

谁肯栽培木一章[一]?黄泥亭子白茅堂[二]。新蒲新柳三年大,便与儿孙作屋梁[三]。(道旁风景如此)

〔一〕谁肯句:谁肯花点儿力量种一棵大树呢?　章:粗大木材。《汉书·百官表》:"东园主章。"如淳注:"章,谓大材也。"

〔二〕黄泥句:到处都是黄泥和茅草盖的亭子和房子。

〔三〕新蒲两句:新种的水杨和柳树仅仅长到三年,就拿来给儿孙做房屋的栋梁了。　蒲:蒲柳,又叫水杨,落叶乔木,通常多为灌木状,容易生长,但木质脆弱。《尔雅·释木》:"杨,蒲柳。"

按,种下才三年的水杨和柳树,作成屋梁显然不能持久。作者之意似是讽刺封建王朝使用三年一考的科举制度,企图在这里找到国家栋梁之材。又按,作者晚年厌恶科举制度,不仅于自烧功令文一事见之。《己亥杂诗》中如"科以人重科益重,人以科传人可知。""如此高才胜高第,头衔追赠薄三唐。"均可见其微旨。又作者在《干禄新书自序》中,用曲折笔法,隐约指斥朝廷取士只求楷法光致,不问真才实学。凡此均足为此诗旁证。

二五

椎埋三辅饱于鹰〔一〕,薛下人家六万增〔二〕。半与城门充校尉〔三〕,谁将斜谷械阳陵〔四〕?

〔一〕椎埋:盗墓的人(参见第九四首注)。这里指流氓及雇佣军人之类。　三辅:汉代在长安设立京兆尹、左冯翊、右扶风三长官,称为三辅。辖地在今陕西省中部。　饱于鹰:《后汉书·吕布传》:"(陈)登见曹公,言养将军(按:吕布)譬如养虎,当饱其肉,不饱则将噬人。公曰:不如卿言。譬如养鹰,饥即为用,饱则飏去。”

〔二〕薛下句:《史记·孟尝君传赞》:“孟尝君招致天下任侠奸人入薛中,盖六万馀家矣。”《元和郡县志》:“故薛城在滕县东南四十三里,薛国也。”

〔三〕城门校尉:汉武帝时,置城门校尉,掌京师城门屯兵。这里指清代守卫京城城门的下级军官。清代武官最低一级官阶是校尉,为武官八九两品。

〔四〕斜谷械阳陵:《汉书·公孙贺传》载,汉武帝征和年间,丞相公孙贺的儿子敬声,骄横不法,私用北军钱一千九百万。事发被捕入狱。正在此时,武帝下诏搜捕阳陵大侠朱安世,未能捕获。公孙贺为了替儿子赎罪,向武帝提出自愿亲去搜捕朱安世。这个“京师大侠”不久果然被公孙贺捕获,下在狱中。朱安世“闻贺欲以赎子罪,笑曰:丞相祸及宗矣。南山之竹,不足受我词;斜谷之木,不足为我械。安世遂从狱中上书,告敬声与阳石公主私通,及使人巫祭祠诅上”。于是公孙贺父子皆死狱中。斜谷:秦岭谷口之一,在陕西郿县西南。这里借指木制刑具。 械:原义是桎梏,此作动词用。《左传·襄公六年》:“以弓梏华弱于朝。”疏:“桎梏俱名为械。” 阳陵:汉景帝陵墓。《三辅黄图》:“景帝阳陵在长安东北四十五里,山方二十步,高十丈。”这里借指朱安世。

按,这首诗意在讽刺清王朝卫戍京师的军队日益腐败。第一句意说,京师附近的流氓之类,有如饱鹰,他们找钱的门路不少。第二句意说,这些人的数目近年又多起来了,正如孟尝君在薛下安置了六万家任侠奸人。第三句意说,这些人中又有半数是属于京师卫戍军队的下级军官。第四句意说,由此看来,谁还肯拿斜谷的木材制成刑具去囚禁像阳陵大侠朱安世这类人物呢?

又按,关于清代守城军吏勒索事,苏何《檐醉杂记》卷三云:"乾隆间,吴江陆朗夫中丞燿,以山东布政使入觐,门吏索资,陆无以应,遂置衣被于城外,入城从故人借卧具。见于《年谱》。阳湖赵味辛怀玉,于乾隆己亥年入都,门吏索钱,至于倾箧。见《亦有生斋诗注》。知此弊由来久矣。"举此二例,可见一斑。

二六

逝矣斑骓罥落花〔一〕,前村茅店即吾家〔二〕。小桥报有人痴立,泪泼春帘一饼茶〔三〕。(出都日,距国门已七里〔四〕,吴虹生同年立桥上候予过〔五〕,设茶,洒泪而别。)

〔一〕逝矣句:我的马走着,落花洒在马的身上。李贺《夜坐吟》诗:"陆郎去矣乘斑骓。" 斑骓:毛色青白相杂的马。罥(juàn):牵惹。

〔二〕前村句:前村茅店便是我投宿之地。暗指自己已是在野之身。

〔三〕小桥两句:听说前面小桥有人呆站着。为了惜别,他同我喝了碗茶,眼泪都掉在茶碗里。 春帘:茶店或酒店挂的帘子。这里代指茶店。 一饼茶:一碗茶。明代以前,茶叶通常压成饼状,碾成细末冲饮,明代才开始爱用一片片茶叶,但仍有制成饼状的。今云南仍有饼茶。明李日华《恬致堂诗话》:"按陆鸿渐茶经,造茶之法,摘芽,择其精者水漂之,团揉入竹圈中,就火烘之成饼。临烹点则入臼研末,泼以蟹眼沸汤。至宋蔡君谟,以其法造建溪之茶而加精焉。入我昭代,惟贵茶叶,饼制遂绝。"

〔四〕国门:京师城门。

〔五〕吴虹生:吴葆晋,字信人,号虹生(一作红生),河南光州人。道光九年进士,官户部主事,江宁知府,盐巡道,江苏淮海道等。与作者为至交。著有《半舫馆填词》,又名《半花阁诗馀》。

《同治续纂江宁府志》:"(吴葆晋)道光庚戌,任江宁府,升盐巡道,书院课士,取经术湛深者置于前列,嗣因尊经山长归里,代阅课卷,评定甲乙,士论翕然。章鼎、黄汝兰皆其所拔识者也。"

方濬师《蕉轩随录》:"光州吴红生观察(葆晋)曾语予曰:在京师时,有恨事二:中进士不入馆选,官中书未直军机处。故每遇翰林,未尝与之讲词章;遇军机章京,未尝与之论朝政也。予曰:公此言殆亦偏见。某在京,惟知访品学兼优之士师之友之,并不知何者为翰林,何者为军机也。公笑而首肯。"

孔宪彝《对岳楼诗续录》卷二有《寄怀吴红生舍人》诗:"雅有延陵季子风,高情肯使酒杯空?一官蓟北春云淡,别墅城南秋蓼红。入座尽容佳客至,论交能与古狂同(自注:君与龚定庵最相契)。匆匆怕唱阳关曲,乐府花间制最工。"又卷三《怀人诗三十二首》有《吴虹生侍读》一首云:"好客忘清贫,诗成时自喜。一官二十年,臣心竟如水。论交有古风,吾爱吴季子。"此诗写于道光二十四年。可见吴虹生风貌一斑。

同年:科举时代同科考中的人,互称同年。朱翌新《猗觉寮杂记》:"进士私谓为同年,见《许孟容传》:李绛与孟容弟固举进士为同年云云。绛曰:进士明经岁百人,吏部得官至千人,私谓为同年,本非亲旧也。"

二七

秀出天南笔一枝，为官风骨称其诗〔一〕。野棠花落城隅晚，各记春骝恋絷时〔二〕。（别石屏朱丹木同年臒〔三〕。丹木以引见入都〔四〕，为予治装〔五〕，与予先后出都。）

〔一〕秀出两句：朱臒是南方一枝高标秀出的笔杆子。他做地方官，风骨稜稜，正像他写的诗。　秀出：特异突出。《文选》张协《七命》："尔乃峣榭临风，秀出中天。"　风骨：《宋书·武帝纪》："身长七尺六寸，风骨奇特。"《文心雕龙·风骨》："若丰藻克赡，风骨不飞，则振采失鲜，负声无力。"

〔二〕野棠两句：在野棠花落时，我们在城边谈到天晚，两人都回忆过去那段郊游系马的日子。辛弃疾《念奴娇》词："野棠花落，又匆匆过了、清明时节。"　骝：赤身黑鬣的马。　絷（zhí）：绊马的绳子。"恋絷"表示马儿系着。《诗·周颂·有客》："言授之絷，以絷其马。"朱注："絷其马，爱之不欲其去也。"

〔三〕朱丹木：朱臒，字丹木，云南石屏人，道光九年进士。历官安徽绩溪、阜阳知县，无为州知州，贵州义兴府知府，陕西布政使。著有《积风阁初集》、《味无味斋诗钞》等。

《新纂云南通志》："（朱臒）吏才冠一时。江西漕政废弛，大户包漕而小民输倍，正供漕征不及半。臒严禁包户，革抗粮绅襟数十人，令小民得自负米交仓，省费无数。擢陕臬，清积狱九百馀起，结京控累年未结之案约三十馀，平反释至百八十人。"又云："臒于诗为馀事，然皆超心炼冶。少作如干、莫出匣（按，干将、莫邪皆宝剑名），光芒四射，中年后稍苍浑。尝谓放翁诗满万首，存稿务多不务精，我则异于是。故手自订稿，仅存十之二三。在滇贤中可谓壁立万仞者矣。”

徐世昌《晚晴簃诗话》：“丹木作宰皖中，有惠政，累迁分陕，以病告归。咸丰初，周文忠（按，周天爵）荐贤，及丹木，有文武兼资之目，丹木竟不起（按，拒绝参加对太平天国的镇压）。诗苍坚雄浑，亦滇诗之翘楚。”

锺骏声《养自然斋诗话》：“石屏朱丹木诗，多抒写性情之作。予独爱其《山居八咏》，为能自道所得。如《山家》云：‘斜斜整整白板房，高高下下绿萝墙。东邻水过西邻响，大妇花分小妇香。村巷夜深犬为豹，柴门日落牛随羊。葛怀之民自太古，尘世遥望云茫茫。’《山寺》云：‘青山合沓青溪回，中有栋宇何崔嵬。云霞争拥楼台出，风雨常随钟磬来。百岁老僧制虎豹，一堂古佛生莓苔。游人莫讶香火冷，四百八十成尘灰。’他如《山城》云：‘夕阳在树闭门早，北斗挂隅吹角稀。’《山径》云：‘蝙蝠随人度窈窕，狮猢导我腾虚空。’《山桥》云：‘危栏欲坠石赑屃，独木高卧松连蜷。’《山市》云：‘蛮女挑菜洗碧涧，山翁买醉眠白云。’《山驿》云：‘老魅吹灯月悄悄，哀猿叫梦风飕飕。’《山田》云：‘欹侧各占二三亩，纵横尽辟千万峰。’皆奇崛未经人道。”

〔四〕引见：清代制度，官员工作有成绩，可由吏部引见皇帝。这是清统治者对臣下的笼络手段。

〔五〕治装：这里是帮助筹措旅费的意思。

二八

不是逢人苦誉君，亦狂亦侠亦温文〔一〕。照人胆似秦时月，送我情如岭上云〔二〕。（别黄蓉石比部玉阶〔三〕。蓉石，番禺人。）

〔一〕不是两句：我逢人就称赞你，不是没有理由的。你有狂态，有侠气，却又温雅文秀。

〔二〕照人两句：对人是肝胆相向，一种高尚品格扑人而来；送我走的时候，情感深厚缠绵，犹如岭上的云。　照胆：疑用秦镜之典而另赋新意。又宋姚宽《西溪丛语》："何都巡出古镜，蒂有铭云：同心人，心相亲，照心照胆保千春。"　秦时月：等于说古道照人。　岭上云：比喻深厚缠绵。

〔三〕黄蓉石：黄玉阶，字季升，一字蓉石，广东番禺捕属人，道光十六年进士，官刑部主事。著有《韵陀山房诗文集》。卒年四十一。梁绍壬《两般秋雨庵随笔》卷五："番禺黄蓉石孝廉玉阶，弱冠即有声庠序，四方名士多与之游。道光壬辰举于乡，先君分校所得士也。貌温雅，工诗古文词，所著《蓉石诗钞》，仅窥四卷，非全豹也。"

符葆森《寄心庵诗话》："蓉石比部为香石丈（按，黄培芳）高弟，尝刻《岭南三家诗》。香石而外，张南山（维屏）、谭康侯（敬昭）两公也。其全集未能觅得。"

按，黄蓉石《韵陀山房诗文集》八卷（陶梁《国朝正雅集》又谓有《容摄山房诗钞》，未知是一是二）及《萱苏室词钞》一卷，均已失传，今唯见《黄蓉石先生诗》一卷，光绪间潘飞声（兰史）辑集，仅得一百五十九首。其中《读赤雅》七律三十三首最有名。　比部：唐代有比部郎中，隶属刑部，元以后废。后人仍常以比部作为刑部的代称。

二九

觥觥益阳风骨奇，壮年自定千首诗〔一〕。勇于自信故英绝，胜彼优孟俯仰为〔二〕。（别汤海秋户部鹏〔三〕）

〔一〕觥觥两句：汤鹏做御史时，敢于抨击权贵，风骨凛然。三十多岁年纪就自己删定了上千首诗。作者《书汤海秋诗集后》有云："益阳汤鹏，海秋其字，有诗三千馀篇，芟而存之二千馀篇。"觥觥刚直貌。《后汉书·郭宪传》："帝曰：尝闻关东觥觥郭子横，竟不虚也。"

〔二〕勇于两句：他为人勇于自信，因此显得特别突出，比那些模仿别人、随俗俯仰的优胜多了。 英绝：特别突出，不同寻常。张融《诫子文》："吾文体英绝，变而屡奇。" 优孟：春秋时代楚国歌舞艺人，能做出诙谐举动和扮演各色人物。后世借"优孟衣冠"比喻一味模仿、不能自立的人。 俯仰：《列子·汤问》："偃师谒见王，王荐之曰：若与偕来者何人耶？对曰：臣之所造能倡者。穆王惊视之，趋步俯仰，信人也。"

〔三〕汤海秋：汤鹏，字海秋，湖南益阳人，道光三年进士，授礼部主事，充军机章京，升山东道监察御史，因上章言事被斥，改官部曹。著《浮丘子》、《海秋诗文集》、《七经补录》等。卒于道光二十四年，年四十四。《清史稿》四八六卷有传。

王拯《户部江南司郎中汤君行状》："君生负异禀，九岁能属文。年十四补学员。道光二年壬子举于乡，明年成进士，以主事分礼部。观政之馀，益闭户为学，纵涉经史百氏之书。充乙未科会试同考官。人皆谓君不日月跻津要，得美仕也。而君独以资求为御史，擢山东道。甫拜官一月，三上章言事，最后以言工部尚书宗室载铨事回原衙门行走。母丧服阕，起复补江南司郎中，管理军需局。君以数年海疆连兵，英吉利甫就抚，宜善驭之，上善后事宜三十条，由本部堂上官以闻。大抵言羁縻之中，宜思预防，如召募练勇、修船造炮、缉奸设险诸务，皆指陈畅切，而尤以破成规、开特科为用人之要，往复致意焉。”又云：“君修髯伟貌，顾瞻雄鹜，言词侃侃，乐交天下豪杰。中外名公卿以至远方偏隅，薄技片能之士，咸闻声相倾倒，而人皆乐听之。顾性伉直，于所弗合，不宿中，必尽质言之，或相执忿争。以是人交君者，始莫不曰海秋贤，而或者不能终之。其读书求大义，不屑屑章句，尤自雄于文词。而时天下学者多为训诂考订，或为文严矩法，君一皆厌苦之。又言，为天下者，贵能通万物之情，以定天下之务，若徒治天下事以吏胥之才，而待天下士以妾妇之道，恶在其为治者也。”

邵懿辰《汤海秋哀辞》：“始君登第，年甚少，山阳汪文端为座主，奇其文，名是以起。而君顾自诡，高语周、秦，广众中曲诋司马迁、韩愈，以张其说。人或觝不服，辄出所为《浮丘子》俾读。《浮丘子》者，效《昌言》、《论衡》，道古今政俗得失，人情事变，以二字标题，凡九十篇。篇万馀言。读者不能终篇，益愕眙对君。君则鼓掌掀髯大喜。”

《寄心庵诗话》：“海秋农部，天才盘郁，英爽特达。其最奇者四言诗二百馀首；悼亡之作，连篇累牍，古人无是也。”

薛福成《庸庵笔记》：“益阳汤海秋侍御鹏，雄于制举文。道光间以少年捷科第，登言路，高才博学，声名籍甚。一时胜流如曾文正及王少鹤、魏默深、邵位西、梅伯言诸君皆与之交。侍郎气豪甚,旬日间,章屡上,遂由御史改部曹,颇郁郁不乐,然不见于面也。乃研精著述,所著《浮丘子》尤自意。"

按,关于汤鹏上章被斥事,查《东华续录》道光十五年十月载,汤鹏因朝廷对嵩曜、载铨二人相争事处分不当,奏请将载铨再交宗人府量加议处,而将嵩曜处分加以宽减。道光皇帝下谕斥责云:"汤鹏此奏,率意渎陈,实属不知事体轻重,不胜御史之任,著仍回原衙门行走。"

三〇

事事相同古所难,如鹣如鲽在长安〔一〕。自今两戒河山外,各逮而孙盟不寒〔二〕。(光州吴虹生葆晋〔三〕,与予戊寅同年〔四〕,己丑同年,同出清苑王公门〔五〕,殿上试同不及格〔六〕,同官内阁〔七〕,同改外〔八〕,同日还原官〔九〕。)

〔一〕鹣鲽(jiān dié):传说中的比翼鸟和比目鱼。《尔雅·释地》:"东方有比目鱼焉,不比不行,其名谓之鲽。南方有比翼鸟焉,不比不飞,其名谓之鹣鹣。"后人多借用比喻夫妇相亲相爱,这里借比朋友的亲密关系。

〔二〕自今两句:即使彼此今后相隔极远,各在两戒河山之外,而我们的友情直到孙辈都不会完结。

两戒河山:唐代天文学家一行和尚认为,中国的山河有所谓"两戒"现象。一是北戒,约在今青海、陕北、山西、河北、辽宁一线。

一是南戒，约在今四川、陕南、河南、湖北、湖南、江西、福建一线。他认为北戒、南戒对中原有一种天然屏障作用。见《新唐书·天文志》。逮：及。而：你的；而孙：指各自的孙辈。盟：原指誓约，这里作友好关系使用。

〔三〕吴虹生：见第二六首注。

〔四〕戊寅同年：嘉庆二十三年戊寅（1818），作者应浙江乡试，中式第四名举人。吴虹生也在同科获中，所以称为戊寅同年。

〔五〕同出清苑王公门：作者于道光九年己丑（1829）参加北京会试，中式三甲第九十五名进士，房考官是王植（晓舲）。吴虹生也在同一年中进士，房考官也是王植。在王植来说，他二人都是门生。按，王植，字叔培，号晓林（又作晓舲），直隶清苑人，嘉庆二十二年进士，道光九年充会试同考官，官至江西巡抚。读书至老不倦，自号秉烛老人。著有《深柳书堂诗文集》。

〔六〕殿上试：会试取中后要再参加殿试，殿试由皇帝亲自主持，正式定出等第名次。一甲一名（状元）传胪后即授翰林院修撰，一甲二名（榜眼）、三名（探花）即授翰林院编修。其馀二甲、三甲进士还要参加朝考。朝考专门为选庶吉士而设，考在前列的入翰林院用为庶吉士，较差的分别用为主事、中书、知县。作者和吴虹生都未能考上庶吉士，所以说"同不及格"。

〔七〕官内阁：在会试之前，作者和吴虹生都在内阁任中书。

〔八〕改外：作者和吴虹生朝考后都应授知县官职，这里称为"改外"，因为两人原来都是任内阁中书。

〔九〕还原官：中进士后如不愿改任外官，可以申请回任内阁中书。作者和吴虹生就是这样。

三一

本朝闽学自有派，文学醰醰多古情〔一〕。新识晋江陈户部，谈经颇似李文贞〔二〕。（别陈颂南户部庆镛〔三〕）

〔一〕本朝两句：清朝儒家理学在福建有自己的流派，文章风格醇厚有古人的情味。　闽学：徐珂《清稗类钞·性理类》："闽中学派，李氏最盛，文贞公（按，李光地）之弟光坡，字耜卿，著《性论》三篇，又著《三礼述注》六十九卷。从弟光墺，字广卿；光型，字仪卿，同撰《二李经说》……蔡文勤公闻道于文贞，而传道于雷鋐。他如连城李梦箕，精进学业，崇尚朱子；子图南，能世其业。而邑人张鹏翼、童能灵，皆以学行称。"　醰醰：醇厚有味。《文选》王褒《洞箫赋》："良醰醰而有味。"

〔二〕李文贞：李光地，字晋卿，福建安溪人，生于崇祯末年，入清后历任兵部右侍郎，直隶巡抚等，卒谥文贞。著有《周易通论》、《榕村藏稿》等。《清史稿》二六二卷有传。据全祖望、钱林等人的记述，此人是典型的假道学、伪君子。自称服膺程朱理学（儒家正统的唯心主义学派），曾自撰联云：六经宗孔郑，百行学程朱。平生行为则是出卖朋友取得向上爬的本钱，父死不肯奔丧，晚年又私养姘头和私生子。由于满族入关以后，统治者以尊崇朱熹理学作为巩固清王朝统治的工具，李光地迎合统治者心意，也大谈朱熹理学，甚至肉麻地说："自孔子后五百年而至建武，建武五百年而至贞观，贞观五百年而至南渡。朱子之在南渡，天盖付以斯道，而时不逢，此道与治之出于二者也。自朱子而来，至我皇上又五百岁，应王者之期，躬圣贤之学，天其殆将复启尧舜之运，而道与治之统复合。”俨然把清朝皇帝玄烨说成是尧舜复生，而自己则是朱熹再世。其实他的经学，都是袭取前人旧说，以投合清王朝统治者的胃口。

〔三〕陈颂南：陈庆镛，字笙叔，号乾翔，又号颂南，福建晋江人，道光十三年进士，官户部主事，历江西道及陕西道监察御史等，是个服膺宋儒的理学家，著有《籀经堂稿》。《清史稿》三七八卷有传。作者有《问经堂记》记其人，可参阅。

陈棨仁《中议大夫掌陕西道监察御史陈公墓志铭》：“国朝道光之中，天下称名御史者三。曰临桂朱公琦，曰高要苏公廷魁，其一则吾师晋江陈公也……授江南道监察御史时，海事方亟，中外喈喈未定，群工百僚，各懕其意私相角，良莠道忤，迭为兴蹶。公于是有申明刑赏之疏，指斥贵近，请收成命，得旨嘉纳，且有抗直敢言之褒。谏草流传，读者咋指，争以识颜色、亲謦欬为幸。由是而公之直声震天下矣。”

三二

何郎才调本孪生，不据文家为弟兄〔一〕。嗜好毕同星命异，大郎尤贵二郎清〔二〕。（别道州何子贞绍基〔三〕、子毅绍业兄弟〔四〕。近世孪生皆据质家为兄弟。）

〔一〕何郎两句：何绍基兄弟从才华来论本来就像一对双胞胎兄弟，何况他俩又是真的双胞胎。不过，他俩不是按照儒家的规定来排双生兄弟的长次，而是按照世人一般的排法。　文家为弟兄:《春秋公羊传·隐公元年》:“立适(嫡)以长不以贤,立子以贵不以长。”何休注云:“子,谓左右媵及侄娣之子……质家亲亲先立娣,文家尊尊先立侄……其双生也,质家据见立先生,文家据本意立后生。皆所以防爱争。”所谓“质家”,指民间习惯;“文家”,指儒家制定的礼法。原来一胎双生二子,谁是兄,谁是弟,很久以前就有不同见解。儒家认为双生子应该后出世那个是兄,先出世那个是弟。即所谓“据文家为兄弟”。但这种礼法,一直受到广大人民的反对和抵制,便是在儒家思想泛滥的时代,仍有许多人“不据文家为弟兄”。有关这个问题,前人笔记也有记载,如托称刘歆著的《西京杂记》:“霍将军妻一产二子,疑所为兄弟。或曰:前生为兄,后生者为弟。或曰:居上者宜为兄,居下宜为弟。居下者前生,宜以前生为弟。”宋洪迈《容斋续笔》:“今时人家双生男女,或以后生者为长,谓受胎在前;或以先生者为长,谓先后当有序。”明谢肇淛《五杂俎》:“孪生者疑于兄弟。或云,后生者为兄,以其居上也。”但清代以后,一般人都承认先生者为兄,后生者为弟。所以作者在自注中说“近世孪生皆据质家为兄弟”。按,佛教亦以后生者为兄。《法苑珠林》卷八九:“诸双生者,后生为长。所以者何?先入胎者必后出故。”

〔二〕嗜好两句:他俩的嗜好完全相同,可是命运却不一样。哥哥更其显贵,弟弟却是清高的。　星命:封建社会的星相学胡说人的生辰可以占算一生命运,称为“星命”。何氏兄弟既是孪生,生辰非常接近,照理应有相同命运,但实际上两人的遭遇差别很大。作者在这里嘲笑了这种骗人的胡说。　按,当时何绍基已成进士,并在翰林院供职;何绍业却还是未入仕的秀才。

〔三〕何子贞:何绍基,字子贞,号蝯叟,湖南道州人。道光十六年进士，官翰林院编修，历任国史馆提调，四川学政等职，后主持扬州书局，校定《十三经注疏》。著有《东洲诗文集》、《惜道味斋经说》、《说文段注驳正》等，又系著名书法家。《清史稿》四八六卷有传。

林昌彝《何绍基小传》：“（子贞）于学无所不窥，博涉群书，于六经子史皆有著述，尤精小学，旁及金石碑板文字，凡历朝掌故，无不了然于心。其为诗天才俊逸，奇趣横生。论诗喜宋东坡、山谷，其自为诗，直合苏、黄为一手。书法具体平原，上溯周秦两汉古篆籀，下至六朝南北碑板，搜辑至千馀种，皆心摹手追，卓然自成一子。草书尤为一代之冠。海内求书者门如市，京师为之纸贵。”

《晚晴簃诗话》：“子贞诗根柢深厚，盘郁而有奇气，多可传之作。殁后五十年，书法益为世所重，得其片楮，珍若球图。独其诗尚未有极力扬榷之者，盖为书名所掩也。”

张舜徽《清人文集别录》：“绍基于经学、小学用力最深……世徒重其书法为有清第一，而不知其博极群书，学有本源，书法特其馀事耳。即以书法论，亦非后人所易学步。其一生临池之功，至老不废，摹汉碑每种至数百通，晚年乃无一似者。神明变化，自成一家。”

〔四〕何子毅：何绍业，字子毅，绍基之弟，荫生。精于绘画，又善算学，卒于道光十九年，仅四十一岁。

震钧《国朝书人辑略》引《息柯杂著》：“子毅世丈与子贞孪生兄弟，笔墨超拔流俗，幼年即著名坛坫，善书，嗜琴。”

蒋宝龄《墨林今话》：“何绍业，号子毅，道州人，子贞先生弟也。精绘事，力追宋元，花鸟人物偶一涉笔，亦清超绝俗，不落恒蹊。

惜体素弱善病，竟不永年。尝见其临钱南园六马图，子贞题一诗云：南翁六马图，意态颇横绝，子毅偶临写，精神各超越。乌乎子毅今何往？遂逐南翁游泱漭。半生鸿爪不自惜，千年骏骨知谁赏？故人珍重增感思，令我展图泪若丝。一幅在壁一在几，怆记当日含毫时。”

三三

少慕颜曾管乐非〔一〕，胸中海岳梦中飞〔二〕。近来不信长安隘，城曲深藏此布衣〔三〕。（别会稽少白山人潘谘〔四〕）

〔一〕少慕句：潘谘少年时代就仰慕颜渊、曾参，贬斥管仲和乐毅。颜：颜渊，孔丘得意弟子，早死。曾：曾参，孔丘学生。后世儒家认为两人都是孔门弟子的榜样。　管：管仲，春秋时齐国大政治家，传世有《管子》八十六篇。　乐：乐毅，战国时燕国名将，曾攻下齐国七十馀城。后被谗，逃到赵国，被封为望诸君。

〔二〕胸中句：潘谘遍游名山大川，因此胸中藏着大海和山岳，它们在梦中也会飞翔起来。鲍照《喜雨》诗：“平洒周海岳。”

〔三〕近来两句：北京的小巷里近来有潘谘这样的人居住，北京也就不觉得狭小了。按，两语感慨甚深。　隘：狭窄。元好问《出京》诗：“城居苦湫隘，群动日蛙黾。”　布衣：一般指平民身份的知识分子。

〔四〕潘谘：初名梓，字诲叔，一字少白，浙江会稽人，隐居北京。生平喜游奇山异水，足迹达数万里。著有《常语》、《林皋间集》。《清史稿》四八〇卷有传。

平步青《霞外捃屑》:“潘少白《林皋间集》,取《晋书·阮籍传附从子修》:与兄弟同志,常自得于林皋之间语。集中《万里游》诗一千一百六十四韵,一万一千六百四十字;原本一千四百韵,后删去二百三十六韵。篇幅之冗长,为古今诗人所未有。”

李慈铭《越缦堂读书记》:“少白足迹半天下,借终南为捷径,旅京华作市隐,笠屐所至,公卿嗜名者争下之;而邑人与素游者,皆言其诡诈卑鄙。盖公道可征也。然其文实修洁可喜,虽洼泓易尽,而一草一石,风回水萦,自有佳致。写景尤工。惟满口道学为可厌耳。”

《晚晴簃诗话》:“少白好奇,学综道艺,足迹半天下,熟知风俗利弊,政治得失。道光中游京师,以清德名望为群公所倾倒。与归安姚镜堂驾部(按,姚学塽)志同道合,一时方闻才辩之士并折节下之。程春海侍郎(按,程恩泽)谓:其人由狂返狷,文则自奇入正。惜其不为世用。诗境清旷。”

三四

龙猛当年入海初〔一〕,娑婆曾否有仓佉〔二〕?只今旷劫重生后,尚识人间七体书〔三〕。(别镇国公容斋居士〔四〕。居士睿亲王子,名裕恩。好读内典〔五〕,遍识额纳特珂克〔六〕、西藏、西洋、蒙古、回部及满、汉字;又校定全《藏》〔七〕。凡经有新旧数译者,皆访得之,或校归一是,或两存之,或三存之。自释典入震旦以来未曾有也〔八〕。)

〔一〕龙猛:佛教传佈人之一,又名龙树、龙胜。佛灭后七百年生于南天竺,马鸣菩萨的再传弟子,是三论宗、真言宗初祖。传说他曾入海中龙宫取出《华严经》下本十万偈，流布人间。《释氏六帖》："龙树大士天聪奇悟，事不再思，文无重鉴。后年长成，与三人为友，学隐身法，入其王宫。既乱其宫，王问群臣：此事何也？臣曰：若鬼神，禁咒；若人，试之于宫门罗灰。果见三人脚踪入处，遂令以剑宫中乱挥。二人被杀。龙树多智，常近王边，免难。出家，诵一切经尽。后入龙宫，见其海藏，悟道。以树下生，龙宫成道，因名龙树也。"

〔二〕娑婆：即娑婆世界。佛经中三千大千世界的总称。《法华玄赞》："是三千大千世界，号为娑婆世界。" 仓佉：仓颉和佉卢，都是传说中创造文字的人。《法苑珠林》卷十五："昔造书之主凡三人：长名曰梵，其书右行。次曰佉(qū)卢，其书左行。少者仓颉，其书下行。"

〔三〕只今两句：裕恩在长久以后重生人间，还认识七种文字。 旷劫：佛家以劫表示时间数量。旷劫即经历长久年代。《法华经》："示现五种劫：一者夜，二者昼，三者月，四者时，五者年。"《艺文类聚》卷七七梁孝绰《并州碑》："旷劫悠缅，历代遐长。"《大唐西域记》卷九："我于旷劫，勤修苦行，为诸众生，求无上法。昔所愿期，今已果满。" 按，佛家说"劫"有两义，一表示时间，一表示世界成坏(由世界形成到破坏空无一物，称为一大劫)。作者诗中往往两意都用。

〔四〕容斋居士：裕恩，满洲正蓝旗人，宗室和硕睿亲王淳颖第六子，禧恩之弟，嘉庆十四年封二等镇国将军，历官内阁学士、礼部侍郎、热河都统等。《清史列传》附《禧恩传》后。

〔五〕内典：即佛经。《佛祖统纪》："沙门道安作《二教论》，以儒道九流为外教，释氏为内教。"《艺文类聚》卷七六梁陆倕《天光寺碑》:“九流外籍,五明内典,马策馀文,龙宫遗教:莫不神游房奥,迹遍门墙。”

〔六〕额纳特珂克:印度古国名,在中印度。见魏源《海国图志·西南洋五印度沿革图》。又称厄讷特阿。《海国图志》卷十七引《恒河考》:“冈噶江转东南经马木巴柞木即部落至厄讷特阿国入南海。按,厄讷特阿国,即中印度也。”

〔七〕全藏:佛教经典的全集,称为《大藏经》。

〔八〕震旦:梵语对中国的称呼。《翻译名义集》卷三:“琳法师云:东方属震,是日出之方,故云震旦。《楼炭经》云:葱河以东,名为震旦。以日初出耀于东隅,故得名也。”

三五

丱角春明入塾年〔一〕,丈人摩我道崭然〔二〕。恍从魏晋纷纭后,为溯黄农浩渺前〔三〕。(别大兴周丈之彦〔四〕)

〔一〕丱角句:我头上还扎小辫子时,就在北京入塾读书。　丱(guàn)角:把头发扎成两个丫角。《诗·齐风·甫田》:“总角丱兮。”　春明:指京都。唐代京城东面三门,中间一门叫春明门。后人因借称京师为“春明”。

〔二〕丈人句:你这位长辈曾经认为我有不凡的才气。　崭(zhǎn)然:高峻特出的样子。韩愈《柳子厚墓志铭》:“虽少年,已自成人,能取进士第,崭然露头角。”后人因称少年不凡为“头角崭然”。

〔三〕恍从两句:像从三国、两晋那样战乱纷繁的年代,追溯到黄帝、神农那样的蒙昧世纪。按,作者从初到北京直至这次南归,前后达三十八年。三十八年间,清王朝的统治正由相对安定走向大变乱;而作者自己也从蒙昧状态进到参加变革斗争,因而回想儿时,便产生强烈的今昔之感。

〔四〕周之彦:顺天府大兴县(今北京)人,生平未详。

三六

多君媕雅数论心〔一〕,文字缘同骨肉深〔二〕。别有樽前挥涕语,英雄迟暮感黄金〔三〕。(别王秋畹大令继兰〔四〕。秋畹,济宁人。)

〔一〕多君句:我佩服你的情致温文优雅,常常和你倾心交谈。　多:佩服,欣赏。　媕(ān):《说文》:"媕,女有心媕媕也。"朱骏声释为"眉语目成之意"。这里可作为有情致解。　数(shuò):屡屡。

〔二〕文字句:讨论学问,酬唱诗词,在文字上交往,这种因缘同骨肉之情一样深切。玉堂居士《蠡庄诗话》:"简斋先生(按,袁枚)云:文字之缘,较骨肉妻孥更为真切。诚哉是言。"

〔三〕感黄金:王秋畹感黄金事待考。阮籍《咏怀》诗:"黄金百镒尽,资用常苦多,北临太行道,失路将如何?"

〔四〕王秋畹:王继兰,字秋畹,山东济宁人,嘉庆十八年举人。《同治山西通志》:"(继兰)济宁举人,知平定州,居官简易便民,每有兴革,皆事立集而民不扰。屡办兵差,力不及,请用协济,令民出驴以应之,设法更为简便。"按,作者诗中称王为"大令",知王此时还是一员知县。

三七

三十华年四牡騑〔一〕，每谈宦辙壮怀飞〔二〕。尊前第一倾心听，兕甲楼船海外归〔三〕。（别直隶布政使同年托公。公名托浑布〔四〕，蒙古人。）

〔一〕三十句：三十岁年纪就因勤劳王事到海外去。　四牡騑：《诗·小雅·四牡》："四牡騑騑，周道倭迟，岂不怀归？王事靡盬，我心伤悲。"郑玄笺："《四牡》，君劳使臣之来乐歌也。勤苦王事，念及父母，怀归伤悲。"按，托浑布有《前放洋歌》，自叙赴台湾事。其中有"朅来王事迫靡盬，捧檄将泛扶桑东"的话。见《瑞榴堂诗稿》。作者用"四牡騑"，也是指这件事。

〔二〕每谈句：每一谈起做官的经历，就壮心飞扬。　宦辙：做官期间走过的地方。

〔三〕尊前两句：同你喝酒谈天的时候，我最用心听的，是你当年坐着战船从海上归来的经历。兕（sì）甲：兕皮做的甲。《吴越春秋》："越军于江南，越王中分其师以为左右军，皆披兕甲。"兕：《尔雅·释兽》："兕似牛。"郭注："一角，青色，重千斤。"楼船：有楼的船，常以指战船。《史记·平准书》："大修昆明池，治楼船，高十馀丈，旗帜加其上，甚壮。"

〔四〕托浑布：字子元，又字安敦，蒙古正蓝旗人，嘉庆二十四年进士。著有《瑞榴堂诗稿》。作者与托浑布于嘉庆二十三年同中式举人，故互称同年。

宗稷辰《兵部侍郎巡抚山东兼提督托公墓表》："公姓博尔济吉

特氏，讳托浑布，字安敦，号爱山，蒙古世族，隶正蓝旗。公幼时，家贫，日徒步六七里，从师问学，风雨不辍。甫冠，以戊寅、己卯连举成进士，即授湖南知县，补龙山令，未赴而宁夏公（按，托浑布之父，名观福）卒于任所，奔丧慰母，处困境，竭力服劳，人以为难。服除，赴湖南署安化、湘潭等县，补永州之东安。台湾张丙之乱，委理郡，筹战守，寝食海艘月馀，乱定论功。道光十七年升直隶按察使，明年迁布政使，又明年命巡抚山东。时海上事起，登州一隅滨海，英吉利番舶北驶所由必。经营防御，迭上筹策，闻警即往，驻其地三年中，防海居半，心力为瘁，二十三年十月竟卒，春秋才四十有五。"又云："尤熟于筹海，及防登州，即铸火器，简选锋，周览成山、之罘之间，择险设伏，得其要最。每画图陈状，重洋列岛如指掌。无何，抚局变，即大修战备，训水师，断井泉，筑沙垒。迨厦门、定海相继陷，益务团练，习火攻之术。彼时番舶有北驶而回帆者，盖知东北有备，故披猖止于江介云。"

三八

五十一人皆好我〔一〕，八公送别益情亲。他年卧听除书罢，冉冉修名独怆神〔二〕。（别南丰刘君良驹〔三〕、南海桂君文燿〔四〕、河南丁君彦俦〔五〕、云南戴君䌹孙〔六〕、长白奎君绶〔七〕、闽黄君骧云〔八〕、江君鸿升〔九〕、枣强步君际桐〔一〇〕。时己丑同年留京五十一人，匆匆难遍别，八君及握手一为别者也。吴虹生已见前。）

〔一〕好（hào）我：同我相好。好：读去声。《诗·邶·北风》："惠而好我,携手同行。”

〔二〕他年两句:今后我在退隐生活中听到你们升迁的消息,想到自己,想到“冉冉……修名……”这些古话,会忍不住心情的悲凉。　卧:古人称隐居为高卧。　除书:升迁官吏的文书。　冉冉修名:屈原《离骚》:“老冉冉其将至兮,恐修名之不立。”《北史·张文诩传》:“文诩灌园为业,州县以其贫素,将加赈恤,辄辞不受。尝闲居无事,从容叹曰:老冉冉而将至,恐修名之不立。以如意击几自乐。”　修名:美好的名声。

〔三〕刘良驹:字星舫(一作星房),号叔千,江西南丰人,道光九年进士,由翰林院庶吉士改官户部主事,仕至两淮盐运使。是作者的儿女亲家(阿辛的家翁)。

〔四〕桂文燿:字子淳,一字星垣,广东南海捕属人,道光九年进士,历官翰林院编修,国史馆纂修、总纂,湖广道监察御史,淮海兵备道。著有《席月山房词》、《群书补正》。陈澧《江南淮海兵备道桂君墓碑铭》称他“读书不屑治章句,恒以功业自任,处事精敏,理纷制变,应机立断,神思湛然。默计天下大事,殚心规画,咸得要领”。又说他早就预料太平军起义后,江南清军必然守不住。又预测广东农民将要起义,不久红巾军何六部队果然攻陷东莞。又预测黄河不会南下同长江合流而是北徙,后来黄河果然在铜瓦厢决口北流。说明他是关心时局、眼光锐利的人。

〔五〕丁彦俦:字范亭,号乐垞(一作角垞),河南永城人,道光九年进士,由翰林院庶吉士改官户部主事,官至员外郎。

〔六〕戴䌹孙:字袭孟,号云帆(一作筠帆),云南昆明人,道光九年进士,由工部主事迁监察御史,历署吏、户、兵、刑、工科给事中。工诗,初在云南,与池生春、李于阳、戴淳、杨国翰并称五华五才子。著有《明史名臣言行录》、《味雪斋诗钞》等。叶绍本称其诗“壮浪纵恣,得力于太白,而奄有韩、苏诸家之长”。

〔七〕奎绶:满洲人,道光九年进士。生平未详。

〔八〕黄骧云:字伯雨,一字雨生,台湾中港头份庄人,原籍广东嘉应州(今梅县)。道光九年进士,官都水司主事,营缮司员外郎。

〔九〕江鸿升:字翌云,福建闽县人,道光九年进士,官工部主事,军机处行走。

〔一〇〕步际桐:字香南(一作香林),一字唐封,直隶枣强县人,道光九年进士,官翰林院编修,国史馆纂修,擢御史,历官山西平阳府知府,河南按察使,甘肃庆阳府知府,因罣误落职。著有《杉屋文集稿》。

三九

朝借一经覆以簦,暮还一经龛已灯〔一〕。龙华相见再相谢,借经功德龙泉僧〔二〕。(别龙泉寺僧唯一〔三〕。唯一,施南人。)

〔一〕朝借两句:早上借一本佛经,拿伞子遮着回家;晚上把佛经归还,龛中已经点上油灯。簦(dēng):《史记·虞卿传》:“蹑蹻檐簦。”徐广曰:“簦,长柄笠,音登。笠有柄者谓之簦。” 龛(kān):安置佛像的木柜子。

〔二〕龙华两句:让我们在西天见面再多谢你吧,你是借经有功德的和尚。 龙华:佛经中说,弥勒菩萨在龙华树下成佛。这里借用为西方佛土。 功德:佛家语,积福为善的意思。《胜鬘经宝篇》:“恶尽言功,善满曰德。又德者得也,修功所得,故名功德。”

〔三〕龙泉寺:在北京宣武门西南。作者《为龙泉寺募造藏经楼启》有云:“永乐中,诏刊全《藏》一万一千馀卷,依周兴嗣《千字》胪而次之,颁天下诸寺……宣武门西南龙泉寺,古刹也,实有一分,完不蚀,望之栉然,触之馤然。”作者在北京时,常向龙泉寺借佛经阅读。

四〇

北方学者君第一,江左所闻君毕闻〔一〕。土厚水深词气重〔二〕,烦君他日定吾文。(别许印林孝廉瀚〔三〕。印林,日照人。)

〔一〕江左句:江左的学者所懂得的学问,你全都懂得。　江左:长江下游地区。魏禧《日录杂说》:“江东称江左,江西称江右。盖自江北视之,江东在左,江西在右耳。”

〔二〕土厚两句:你的学问像厚土和深水,文章气格又凝重。将来要麻烦你审定我的文章。　土厚水深:《左传·成公六年》:“晋人谋去故绛,诸大夫皆曰:必居郇瑕氏之地。献子曰:不如新田,土厚水深,居之不疾。”　定吾文:曹植《与杨德祖书》:“敬礼云:卿何所疑难乎?文之佳恶,吾自得之。后世谁相知定吾文者耶?”《南史·任昉传》:“王俭乃出自作文,令昉点正。昉因定数字。俭拊几叹曰:后世谁知子定吾文?其见知如此。”

〔三〕许印林:许瀚,字印林,山东日照人,道光十五年举人,五次会试不第,选授峄县教谕,迁宝坻知县。生平精研《说文》,考证古籍文字,校勘宋、元、明版古籍,以精审著称。又好金石文字。著有《别雅订》、《攀古小庐文》、《古今字诂疏证》等。《清史稿》四八一卷有传。

杨铎《许印林先生传》:“幼博综经史及金石文字,年逾冠,补博士弟子员。道光乙酉,道州何文安公视学山左,奇先生诗古文,拔贡成均。次年入都,主文安公寓邸,得与公子子贞太史交,互相考订,于训诂尤深,至校勘宋、元、明本书籍,精审不减黄荛圃、顾涧苹诸君。平定张石舟、河间苗先露、新安俞理初,皆昕夕过从,以学问相切磋。仁和龚定庵推为北方学者第一,其见重于时如此。会武英殿重修字典,征先生校录,书成叙得州同衔。乙未,北闱中式举人,五试春官。庚子主讲渔山书院。后选授峄县学教谕,旋以忧去官。丙午,河帅潘芸阁侍郎延校定《史籍考》。时山阳丁柘唐年丈、鲁通甫孝廉、海宁许珊林太守、秀水高伯平明经,皆与订文字交。己酉,山西杨墨林以桂氏《说文义证》属校刊,咸丰纪元始蒇事。丁巳,伯平惜先生文稿散失,因录所存,汇刻一帙曰《攀古小庐文》。越十有二年,同治壬申,铎需次金陵,有自山左来者,询问先生踪迹,云已死矣。”

四一

子云识字似相如〔一〕,记得前年隔巷居。忙杀奚童传搨本〔二〕,一行翠墨一封书〔三〕。(别吴子苾太守式芬〔四〕。子苾,海丰人。)

〔一〕子云:汉代学者扬雄,字子云,他和文学家司马相如,都认识古代文字。《汉书·艺文志》:“武帝时,司马相如作《凡将篇》(按,一种字书),无复字。至元始中,征天下通小学者以百数,各令记字于庭中，扬雄取其有用者以作《训纂篇》。”又《扬雄传》：“孝成帝时，客有荐雄文似相如者。”作者这里是拿扬雄比拟吴式芬。

〔二〕奚童：年幼的仆役。　本：用椎拓方法把碑版上的文字模印下来，装成本子称为搨本。

〔三〕翠墨：搨本在拓印时用上等的墨，色泽鲜明。翠：鲜明，蜀地方言。见陆游《老学庵笔记》卷八。

〔四〕吴子苾：吴式芬，字子苾，号诵孙，山东海丰人，道光十五年进士，由编修官至内阁学士。好收集金石文字，著有《陶嘉书屋稿》、《捃古录》、《封泥考略》等。

《武进诗续钞》十五引李佐贤（竹朋）云：“子苾所著《捃古录》，于钟鼎、碑版文字搜罗靡遗。盖自欧（按，欧阳修）、赵（按，赵明诚）著录以迄今日，考据家无如是之详尽赅博者，洵堪信今传后无疑也。古诗气清笔健，洒脱自喜，神似坡公。律诗亦工力悉敌。”

彭蕴章《内阁学士吴公墓志铭》：“公性和易，平居无疾言遽色。与人交必相规以道义。故自京僚以至外吏，莫不慕公之笃雅，而乐与相亲。好金石文字，凡鼎彝碑碣汉砖唐镜之文，皆拓本藏之，于古人书画，尤工鉴别。善鼓琴，每访山川名胜，必携以自随。虽居处贵显，其意趣泊如也。”

四二

夹袋搜罗海内空〔一〕，人材毕竟恃宗工〔二〕。笥河寂寂覃溪死，此席今时定属公[三]。(别徐星伯前辈松[四]。星伯,大兴人。)

〔一〕夹袋句:把海内人材的名字收集记录下来,放在自己的夹袋里,无一遗漏。意指关心人材的培养。《宋史·施师点传》:"师点惓惓搜访人材,手书置夹袋中。"

〔二〕人材句:人材的发现毕竟要依靠有名望的人物。 宗工:指学术上有成就,又善于发现培养人材、为众所推崇的人。《金史·元好问传》:"兵后,故老皆尽,好问蔚为一代宗工。"

〔三〕笥河两句:朱笥河、翁覃溪都已逝去,提拔荐引人材的责任定然要落在你的身上。 笥河:朱筠,字竹君,号笥河,直隶大兴人,乾隆十九年进士,历官侍读学士,提督安徽学政。曾建议从《永乐大典》中采辑亡佚,结果辑出失传的古籍五百馀部。生平喜提拔人材,奖掖后进。陆锡熊、程晋芳、任大椿都是他录取的名士;洪亮吉、黄景仁、吴鼒都是他的学生。著有《笥河集》。《清史稿》四八五卷有传。 覃溪:翁方纲,字正三,号覃溪,大兴人,乾隆十七年进士,历任国子监司业,提督广东学政,内阁学士等。平生尤喜提拔人材。凌廷堪、孔广森、王聘珍、冯敏昌等,都经他奖拔成名。著有《两汉金石记》、《粤东金石略》、《小石帆亭著录》、《复初斋诗集》等。《清史稿》四八五卷有传。

〔四〕徐星伯:徐松,字星伯,大兴人,嘉庆十年进士,由翰林院编修擢湖南学政,潼商兵备道,因事谪戍伊犁,赦还后复官内阁中书。著有《新疆识略》、《唐登科记考》、《西域水道记》等。《清史稿》四八五卷有传。

《清史列传·徐松传》:"(松)自出关以来,于南北两路(按,指天山南北)壮游殆遍。每有所适,携开方小册,置指南针,记其山川曲折,下马录之。至邮舍,则进仆夫、驿卒、台弁、通事,一一与之讲求。积之既久,绘为全图,乃遍稽旧史、方略及案牍之关地理者笔之,成《西域水道记》五卷。又以新疆入版图已数十年,未有专书,爰搜采事迹,稽核掌故,成《新疆识略》十卷,于建置、城垣、控扼险要、满汉驻防、钱粮、兵籍,言之尤详。将军松筠奏进《事略》,并叙其劳,特旨赦还。”

《畿辅通志·徐松传》:“松研究经术,尤精史事。生平嗜读新、旧《唐书》,及唐人小说。辑唐文时,于《永乐大典》中得河南志图,亟为摹钞。采集金石传记,合以程大昌、李好问之长安图,作《唐两京城坊考》,以为吟咏唐贤篇什之助。又性好钟鼎碑碣文字,谓足资考证。在西域披榛剔莽,手搨汉裴岑碑、唐姜行本碑以归。复于敦煌搜得唐索勋及李氏修功德两碑,皆向来著录家所无者。自塞外归,文名益噪,其时海内通人,游都下者,莫不相见恨晚。每与乌程沈垚、平定张穆辈,烹羊炊饼,置酒大嚼,剧谈西北边外地里以为乐,若忘乎当日身在患难中者,其志趣过人远矣。”

四三

联步朝天笑语馨〔一〕,佩声耳畔尚泠泠〔二〕。遥知下界觇乾象,此夕银潢少客星〔三〕。(别共事诸宗室〔四〕)

〔一〕联步句:我和宗室同僚们上朝的时候,一边走一边谈,笑语融洽。 馨:形容笑语融洽。释惠洪《石门文字禅》卷十《璲首座出示巽中诗》:“不知门外山花发,但觉君来笑语香。”

〔二〕佩声句:如今在我耳边,恍惚还听到泠泠的玉佩声。 佩声:古代官僚贵族身上悬着玉佩装饰，行动时相触作响。《礼·玉藻》："古之君子必佩玉……行则鸣佩玉。"泠泠：清响的声音。陆机《文赋》："音泠泠以盈耳。"

〔三〕遥知两句：我知道下界的人在观看天象时，这晚上在天潢的地方会发现少掉了一颗客星。　下界：古人把上天称为上界，人间称为下界。引申把皇室皇族称为上界，老百姓称为下界。反映了封建贵族自命不凡的阶级偏见。　觇（chān）：观察。　乾象：天象。《后汉书·郭泰传》："吾夜观乾象，昼察人事，天之所废，不可支也。"　银潢：同天潢。中国古代星图中在五车星座内有天潢五星。《汉书·天文志》："西宫咸池，曰五天潢。五潢，五帝车舍。"《晋书·天文志》："五车五星，三柱九星……其中五星曰天潢，天潢南三星曰咸池，鱼囿也。"　客星：古人把突然出现的星体称为客星。现代天文学称为新星，即突然放亮若干千万倍的天体。作者把自己比作客星，是对满洲皇族来说。他对满族统治者常自称为"客"或"宾"，如《古史钩沉论》四："祖宗之兵谋，有不尽欲宾知者矣。"句中"宾"指汉族官员。

〔四〕诸宗室：满族中的皇族成员，可能是作者在宗人府（管理皇族事务的衙门）任事时的同僚。

四四

霜毫掷罢倚天寒〔一〕，任作淋漓淡墨看〔二〕。何敢自矜医国手，药方只贩古时丹〔三〕。（己丑殿试〔四〕，大指祖王荆公上仁宗皇帝书〔五〕。）

〔一〕霜毫句：文章写完，把笔丢下，它仿佛倚天而立，发出凛凛寒光。 霜毫:势挟风霜的笔。杜牧《长安杂题长句》:“四海一家无一事,将军携剑泣霜毫。”倚天:宋玉《大言赋》:“长剑耿耿,倚天之外。”李峤《剑》诗:“倚天持报国,画地取雄名。”

〔二〕任作句:任凭人家拿我的文章当作一般科举文字看待吧。 淡墨:指科举文章。范成大《翰林学士何公溥挽词》:“名场魁淡墨,官簿到花砖。”又作者《吴市得题名录一册》诗:“淡墨堆中有废兴。”都是指科举考试文章。按,王定保《唐摭言》:“进士榜黏黄纸四张,以淡墨毡笔书礼部贡院四字黏于榜首。”又李调元《淡墨录序》:“淡墨书榜,不知始自何时。或云,唐李程应举时,遇天榜吏,问登第人姓,则有李和而无李程。仓皇求之。乃用淡墨添王字于和字之下。果得第。后遂相因,凡榜书人名,俱用淡墨,遂成故事。又《贾公谈录》:唐李绅侍郎知贡举,夜放榜,书未毕,书吏忽得暴疾,因更呼一善书吏代。吏方醉,磨墨卤莽,一榜字或浓或淡,反致其妍。二者未知孰是云。”

〔三〕何敢两句:我哪里敢自称是医国能手?我只是转贩用古代药方制成的丹药罢了。《国语·晋语》:“上医医国,其次救人。” 古时丹:指自己的殿试对策大致仿效王安石《上仁宗皇帝言事书》。按,作者在《对策》中说:“药虽呈于医手,方多传于古人。若已经效于世间,不必皆从于己出。”

〔四〕己丑殿试:道光九年己丑(1829),作者参加会试后再参加殿试。按照清代科举制度,殿试考时务策,内容都是有关政治社会方面的问题。先由读卷大臣拟定题目八条,再呈皇帝圈定四条,由贡士撰文逐条对答,所以称为“对策”。

〔五〕王荆公:王安石,临川人,字介甫,北宋神宗朝宰相,封荆国公。立志革新政治,推行新法,是著名政治革新家。嘉祐三年

(1058)曾向仁宗上书,极论时政得失,洋洋万言。　据张祖廉《定庵年谱外纪》:"(龚自珍)少时好读王介甫上宋仁宗皇帝书,手录凡九通,慨然有经世之志。"因此在对策时仿其大意。

四五

眼前二万里风雷,飞出胸中不费才〔一〕。枉破期门佽飞胆,至今骇道遇仙回〔二〕。(记己丑四月二十八日事〔三〕)

〔一〕眼前两句:整个边疆的局势和它的政策,如在我的眼前;我写的建议像风雷一样飞出胸中,毫不花费心力。　二万里:指当时新疆南北两路。作者在《安边绥远疏》中曾说:"国朝边情、边势与前史异,拓地二万里而不得以为凿空。"可证。　按,作者早就关心西北边疆局势,平时已有调查研究,并且写了《西域置行省议》等文章。这次朝考时,皇帝问的正是西北边疆的事,所以作者毫不费力就交了卷。魏季子《羽琌山民轶事》云:"定公己丑四月二十八日应廷试,交卷最早出场。人询之,定公举大略以对。友庆曰:君定大魁天下。定公以鼻嗤曰:看伊家国运如何。盖文内皆系实,对于西北屯政綦详也。"虽是传闻,情形大略可见。

〔二〕枉破两句:徒然把守卫武士们的胆都唬破了,至今他们还说,那时好像碰见仙人出现,回去还吃惊地对人讲呢。　期门佽(cì)飞:汉武帝时置期门郎,是扈从皇帝出行的卫士。佽飞也始于汉代,属禁卫军之类。按,清制,殿试和朝考都在紫禁城内保和殿举行,例有护军统领稽查中左、中右两门,又有侍卫护军巡逻。见商衍鎏《清代科举考试述录》。作者借“期门佽飞”比拟这些人。又按,阮葵生《茶馀客话》卷九:“张南华詹事(按,张鹏翀)今之谪仙也,天才敏捷,于韵语具宿慧,兴到成篇,脱口而出,妥帖停当……南郊视坛,家叔父姜村先生同以讲官侍班,于斋宫铺棕处候驾,因指棕字为韵。南华冲口吟数十韵……如河悬澜翻,不能自休。六曹九卿羽林期门之士,环绕耸听,诧为异人。”此一记载,可作“枉破”句旁证。

〔三〕己丑四月二十八日事:道光九年四月二十八日,新进士参加朝考。朝考专为选翰林院庶吉士而设。作者参加朝考,适逢道光皇帝出的题目是《安边绥远疏》。当时新疆北路张格尔的叛乱平定未久,朝廷正在考虑新疆善后事宜。作者在文章中提出安定边疆的政策措施。指出:“今欲合南路北路而胥安之,果如何?曰:以边安边。以边安边如何?曰:常则不仰饷于内地十七省,变则不仰兵于东三省。何以能之?曰:足食足兵。足之之道如何?曰:开垦则责成南路,训练则责成北路……”全文洋洋洒洒千馀字,直陈无隐。据吴昌绶《定庵先生年谱》:“阅卷诸公皆大惊。卒以楷法不中程,不列优等。”张祖廉《定庵年谱外纪》:“己丑朝考,先生于《安边绥远疏》中,陈南路、北路利弊,及所以安之之策,娓娓千言。读卷大臣故刑部尚书戴敦元大惊,欲置第一,同官不韪其言,竟摈之。”按:乾隆三十一年,命于朝考后引见时,按省分、依甲第分班带领,并将上届某省用庶吉士几人开单呈览,将朝考文字分取与不取,定各省馆选之额。作者不能入翰林院,同朝考被摈有关。

四六

彤墀小立缀鹓鸾，金碧初阳当画看〔一〕。一队佽飞争识我，健儿身手此文官〔二〕。

〔一〕彤墀两句：在殿前的丹墀上同新进士一起排班站立。殿廷金碧辉煌，朝阳初上，有如图画。　按，此事或是殿试后参加传胪典礼，或是朝考后由大臣引见皇帝。　彤墀：宫殿前面的阶地，漆成红色，又称丹墀。　鹓鸾（yuān luán）：比拟同僚，这里指同科新进士。高适《东平旅游奉赠薛太守》诗："鹓鸾粉署起，鹰隼柏台秋。"　缀：排列。　关于传胪典礼，商衍鎏《清代科举考试述录》云："（四月）二十五日，在太和殿传胪，典礼甚为隆重。是日晨，銮仪卫设卤簿法驾于殿前，设中和韶乐于殿檐下，设丹陛大乐于太和门内。礼部、鸿胪寺设黄案，一于殿内东楹，一于丹陛上正中。设云盘于丹陛下，设彩亭御仗鼓吹于午门外。王公大臣侍班各官朝服序立陪位如常仪。新进士朝服、冠三枝九叶顶冠，按名次奇偶序立东西丹墀之末。届时，礼部堂官诣乾清门奏请皇帝礼服乘舆，引入太和殿升座。中和韶乐奏隆平之章，阶下鸣鞭三。鸣鞭毕，丹陛大乐奏庆平之章，读卷执事各官北向行礼，大学士进殿奉东案黄榜，出授礼部尚书，陈丹陛正中黄案。丹陛大乐作，鸿胪寺官引新进士就位。宣制后，传胪官唱名"云云，文繁不备录。

〔二〕一队两句：殿前守卫的武士都争着认识我这位新进士。他们说，这位新进士既有健儿的身手，如今又是一位新文官了。

按，作者自小在北京居住，结识不少武士，其中有些人还是禁军中的成员。嘉庆十七年，作者友人洪子骏写了一首词给作者，其中说："结客从军双绝技，不在古人之下；更生小会骑飞马。如此燕邯轻侠子，岂吴头楚尾行吟者？"可见作者青年时期，常常骑着马同武士们跨山涉水，混得很熟。所以此诗有"一队佽飞争识我"的话。又《己亥杂诗》第二九八首亦有"枉说健儿身手在，青灯夜雪阻山东"的感叹。

四七

终贾华年气不平〔一〕，官书许读兴纵横〔二〕。荷衣便识西华路〔三〕，至竟虫鱼了一生〔四〕。（嘉庆壬申岁〔五〕，校书武英殿，是平生为校雠之学之始〔六〕。）

〔一〕终贾句：我像终军、贾谊那样的年纪，就有不寻常的抱负。终：终军，西汉时人，十八岁上书汉武帝，拜为谒者给事中，后又奉使南越，劝南越王归附朝廷。　贾：贾谊，西汉初年政治改革家。洛阳人，十八岁就知名于郡中，二十多岁官为博士，超迁太中大夫。主张改定礼乐，集中中央权力，对巩固汉王朝中央集权制起过重要作用。

〔二〕官书句：意谓我到武英殿担任校书工作，读了许多外间不易看到的官书，真是意兴纵横。　官书：此指官府藏书。《周礼·天官冢宰》："宰夫之职……掌百官府之征令，辨其八职……六曰史，掌官书以赞治。"

〔三〕荷衣句：一个平民身分的人便能出入西华门，这是不容易的。　荷衣：平民穿的衣服。秦系《上薛仆射》诗："逋客未能忘野兴，辟书今遣脱荷衣。"当时作者只是副榜贡生，所以自称"荷衣"。　西华路：武英殿是皇家校勘编刊经籍史书的机构，地点在北京紫禁城内西南角。工作人员出入经由西华门，所以说"便识西华路"。

〔四〕至竟句：我到底还是从事"虫鱼之学"来了此一生也就罢了。至竟：究竟，到底。　虫鱼：见第二三首注。

〔五〕壬申岁：嘉庆十七年（1812），作者二十一岁。

〔六〕校雠之学：把几种不同版本的书籍互相对勘，发现其中错误，加以校正，称为校雠。

四八

万事源头必正名〔一〕，非同综核汉公卿〔二〕。时流不沮狂生议，侧立东华伫佩声〔三〕。（官内阁日，上书大学士〔四〕，乞到阁看本。）

〔一〕万事句：办一切事情总要把名字摆在确切位置，"正名"是一切事情的开始之点。《论语·子路》："必也正名乎。"《荀子·正名》："故王者之制名，名定而实辨。"

〔二〕非同句：这不是如同汉朝公卿所说的"综核名实"（考查官吏办事能力是否名实相符）。《汉书·宣帝纪赞》："孝宣之治，信赏必罚，综核名实。"

〔三〕时流两句：如果时人不曾反对我的建议，我就侧身站在东华门倾听大学士的佩玉之声。　时流：指当时某些人。《世说·方正》："（阮光禄）知时流必当逐己，乃遄疾而去。"　沮：阻止，这里是反对的意思。　狂生：作者自指。　东华：北京紫禁城东华门。清代内阁在紫禁城内，地近东华门。清沿明制，设内阁大学士、尚书协办大学士等官，开头是协助皇帝参与决定重要政务的机构。雍正以后，另设军机处，逐步包揽军政大事，内阁于是成为有名无实的、类似抄录保存档案的事务机构。嘉庆《清一统志》："内阁在午门内东南，门西向。明嘉靖后为阁臣办事之所。本朝初，改为秘书、国史、宏文三院。后大学士俱集昭德门内东南隅直房办事，惟新授时，内阁一设公案。康熙二十八年复旧制。今阁中堂三楹，为大学士、内阁学士治事之所。其南为本房，专译章奏；东为满汉票签房；又有典籍库，藏秘书图籍；阁后门东为红本库，又东为专藏实录库。"

〔四〕上书大学士：作者于道光九年（1829）内阁中书任内，曾上书大学士，提出六项条陈。其中之一是请大学士按时回内阁看本（批阅公文）。因为当时大学士常兼御前大臣、军机大臣等职，若不是在圆明园随侍皇帝，就是在军机处办事，不到内阁。作者认为这使内阁成为虚名。但这个建议，未受内阁大臣接纳。吴鳌《内阁志》："大学士于军国事无所不统，其实每日所治事，则阅本也。本有二，曰部本，在京部院进者；曰通本，外文武大臣及奉使员具本送通政使转上者。票拟皆舍人按故事为之。大学士晨入，画可否，然少所更定。阅已，次阅丝纶簿，又次阅章奏文书。日亭午，蔑不出矣。"这是清初内阁大学士到阁办事情况。

四九

东华飞辩少年时〔一〕，伐鼓撞钟海内知〔二〕。牍尾但书臣向校，头衔不称𢿱其词〔三〕。(在国史馆日〔四〕,上书总裁,论西北塞外部落原流,山川形势,订《一统志》之疏漏。初五千言,或曰:非所职也〔五〕。乃上二千言。)

〔一〕东华句:我在国史馆时,提出关于西北边疆情势的意见,那时年纪还轻。　东华:国史馆在内阁后门之北,东华门附近。　飞辩:发挥议论。孔融《荐祢衡表》:"飞辩骋辞,溢气坌涌。"《文心雕龙·诸子》:"并飞辩以驰术。"这里指向国史馆总裁上书的事。

〔二〕伐鼓句:我的建议,像敲钟打鼓一样,很快传遍海内。杜审言《大酺》诗:"伐鼓撞钟惊海上。"按,吴昌绶《定庵先生年谱》:"先是,桐乡程春庐大理(同文)修《会典》,其理藩院一门及青海、西藏各图,皆开斜方而得之,属先生(按,龚自珍)校理。"当时研究西北边疆地理是一门新学问,程同文、龚自珍都从事这门工作,世人便以"程龚"合称。所以作者有"海内知"的自负。

〔三〕牍尾两句:我在建议的末尾只署上校对官的职衔,由于身分不相称,只好把字数删短。　臣向校:汉成帝时光禄大夫刘向奉诏校定经传诸子旧籍,校定后在册牍尾后写上"臣向校"字样。例如今传宋本《战国策》目录后还有"护左都水使光禄大夫臣向所校《战国策》书录"等字。按此事又见《北史·樊逊传》。𢿱(shài)通"杀"。　𢿱其词:删减字数。《荀子·儒效》:"隆礼义而𢿱诗书。"

〔四〕在国史馆日:道光元年(1821),作者在内阁充国史馆校对官,那时恰值重修《大清一统志》(记载全国省、县、地区山川市镇情况和沿革的官书)。作者因早年研究西北边疆地理,因此上书给总裁官,详论西北地区各部落的沿革形势等,订正旧志的疏漏,共十八条。

〔五〕非所职也:从职务范围来说,校对官不配提出这些意见。

五〇

千言只作卑之论,敢以虚怀测上公〔一〕?若问汉朝诸配享,少牢乞祔叔孙通〔二〕。(在礼部〔三〕,上书堂上官〔四〕,论四司政体宜沿宜革者三千言。)

〔一〕千言两句:我那整千字的建议,给人看成是"卑之无甚高论",礼部大人们是"虚怀若谷"吗?实在未敢妄测。　卑之论:平凡的议论。《史记·张释之传》:"释之既朝毕,因前言便宜事。文帝曰:卑之,毋甚高论,令今可施行也。"　上公:《书·微子之命》:"庸建尔于上公。"

〔二〕若问两句:假如有人问,汉朝哪些人应该进入太庙的配享位置,我就请求把叔孙通也加进去。　配享:封建时代的祠庙,除正殿当中神位称为元祀外,还在两旁廊庑设立一些牌位,称为配享或从祀,也称为祔。祭祀时,向元祀献帛叫正献,向配享献帛叫分献。少牢:封建时代祭祀宗庙,用牛羊猪三牲叫太牢,用羊猪二牲叫少牢。　叔孙通:原是秦朝的博士,汉高祖登位后,他替朝廷制定朝仪。汉代朝廷宗庙等典制,多数由他订立。

〔三〕在礼部:道光十八年(1838),作者任礼部主客司主事,曾上书给礼部堂上官,条陈礼部四司(即仪制司、祠祭司、主客司、精膳司)应兴应革事项。并指出祭祀条例应当马上重新修订,"若迟至数年而后,旧人零落,考订益难"。作者认为修订礼仪是朝廷大事,像叔孙通就应配享太庙。但当时礼部堂上官对他的建议毫不重视,认为"无甚高论",并未实行。

〔四〕堂上官:即长官,例如六部的尚书或侍郎。

五一

客星烂烂照天潢〔一〕,许署头衔著作郎〔二〕。翠墨未干仙字蚀〔三〕,云烟半榻掖门旁〔四〕。(官宗人府〔五〕,奉旨充玉牒馆纂修官〔六〕。予草创章程,未竟其事〔七〕,改官去。)

〔一〕客星句:一颗客星在天潢附近灿烂照耀。　客星:作者自指,见第四三首注。　天潢:《后汉书·张衡传·思玄赋》:"乘天潢之泛泛兮。"详见第四三首"银潢"注。

〔二〕许署句:容许我写上著作郎的头衔。　著作郎:官名,魏太和年间,始置著作郎,专掌国史,历代也有设置,明代以后废除。作者因为自己参加纂修玉牒工作,等于古代著作郎的职位,故引以自比。

〔三〕翠墨句:可惜墨迹未干,那些仙字已经蚀损了。指草创玉牒章程还没有完成就改了官职,章程有如蚀残的仙字。《酉阳杂俎》:"何讽于书中得一发卷,规四寸许,如环而无端,用力绝之,两端滴水。方士曰:此名脉望。蠹鱼三食神仙字,则化为此。"作者借"仙字"比拟玉牒章程。

〔四〕云烟句:在皇城旁边,只留下半榻云烟,作为我到过那边工作的遗迹。　半榻:坐半张榻子。　掖门:紫禁城左右两旁的门叫掖门,取意于像人的两腋。掖门旁指紫禁城东侧的宗人府,嘉庆《清一统志》:“宗人府在皇城东,西向,左为经历司,迤南为左司,迤北为右司,其后为黄档库。”

〔五〕宗人府:封建时代掌管皇族名籍的机构。关于它的职守,《清会典》载:“凡皇族,别以近远,曰宗室,曰觉罗。生子则以告而书于册,继嗣亦如之,婚嫁亦如之,爵秩始末亦如之。”

〔六〕玉牒馆纂修官:清制:玉牒(皇族的名册)每十年重修一次,临时成立玉牒馆主持其事。有正副总裁、总校官、提调官、纂修官等。清代玉牒分黄册、红册二种,宗室入黄册,觉罗入红册。生者用硃书,死者用墨书,按照亲疏,分别长幼,一一写在册内。详见《清会典》。

〔七〕未竟其事:作者于道光十七年(1837)正月充玉牒馆纂修,三月改礼部主事,重修玉牒工作还未完成。

五二

齿如编贝汉东方〔一〕,不学咿嚘况对扬〔二〕。屋瓦自惊天自笑〔三〕,丹毫圆折露华瀼〔四〕。(予每侍班引见〔五〕,奏履历〔六〕,同官或代予悚息。丁酉春,京察一等引见〔七〕,蒙记名〔八〕。)

〔一〕齿如句:我像东方朔那样,牙齿整齐,好像编起来的贝壳。《汉书·东方朔传》:“目若悬珠,齿若编贝。”

〔二〕不学句:平时说话就不含含糊糊,何况在皇帝跟前回话。　咿嚘:口齿不清,说话含糊。《汉书·东方朔传》:“伊优亚者,辞未定也。”苏轼《夜泊牛口》诗:“儿女自咿嚘,亦足乐且久。”　对扬:回答皇帝的询问。《诗·大雅·江汉》:“对扬王休。”

〔三〕屋瓦句：让屋瓦自己骇怕去吧，天公却在笑着。　作者在觐见皇帝时，自奏履历和回话，声音很响，连屋瓦都惊动了。自注中“同官或代予悚息”，指此。　天自笑：皇帝并不责怪。

〔四〕丹毫句：硃笔在纸上圆转曲折，有如露水挥洒。　指皇帝在被引见者的名字上打个红圈，称为记名。　圆折：指笔势。　露华：露水，借用为雨露恩泽之意。　瀼（ráng）：露水很浓。《诗·郑·野有蔓草》：“野有蔓草，零露瀼瀼。”

〔五〕引见：清制：官吏工作被认为有成绩，由皇帝亲自召见。低级官员由吏部带领去见，称为引见。

〔六〕奏履历：被引见者向皇帝报告自己的姓名、籍贯、职务等，称为奏履历。

〔七〕京察一等：在京师工作的官员考核成绩，称为京察。照例在子、卯、午、酉年举行。《清会典》载：“守清，才长，政勤，年或青或壮或健为称职，列为一等。”

〔八〕记名：清制：官吏工作有成绩，由吏部或军机处记名，遇有缺额，奏上其名以便调补。道光十七年作者被记名后，充任玉牒馆纂修官。

五三

半生中外小回翔，槥丑翻成恋太阳〔一〕。挥手唐朝八司马，头衔老署退锋郎〔二〕。（选授楚中一司马矣〔三〕，不就，供职祠曹如故〔四〕。）

〔一〕半生两句：半生的仕宦踪迹，只是在中外小小兜了一个圈子。

虽然我像一棵丑陋的樗树，但仍然依恋太阳。　作者曾在国史馆、内阁、宗人府、礼部任过职，所以这样说。　回翔：指仕宦经历。王禹偁《赠卫尉宋卿二十二丈》诗："谪宦归来发更斑，徊翔犹在寺卿间。"　樗（chū）：苦木科落叶乔木。《本草纲目》卷三五："樗木皮粗，肌虚而白，其叶臭恶，歉年人或采食。"《庄子·逍遥游》："吾有大树，人谓之樗。其大本拥肿而不中绳墨，其小枝卷曲而不中规矩，立之途，匠者不顾。"　恋太阳：比喻自己留恋皇帝所在的京师。

〔二〕挥手两句：我不想做一员外省的司马，我向唐朝的八司马挥挥手。我老了以后，头衔写上退锋郎三字，也就算了。　挥手：古人在辞别时挥手为礼，表示不需要时也挥手。　八司马：唐宪宗时，王叔文政治集团的改革计划受到旧势力的打击而失败，参加这个集团的柳宗元、刘禹锡、韩泰、韩晔等八人都贬为远州的司马。史称"八司马事件"。作者在这句中是说自己不愿幹司马的官，并非对这八司马有什么不满。　退锋郎：毛笔写秃了叫退锋。陶谷《清异录》："赵光逢薄游湘汉，濯足溪上，见一方砖，类碑，上题言云：秃友退锋郎，功成鬓发伤。冢头封马鬣，不敢负恩光。"作者自比退锋郎，意谓毕生从事文字工作，不幹州县的官。

〔三〕选授楚中一司马：道光十七年四月，作者在礼部任主客司主事，选官得湖北同知，不愿赴任，仍留礼部工作。同知是知府的副手，相当于唐代的州司马。湖北在先秦时是楚国辖地，所以称为"楚中"。

〔四〕祠曹：见第一一首注。

五四

科以人重科益重〔一〕，人以科传人可知〔二〕。本朝七十九科矣〔三〕，搜辑科名意在斯。（八岁得旧登科录读之〔四〕，是搜辑二百年科名掌故之始。）

〔一〕科以句：封建时代的科举考试，从明代开始规定用八股文。这种文体僵硬死板，毫无活气，也毫无内容。凭这种文章考试获中的士子，即使名列前茅，也不一定有真正学问。因此，真正的学者才人如果榜上有名，这一科就受到特别重视。《续通典·选举》六："钱曾曰：制科以人为重。如宝祐四年登科录，宋末称为文天祥榜进士是也。"平步青《霞外捃屑》有《乾隆辛卯榜会试得人》条，提到乾隆三十六年的进士榜，以经术显者有王增、李潢、程世淳、程晋芳、邵晋涵、周永年、陈昌齐、洪朴、孔广森九人。以文章称者有林附蕃、周厚辕、侯学诗、凌世卿、海峰、山木、周景益、程巘、吴思树九人。以风节著者有钱沣一人。都是当时所谓科以人重的例子。

〔二〕人以句：榜上有名的人，虽然什么都没有流传下来，但其人姓名也赖此可知。　按，作者似乎还带点讽意：如果只靠登科记把名字保留下来，其人的学问事业、成就也就可想而知了。

〔三〕七十九科：据福格《听雨丛谈》卷九、卷十及商衍鎏《清代科举考试述录》所载清代会试科分表，顺治朝共举行过八科，康熙朝二十一科，雍正朝五科，乾隆朝二十七科，嘉庆朝十二科，道光朝计至作者写《己亥杂诗》前一年（道光十八年）共九科，合共八十二科。如果计至作者第一次读登科录的嘉庆四年，又只有六十三科。诗中的七十九科，是在道光十三年癸巳。所谓“本朝七十九科矣”，是作者误记还是搜辑科名掌故断限于道光十三年，待考。

〔四〕登科录：科举时代，凡乡试、会试放榜后，照例有题名录，又称登科录。清代规定每科有两种题名录，一是《御览题名录》，专呈皇帝过目；一种则无“御览”字样，抄发分送有关衙门备案。后者并规定在完场后五日内，将该届监临、提调、监试、主考、同考各官的籍贯、姓名、三场考题以及中式士子姓名、等第等，缮写成册，盖上官印，分送吏部及礼部存查。

五五

手校斜方百叶图〔一〕，官书似此古今无。只今绝学真成绝〔二〕，册府苍凉六幕孤〔三〕。（程大理同文修《会典》〔四〕，其理藩院一门及青海、西藏各图，属予校理。是为天地东西南北之学之始〔五〕。大理殁，予撰《蒙古图志》竟不成。）

〔一〕斜方百叶图：绘有经纬线的地图册。　叶：同页。　按，张祖廉《定庵年谱外纪》录龚氏所藏九十供奉，其中即有“天下三十八分之一（?）开斜方图，附钦天监博士陈杰跋尾”。又附按语云：“程大理同文在会典馆总裁日为之，三年而成。先生《与人论青海事书》谓，地形道里，昔岁程府丞开斜方而得之者，即是图也。”

〔二〕只今句：绘制有经纬线的边疆地图，本来便是“绝学”，如今真的变成断绝了的学问了。　作者因程同文逝世，自己想撰《蒙古图志》未成，因而发出这种感叹。　绝学：造诣专深的学问。又，中断了的学问也称为绝学。真德秀《大学衍义》："为往圣继绝学。"

〔三〕册府句：藏书府库因之荒凉冷落，我在六幕中仿佛是个孤独者。　册府：又作策府，皇室藏书的地方。《穆天子传》："天子北征东还，乃循黑水至于群玉之山，阿平无险，四彻中绳，先王之所谓策府。"　六幕：上下加东西南北，意即天地之间。《汉书·礼乐志·天门》："纷云六幕，浮大海。"师古注："六幕，犹言六合也。"

〔四〕程大理：程同文，字春庐，号密斋，浙江桐乡人，嘉庆四年进士，由兵部主事充军机章京，历官大理寺少卿、奉天府丞。著有《密斋文集》等。

张祥河《关陇舆中偶忆》："奉天府丞程春庐丈同文，文章典则，为大著作手。官驾部，直枢廷十馀年，充会典馆提调，承修《大清会典》一书，纂辑详备，是其平生精力所聚。尤长于舆地之学。遗书满床，归其甥朱虹舫阁部方增，今刻之《从政法录》，即其底稿之一种。夫人瑟兮女史，花卉学白石翁，山水得倪、黄真意，不知其为闺阁笔墨也。"

《国朝正雅集》引梁章钜序略："（程）先生之学，长于地志，凡外国舆图古今沿革，言之极审；而辽、金、元三史中建置异同，称名淆舛，他人所不易明者，独疏证确凿，若指掌纹。尝修纂《大清会典》八十卷，裁酌损益，不假旁助，自谓平生心力尽于是书。"　会典：记载一朝政治制度、典故事例的官书。这里是指《大清会典》。

〔五〕天地东西南北之学:指地图绘制学。

五六

孔壁微茫坠绪穷,笙歌绛帐启宗风〔一〕。至今守定东京本,两庑如何阙马融〔二〕?(戊子岁〔三〕,成《尚书序大义》一卷,《太誓答问》一卷,《尚书马氏家法》一卷。)

〔一〕孔壁两句:孔壁发现的古文《尚书》像微弱将断的一线,马融把它追寻回来,在笙歌绛帐之中开启了自己的学派。 坠绪:微弱将绝的学术。韩愈《进学解》:"寻坠绪之茫茫。"穷:终绝。

按,儒家经典的《尚书》,其初原是一本辑集古代(从所谓尧、舜直到秦国)帝王文告、训谕之类的古籍。秦以前的来历经过,已不可详考。秦统一天下后,有一个博士伏胜,家中藏了一部《尚书》,后因陈胜起义,楚汉相争,伏胜逃离家乡,直到汉朝建立,才回返家中。据说原先一百篇《尚书》只剩下二十九篇。他就拿它教授学生。到汉文帝时,下诏征求先秦遗书,听说伏胜还有《尚书》,便派晁错上门,把二十九篇《尚书》钞录回来。汉武帝时,正式立于学官(作为官定的课本)。由于它是用汉代通行文字抄录的,所以称为今文《尚书》。过了一些年头,忽又出现一部古文《尚书》。据说它的来历是这样:汉武帝末年(按,王充《论衡》说是汉景帝时)鲁共王拆掉孔丘的旧房子,在屋壁中发现许多竹简写的古书,其中就有《尚书》,是用蝌蚪文写的。有个叫孔安国的人,自称获得这部古文《尚书》,研究之下,发现比今文《尚书》多出十六篇。又据说孔安国把它献给朝廷,由于恰巧发生大事故（即戾太子事），古文《尚书》就没有列入学官。但这所谓多出的十六篇，不知如何忽又失踪，毫无下落，至今竟成一个疑案。到东晋时，又出现梅赜伪造古文《尚书》的事。这个梅赜不知从哪里弄来了另外的二十五篇古文《尚书》，又把原来的二十九篇今文《尚书》割裂为三十三篇，凑成五十八篇。这本真伪杂凑的《尚书》，到唐代又加上孔颖达领衔的注解（称为《尚书正义》），正式颁行天下，定为定本，以后直到《十三经注疏》都用这个梅家本子。至于马融，他是东汉末年经师，字季长，扶风人，曾在东观校书，历官武都、南郡太守，又传授儒家经典，门徒达数千人。据《后汉书·儒林传》："杜林传古文《尚书》，贾逵为之作训，马融作传，郑玄注解，由是古文《尚书》遂显于世。"所以马融对古文《尚书》是起过解释和传授作用的。他教授学生方法也特别，挂起绛纱帐子，前面坐的是学生，后面陈列女子乐队。所以作者称为"笙歌绛帐"。

〔二〕至今两句：到现在，朝廷规定士子学习的还是古文《尚书》这个东京本子。既然马融对这个本子立下过功绩，为什么孔子庙里又没有马融的牌位呢？　东京本：即东汉杜林传下来的古文《尚书》本，亦即马融作传的那本。　两庑：封建时代建立的孔子庙，庙中正殿祀孔，左右排列四配、十哲像，另在两边廊下排列其他弟子及历代先儒牌位，称为祔祀或配享。

〔三〕戊子岁：道光八年（1828）。

按，马融在唐代已列入孔庙从祀，宋代亦同。见《通典》及《续通典》。明嘉靖九年起则罢马融从祀。见《明史·礼志》。　阎若璩《古文尚书疏证》第一百二十八云："或曰：汉儒罢祀皆以过。刘向以诵神仙方术罢，贾逵以附会图谶罢，马融以党附世家罢，何休以注《风角》

等书罢。”并说，明代弘治初年程敏政曾有此建议，至嘉靖年间张孚敬当国时加以施行。

五七

姬周史统太消沉，况复炎刘古学暗[一]。崛起有人扶左氏，千秋功罪总刘歆[二]。(癸巳岁[三]，成《左氏春秋服杜补义》一卷；其刘歆窜益左氏显然有迹者，为《左氏抉疣》一卷。)

〔一〕姬周两句：周代流传下来的史学传统太沉寂了，何况汉代也没有多少人讲求这方面的学问。 史统：世世继承的东西叫统，“史统”就是史学的传统。 炎刘：汉王朝统治者相信五行生克的说法，自称“以火德王”。 按，汉初刘邦自称赤帝子，旗帜尚赤。武帝以后改用土德。王莽时，因刘歆建议，改汉为火德，而自称土德。刘秀又因图谶有赤伏符之文，东汉遂用火德。后人因称汉代为“炎刘”。

〔二〕崛起两句：刘歆崛然而起，把《左传》重新发掘出来，这是有功劳的；但他又加以窜改和添上原来没有的东西，这又是有罪过的。 西汉末年，刘歆在校理政府收藏的古籍时，自称发现古文《左氏春秋传》，是先秦时左丘明所作。刘歆非常喜欢它，并且拿它来解释《春秋》经文，并向汉朝廷建议把它列于学官，但遭到当时五经博士的反对。此书后来有东汉服虔和西晋杜预的注解。 刘歆：字子骏，刘向的幼子，汉成帝时校理古籍，与其父刘向都是我国目录学的创始者。

〔三〕癸巳岁：道光十三年(1833)。

按，《左氏春秋传》经刘歆表彰后，从东汉以后就一直流行，并且同《春秋》联系在一起。但唐代学者啖助、赵匡已经对它提出怀疑。宋代学者叶适、罗璧也认为《春秋》和《左传》原是两本互不相干的书。清代今文学家刘逢禄著《左氏春秋考证》，进一步指出这部书是刘歆伪造的假古董。以后康有为又根据刘逢禄的考证，认为刘歆是把原来五十四篇的《国语》拆开来，拿一大半冒称《左氏春秋传》，其馀则"留其残剩，掇拾杂书，加以附益，而为今本之《国语》"。至此，《左传》这场公案，考证家多认为可作定论。（详见顾颉刚主编《古籍考辨丛刊》第一集《左氏春秋考证序》）

五八

张杜西京说外家〔一〕，斯文吾述段金沙〔二〕。导河积石归东海，一字源流奠万哗〔三〕。（年十有二，外王父金坛段先生授以许氏部目〔四〕，是平生以经说字、以字说经之始〔五〕。）

〔一〕张杜句：在汉代，谈到外家关系的有张、杜两家。　张杜：《汉书·杜邺传》："邺少孤，其母张敞女。邺壮，从敞子吉学问，得其家书，以孝廉为郎。"《后汉书·杜林传》："杜林，字伯山。少好学深沉，家既多书，又外氏张竦父子喜文采，林从竦受学，博洽多闻，时称通儒。"《汉书·艺文志》："《苍颉》多古字，俗师失其读。宣帝时，征齐人能正读者，张敞从受之。传至外孙之子杜林，为作训。"杜邺是张敞外孙，向张敞之子受业；邺子杜林又向张敞的孙张竦受业，两代都得益于外家，所以作者借用比喻自己同外祖父段玉裁的关系。　西京：长安。张、杜两家都是长安附近茂陵人。

〔二〕斯文句：提起古文字的研究，我要祖述外祖父段玉裁。作者自幼接受段玉裁的教导，研究《说文》，精通古文字学，所以有这句话。　斯文：指古文字学。　金沙：即江苏金坛县。段玉裁是金坛县人。金坛县地近句曲山，山有洞名金坛，道家相传为真仙所居。梁陶弘景《真诰·稽神枢》："句曲山，秦时名为句金之坛，以洞天内有金坛百丈，因以致名也。"注："今大茅山南犹有数深坑大坎，相传呼之为金井，当是孙权时所凿掘也。今此山近东诸处碎石，往往皆有金沙。"金坛县称金沙福地，本此。

〔三〕导河两句：段玉裁疏通古代文字、整理《说文》的功绩，如同把黄河从积石山疏导到东海，每个字都探求它的来龙去脉，使万口喧哗的争论平息下来。　积石：山名，在青海省。古人以为黄河发源于积石山，近年来探明，黄河发源地是在星宿海以西的约古宗列渠。《书·禹贡》："导河积石，至于龙门。"疏："河源不始于此，记其施工处耳。"

〔四〕外王父：旧称已故的外祖父。《尔雅·释亲》："母之考为外王父。"　段先生：段玉裁，字茂堂，乾隆二十五年举人，官贵州玉屏知县、四川巫山知县。师事学者戴震，精通古文字及音韵学。年四十六，去官归隐，卜居苏州枫桥。积数十年精力，专治汉代许慎《说文》，成《说文解字注》三十卷，又有《古文尚书撰异》、《毛诗故训传定本》、《经韵楼集》等。《清史稿》四八一卷有传。他的女儿段驯，是作者母亲。　许氏部目：东汉许慎著《说文解字》十四卷，叙目一卷，收小篆九千三百馀字，古文、籀文一千馀字，按字体及偏旁分列五百四十部逐字加以解释，是研究古代文字的重要著作。由于历代传钞刻写，讹误很多，经段玉裁研究整理，才重新焕发光彩。

〔五〕以经说字、以字说经：用古代经书证解古文字，又用古文字证解古经书。

梁启超《中国近三百年学术史》："茂堂的《说文注》，卢抱经序他说：自有《说文》以来，未有善于此书者。王石臞序他说：千七百年来无此作。百馀年来，人人共读，几与正经、正注争席了。《说文》自唐宋以来，经后人窜改，或传抄漏落颠倒的不少。茂堂以徐锴本为主，而以己意推定校正的很多。后人或讥其武断，所以《段注订》（钮树玉著，八卷）、《段注匡谬》（徐承庆著，八卷）、《段注考正》（冯桂芬，十六卷）一类书继续出得不少。内中一部分诚足为茂堂诤友。茂堂此注，前无凭藉，在小学界实一大创作，小有舛误，毫不足损其价值，何况后人所订所匡，也未必尽对呢。"

五九

端门受命有云礽[一]，一脉微言我敬承[二]。宿草敢祧刘礼部[三]，东南绝学在毘陵[四]。（年二十有八，始从武进刘申受受《公羊春秋》[五]。近岁成《春秋决事比》六卷。刘先生卒十年矣。）

〔一〕端门受命：《春秋公羊传·哀公十四年》："君子曷为《春秋》"句下，何休注云："得麟之后，天下血，书鲁端门曰：趋作法，孔圣没。周姬亡，彗东出。秦政起，胡破术。书记散，孔不绝。子夏明日往视之，血书飞为赤乌，化为白书，署曰《演孔图》，中有作图制法之状。孔子仰推天命，俯察时变，却观未来，预解无穷，知汉当继大乱之后，故作拨乱之法以授之。”这是汉儒捏造的话，原出于所谓《春秋纬演孔图》，何休引用，意在证明儒家学说是早就准备替汉王朝统治者服务的。清凌曙《公羊问答》云：“两汉君臣，皆以经义发为文章。观其诏诰奏议，凡决疑定策悉本之于公羊。举其大略，可得而言……是以东平王苍曰：孔子曰：‘行夏之时，乘殷之辂，服周之冕。’为汉制法。王充曰：孔子曰：‘文王既没，文不在兹乎？’文王之文，传在孔子。孔子为汉制文，传在汉也。”作者在此引用，则另有用意，他暗示经学应为改革政治服务，而不应钻进故纸堆中搞繁琐的“虫鱼之学”。因为作者提倡议论时政，要求变革，这种主张，原与公羊经学服务于汉王朝统治是有相通之处的。　云礽（réng）：遥远的孙辈。　礽：同仍。《尔雅·释训》：“玄孙之子为来孙，来孙之子为晜孙，晜孙之子为仍孙，仍孙之子为云孙。”

〔二〕一脉句：《春秋》中精微深妙的用意，一脉传递，我愿意加以继承。　按，西汉今文学家主张经学服务于政治，所以要寻求《春秋》中的所谓“微言大义”。胡朴安云：“《汉书·艺文志》云：昔仲尼没而微言绝，七十子丧而大义乖。微言者，隐微不显之言；大义者，广大精深之义。西汉学者，求孔子之微言大义于垂绝之馀，故其于六经也，皆以通经致用为治学之准绳。”作者所“敬承”的，便是这种“通经致用”的传统。

〔三〕宿草：《礼·檀弓》：“朋友之墓，有宿草而不哭焉。”这里指刘逢禄已经逝世。　祧（tiāo）：《左传·襄公九年》：“以先君之祧处之。”服虔注：“曾祖之庙为祧。”又旧称继承为后嗣曰祧。韩愈《顺宗实录》：“付尔以承祧之重。”这里引申为继承学术。

〔四〕绝学：久已中绝的学问。参见第五五首注。梁启超《中国近三百年学术史》:"清儒头一位治《公羊传》者为孔巽轩(广森),著有《公羊通义》,当时称为绝学。" 毘陵:古县名,即今江苏武进县。庄存与、刘逢禄两个公羊学家都是武进人。

〔五〕公羊春秋:解释《春秋》的一部古籍,旧题公羊高撰。据说公羊高是孔丘弟子子夏的门人,开始是口授《春秋》教授学生,到汉景帝时才由他的玄孙公羊寿和胡母子都写成文字。东汉时,经师何休著《春秋公羊经传解诂》,发明《春秋》所谓"微言大义",如张三世、通三统、绌周、王鲁、受命改制之类,以后成为清代公羊学家主张"托古改制"的根据。 刘申受:刘逢禄,字申受,号思误居士,江苏武进人,嘉庆十九年进士,官礼部主事。精研《公羊春秋》,以何休的《解诂》为主,创通条例,贯穿群经,写成《公羊何氏释例》《公羊何氏解诂笺》,成为清代今文学家的中坚人物。《清史稿》四八二卷有传。

张舜徽《清人文集别录》:"(刘逢禄)与同邑李兆洛友善而齐名。兆洛称其一意志学,洞明经术,究极义理。凡所著书,不泥守章句,不分别门户,宏而通,密而不缛。盖定评也。"又云:"逢禄说经议礼,偏信《公羊》,上自《左》《谷》,下至许、郑,皆致攻驳,尤好与郑君(玄)立异,不能无左袒邵公(何休)之失。然而每考一事,议一礼,经师家法,秩然不混,斯又逢禄之所长,固非空言无稽妄逞胸臆者所可同日语也。"

钱玄同《左氏春秋考正书后》:"近代今文学者之中,有几位都是有政治思想的。他们喜用'托古改制'的手段来说《春秋》,名为诠释《公羊》古义,实则发挥自己政见。因为何邵公说《春秋》中有许多'非常异义可怪之论',所以他们就利用这句话,往往把《公羊》经传中许多平凡的话说成'非常异义可怪之论'。庄方耕的《春秋正辞》、刘申受的《春秋公羊经何氏释例》已经略有此意,到了龚定庵,这个态度就很明显了。他作《春秋决事比》,引《春秋》之义以讥切时政……龚、康(有为)等人这种'托古改制'的《春秋》说,在晚清的思想变迁史上有很高的价值,但与公羊及董(仲舒)、何(休)之原义并不相同。”

六〇

华年心力九分殚〔一〕,泪渍蟫鱼死不干〔二〕。此事千秋无我席,毅然一炬为归安〔三〕。(抱功令文二千篇见归安姚先生学塽〔四〕。先生初奖借之。忽正色曰:我文著墨不著笔,汝文笔墨兼用。乃自烧功令文。)

〔一〕华年句:少年时把十分之九的精力花在写作八股文上面。 华年:少年。《魏书·王叡传》:“渐风训于华年,服道教于弱冠。” 殚:罄尽。

〔二〕泪渍句:由于对八股文耗了许多心力,因此想把这些文章保留下来。就像书虫浸满眼泪,虽死也不干枯。 蟫(tán):蛀书的虫,即蠹鱼。 按,作者考进士试,接连五次失败,第六次才考得三甲同进士出身,所以他有这种感慨。

〔三〕此事两句:写这些八股文,自己在历史上是占不上一席位置的。听了姚学塽一句话,我毅然把积下来的两千篇八股文一把火烧掉。 归安:指姚学塽,姚是归安人。称人的籍贯而不直指其名,是尊敬的表示。

〔四〕功令文:即八股文,它的写法格式是由朝廷用命令规定必须遵守的，所以称为功令文。《史记·儒林传序》："予读功令，至于广厉学官之路，未尝不废书而叹也。" 姚先生：姚学塽（shuǎng），字晋堂，一字镜堂，浙江归安（今吴兴县）人，嘉庆元年进士，官至兵部郎中。著有《姚兵部诗文集》、《竹素轩制义》。魏源《归安姚先生传》："（姚学塽）文章尤工制义，规矩先民，高古渊粹，而语皆心得，使人感发兴起。有先生而制义始有功于经，当与宋五子书并垂百世，远出守溪、安溪之上。盖自制义以来，一人而已。"又云："（姚）官京师数十年，未尝有宅，皆僦居僧寺中，纸窗布幕，破屋风号，霜华盈席，危坐不动。暇则向邻寺寻花看竹。僧言：虽彼教中持戒律苦行僧，不是过也……道光七年十一月戊戌病笃，神明湛然，拱坐而殁，年六十有一。"陆以湉《冷庐杂识》："归安姚镜堂兵部学塽，学问赡博，品尤高卓。官京师数十年，寓破庙中，不携眷属。趋公之暇，以文酒自娱，朝贵罕识其面。曾典贵州乡试，门下士馈贽金者，力却之，惟赠酒则受。因是贫特甚。出不乘车，随一僮持衣囊而已。所服皮衣冠，毛堕半，见其鞟。每行道中，群儿争笑指之，兵部夷然自若也。"

按，关于烧功令文事，吴昌绶《年谱》系于嘉庆二十三年，实未确知何年。查姚氏卒于道光七年，作者抱功令文见他，自在此年之前；但烧功令文一举，乃是作者对科举制度深恶痛绝，对八股文极端鄙弃的表示，其时当在晚年。作者在诗中，不过借姚的话以自掩其迹而已。

六一

轩后孤虚纵莫寻，汉官戊己两言深〔一〕。著书不为丹铅误，中有风雷老将心[二]。（订裴骃《史记集解》之误[三]，为《孤虚表》一卷，《古今用兵孤虚图说》一卷。）

〔一〕轩后两句：轩辕时代的《风后孤虚》一书，纵然久已失传，但《汉书·百官公卿表》有戊己两字，含意却十分深刻。　轩后：传说中的古帝，即轩辕黄帝。《史记·五帝本纪》："黄帝者，少典之子，姓公孙，名曰轩辕。"《唐文粹》张鹭《仙都山铭》："永怀轩后，功成此地。丹灶犹存，龙升万里。"　孤虚：《后汉书·方术传序》："其流又有风角、遁甲、七政、元气、六日七分、逢占、日者、挺专、须臾、孤虚之术。"注："孤虚者，孤谓六甲之孤辰，若甲子旬中戌亥无干，是为孤也。对孤为虚。"王先谦《集解》引沈钦韩曰："注孤虚云云，虞翻《易解》谓甲子之旬辰巳虚。"又书名。刘歆《七略》著录《风后孤虚》二十卷，见裴骃《史记集解·龟策列传注》。又《汉书·艺文志》有《风后》十三篇，入兵家阴阳类，此书早已失传。　戊己：即戊己校尉，汉官名。《汉书·百官公卿表》："戊己校尉，元帝初元元年置。"师古云："甲乙丙丁庚辛壬癸皆有正位，唯戊己寄治耳。今所置校尉亦无常居，故取戊己为名也。"

〔二〕著书两句：我著书立说并不只为纠正前人注解中的错误，而是因为我胸中自有一颗风雷老将的心。　丹铅：古人校勘书籍，使用丹砂和铅粉，后人因称校勘书籍为丹铅。　风雷老将：有威力、有经验的将军。

〔三〕裴骃：南朝宋人，字龙驹，曾采辑九经、诸史及《汉书音义》等，撰成《史记集解》一百三十卷。其后已散入《史记》正文之下。《史记集解》之误：《史记·龟策列传》："日辰不全，故有孤虚。"裴骃《集解》云："骃案，甲乙谓之日，子丑谓之辰。六甲孤虚法：

甲子旬中无戌亥，戌亥即为孤，辰巳即为虚。甲戌旬中无申酉，申酉为孤，寅卯即为虚。甲申旬中无午未，午未为孤，子丑即为虚……”作者认为裴骃这样解释孤虚是错的，因此写了一篇《孤虚表》，订正裴氏的错误。（作者现存文集中有《表孤虚》一文，即此。）为使读者理解方便，特作裴骃一表及附作者一表如下：

（1）裴骃的说法：

甲子旬——

甲乙丙丁	戊己	庚辛壬癸	
子丑寅卯	辰巳	午未申酉	戌亥
	虚		孤

甲戌旬——

甲乙丙丁	戊己	庚辛壬癸	
戌亥子丑	寅卯	辰巳午未	申酉
	虚		孤

甲申旬——

甲乙丙丁	戊己	庚辛壬癸	
申酉戌亥	子丑	寅卯辰巳	午未
	虚		孤

甲午旬——

甲乙丙丁	戊己	庚辛壬癸	
午未申酉	戌亥	子丑寅卯	辰巳
	虚		孤

甲辰旬——

甲乙丙丁	戊己	庚辛壬癸	
辰巳午未	申酉	戌亥子丑	寅卯
	虚		孤

甲寅旬——

甲乙丙丁	戊己	庚辛壬癸	
寅卯辰巳	午未	申酉戌亥	子丑

| 虚 | | 孤 |

(2)龚自珍的说法(见《表孤虚》一文):

甲子旬——虚戌亥　孤在辰巳

甲戌旬——虚申酉　孤在寅卯

甲申旬——虚午未　孤在子丑

甲午旬——虚辰巳　孤在戌亥

甲辰旬——虚寅卯　孤在申酉

甲寅旬——虚子丑　孤在午未

可以看出,何者为孤,何者为虚,两人的解释正好相反。

作者对汉朝戊己校尉这种军事编制非常欣赏,在《表孤虚》中曾说:“戊己之为德,无专治,无所不治。击之无方,而善击天下之虚。负戊己以为治,百战百胜,不战亦胜。戊己之名,以孤为名者也。孤不自孤,得虚而先。”意思是说,戊己校尉十分灵活,它不专驻一地,而运用起来,又无所不在。敌人很难找到它加以攻击,它却能出其不意攻击敌人的弱点。所以是百战百胜,不战亦胜的。话虽如此,但他却参杂阴阳日辰的唯心主义内容。究其实这种“孤虚”是古代占卜家的把戏。《汉书·艺文志》把《风后》归入阴阳类,也可见它的内容。下面这件事更是一个明证:《三国志·管辂传》注引《管辂别传》云:“诸葛原,字景春,亦学士,好卜筮,数与辂共射覆,不能穷之……于是先与辂共论圣人著作之源,又叙五帝三王受命之符。辂解景春微旨,遂开张战地,示以不固,藏匿孤虚,以待来攻。景春奔北,军师摧衄。自言吾睹卿旌旗,城池已坏也。”管辂是个占卜术士,诸葛原也弄占卜玩意,两个术士凑在一起,假作行军打仗,结果管辂用“藏匿孤虚”的办法把对方打败。这无非是玩玩而已。在古代,由于阴阳日辰之说流行,有些带兵打仗的人也许会拿它作兵法运用,如《后汉书·方术传》载:“琅邪贼劳丙与太山贼叔孙无忌杀都尉,攻没琅邪属县,残害吏民。朝廷以南阳宗资为讨寇中郎将……(赵)彦为陈孤虚之法,以贼屯在莒,莒有五阳之地,宜发五阳郡兵,从孤击虚以讨之。资具以状上,诏书遣五阳兵到。彦推遁甲,教以时进兵,一战破贼。”即是一例。但那是应当批判而不应加以欣赏的。不过,窥作者之意,似乎认为汉朝建立戊己校尉,即建立一支“无所治,无所不治”的机动野战部队,是高明的做法。如果撇开阴阳日辰的附会,又并不是毫无道理的。

六二

古人制字鬼夜泣〔一〕,后人识字百忧集〔二〕。我不畏鬼复不忧,灵文夜补秋灯碧〔三〕。(尝恨许叔重见古文少〔四〕。据商周彝器秘文〔五〕,说其形义,补《说文》一百四十七字。戊辰四月书成。)

〔一〕古人句:听说古人制作文字的时候,鬼在夜间哭泣。《淮南子·本经》:“昔者仓颉作书而天雨粟,鬼夜哭。” 按,文字原是适应生产生活需要发展起来的,从前传说制作汉字的人是仓颉,根本不可靠。

〔二〕后人句:后代的人认识文字,于是各种忧患都招惹回来。苏轼《石苍舒醉墨堂》诗:“人生识字忧患始,姓名粗记可以休。” 按,作者这句是愤激的话,也指自己因文字惹祸。

〔三〕我不两句:我既不怕鬼,也不怕忧患侵袭。我把《说文解字》所不收的古文字给它补上一些，秋灯仿佛变成了绿色。

〔四〕许叔重：许慎，字叔重，汝南召陵人。为郡功曹，举孝廉，再迁除洨长，卒于家。所撰《五经异义》《说文解字》，皆传于世。参见第五八首注。　作者认为许慎是东汉时人，那时殷、周的地下文物还没有大量出土，他所看到的先秦古文字是不多的。按，段玉裁《经韵楼集·薛尚功历代钟鼎彝器款识法帖二十卷写本书后》："许叔重之为《说文解字》也，以小篆为主，而以其所知之古文大篆附见。当许氏时，孔壁中《书》、《礼》未得立于学官，鼎彝之出于世者亦少，许氏所见有限，偶载一二，亦其慎也。"作者自注中所据即段氏此说。

〔五〕商周彝器：商代和周代的铜器，制作花样繁多，上有花纹或文字，如钟、鼎、盘、尊、爵、觥之类，因制作年代久远，上面的文字与秦汉的不同，多是许氏《说文》没有收进去的。

六三

经有家法夙所重〔一〕，诗无达诂独不用〔二〕。我心即是四始心〔三〕，泬寥再发姬公梦〔四〕。（为《诗非序》《非毛》《非郑》各一卷。予说《诗》，以涵泳经文为主〔五〕，于古文毛〔六〕，今文三家，无所尊，无所废。）

〔一〕家法：汉代经师传授经学，注重所谓"家法"，也就是一派经师世代相传对经文的解释，弟子对老师的解释，不能改动，也不引用别一家的说法。《后汉书·鲁恭传》："家法异者，各令自说师法，博观其义。"皮锡瑞《经学历史》："汉人最重师法，师之所传，弟之所受,一字毋敢出入,背师说即不用。”

〔二〕诗无达诂:解释《诗经》的内容,是不必也不能守家法,因为诗歌本来没有一成不变的解释。　诗无达诂:这是西汉经师董仲舒的话。《春秋繁露·精华第五》:“所闻:诗无达诂,易无达占,春秋无达辞。”

〔三〕四始:《诗经》有所谓“四始”,是汉儒提出的,各家说法纷歧不一。毛诗家认为《国风》、《大雅》、《小雅》、《颂》是王道兴衰之始。齐诗家认为《大明》在亥为水始,《四牡》在寅为木始,《嘉鱼》在巳为火始,《鸿雁》在申为金始。韩诗家认为《关雎》以下十一篇为《风》始,《鹿鸣》以下十篇为《小雅》始,《文王》以下十四篇为《大雅》始,《清庙》以下凡颂扬文武功德的诗为《颂》始。而鲁诗家则又以《关雎》三篇为《风》始,《鹿鸣》三篇为《小雅》始,《文王》三篇为《大雅》始,《清庙》三篇为《颂》始。所谓“四始心”,即诗人写诗的用意。

〔四〕泬(xuè)寥:空虚的样子。　姬公:原指周公旦,这里借用为周代诗人的代称。

〔五〕涵泳经文:置身在原诗的意境之中,从而把诗意体味出来,而不是根据古人的说法。左思《吴都赋》:“涵泳乎其中。”

〔六〕古文毛,今文三家:《诗经》成为儒家经典以后,汉代传习的分为齐、鲁、韩、毛四家。前三家传的是今文经(拿汉代通行文字写的),西汉时都立于学官;毛诗则传古文经(拿先秦文字写的),东汉时才立于学官(阎若璩《古文尚书疏证》认为“毛诗东汉未立”。)由于传授来历不同,各家在字句、篇章方面都有不同,对诗的解释则纷歧更大,因而形成严重对立。魏晋以后,毛诗通行,齐、鲁、韩三家诗说则失传很多。宋以后陆续有人辑集三家遗文,清末王先谦撰《诗三家义集疏》,把齐、鲁、韩三家诗说收集汇通,使研究三家诗说的人感到方便。

按,此诗是作者自述读《诗经》的方法。第一句说,儒家解释古经有所谓“家法”,它一向是受到重视的。第二句说,但是《诗经》却不能用家法,因为“诗无达诂”,不同的读者会有不同的理解和感受。第三句说,就拿“四始”来说,四家就有四家不同说法。对于诗人的用意,倒不如用我自己的心去解释更好。第四句说,所以我对《诗经》,宁可抛开前人旧说,自己寻味诗意,重新把古代诗人的用意发掘出来。

六四

熙朝仕版快茹征〔一〕,五倍金元十倍明〔二〕。扬扢千秋儒者事〔三〕,汉官仪后一书成〔四〕。(年十四,始考古今官制。近成《汉官损益》上下二篇,《百王易从论》一篇,以竟髫年之志。)

〔一〕熙朝句:清朝登记在官籍的人数,由于荐引庇荫的存在而扩大很快。　熙朝:封建时代臣民对本朝的敬称,可作盛世解。曾肇《贺元祐四年明堂礼成肆赦表》:“讲兹钜典,属在熙朝。”　仕版:登记官吏的册籍。　茹征:《易·泰》:“拔茅茹以其汇征吉。”意说拔一根茅草就把其馀的茅带出一大串,是吉利的事。《汉书·刘向传》:“在上则引其类,在下则推其类。”引郑氏注:“汇,类也。茹,牵引也。臣下引其类而仕之。”比喻官僚互相牵引进入官场。

〔二〕五倍句:它那膨胀程度,大大超过金、元、明三代。

〔三〕扬扢句:把以往千年的事迹加以磨洗显露,是读书人分内的事情。　扬:显露。　扢(gǔ):磨刮。

〔四〕汉官句:继《汉官仪》之后又一本谈官制的书完成了。　指作者自著的《汉官损益》、《百王易从论》。　《汉官仪》:书名,东汉许劭撰,此书久已散佚,清代孙星衍从旧籍中辑出,得二卷。

按,清代统治者为了用宗法制度维持其贵族统治,以及鼓励官僚替王朝卖命,定出繁琐的封荫制度。皇族和功臣都有世袭爵位,分为九等。公侯伯子爵相当于一品,男爵相当于二品,轻车都尉相当于三品,骑都尉相当四品,云骑尉相当五品,恩骑尉相当七品。由公爵到轻车都尉又各分为三等。一等公可以世袭二十六次,二等公二十五次,如此递减,到云骑尉还可以世袭一次。如属阵亡人员子孙,袭次已完还可赏予七品京官。从这些简略介绍,也可见清代寄生虫之繁多,人民供养负担之沉重,以及贵族官僚政治特权之优越。"五倍金元十倍明",作者是慨乎言之的。第七七首作者自注中有"汰冗滥"一条建议,也可见作者对此事的态度。

六五

文侯端冕听高歌〔一〕,少作精严故不磨〔二〕。诗渐凡庸人可想,侧身天地我蹉跎〔三〕。(诗编年,始嘉庆丙寅〔四〕,终道光戊戌〔五〕,勒成二十七卷。)

〔一〕文侯句:我好像魏文侯穿上冕服来听歌曲一样。　《礼·乐记》:"魏文侯问于子夏曰:吾端冕而听古乐,则唯恐卧。"疏:"文侯言，身著端冕，明其心恭敬。”　端冕：穿上冕服，表示态度庄重。戴震《记冕服》：“凡朝祭之服，上衣下裳，幅正裁。故冕服曰端冕。”这里是比喻自己写诗的态度严肃。

〔二〕少作句：年少时写的诗歌，精密谨严，所以不可磨灭。

〔三〕诗渐两句：近年写的诗渐渐变得凡庸了，人的思想感情如何也就可想而知。置身天地之间，自叹空费光阴，毫无进步。　侧身：置身。杜甫《将赴成都草堂》诗：“侧身天地更怀古，回首风尘甘息机。”　蹉跎（cuō tuó）：虚度光阴。《晋书·周处传》：“欲自修而年已蹉跎。”

〔四〕嘉庆丙寅：嘉庆十一年（1806），作者十五岁。

〔五〕道光戊戌：道光十八年（1838），作者四十七岁。

按，作者二十七卷诗集久已散佚，现除《破戒草》、《破戒草之馀》外，加上后人搜集的集外未刻诗，合计仍未足三百首，知大部已经散失不存。（《己亥杂诗》不在此数）

六六

西京别火位非高〔一〕，薄有遗文琐且劳〔二〕。只算粗谙镜背字，敢陈法物诂球刀〔三〕？（为《典客道古录》《奉常道古录》各一卷〔四〕）

〔一〕西京句：西汉时代，像别火令这种官吏，地位并不高。　别火：官名。西汉时，在大鸿胪之下设别火令。《汉书·百官公卿表》：“典客，秦官，掌诸归义蛮夷，有丞。景帝中六年更名大行令。武帝太初元年更名大鸿胪，属官有行人、译官、别火三令丞。”如淳注:“《汉仪注》:别火,狱令官,主治改火之事。”《北史·王劭传》:“劭以上古有钻燧改火之义,近代废绝,于是上表请改火曰:臣谨按《周官》四时变火,以救时疾,明火不数变,时疾必兴。”汉代改火理由可能亦是根据《周礼》。

〔二〕薄有句:有关古代这一类职官的遗闻,书上记载略为有些,但收集起来,琐碎而又麻烦。

〔三〕只算两句:弄这些玩意,无非等于粗浅懂得古镜背面刻的文字,不是什么了不起的考证工作。我岂敢说它是罗列朝廷礼器或解释古代玉刀么? 法物:封建朝廷举行大礼时,陈列使用的礼器。 诂:解释古文字。 球刀:玉雕的古刀。古代玉刀形制似笏,有穿孔三或四个。清人汪中有《古玉释名》,纠正朱彝尊《释圭》一文之失,定古玉为玉刀。见所著《述学》。

〔四〕典客:官名。秦代设典客,见上注。汉改称大鸿胪,负责接待外宾,主持朝廷赞导礼仪。 奉常:官名。掌管宗庙祭祀仪礼,又称太常。封建社会历代都有设置,至辛亥革命后废除。

按,阎若璩《古文尚书疏证》第五十八云:“陶唐氏掌火官名火正。阏伯为尧火正,居商邱,见《左传·襄公九年》。三代下,惟汉武帝置别火令丞三,中兴省二,《晋职官志》无。古者火官最重。《周礼》:司爟掌行火之政令,四时变国火,以救时疾。火不数变,疾必兴。后代庶官咸备,火政独缺。”可证“薄有遗文”一语。

又按,龚氏于道光十七年丁酉任礼部主客司主事兼祠祭司行走。此二职恰为古代之典客与奉常。龚氏辑此二道古录,似亦有微意。

六七

十仞书仓郁且深,为夸目录散黄金〔一〕。吴回一怒知天意,无复龙威禹穴心〔二〕。(年十六,读《四库提要》〔三〕,是平生为目录之学之始。壬午岁,不戒于火〔四〕,所搜罗七阁未收之书〔五〕,烬者什八九。)

〔一〕十仞两句:我有一间十仞左右的书房,里面充实而又深邃。为了夸张藏书丰富,曾花了不少金钱。　仞:古代计算长度单位,或说七尺,或说八尺。　郁:形容草木丰茂,这里作充实解。　目录:藏书丰富的人,把书籍编成目录,以备检查,也作为交流之用。作者自少即爱好收集奇书异本,并有编写藏书目录的打算。

〔二〕吴回两句:火神发怒,把我的藏书毁了十之八九。我知道天老爷的用意,从此死了成为藏书家这条心。　吴回:相传是帝喾时代的火正(管理火的官)。《史记·楚世家》:"重黎为帝喾高辛氏火正,甚有功能,光融天下。帝喾命曰祝融。共工氏作乱,帝喾使重黎诛之而不尽,帝以庚寅日诛重黎,而以其弟吴回为重黎后,复居火正为祝融。"　龙威禹穴:藏书丰富的地方。唐陆广微《吴地记》引《洞庭山记》:"洞庭有二穴,东南入洞,幽邃莫测。昔阖闾使令威丈人寻洞,秉烛昼夜而行,继七十日,不穷而返。启王曰:初入,洞口狭隘,伛偻而入,约数里,忽遇一石室,可高二丈,常垂津液,内有石床枕砚,石几上有素书三卷,持回上于阖闾,不识。乃请孔子辩之。孔子曰:此夏禹之书,并神仙之事,言大道也。"但《云笈七签》引《灵宝记》说法不同,据说春秋时代,吴王游包山,看见一个自称山隐居的人,拿出一本素书给他,内容全看不懂。后来问孔子,才知道这人叫龙威丈人,曾入禹穴盗取古书。清人马俊良辑有《龙威秘书》一百七十七种,书名便根据这个故事。杜甫《秦州杂诗》:"藏书闻禹穴。"

〔三〕四库提要:书名。清高宗于乾隆三十七年,诏开四库全书馆,搜罗国内公私藏书，加以拣选改削，编成《四库全书》三千四百六十种，七万九千三百三十九卷，分经、史、子、集四部。另由负责编辑的官员把每部书内容撮举大概，写成提要，名《四库全书总目提要》，共二百卷。

〔四〕不戒于火：作者《拟进上蒙古图志表文》附记云："道光壬午九月二十八日，吾家书楼灾。"即指此事。壬午为道光二年(1822)。

〔五〕七阁：收藏《四库全书》的七个馆，即清宫的文渊阁，辽宁的文溯阁，圆明园的文源阁，热河的文津阁，扬州的文汇阁，镇江的文宗阁，杭州的文澜阁。

六八

北游不至独石口〔一〕，东游不至卢龙关〔二〕。此记游耳非著作，马蹄蹀躞书生孱〔三〕。(东至永平境〔四〕，北至宣化境〔五〕，实未睹东北两边形势也。为《纪游》合一卷。)

〔一〕独石口：河北省沽源县南一个长城关口，形势险要，明清两代都作为控制塞北的军事要地。《畿辅通志》卷六十九："独石口在赤城县北一百里，(宣化)府北三百十里。其南十里为独石城，本元云州独石地，明初建城，周六里。宣德五年移开平卫于此。《方舆纪要》：其地挺出山后，孤悬绝塞。京师之肩背在宣镇，宣镇之肩背在独石。《边防考》：宣镇三面皆边汛，守特重，而独石尤为全镇咽喉。"

〔二〕卢龙关：即古卢龙塞，在河北省迁安县西北，是很长的山堑。《水经注·濡水》："濡水又东南迳卢龙塞。塞道自无终县东出，度濡水,向林兰陉(按,即今喜峰口),东至青陉(按,即今冷口)。卢龙之险,峻坂萦折,故有九峥之名。”清高宗《滦河源考》:“卢龙塞,则为今之潘家口无疑。”

〔三〕蹀躞(dié xiè):马用小步前进。李白《效古》诗:“归时落日晚,蹀躞浮云骢。” 书生孱(chán):始终还是个孱弱书生。 按,作者很高兴人家称赞他是“生小会骑飞马”的“燕邯轻侠子”,但碍于种种客观原因,始终不能出长城以外游历,因此此句既含有自嘲意味,也带有“绝域从军计惘然”的慨叹。

〔四〕永平:清代直隶省永平府,治今河北省卢龙县。

〔五〕宣化:清代直隶省宣化府,治今河北省宣化县。

六九

吾祖平生好孟坚,丹黄郑重万珠圆〔一〕。不材窃比刘公是,请肄班香再十年〔二〕。(为《汉书补注》不成。读《汉书》,随笔得四百事。 先祖匏伯公批校《汉书》,家藏凡六七通;又有手抄本。)

〔一〕吾祖两句:我祖父平生爱读《汉书》,用红笔黄笔批校在书上,有如万颗浑圆的明珠。 吾祖:作者祖父敬身,字屺怀,号匏伯,乾隆三十四年进士,官至遁南兵备道。著有《桂隐山房遗稿》。孟坚:班固,字孟坚,《汉书》的主要作者。 丹黄:从前读书人批校书籍,使用红笔或黄笔、紫笔、蓝笔等,因称批校或点读书籍为“加丹黄”。

〔二〕不材两句:我私下拿自己比做刘公是,愿意再用十年功夫去研读《汉书》。 不材:作者自指。《左传·成公三年》:“臣实不才,又谁敢怨。” 刘公是:刘敞,字原父,宋临江新喻人,举庆历进士,廷试第一,官至集贤院学士,判南京御史台。学问渊博,自佛老、卜筮、天文、方药、山经、地志,皆究知大略。为文尤敏赡,欧阳修亦服其博。著有《公是集》,世称公是先生。叶梦得《石林燕语》:“刘原父兄弟,两《汉》皆有刊误。”《四库总目提要》四五《两汉刊误补遗》:“《文献通考》又载《三刘汉书标注》六卷,引《读书志》之文,称刘敞、刘攽、刘奉世同撰。……徐度《却埽编》引攽所校陈胜田横传二条,称其兄敞及兄子奉世皆精于《汉书》,每读随所得释之,后成一编,名《三刘汉书》。”今《汉书》中尚有刘敞的注文。 班香:指班固的著作文字优美。杜牧《冬至日寄小侄阿宜》诗:“高摘屈宋艳,浓薰班马香。” 汉书:我国第一部断代史,纪载西汉王朝(公元前206—后24年)的历史事件、人物生平等。起初是班彪创始,未成书,儿子班固继续撰作,班固死后,他妹妹班昭加以续成,共一百二十卷。

七〇

麟经断烂炎刘始〔一〕,幸有兰台聚秘文〔二〕。解道何休逊班固,眼前同志只朱云〔三〕。(癸巳岁〔四〕,成《西汉君臣称春秋之义考》一卷。助予整齐之者,同县朱孝廉以升〔五〕。)

〔一〕麟经句:《春秋》这本书成为“断烂朝报”,是从汉代开始的。 麟经:鲁国古史《春秋》的别称。儒家认为此书是孔丘删定的。因《春秋》纪事止于鲁哀公十四年“西狩获麟”一句,故又称“麟经”。　断烂：残缺不全。北宋时，政治革新家王安石曾说《春秋》是“断烂朝报”，即残缺不全的官方公报。　炎刘：汉朝，详见第五七首注。

〔二〕幸有句：幸而汉朝廷的兰台还收藏了宝贵的典籍文件。兰台：汉代宫廷中藏书室。班固曾担任兰台令史。　秘文：藏在兰台中的书籍文件，外间不易见到，所以说是秘文。《后汉书》班固《西都赋》：“启发篇章，校理秘文。”注：“秘文，秘书也。”

〔三〕解道两句：能够同意何休比不上班固的，眼下的同志中只有朱以升一人而已。　何休：东汉经学家，著有《春秋公羊经传解诂》等。王嘉《拾遗记》：“何休木讷多智，三坟五典，阴阳算术，河洛谶纬，及远年古谚，历代图籍，莫不咸诵也。门徒有问者，则为注记，而口不能说。作《左氏膏肓》《公羊废疾》《穀梁墨守》，谓之三阙。言理幽微，非知机藏往，不可通焉。及郑康成蜂起而攻之，求学者不远千里，赢粮而至，如细流之赴巨海。京师谓康成为经神，何休为学海。”参见第五九首注。　班固：东汉安陵人，字孟坚，典校秘书，曾官兰台令史，《汉书》的主要撰作者。以中护军从窦宪出击匈奴，兵败，下狱死。　朱云：西汉鲁人，曾官槐里令，精熟经义。元帝曾召朱云与五鹿充宗辩论《易经》，朱云挫败了五鹿。作者借朱云精熟经义比拟朱以升。

〔四〕癸巳岁：道光十三年（1833）。

〔五〕朱以升：字升木（一作生木），号次云，浙江仁和人，道光二十年进士，历官直隶宁河、昌平知县（《国朝杭郡诗三辑》作历顺义、平谷、密云知县）。著有《郑香室诗文钞》。作者写此诗时，朱还是一名举人，所以称他为孝廉。

按，西汉提倡经学，元帝以后，读书人学习儒家经典，主要是为了

“通经致用”，即为封建政权服务。这些人当官以后，往往引儒家经典来议论政事，判断得失。皮锡瑞《经学历史》云：“武帝、宣帝皆好刑名，不专重儒。盖宽饶谓以法律为诗书，不尽用经术也。元、成以后，刑名渐废，上无异教，下无异学，皇帝诏书，群臣奏议，莫不援引经义，以为依据。国有大疑，辄引《春秋》为断。”正是说出当时事实。龚自珍是今文学家，自然赞同这种做法，他还想利用《春秋》中所谓“微言大义”，为自己的变法革新主张服务，曾写过《春秋决事比》，目的在此；又写过《西汉君臣称春秋之义考》，目的同样在此。由于抱着这个目的，龚自珍在诗中赞扬班固，认为他的《汉书》记下了西汉君臣如何称引《春秋》经义来议论朝政，保存了“微言大义”的若干材料，在这一点上，班固是胜过只解释《公羊春秋》的何休的。但这种见解，便是在当时的公羊学家中，也找不到几个同道的人，所以他又有“眼前同志只朱云”的话。

关于《汉书》称引《春秋》之义，这里举《韦贤传》中一例，以见一斑：“永光四年，乃下诏先议罢郡国庙……丞相玄成、御史大夫郑弘……等七十人皆曰：臣闻《春秋》之义，父不祭于支庶之宅，君不祭于臣仆之家，王不祭于下土诸侯。臣等愚以为宗庙在郡国，宜无修，臣请勿复修。奏可。因罢昭灵后、武哀王、昭哀后、卫思后、戾太子、戾后园，皆不奉祠，裁置吏卒守焉。”可见当时《春秋》之义的权威性。

七一

剔彼高山大川字，簿我玉箧金扃中〔一〕。从此九州不光怪，羽陵夜色春熊熊〔二〕。（年十七，见《石鼓》〔三〕，是收石刻之始。撰《吉金通考》五十四卷，分存、佚、未见三门。书未成，成《羽琌山金石墨本记》五卷。郭璞云：羽陵即羽琌也〔四〕。）

〔一〕剔彼两句：搜求剔洗高山大川的金石文字，纪录起来收藏在我的珍贵箱子里。　剔：磨剔除去杂物，这里是搜剔的省文。柳宗元《零陵三亭记》："决疏沮洳，搜剔山川。万石如林，积坳为池。"　簿：纪录在卷子中。　玉箧金扃(jiōng)：用玉作匣，用金作锁。指珍贵箱子。

〔二〕从此两句：从今以后，九州山川都不再显示光怪现象，只有我那羽琌山馆却在夜里发出熊熊的光芒。　光怪：奇怪的光景。《三国志·孙坚传》："坚世仕吴，家于富春，葬于城东。冢上数有光怪，云气五色，上属于天。"　羽陵：即羽琌山馆。作者曾购得徐秉义侍郎的旧宅，署上这个新名字。地址在江苏昆山县玉山附近。　熊熊：火光很大的样子。《山海经·西山经》："南望昆仑，其光熊熊。"

〔三〕石鼓：《石鼓文》，是刻在鼓形石头上的古代文字。隋以前不很著名，自唐诗人韦应物、韩愈先后写诗赞扬后，才为世人所重视。石鼓共十枚，每枚直径约三尺馀，边上满刻古代文字，字体在籀文和小篆之间。初在陕西天兴县南发现，宋代迁到汴京，藏在保和殿。金人入汴，移归燕京。现存北京历史博物馆。石鼓制作年代，众说纷纭，近世学者考定，多数认为是战国时秦国所刻。

〔四〕羽陵即羽琌：《穆天子传》："天子大飨正公诸侯王勤七萃之士于羽琌山上。"郭璞注云："下有羽陵，疑亦同。"　琌：《字汇补》云："疑即陵字。"

七二

少年簿录睨千秋〔一〕,过目云烟浩不收〔二〕。一任汤汤沦泗水,九金万祀属成周〔三〕。(撰《羽琌之山典宝记》二卷)

〔一〕少年句:少年时代,我那本关于古文物的著录,已足以傲视千古。　簿录:记录在册子上。指作者撰写的《羽琌之山典宝记》。　睨(nì):斜着眼睛看,这里是傲视的意思。

〔二〕过目句:而平生所见的东西更多,如同过眼云烟,也收集不了那么多。　朱彝尊《绛帖平跋》:"获观宋搨绛帖二册,光采焕发,令人动魄惊心,过眼云烟,至今搅我心也。"　作者《书张子絜大令所藏玲珑山馆本华山碑跋后》云:"海内纸墨云烟事,予上下三十馀年,幸皆在见闻中。"　浩:广阔无边。

〔三〕一任两句:让它们都沉没到泗水急流中吧,反正,著名的九鼎已经永远成为周王朝的象征了。

九金:即九鼎。周王朝有九个大鼎,象征统治权力。王朝衰微,有些强侯就来打听九鼎的大小和轻重。后来秦灭了周,把九鼎搬走,但此后便不知下落。其原因传说不一。　《史记·封禅书》说:"秦灭周,周之九鼎入于秦。或曰:宋太丘社亡而鼎没于泗水彭城下。"《水经注·泗水》说:"周显王四十二年,九鼎沦没泗渊。"张守节《史记正义》说法更奇:"秦昭王取九鼎,其一飞入泗水,馀八入于秦中。"但王充《论衡·儒增篇》则另有见解,它说:"或时周亡时,将军摎人众见鼎盗取,奸人铸烁以为他器,始皇求不得也。后人见有神名,则空生没于泗水之语矣。"反正周亡以后,谁也没有再见过九鼎。　汤汤(shāng):水急流的样子。《书·尧典》:“汤汤洪水方割。”　泗水:由山东流入江苏的古河,现已不存。　万祀:万年。　成周:地名,在河南洛阳市东北。这里是指周王朝。

按,作者生平收藏古文物很多,有三秘、十华、九十供奉的说法。详见张祖廉《定庵年谱外纪》。但后来又散失甚多。作者自已曾说:“是时予收藏古吉金星散,见于《羽琌之山典宝记》者百存一二。”此诗后两句,借九鼎作比,意思说,正如九鼎永远以周朝的名义记载下来,我收藏的古物都已纪录在册,便是散失干净也没有关系了。

七三

奇气一纵不可阖〔一〕,此是借琐耗奇法〔二〕。奇则耗矣琐未休,眼前胪列成五岳〔三〕。(为《镜苑》一卷,《瓦韵》一卷,辑官印九十方为《汉官拾遗》一卷,《泉文记》一卷。)

〔一〕奇气句:胸中蕴藏着一股奇气,如果放纵它,要收也收不回来。　奇气:这里指变法革新的抱负。作者由于平日宣扬这种主张,受到大地主顽固派的敌视和打击,有时又想收敛一下锋芒,避开敌对者的注目。

〔二〕此是句:摆弄一些琐碎事物,是藉以消磨奇气的办法。按作者《铭座诗》有“借琐耗奇,嗜好托兮,浮湛不返,狥流俗兮”的话,说明“耗奇”其实是不得已的。　琐:琐碎的东西。这里指考证古镜、古印、瓦当、古钱文字的玩意。

〔二〕奇则两句:奇气固然是消耗不少了,可是又给琐碎的东西纠缠不休。那些古镜、古瓦、古印、古钱和关于它们的考证材料,堆积在眼前,仿佛变成五座大山了。　按,《镜苑》是记录古镜文字花样的书。《瓦韵》是记录古代瓦当(瓦头)文字的书。《汉官拾遗》是记录汉代官印文字的书。《泉文记》是记录古钱文字形制的书。

七四

登乙科则亡姓氏,官七品则亡姓氏〔一〕。夜奠三十九布衣,秋灯忽吐苍虹气〔二〕。(撰《布衣传》一卷,起康熙,讫嘉庆,凡三十九人。)

〔一〕登乙科两句:凡是考中举人的就不收入《布衣传》内,做官到七品的也不收入《布衣传》内。　乙科:明清一般人称进士考试为甲科,举人考试为乙科。　亡:同无。亡姓氏:在《布衣传》中不留姓名。

〔二〕夜奠两句:《布衣传》完成了,我拿酒祭奠这三十九位布衣们在天之灵,秋灯忽然大放光芒,仿佛布衣们在灯影下吐气扬眉。　布衣:指平民。《盐铁论散不足》:"古者庶人耋而后衣丝,其馀则麻枲而已,故命曰布衣。"　苍虹气:比喻昂扬的气概。

按,作者所撰《布衣传》已佚,三十九人不知为谁。

七五

不能古雅不幽灵，气体难跻作者庭〔一〕。悔杀流传遗下女，自障纨扇过旗亭〔二〕。（年十九，始倚声填词〔三〕。壬午岁勒为六卷〔四〕。今颇悔存之。）

〔一〕不能两句：我写的词，既不能做到古雅，也不够幽深空灵。从气韵和格局来看，都及不上作家的门庭。 气：内在的气韵。 体：外形的格局。 跻（jī）：登上。《易·震》："跻于九陵。" 庭：门庭。此指达到的水平。李峤《授崔融著作郎制》："宜升著作之庭，并践记言之地。"

〔二〕悔杀两句：我十分后悔让这些作品流传在歌女口中，传播开来。如今真是拿扇子遮着脸孔才敢走过旗亭。 遗：音义同馈，赠送。屈原《九歌》："采芳洲兮杜若，将以遗兮下女。" 下女：原指侍女，作者借用为歌女的代词。 自障纨扇：《南齐书·刘祥传》："司徒褚渊入朝，以腰扇障日。祥从侧过，曰：作如此举止，羞面见人，扇障何益？" 旗亭：市内的酒楼，歌女常在那里卖唱。 按，词的唱法，清代早已失传，偶然有些填词者自称能唱，那只是自己的杜撰。作者在此借用唐代"旗亭画壁"故事，以示它流传在社会上而已。

〔三〕倚声：按照规定的声律，又转作填词的专用语。

〔四〕壬午岁：道光二年（1822），作者三十一岁。

七六

文章合有老波澜〔一〕,莫作鄱阳夹漈看〔二〕。五十年中言定验〔三〕,苍茫六合此微官〔四〕。(庚辰岁〔五〕,为《西域置行省议》《东南罢番舶议》两篇〔六〕,有谋合刊之者。)

〔一〕文章句:写文章应该要有浩阔而不平凡的才气。　波澜:杜甫《敬赠郑谏议十韵》诗:“毫发无遗憾,波澜独老成。”王洙注:“才气浩瀚,故有波澜。”

〔二〕莫作句:我既不像马端临撰《文献通考》,也不要以为是效法郑樵撰《通志》。意说他们是搜罗历史典故,而我写的则是针对时弊的文章,两者截然不同,不可一律看待。　鄱阳:指马端临,南宋乐平县人(乐平县宋代属饶州,饶州又称鄱阳郡),著有《文献通考》三百四十八卷。　夹漈(jì):指郑樵,他曾在福建莆田县夹漈山读书,著有《通志》二百卷。后人称为郑夹漈。

〔三〕五十句:五十年内,我的话总会应验的。　指作者提出的在新疆建立行省和禁止洋船进口的主张。

〔四〕苍茫句:天地旷远无边,而我不过是个小官员罢了。　暗指自己眼下没有实行这些主张的权力,但大势所趋,将来还是要实现的。　六合:天地和四方。

〔五〕庚辰岁:嘉庆二十五年(1820),作者二十九岁。

〔六〕西域置行省议:是作者一篇预见性极强的文章。文中提出应把新疆建为行省,划县设官,由中央直接管辖。目的在于制止分裂主义者的阴谋活动,防止帝俄乘机侵略。此文现存作者文集中。 东南罢番舶议:这篇文章现已失传。大致是主张限制外国轮船进入我国港口。张维屏《听松庐诗话》卷五:"定庵为文,动辄数千言,姑即一篇论之。其文曰《东南罢番舶议》。试思番舶之来,数百年矣,近年其来愈速,其风愈横,谁能罢之?是断不能行之事,而定庵乃以为得意之文,则谬矣。"知此事当时也有人反对。

按,关于新疆建置行省,直到光绪九年(1883),然后成为事实。此时距作者提出建议已历六十三年。

七七

厚重虚怀见古风,车茵五度照门东〔一〕。我焚文字公焚疏,补纪交情为纪公〔二〕。(壬辰夏,大旱,上求直言〔三〕。大学士蒙古富公俊五度访之〔四〕。予手陈当世急务八条。公读至汰冗滥一条〔五〕,动色以为难行。馀颇欣赏。予不存于集中。)

〔一〕厚重两句:富俊态度的厚重和待人的虚心都见出古代大臣的风貌。他五次坐车亲自来访问我。 厚重:言语举动都沉着稳重。 车茵:车上的垫褥。作者借丙吉典故指富俊的车子停在门前。《汉书·丙吉传》:"吉驭吏耆酒,醉欧丞相车上。西曹主吏白欲斥之。吉曰:此不过污丞相车茵耳。"茵茵通。

〔二〕我焚两句:我把向你陈述意见的底稿烧掉,你也把向皇帝进言的奏疏底稿烧掉。如今写这首诗作为我和富俊交情的纪念,也是为了表扬富俊的虚怀接物精神。 焚文字:作者由于不愿夸耀富俊的建议是自己原来的意见，所以把文稿烧掉。　焚疏：臣下由于不愿显耀自己如何忧国忧民，常将奏疏底稿烧掉。《汉书·孔光传》：“时有所言，辄削草稿，以为章主之过，以奸（求的意思）忠直，人臣大罪也。”《南史·谢宏微传》：“每献替及陈事，必手书，焚草，人莫之知。”杜甫《晚出左掖》诗：“避人焚谏草。”都是此意。

〔三〕上求直言：道光十二年壬辰（1832）夏天大旱，道光帝以为触犯天怒，十分恐慌，下诏征求对朝政兴革的意见。《东华续录》载道光十二年六月壬午谕：“朕思致旱之由，必有所自。应天以实不以文，在平时即当夙夜维寅，以消祲沴，至遇灾而惧，已属补救于临时，况敢以规为瑱乎？著在京各衙门例准奏事人员，于恒旸之由，请雨之事，国计民生之大，用人行政之宜，摅诚直言，各抒所见。”

〔四〕富俊：蒙古正黄旗人，姓卓特氏，由缙译进士授礼部主事，嘉庆、道光年间，四度出任吉林将军，迁理藩院尚书，协办大学士。道光十年升东阁大学士。十二年大旱，引疚呈请退休，道光帝不许。十四年卒，年八十六。《清史稿》三四二卷有传。

〔五〕汰冗滥：官僚机构重叠，官吏员数繁冗，主张大力加以删汰。

七八

狂禅辟尽礼天台〔一〕，掉臂琉璃屏上回〔二〕。不是瓶笙花影夕，鸠摩枉译此经来〔三〕。（丁酉九月二十三夜〔四〕，不寐，闻茶沸声，披衣起，菊影在扉，忽证法华三昧〔五〕。）

〔一〕狂禅句：我崇奉佛教的天台宗，把破坏佛教的狂禅排斥尽净。　狂禅：指佛教禅宗后期的神秘主义。这一期禅宗的表现是：他们认为用一般语言不可能说明禅宗的道理，因而采取隐语、暗喻甚至拳打脚踢的动作作为表达方法；他们也否认人们的逻辑思维能认识客观真理，他们呵佛骂祖，否定经典，只靠个人"顿悟"，所以又更近于神秘主义。作者十分反对这个宗派，曾在《支那古德遗书序》中加以痛斥，在诗中也屡次指他们为"狂禅"。按清世祖曾遣使迎临济第卅一世玉林琇和尚入京，其敕谕有云："尔僧通琇，慧通无始，智洞真如，扫末世之狂禅，秉如来之正觉。"见蒋维乔《中国佛教史》四。　天台：指天台宗信奉的《妙法莲华经》。

〔二〕掉臂句：我对《妙法莲华经》的哲理忽然开悟，思想毫无障碍，就像可以在琉璃屏上掉臂来回一样。《处胎经》："佛入琉璃定无形三昧。"《妙法莲华经·法师功德品》："受持是经，若读若诵若解脱若书写，得八百身功德，得清净身如净琉璃。"

〔三〕不是两句：假如不是那天晚上茶罐子煮开了，假如不是菊影照在门板上，让我获得这种三昧的境界，鸠摩罗什就算白译《妙法莲华经》了。　瓶笙：煮水时，茶罐子沸腾发出的声音。苏轼曾称之为"瓶笙"。有《瓶笙诗引》云："庚辰八月二十八日，刘几仲饯饮东坡。中觞，闻笙箫声，杳杳若在云霄间，抑扬往返，粗中音节。徐而察之，则出于双瓶，水火相得，自然吟啸。盖食顷乃已。坐客惊叹，得未曾有，请作瓶笙诗纪之。"　鸠摩：鸠摩罗什，父为天竺人，本人为龟兹人。七岁出家，从师读经，日诵千偈，自此精通佛乘。后秦时来中国长安，秦主姚兴（公元 394 年嗣立）待以国师之礼。译有《金刚经》、《妙法莲华经》、《中观论》等三百多卷。

〔四〕丁酉:道光十七年(1837),作者四十六岁。

〔五〕三昧:佛家语,又译三摩地。即屏绝诸缘,住心于一境。《大乘义章》:"以体寂静,离于邪乱,故曰三昧。"《智度论》:"善心一处住不动,是名三昧。"迈格文《佛教哲学通论》:"三摩地,即拣出一个单独的对象物或念头,且以全心贯注之。" 按,据《法华经》所说,欲得法华三昧,应修习《法华经》,读诵大乘,令此空慧与心相应,成办诸事无不具足。隋智者大师教人以十项方法:一严净道场,二净身,三净业,四供养诸佛,五礼佛,六六根忏悔,七绕旋,八诵经,九坐禅,十证相。

七九

手扪千轴古琅玕〔一〕,笃信男儿识字难〔二〕。悔向侯王作宾客,廿篇鸿烈赠刘安〔三〕。(某布政欲撰吉金款识〔四〕,属予为之。予为聚拓本,穿穴群经〔五〕,极谈古籀形义〔六〕,为书十二卷。俄,布政书来,请绝交。书藏何子贞家〔七〕。)

〔一〕手扪句:我翻着上千卷有关古代文字的书籍、拓本,写成一本著作。 琅玕:原是似玉的石头;竹也称为琅玕。杜甫《郑驸马宅宴洞中》诗:"留客夏簟青琅玕。"赵次公曰:"诗家多以琅玕比竹。"因竹简是写字材料,所以"琅玕"又转作书册解。

〔二〕笃信句:如今十分相信做个识字的男儿也是不容易的事。

〔三〕悔向两句:我后悔做了侯王的宾客,把那二十篇《鸿烈》赠给刘安。 廿篇鸿烈:汉高祖的孙子刘安,封淮南王,为人喜爱文艺、道术，曾招集许多文士成为他的宾客。宾客们替他撰写《内书》二十一篇，由他献给汉武帝。这书又称《淮南鸿烈》或《淮南子》。作者拿淮南王比喻吴荣光，宾客比喻自己，《鸿烈》则是比喻替吴写的金文研究。并以为不该接受吴的委托，干这种蠢事。

〔四〕某布政：指吴荣光。吴字荷屋，广东南海人，嘉庆进士，道光间官至湖南巡抚，兼署湖广总督，因事降调福建布政使。著有《历代名人年谱》、《筠清馆金文》等。　吉金款识（zhì）：古代铜器上镌刻的文字，阳文称为款，阴文称为识。

〔五〕穿穴群经：把古代经书中的证据加以贯通引用作为古文字的证明。　穿穴：贯通。

〔六〕古籀：周代文字。有人认为古文流行于当时中国东部，籀文流行于西部。

〔七〕何子贞：见第三二首注。

按，吴荣光《筠清馆金文》自序云："一日，廖工部甡来请曰：子之金文，龚定庵礼部欲任校订。予固知定庵精研籀篆。与家子苾编修（按，吴式芬）搜访若干，悉以付之。予再出为闽藩，则以此事属陈礼部庆镛，敦促成书。书存陈处。"陈庆镛精于钟鼎文字考释。《籀经堂类稿》中有钟鼎考释一卷。龚自珍曾作考释的齐侯罍，陈氏另作释文，称为《齐侯罍铭通释》。

八〇

夜思师友泪滂沱，光影犹存急网罗〔一〕。言行较详官阀略，报恩如此疚心多[二]。(近撰《平生师友小记》百六十一则。)

〔一〕光影句:师友们平日的行为言论,有如光影,大致上还保存在自己的记忆之中。但如果时间久了,便会消失,所以急须记录下来。　光影:《华严经·入法界品之十五》:"了知一切法皆如幻起,知诸世间如梦所见,一切色相犹如光影。"　网罗:收集起来。

〔二〕言行两句:师友们的行为言论,对人对己都有启示教育作用,所以详细记载;至于他们的官职门阀,只是略带一笔而已。自己平生受到师友的许多好处,如今只是写一点小记。这样报恩,心里十分不安。

八一

历劫如何报佛恩[一]?尘尘文字以为门[二]。遥知法会灵山在,八部天龙礼我言[三]。(佛书入震旦以后[四],校雠者稀。乃为《龙藏考证》七卷[五];又以《妙法莲华经》为北凉宫中所乱[六],乃重定目次[七],分本迹二部,删七品,存廿一品。丁酉春勒成[八]。)

〔一〕历劫句:尽管有极长的时间也无法报答佛的恩惠。　《法华经·嘱累品》:"若有善男子善女人,信如来智慧者,当为演说此《法华经》……汝等若能如是,则为已报诸佛之恩。"作者《发大心文》有云:"我虽化身,横尽虚空,竖尽来劫,作其尘沙,一一沙中有一一舌,一一舌中出一一音,而以赞佛,不能尽也。"亦是此意。

〔二〕尘尘句:我将用无量数的文字作为报佛恩的门径。　尘尘:无量数的微尘。佛经有"尘尘刹土"的话,指如微尘那样多的国土。

〔三〕遥知两句:我知道在那遥远的灵山法会上,天龙八部都会向我这些文字敬礼赞叹。　法会:说佛法和供佛施僧的集会。《法华经·随喜功德品》:"若人于法会得闻是经典。"　灵山:灵鹫山,在中印度摩揭陀国上茅城附近,山形似秃鹫的头。又山中多鹫,因以为名。释迦牟尼曾在山上讲《法华》等经。八部天龙:佛教分诸天神鬼及龙为八部。《翻译名义集》:"八部:一天,二龙,三夜叉,四乾闼婆,五阿修罗,六迦楼罗,七紧那罗,八摩睺罗迦。"

〔四〕震旦:见第三四首注。

〔五〕龙藏考证:疑即作者文集中的《正译第一》至《正译第七》七篇考证性质的文章。已收入王佩诤校本第六辑。王氏在《龚氏佚著待访目》中不知这便是《龙藏考证》,认为亡佚。　龙藏:指佛教藏经。

〔六〕妙法莲华经:佛经名,阐扬一乘教义。姚秦时,鸠摩罗什译成汉文,共七卷。

〔七〕重定目次:作者认为《妙法莲华经》的汉译有错误,因加以重订。具见文集中《正译第一(正法华经秦译)》及《妙法莲华经四十二问》两文。

〔八〕丁酉:道光十七年(1837)。

八二

龙树灵根派别三[一],家家椰栗不能担[二]。我书唤作三桠记,六祖天台共一龛〔三〕。(近日述天台家言,为《三普销文记》七卷,又撰《龙树三桠记》。)

〔一〕龙树句:佛教龙树菩萨传授下来的派别有三个。　龙树:佛教传佈人,又名龙猛。见第三四首注。　灵根:指佛祖,这里具指龙树。《文选》陆机《叹逝赋》:"痛灵根之夙陨。"李良注:"灵根,灵木之根,喻祖考也。"　派别三:印度大乘佛学分为两大派。一派以龙树、提婆为首,称为空宗;一派以无著、世亲为首,称为有宗。空宗一派传入中国后,由魏晋到南北朝都处于优势地位。龙树撰著的《大智度论》成为中国天台宗的重要经典;他的《十二门论》和《大智度论》里面的《中论》,是中国三论宗(又称法性宗)崇奉的经典;中国早期的禅宗也崇奉龙树。天台宗的智𫖮提倡自心修炼,三论宗的吉藏提倡"观辨于心",禅宗的神秀强调"守心""观心",都是由龙树的空宗派生而出。作者的《龙树三桠记》现已失传,疑所谓"三桠",指的便是中国这三宗。

〔二〕家家句:这三派都只能各自获得龙树的部分教义,不能完全囊括无馀。　楖(jí)栗:木名,可制手杖。贾岛《送空公往金州》诗:"七百里山大,手中楖栗粗。"即指僧人的禅杖。　不能担:指不能独家担负起来。佛家有担板汉的比喻:"人佚之负板者,但见前方,不能见左右方。语曰:担板汉但见一方。"

〔三〕六祖句:我是把禅宗六祖和天台宗的祖师同放在一个佛龛中供奉的。　六祖:即唐代禅宗南派的开山祖慧能。本姓卢,早岁家境贫困,卖柴为生,后在寺院中做行者,从事打柴、推磨等劳动,对佛教义理很有领悟,得到禅宗五祖赏识,传给衣钵,另在广东韶州曹溪开山,成为禅宗南派创立人。　天台:指天台宗的智𫖮,又称智者大师。作者在《二十三祖二十七祖同异》文中说:“予以天台裔人而奉事六祖,为二像一龛供奉之。我实不见天台、曹溪二家纤毫之异。”可作此句注脚。

八三

只筹一缆十夫多,细算千艘渡此河〔一〕!我亦曾糜太仓粟,夜闻邪许泪滂沱〔二〕。(五月十二日抵淮浦作〔三〕)

〔一〕只筹两句:光是应付一条船过闸,就要十个人以上,算一算一千条船该需要多少人力啊! 一缆:一条船拉纤过闸时,要用一条巨缆,一缆即一条船。

〔二〕我亦两句:我也曾在北京消耗过官仓的粮食,如今听到晚上纤夫拉粮船过闸的号子声,想起老百姓的痛苦,眼泪忍不住像雨点一样掉下来。 糜:消耗。 太仓:政府的粮仓。 邪许(yé hǔ):拉纤时出力吆喝的号子声。《淮南子·道应》:“今夫举大木者,前呼邪许,后亦应之。” 滂沱(pāng tuó):形容眼泪流得很多。

〔三〕淮浦:江苏省清江市旧又名清江浦。嘉庆《清一统志》:“运河在淮安府城西,自扬州府宝应县北至府城南六十里黄埔,入山阳县,又北至府城西清江浦,折西北,入清河县界,达清口,逾黄河。”包世臣于道光九年六月南下时曾撰《闸河日记》,中云:“二十日入清河境。二十一日抵杨家庄,即晚渡黄河觅舟。对渡即拦黄坝。二十二日搬取行李过船,十五里至清江浦,又十五里至淮关,入山阳境。十五里至淮安。四十里至平桥,入宝应境。”龚氏当日南行,亦是遵此程途。

按,清王朝向农民征收田赋,其中一种称为“漕粮”,征收白米。东南各省的漕粮,当时主要是通过运河北上,称为漕运。运河在进入黄河前,因水位高低不同,在附近设立水闸多座,船只通过时,由纤夫拉船过闸,每船需用水手十人,纤夫十人以上。漕运到了清代中叶,弊病百出,老百姓受害极大。单是役使纤夫,就使人伤心惨目。有一首观漕船过闸的诗,描写较具体,节录一段:“漕船造作异,高大过屋脊。一船万斛重,百夫不得拽。上闸登岭难,下闸流矢急。头工与水手,十人有定额,到此更不动,乃役民夫力。鸣钲集酋豪,纷纷按部立,短绳齐挽臂,绕向缴轮密。邪许万口呼,共拽一绳直。死力各挣前,前起或后跌。设或一触时,倒若退飞鹢。再拽愈难动,势拗水更逆。大官传令来,催儹有限刻。闸吏奉令行,鞭棒乱敲击。可怜此民苦,力尽骨复折。”(《清诗铎》卷三邹在衡《观船艘过闸》)老百姓灾难如此深重,毋怪作者忍不住“泪滂沱”了。

八四

白面儒冠已问津,生涯只羡五侯宾〔一〕。萧萧黄叶空村畔,可有摊书闭户人〔二〕?

〔一〕白面两句:白面书生们如今已纷纷走向关津渡口找寻生活出路;而且他们都羡慕幕客的职位,要去投靠大官僚。　白面:《南史·沈庆之传》:“耕当问奴,织当问婢。陛下今欲伐国,而与白面书生谋之,事何由济?”　问津:津,渡口。这里指交通发达、人口集中的地方。道光年间,由于农村破产,经济衰败,东南各省尤甚。读书人无法安心读书,都跑到江边海滨的都市找寻生活出路，作者称这种现象为"问津"。　五侯宾：西汉末年，王谭、王商、王立、王根、王逢时五个皇亲国戚同日封侯，世称五侯。《西京杂记》："五侯不相能，宾客不相往来。娄护传食五侯间，各得其欢心，竞致奇膳。护乃合以为鲭，世称五侯鲭。"汉代以来，政府高级官吏聘用有名望的读书人协助办理政务或军务，称为掾史。唐、宋以后则称为幕僚。明、清两代此风更为发展，由公家聘用进为私人聘用。凡知县以上，都有幕客，民间称这些人为师爷。有钱粮师爷、刑名师爷等名目。《清经世文编》有何桂芳《请查禁谋荐幕友片》云："各省州县到任，院司幕友必荐其门生故旧，代办刑名、钱谷。该州县不问其人例案精熟与否，情愿厚出束修，延请入幕。只因上下通声气、申文免驳诘起见。而合省幕友，从此结党营私，把持公事，弊端百出，不可枚举。"可见当时风气一斑。

〔二〕萧萧两句：在黄叶萧萧的空村附近，如今还能有闭门读书的人吗？这是作者看到当时农村破产的严重情况，连读书人都无法再呆在农村了，因而发出这种感叹。

按，作者曾有《吴市得旧本制举之文，忽然有感，书其端》诗，有句云："家家饭熟书还熟，羡杀承平好秀才。"指康熙年间的情况，正可与此诗互参。

八五

津梁条约遍南东〔一〕，谁遣藏春深坞逢〔二〕？不枉人呼莲幕客，碧纱幮护阿芙蓉〔三〕。（阿，读如人痾之痾。出《续本草》。）

〔一〕津梁句:禁止鸦片入口的明令遍于东南各省港口。　津梁:指准许外国船只进行贸易的港口。清康熙二十四年,重开海禁,开放广东澳门、福建漳州、浙江宁波、江苏云台山四地,准许外国轮船停泊。雍正时,又增浙江定海海关。乾隆二十二年,曾缩小为广州一口。但事实上,西班牙商人仍不时到厦门进行贸易。以后禁令弛缓,闽、浙各港又以半公开形式与外商进行贸易。　条约:指进行中外贸易的规定和办法,这里具体指禁止鸦片入口的规定。嘉、道年间,鸦片走私入口逐渐猖獗。《清宣宗实录》:"道光十二年二月上谕:嗣后洋人来粤贸易,该督等剀切出示晓谕洋人,并严饬洋商向洋人开导,勿将烟土夹带货舱。倘经查出,不准该商开舱卖货,立即逐回。并著直隶、闽、浙等省各督抚严饬海口各地方官,凡出洋贩贸船只,逐一给与牌票,查验出入货物,毋许仍前偷贩情弊。"但事实上这不过是一纸具文。利之所在,鸦片走私之风仍然十分猖獗。梁章钜《浪迹丛谈》引许乃济道光十六年奏摺有云:"比岁,夷船周历闽、浙、江南、山东、天津、奉天各海口,其意即在销售鸦片,虽经各地方官随时驱逐,然闻私售之数,亦已不少。"其实那些地方官许多正是走私的包庇纵容者。作者用"谁遣"二字,深有所指。

〔二〕谁遣句:谁又让这些毒品在幽深的屋子里跟人们见面呢?　藏春:鸦片用罂粟的蒴果制成,罂粟花别名丽春(见《花木考》)。鸦片由走私入口,所以作者称为"藏春"。　深坞(wù):四面高中央低的地方叫坞。北宋有个官僚刁约,晚年筑室润州,号藏春坞。《江南通志》:"藏春坞在镇江府丹徒县清风桥东,中有逸老堂。"苏轼《赠张刁二老》诗,有句云:"藏春坞里莺花闹。"作者借此隐指鸦片烟馆。

〔三〕不枉两句:难怪人家都叫那些幕僚为莲幕客,原来他们在碧纱幮里护理着阿芙蓉呢! 莲幕客:《南史·庾杲之传》:"杲之字景行,为王俭长史。萧緬与俭书曰:景行泛绿波,依芙蓉,何其丽也!"后人因称幕僚为莲幕客。 碧纱幮:用木作间架,上施纱帐,以防蚊蚋。 阿芙蓉:《本草纲目·谷部》:"李时珍曰:阿芙蓉前代罕闻,近方有用者,云是罂粟花之津液也。"王之春《国朝柔远记》:"鸦片烟,一曰波毕,一曰阿芙蓉,一曰阿片。"

八六

鬼灯队队散秋萤〔一〕,落魄参军泪眼荧〔二〕。何不专城花县去〔三〕?春眠寒食未曾醒〔四〕。

〔一〕鬼灯句:吸食鸦片的人,颠倒昼夜,晚上特别活跃。他们提着灯笼,进出烟馆,一队队鬼灯,有如散落在街巷中的秋萤。一说,鬼灯指鸦片烟灯,在烟馆中一盏盏烟灯,有如散落的秋萤。

〔二〕落魄句:那些倒霉的烟鬼,吃不上鸦片,烟瘾发作,眼泪鼻涕直流。 落魄参军:指曾经作过幕客的倒霉烟鬼。《苕溪渔隐丛话后集》卷十六引《复斋漫录》:"本朝张景,斥为房州参军。景为《屋壁记》,略曰:近置州县参军,无员数,无职守,悉以旷官败事、违戾政教者为之。外人一见之,必指曰:参军也,尝为某罪矣。至于倡优为戏,亦假而为之,以资戏玩,况为真者乎!宜为人之轻视。"

〔三〕何不句:他们何不到种花的县去专城而居呢? 专城:一城之主。《古乐府》:"三十任中郎,四十专城居。"后人用以指州县长官。这里借用“专城居”意在讽刺。　花县：指种罂粟花的县。道光年间，已有些边远省县如广西、四川、云南、贵州，私种罂粟花来熬制鸦片。见《宣宗实录》道光十八年十二月谕内阁。

〔四〕春眠句：他们大可以躺在床上吸烟，直到寒食节也不用醒过来了。　寒食：古代以冬至后一百零五日为寒食节，禁止生火三天，称为禁烟。唐韩鄂《岁华纪丽》：“寒食，禁其烟。周之旧制。”清王士禛《真州绝句》：“江乡春事最堪怜，寒食清明欲禁烟。”作者把烟火的烟和鸦片烟的烟牵合使用，语带双关，讽刺吸鸦片的人，即使别人过禁烟节，他还照样可以吸鸦片烟。

按，作者友人蒋湘南有与黄爵滋《论禁烟书》，曾指出：“今之食鸦片者，京官不过十之一二，外官不过十之二三，刑名钱谷之幕友，则有十之五六。”原来这些“莲幕客”有一半以上是鸦片烟鬼，无怪作者在诗中特别提出加以抨击。

八七

故人横海拜将军〔一〕，侧立南天未蒇勋〔二〕。我有阴符三百字，蜡丸难寄惜雄文〔三〕。

〔一〕故人句：我的老朋友新近拜为横海将军。　故人：指林则徐。道光十八年（1838）十一月，湖广总督林则徐入京，向道光帝陈述禁止鸦片事宜，奉旨以钦差大臣身份到广东查办鸦片，水师亦归节制。　横海将军：汉官名。《史记·卫将军传》：“将军韩说以待诏为横海将军，击东越有功。”这里借指林则徐的新任命。

〔二〕侧立句:他在广东辛勤办事,还未成功结束。　侧立:侧足而立,借指办事辛劳。《后汉书·吴汉传》:“汉性强力,每从征伐,帝未安,恒侧足而立。”　蒇(chǎn)勋:大功告成。

〔三〕我有两句:我有一篇文章向林则徐陈述战守的计划,可惜没有办法寄去,白费了这篇不寻常的文章。　阴符:古兵书名。《云笈七签》卷一百《轩辕本纪》:“玄女教(轩辕)帝三官秘略、五音权谋、阴阳之术。玄女传《阴符经》三百言。帝观之十旬,讨伏蚩尤。”《隋书·经籍志》有《周书阴符》九卷,入兵家类,今未见传本。　蜡丸:古代传递军事文书,为了保密,用蜡丸封裹。又称蜡弹。宋赵升《朝野类要》四:“蜡弹:以帛写机密事,外用蜡固,陷于股肱皮膜之间,所以防在路之浮沉漏泄也。”《孙子十家注·用间篇》引张预曰:“我朝曹太尉尝贷人死,使伪为僧,吞蜡弹入西夏。至则为其所囚。僧以弹告,即下之。开读,乃所遗彼谋臣书也。戎主怒,诛其臣,并杀间僧。”可见蜡丸的保密作用。

按,道光十八年十一月,作者在《送钦差大臣侯官林公序》中,对广东禁烟和抗英曾提出自己的意见,又打算到广东参加策划。因朝廷内部斗争复杂,未能成行。次年六月,林则徐在虎门销毁鸦片二万馀箱后,英殖民主义者准备动用武力,林亦积极进行战备。作者又提出对付敌人的政策,亦因故未能寄出,作者对此深为惋惜。

八八

河干劳问又江干〔一〕,恩怨他时邸报看〔二〕。怪道乌台牙放早,几人怒马出长安[三]？

〔一〕河干句：此人到了黄河岸边，有人向他慰劳问候；到了长江边上，又有人向他慰劳问候。　河干：河边。《诗·魏风·伐檀》："置之河之干兮。"

〔二〕恩怨句：他向谁报恩，又向谁报怨，以后在官报上就可以看出来了。　邸报：封建时代传钞官方消息、类似官报的东西。汉代郡国和唐代藩镇，都在京师设置邸舍，由专人钞录朝廷的诏令章奏，向郡国诸侯或地方军政长官报告，因称邸报或邸抄，又称留邸状报。明、清时又有所谓阁钞、科钞，其中不少是有关官员升降调动的消息。孟棨《本事诗》："一日，夜将半，韦叩门急，韩（翃）出见之。贺曰：员外除驾部郎中知制诰。韩大愕然，曰：必无此事，定误矣！韦就坐曰：留邸状报：制诰阙人，中书进名，御笔不点出。又请之，且求圣旨。德宗批曰：与韩翃。"

〔三〕怪道两句：难怪御史台下班会那么早，原来有几位大员都骑马走出长安，到各地调查去了。　乌台：即御史台，是封建时代纠察官吏的机构。《汉书·朱博传》："御史府中列柏树，常有野乌数千，栖宿其上，晨去暮来，号曰朝夕乌。"后人因称御史台为乌台。　牙放：即放衙，等于现代语的下班。白居易诗："暖阁谋宵宴，寒庭放晚衙。"　怒马：《后汉书·桓荣传》："桓典为侍御史，执政无所回避，常乘骢马，京师畏惮，为之语曰：行行且止，避骢马御史。"李商隐诗："赫奕君乘御史骢。"作者用"怒马"暗示此人是御史身份。

按，这首诗是讽刺一位御史的劣迹。他从京师南下，一路上作威作福，地方官吏只好尽量送礼讨好。有人送了厚礼，但也有人不肯奉承,他都一一记在心里,准备回京时随意抑扬,向上报告。于是在邸抄上就可以看到有人升官或嘉奖,有人降职或处分了。

又按,黄安涛《山东齐河知县蒋君墓志铭》记作者友人蒋因培事云:“因培初至汶上,会有巡漕御史某,家人婪索供帐,势张甚,所过咸趋承惟谨。至汶上,君方诣行馆谒,及门,闻诟厉,廉知横行状……遽令撤所张灯及供膳,拂衣径归。御史遂中夜苍黄去。后事发(御史)见法,以贿赂牵连被斥者数辈。”由此一事,可见当时御史横行不法之一斑。

八九

学羿居然有羿风,千秋何可议逢蒙〔一〕?绝怜羿道无消息,第一亲弯射羿弓〔二〕。

〔一〕学羿两句:逢蒙向羿学习,居然把羿的作风都学得十足,我们在千载之下,怎可以非议逢蒙呢! 羿(yì):远古时代善射的人,有许多传说。或说是帝尧时人,或说是帝喾时人,或说是夏代人。作者用《孟子》的记载:“逢蒙学射于羿,尽羿之道,思天下惟羿为愈己,于是杀羿。”

〔二〕绝怜两句:最可惜的是,所谓“尽羿之道”的“道”,到底是些什么,我们找不到一点踪影,只知道他的学生首先拉弓把羿杀死。 无消息:没有踪迹。

按,作者在诗中显有所影射。当时可能有个学者受到门生弟子的强烈攻击,所以作者拿羿的故事作比,言下颇有讽刺的意味。

九〇

过百由旬烟水长[一]，释迦老子怨津梁[二]。声闻闭眼三千劫，悔慕人天大法王[三]。

〔一〕过百句：我走了上百由旬的烟水悠长的道路。　由旬：古代印度计算道里的单位，又译作由巡、由延、喻缮那、谕阇那。《翻译名义集》："一大由旬八十里，一中由旬六十里，一小由旬四十里。"《大唐西域记》卷二："旧传一喻缮那四十里，印度国俗乃三十里。"

〔二〕释迦句：便算是释迦牟尼，也会因为走那么多关津渡口而感到疲倦。　释迦老子：即释迦牟尼。印度佛教创立人，生于中印度憍萨罗国迦毗罗卫城，是净饭王的太子。二十九岁出家修道，剃发为沙门。后在钵罗树下成道，称为大觉世尊、人天大导师。周游四方传佈佛教四十馀年，卒于拘尸那城跋提河边婆罗双树下。中国佛教徒有时也称他为释迦老子。《五灯会元》卷七："宝鉴禅师云：释迦老子是干屎橛。"　津梁：本意为桥梁，引申为关津渡口，亦引申为济导众人的手段。《华严经·入法界品》："如船师示导法海津济处故。如桥梁令其得度生死海故。"《世说·言语》："庾公（按，庾亮）尝入佛图，见卧佛。曰：此子疲于津梁。于时以为名言。"

〔三〕声闻两句：我这个学佛的人，闭眼之间，便经历了无数劫难。我曾羡慕释迦牟尼普渡众生的大愿，现在看来，这真是想错了，只有后悔而已。　声闻：佛教五乘之中，有声闻乘，它是"闻佛声教，悟四谛理而得阿罗汉果者”。也就是通过诵经听法而悟道的人。作者因不是正式出家的佛徒，所以自称为“声闻”。《法华经·譬喻品》：“若有众生，内有智性，从佛世尊闻法信受，殷勤精进欲速出三界，自求涅槃，是名声闻乘。” 三千劫：吕岩《仙乐侑席》诗：“曾经天上三千劫，又在人间五百年。” 人天大法王：指释迦牟尼。《圆觉经》：“佛为万法之王，又曰空王。”憨山《三教源流同异论》：“声闻缘觉，超人天之圣也，故高超三界，远越四生，弃人天而不入。佛则超圣凡之圣也，故能圣能凡，在天而天，在人而人，乃至异类分形，无往而不入。”

按，详诗意，似是慨叹自己曾立下革新变法的大愿，有似效法释迦，出入人天，救渡世界。但是这种愿望遭到无数打击，终于落空。倒不如像声闻的人那样，高超三界，远越四生，把人天都置之度外更好了。

九一

北俊南孅气不同〔一〕，少能炙毂老能聪〔二〕。可知销尽劳生骨，即在方言两卷中〔三〕。（凡驺卒〔四〕，谓予燕人也；凡舟子〔五〕，谓予吴人也。其有聚而缪辐者〔六〕，则两为之舌人以通之〔七〕。）

〔一〕北俊句：北方方言的特色是俊，南方方言的特色是孅，由于天地之气不同。 孅（mǐ）：同靡，柔细的美。扬雄《方言》：“齐言布帛之细者曰绫，秦晋曰靡。”注：“靡，细好也。”《文心雕龙·章句》：“歌声靡曼，而有抗坠之节。”

〔二〕少能句:少时口才很好,老了耳朵也仍然聪灵。　炙毂:毂是车轮中心包轴的圆环,为使轮子转动灵活,常要用烧溶的油脂涂抹它,称为炙毂。《史记·荀卿传》:"炙毂过髡。"这是齐国人称赞淳于髡口才极好,像炙毂的锅子,流畅不尽。《史记集解》引刘向《别录》说,"过"同"輠",即装油脂的锅。把它炙热,油脂流尽,还有馀沥流出。比喻谈话机智而有口才。　聪:《春秋繁露·五行五事》:"听曰聪。聪者,能闻事而审其意也。"

〔三〕可知两句:可知道"积毁销骨"这个道理,就在两卷《方言》里也可以体会出来。《史记·张仪传》:"众口铄金,积毁销骨。"意思说,集中众人的话,能够溶化金属;积聚毁谤语言,硬骨头也能消蚀尽净。作者据此认为由于语言不通,势必产生误解,假如是许多人的误解,就能毁掉一个无辜的人。所以沟通方言并不是微不足道的事。　劳生:辛劳的人生。《庄子·大宗师》:"夫大块载我以形,劳我以生。"按,作者曾撰《今方言》,把满洲、十八行省、琉求、高丽、蒙古、喀尔喀等方言,依声分类,旁注字母,并及古今变迁,合成一书。可惜已经失传。现文集中仅存《拟上今方言表》一文。

〔四〕驺卒:马车夫,当时多数是北方人。

〔五〕舟子:撑船的,当时多数是南方人。

〔六〕䡊輵(jiāo gé):纠缠不清。

〔七〕舌人:翻译者,通译。《国语·周语》:"使舌人体委与之。"

按,作者此诗是借方言抒发个人感慨。作者曾遭"贵人一夕下飞语"之陷害;又有诗云:"一夫怒用目,万夫怒用耳。目怒活犹可,耳怒杀我矣。"可见流言蜚语之能使人"销骨",并非不可思议。

九二

不容水部赋清愁，新拥牙旗拜列侯[一]。我替梅花深颂祷，明年何逊守扬州[二]。（同年何亦民俊[三]，时以知府衔驻黄河。）

〔一〕不容两句：现在可不容许你这个何水部赋诗说愁了，因为你新接了朝廷任命，牙旗簇拥，被拜为列侯。　水部：何逊，南朝梁人，工诗，官尚书水部郎。有《下方山》诗云："谁能百里地，萦绕千端愁。"拜列侯：指何俊以知府衔驻守黄河，负责河防工作。光绪《清河县志》载："何俊，道光二十年三月署里河同知。"可能是先上任，所以时间上有出入。　牙旗：官府衙门前树立的旗。　列侯：古代知府也可称侯。《诗・邶・旄丘》序笺："五侯九伯，侯为牧也。"李商隐《为李怀州祭太行山文》："今刺史乃古之诸侯。"

〔二〕我替两句：我替梅花向你深深祝祷，预祝你明年就到扬州做太守（知府）。　梅花：杜甫《和裴迪登蜀州东亭》诗："东阁官梅动诗兴，还如何逊在扬州。"因为何逊写过《扬州法曹梅花盛开》诗很有名，作者借此预祝何俊很快升官到扬州去。古人写诗，拿同姓的前代人比拟现在的人，是常有的事。作者以何逊比何俊，以卢仝比卢元良，都属于这一类。

〔三〕何亦民：何俊，字晋孚，号亦民，安徽望江人，道光九年进士，由庶吉士改工部主事，官至江苏布政使。著有《梦约轩诗存》。

《寄心庵诗话》："鲁君通父尝为予言：亦民方伯诗，乃今之元道州（按，唐诗人元结，曾任道州刺史）。丙辰至京师，其嗣君汝持郎中出所刊稿，读之，真如出次山手。其思挚处逼近香山（按，白居易），而其爱民之念，溢于楮墨间。”

九三

金銮并砚走龙蛇〔一〕，无分同探阆苑花〔二〕。十一年来春梦冷〔三〕，南游且吃玉川茶〔四〕。（同年卢心农元良〔五〕，时知甘泉〔六〕。）

〔一〕金銮句：记得我同你在金銮殿上并排笔砚共写文章。　金銮：唐代长安大明宫内有金銮殿。清乾隆五十四年后，进士殿试在北京保和殿举行。作者借用，指殿试地点。　走龙蛇：形容写文章时下笔敏捷。张谓《赠怀素》诗：“奔蛇走虺势入座，骤雨旋风声满堂。”

〔二〕无分句：可惜你我二人都没有福气进入翰林院。　阆（láng）苑：即阆风之苑。古代方士胡说阆苑是仙人居住的地方。《续仙传·殷七七传》：“此花在人间已逾百年，非久即归阆苑去。”后人因翰林院地位清贵，比作阆风之苑。　按，清代考试制度，进士考试须经历初试、覆试、殿试、朝考四次。入选者又按次第分为一、二、三甲。除一甲三人不须朝考照例得官翰林院外，二甲、三甲进士还要经朝考一关，称为选庶吉士。庶吉士学习三年后再按情况授官。乾隆三十一年以后，规定既要看考取的高下，又要照顾各省人数大致平衡。例如考得是“四”（即殿试二甲，覆试、朝考都列一等，合共为四），照例能入翰林院；如果得“五”（如殿试二甲，覆试一等，朝考二等之类），就看这个士子的原籍省份选入翰林院的已有多少，额满即排除。但有些省因考选人数不多,为了照顾省份,士子得六得七的(例如殿试三甲,覆试、朝考均为二等)也可以入翰林院。

〔三〕十一年:作者于道光九年考中进士,道光十九年辞官南归,前后共十一年。 春梦冷:指在官场上很不得意,梦想破灭。

〔四〕南游句:这次南行,我要到甘泉县去,喝你卢仝的茶。 玉川:唐诗人卢仝,号玉川子,善品茶。曾写《走笔谢孟谏议寄新茶》诗,有"七碗吃不得也,唯觉两腋习习清风生"句,后人因称"卢仝七碗茶"。

〔五〕卢心农:卢元良,字心农,江西南康人,道光九年进士,由知县官至知府。

〔六〕甘泉:清代将江苏省江都县析出一部分置甘泉县。县中有甘泉山,山有七峰,错落平地上,形如北斗。山有井泉,水味甘美。

九四

黄金脱手赠椎埋,屠狗无悰百计乖〔一〕。侥倖故人仍满眼,猖狂乞食过江淮〔二〕。(过江淮间不困厄,何亦民、卢心农两君力也。)

〔一〕黄金两句:我过去随手把黄金送给那些椎埋之徒,如今我这屠狗辈既失去欢乐,又百事无成。椎埋:盗墓者。《史记·王温舒传》:"少时椎埋为奸。"徐广注:"椎杀人而埋之;或谓发冢。"王先谦《汉书补注》认为作发冢解较优。 屠狗:卖狗肉的人。《后汉书·二十八将传论》:"至于翼扶王运,皆武人崛起,亦有鬻缯、屠狗、轻猾之徒。"作者曾以"屠狗"自比。《湘月》词:"屠狗功名,雕龙文卷,岂是平生意?"("屠狗功名",以屠狗起家为将相的，如二十八将之类。）　悰（cóng）：欢乐。　乖：差错，不顺利。

〔二〕侥倖两句：幸而老朋友还满眼都是，因而我经过江淮之间，就肆无忌惮地向朋友告贷了。　乞食：指要求经济援助。

按，魏季子《羽琌山民轶事》云："山民不喜治生，交游多山僧、畸士，下逮闺秀、倡优，挥金如土，囊罄，辄又告贷。"

九五

大宙南东久寂寥〔一〕，甄陀罗出一枝箫〔二〕。箫声容与渡淮去〔三〕，淮上魂须七日招〔四〕。（袁浦席上〔五〕，有限韵赋诗者〔六〕，得箫字，敬赋三首。）

〔一〕大宙句：广大宇宙的东南久已没有出色的人物，寂寞得很。大宙：宇宙。上下四方曰宇，往古来今曰宙。见《尸子》。"大宙南东"，作者是指中国的东南各省。

〔二〕甄陀罗：佛经中记述的似人似神的东西。又译为紧那罗、真陀罗；又意译为"人非人"或"疑神"。慧琳《一切经音义》："真陀罗，音乐天也，有微妙音响，能作歌舞。男则马首人身，能歌；女则端正，能舞。"　一枝箫：这里是指作者在袁浦遇见的妓女灵箫。

〔三〕箫声句：箫声在水上徘徊，慢慢渡过淮水去。《华严经·贤首品》："海中两山相击声，紧那罗中箫笛声。"　容与：徘徊。《楚辞·九歌》："聊逍遥兮容与。"

〔四〕淮上魂：指作者自己的心魂。　七日招：王逸《楚辞招魂序》："宋玉怜哀屈原忠而斥弃，愁懑山泽，魂魄放佚，厥命将落，故作招魂，欲以复其精神，延其年寿。"赵翼《陔馀丛考》卷三二："田艺蘅《春雨逸响》云：人之初生，以七日为腊；死，以七日为忌。一腊而一魄成，一忌而一魄散。"

〔五〕袁浦：旧称清江浦，清代为清河县治，即今江苏省清江市。《清河县志》："崇祯末，县治在甘罗城，本朝因之。康熙中，屡圮于水。乾隆二十六年，江苏巡抚陈宏谋疏请移治山阳之清江浦，而割山阳近浦十馀乡并入清河，是为新县治。"乾、嘉、道数十年间，清江浦是南北往来要道，市面十分热闹。清人笔记记载："清江浦为南北孔道，当乾隆、嘉庆时，河工极盛。距二十里即湖咀，乃淮北盐商聚集之地；再五里为淮城，乃漕船必经之所。故河、漕、盐三途并集一隅。人士流寓之多，宾客讌宴之乐，除广东（按，指广州）、汉口外，虽吴门亦不逮也。"清江浦别称袁浦、公路浦。《水经注·淮水》："淮水右岸，即淮阴也。　城西二里有公路浦。袁术向九江，将东奔袁谭，路出斯浦，因以为名焉。"清姚承望《袁浦》诗云："畚锸经营苦，帆樯日夜过。水争廛市绕，官比士民多。南北舟车界，淮黄里外河。年年资钜帑，保障竟如何？"颇能概括袁浦当日景况。

〔六〕限韵赋诗：旧时文人在宴会上作诗，临时抽签定韵，不许自由拣选，称为限韵或得韵。或指定用某韵，也称为限韵。

九六

少年击剑更吹箫，剑气箫心一例消〔一〕。谁分苍凉归棹后，万千哀乐集今朝〔二〕。

〔一〕少年两句:少年时期,我既能舞剑,又能吹箫。如今这两者一律都消失了。作者《湘月》词有"怨去吹箫,狂来说剑,两样消魂味"句。《漫感》诗又有"一箫一剑平生意,负尽狂名十五年"句。 剑气:指狂侠之气。 箫心:指怨抑之心。一例:毫无区别。

〔二〕谁分两句:我带着苍凉的情绪南归故乡之际,心头上的种种哀和乐,今朝忽然一齐奔集,这真是料想不到的事。 谁分:谁能想到。 櫂(zhào):同棹,船桨,亦作船的泛称。归櫂即归舟。

九七

天花拂袂著难销,始愧声闻力未超〔一〕。青史他年烦点染,定公四纪遇灵箫〔二〕。(人名)

〔一〕天花两句:天花掉在我的衫袖上很难把它消除,我这才惭愧自己学佛修道并没有获得超脱情感的本领。 天花:《维摩诘所说经》:"天女即以天花散诸菩萨、大弟子上。花至诸菩萨,即皆堕落;至大弟子,便著不堕。天女曰:结习未尽,花著身耳;结习尽者,花不著也。"结习,指世俗的思想感情。作者运用这个佛教故事,比喻自己还有世俗的想念,所以在袁浦碰见灵箫,便产生感情。 声闻:见第九〇首注。

〔二〕青史两句:将来的史书上要烦劳史家捎带一笔:龚定庵四十多岁的年纪遇见了灵箫。 青史:史册。《文选》江淹《诣建平王上书》:“俱启丹册,并图青史。” 点染:这里是顺笔点缀一下的意思。 四纪:古人以十二年为一纪,作者这年四十八岁,所以说“四纪”。

九八

一言恩重降云霄,尘劫成尘感不销〔一〕。未免初禅怯花影〔二〕,梦回持偈谢灵箫〔三〕。(翌晨报谢一首)

〔一〕一言两句:你那一句话就像天上降下恩旨。就算经过微尘那样多的劫,而这些劫又化成无数微尘,我仍然不会忘记你的厚意浓情。 尘劫:比喻悠长的时间。《法华经·化城喻品》:“磨一三千大千世界所有之物而为墨,每经一三千大千世界,下一点,竟尽其墨,而其所经过之世界悉碎为微尘,记其一尘为一劫。”佛家称这是“三千尘点劫”,即极久长的时间。

〔二〕初禅:佛教徒修炼的一种过程。有初、二、三、四禅之分。《楞严经》:“清净心中,诸漏(按,即烦恼)不动,名为初禅。”《有明大经》:“若有比丘,离诸欲,离不善法,有寻有伺,成就离生喜乐而住初禅,是谓初禅。”寻:义为探访,即对于一物用心。伺:义为细勘,即对于一物不懈地进行考察。作者此处借用“初禅”指初度定情。 花影:隐指灵箫。

〔三〕持偈:偈:原是佛经文体之一,这里借用指写诗送给灵箫。

九九

能令公愠公复喜,扬州女儿名小云〔一〕。初弦相见上弦别〔二〕,不曾题满杏黄裙〔三〕。

〔一〕公愠公喜:《世说·宠礼》:"(郗)超为人多须,(王)珣状短小。于时荆州为之语曰:髯参军,短主簿,能令公喜,能令公怒。"按,诗中"公"乃作者自指。

〔二〕小云:作者这次南归时,在扬州遇见的一个妓女。

〔二〕初弦:农历每月初三日。 上弦:农历每月初八日。

〔三〕不曾:这里是"差点儿没有……"的意思。 题裙:羊欣,南朝宋人,十二岁时,很受书法家王献之的锺爱。有一回羊欣睡着,王献之在他脱下的裙子上写了几幅字。陆龟蒙《怀杨台文杨鼎文二秀才》诗:"重思醉墨纵横甚,书破羊欣白练裙。"作者借用这个典故,表示对小云的锺爱。

按,王文濡校本此诗眉上有注云:"小云后归定公,其人放诞殊甚。辛丑,定公至丹阳,暴疾捐馆,或言小云酖之。"查小云归定庵事,并无确证。此注或系将小云与灵箫混为一人。至于灵箫酖杀定庵的传说,则有柴萼《梵天庐丛录》记载。此事内幕如何,未能详悉。

一〇〇

坐我三薰三沐之〔一〕,悬崖撒手别卿时〔二〕。不留后约将人误〔三〕,笑指河阳镜里丝。

〔一〕三薰三沐:《国语·齐语》:"鲁庄公将杀管仲,齐使者请曰:寡君欲以亲为戮,请生之。于是庄公使束缚以予齐使,齐使受之而退。比至,三衅三浴之。"韦昭注:"以香涂身曰衅。"按,一本作

"釁"。当时齐桓公打算任用管仲,设计向鲁国索回,齐使接收以后,就给管仲薰香沐浴,表示爱护和尊敬。韩愈《答吕毉山人书》:"方将坐足下三浴而三薰之。"元好问《怀叔能》诗:"三沐三薰知有待,一鸣一息定谁先。"

〔二〕悬崖撒手:意谓决心已定,退步转身,更无反顾。耶律楚材《太阳十六题·背舍》诗:"人亡家破更何依?退步悬崖撒手时。"又《洞山五位颂·兼中到》诗:"水穷山尽悬崖外,海角天涯云更遮。撒手转身人不识,回途随分纳些些。"

〔三〕不留两句:我笑指镜中的白发,不肯约定再来的日子,以免耽误了小云。　河阳:东晋潘岳,曾官河阳令,头发早白,有《秋兴赋序》云:"晋十有四年,余春秋三十有二,始见二毛。"黑白间杂的头发叫"二毛"。

一〇一

美人才调信纵横〔一〕,我亦当筵拜盛名〔二〕。一笑劝君输一著〔三〕,非将此骨媚公卿〔四〕。(友人访小云于扬州,三至不得见,愠矣。箴之〔五〕。)

〔一〕才调:才气格调。　纵横:不受拘束管制,任性而行。《晋书·裴頠传》:"周弼见而叹曰:頠若武库,五兵纵横,一时之杰也。"

〔二〕当筵:指在几席之前。筵:古人铺坐的席子。司空图《歌者》诗:"追逐翻嫌傍管弦,金钗击节自当筵。"

〔三〕一著:下棋一子,称为一著。《世说补》:"(苏)养直拈一子,笑视(徐)师川曰:今日还须让老夫下一著。师川有愧色。"

〔四〕此骨:这把骨头。指小云自有她的骨气。也可以解作此心。江淹《恨赋》:“心折骨惊。”句意谓小云所以不见,非为取媚于公卿。故作者劝友人且输一著。

〔五〕箴:文体的一种。这里作动词用,意为规劝。

一〇二

网罗文献吾倦矣〔一〕,选色谈空结习存〔二〕。江淮狂生知我者〔三〕,绿笺百字铭其言〔四〕。(读某生与友人书,即书其后。)

附录某生《与友人书》:

某祠部辩若悬河,可抵之隙甚多,勿为所慴。其人新倦仕宦,牢落归,恐非复有罗网文献、搜辑人才之盛心也。所至通都大邑,杂宾满户,则依然渠二十年前承平公子故态。其客导之出游,不为花月冶游,即访僧耳,不访某辈,某亦断断不继见。某顿首。

〔一〕网罗文献:收集一代历史资料,以便于后人的研究参考。　文:指保存书面资料的典藉。　献:指保存口头资料的宿贤。《论语·八佾》:“文献不足故也。”朱注:“文,典籍也;献,贤也。”

〔二〕选色:找合意的女人。即某生书中的“花月冶游”。　谈空:谈论佛教义理。即某生书中的“访僧”。黄庭坚《谢胡藏之送栗鼠尾画维摩》诗:“只今为君落笔,他日听我谈空。”　结习:佛教用语,指世俗的思想感情以至行为习惯。参见第九七首“天花”注。

〔三〕江淮狂生:未详何人。

〔四〕绿笺句:把某生上百字的信用绿笺抄下来,作为我的座右铭。

按,这首诗反映了作者的复杂心情。一方面,自己确有网罗文献的打算,但另方面也颇有倦意;而且平日应酬很多,时间精力都浪费不少,大有力不从心之感,所以看到某生的信,又引起自己的警惕。作者同一时期有《己亥六月重过扬州记》一文,曾说:"抑予赋侧艳则老矣;甄综人物,搜辑文献,仍以自任,固未老也。"可见作者颇有雄心壮志,可惜平日的"结习"又一时难去。《古学汇刊》第六编引缪荃荪云:"定庵交游最杂,宗室、贵人、名士缁流、伧侩、博徒,无不往来。出门则日夜不归,到寓则宾朋满座。星伯先生(按,徐松)目之为无事忙。又曰:以定庵之才,潜心读书,当不在竹垞(按,朱彝尊)、西河(按,毛奇龄)之下。"这话固然不尽正确,因为龚氏并不愿意以学者自足,但那些"结习"也确实妨碍他网罗文献的愿望。

一〇三

梨园爨本募谁修〔一〕?亦是风花一代愁〔二〕。我替尊前深惋惜,文人珠玉女儿喉〔三〕。(元人百种〔四〕,临川四种〔五〕,悉遭伶师窜改〔六〕,昆曲俚鄙极矣〔七〕!酒座中有征歌者,予辄挠阻。)

〔一〕梨园句:戏班的剧本是雇请哪些人修改的?梨园:戏班子。唐玄宗开元二年,设置教坊,选择有音乐才能的青年,由玄宗亲自指导,称为梨园弟子。后人因称戏班为梨园。　爨(cuàn)本:剧本。宋代有一种戏剧,通常由五人演唱,称为"五花爨弄"。　募:招雇。

〔二〕亦是句：这也是一代演唱艺术中使人发愁的事。　风花：杨宪《折杨柳》诗："露叶怜啼脸，风花思舞巾。"本是形容歌舞者的姿势，引申为舞台艺术，包括剧本、唱本、表演等。

〔三〕我替两句：每当筵席上有人演唱，我便感到非常可惜：简直把文人珠玉似的文字和女郎美好的歌喉都糟踏完了。作者对于戏班的改编者胡乱删改前人的文字十分不满。

〔四〕元人百种：元代一百种杂剧剧本。杂剧是元代民间盛行的戏剧，全剧由一个演员主唱，整个剧情大多数是分成四折演出，唱词通俗优美，代表元代文学的艺术特色。明末，臧晋叔辑集杂剧剧本一百种，编成《元曲选》。

〔五〕临川四种：明人汤显祖撰作的南曲四种，即《牡丹亭》、《邯郸记》、《紫钗记》、《南柯记》，称为"临川四梦"。

〔六〕伶师：戏班里授曲、改编或自撰剧本的人。

〔七〕昆曲：用昆山腔演唱的曲子。明代嘉靖、隆庆年间，魏良辅把南曲旧腔改唱昆山腔，后来梁辰鱼又撰《浣纱记》供应演出，此后昆曲大行，直至清中叶以后然后衰落。

一〇四

河汾房杜有人疑〔一〕，名位千秋处士卑〔二〕。一事平生无齮龁〔三〕，但开风气不为师〔四〕。（予生平不蓄门弟子）

〔一〕河汾：指王通。隋朝末年，山西龙门人王通，隐居河、汾之间（现在山西省西南部），教授学生。据说门生有千多人，其中不少是后来唐朝的开国功臣，如房玄龄、杜如晦、魏征、薛收等，称为

"河汾门下"。王通著有《中说》,模仿《论语》的格式。学生尊称他为文中子。　杜淹《文中子世家》:"文中子王氏,讳通,字仲淹……续诗书,正礼乐,修元经,赞易道。九年而六经大就,门人自远而至。河南董常、太山姚义、京兆杜淹、赵郡李靖、南阳程元、扶风窦威、河东薛收、中山贾琼、清河房玄龄、钜鹿魏征、太原温大雅、颖川陈叔达等,咸称师北面,受王佐之道焉。如往来受业者,不可胜数,盖千馀人。隋季,文中子之教兴于河汾,雍雍如也。"　河:黄河。汾:汾水。　房杜:唐朝两个开国功臣。　房:房玄龄,临淄人,李世民为秦王时,署行军记室参军,封临淄侯。博学能文,在军中草拟文书,驻马立办。后来李世民登位,任宰相达十五年,与杜如晦同理朝政,世称"房杜"。　杜:杜如晦,杜陵人,官至尚书右仆射,封莱国公。为人多谋善断。　有人疑:房、杜是王通的弟子一事,后世有人怀疑。如宋代司马光、朱熹、洪迈、晁公武等,都不相信房、杜等人是王通的弟子。司马光《文中子补传》云:"其所称朋友门人,皆隋唐之际将相名臣,……考及旧史,无一人语及通名者。隋史,唐初为也,亦未尝载其名于儒林、隐逸之间。岂诸公皆忘师弃旧之人乎!何独其家以为名世之圣人,而外人皆莫知之也。"《朱子语类》卷一三七载朱熹的话说:"文中子议论,多是中间暗了一段,无分明。其间子弟问答姓名,多是唐辅相,恐亦不然。盖诸人更无一语及其师。"清初姚际恒也说:"若夫捏造唐初宰相以为门人,当时英雄勋戚辈直斥之无婉词,又何其迂诞不经也。"

〔二〕名位千秋:房、杜两人功业载在史册,声名地位流传千古。　处士卑:王通地位卑微,不过是一个处士(即一般的读书人)。这句是申述“有人疑”的原因。

〔三〕一事句：我有一件事情，从我的生平来说，是没有人能够加以损害的。　齮龁（yǐ hé）：牙齿相咬，引申为伤害。

〔四〕但开句：我只用言论、著作来开启一代风气，却不招收学生，不当老师。　意说这就少了一件受人指摘攻击的藉口。

按，作者所谓“开风气”，就是议论时政、提倡变革的风气。在此之前，一般读书人震于封建统治者的淫威，大都埋头于古籍的研究，一头钻入故纸堆中，不问世事，不顾国家人民的死活。作者对此深感不满。为了打破“万马齐喑”的局面，他第一个勇敢地站出来，把他的著述和言论变成社会批判的武器，变成呼唤未来的号角。这种勇敢行动，确实开创了一代新风。梁启超曾经指出：“晚清思想之解放，自珍确与有功焉。”从他开始，乾、嘉的考据之学变得黯然失色，代之而兴的是面向现实，面向世界；是推翻偶像，破弃陈规；是摆脱因习，寻找未来。这固然不是龚自珍个人有如此宏大的力量，而是社会发展的趋势已进入一个新的阶段。但是作者恰巧站在这个历史转折点的前列，因而他的功绩又是必须肯定的。

一〇五

生还重喜酹金焦〔一〕，江上骚魂亦可招〔二〕。隔岸故人如未死，清樽读曲是明朝〔三〕。

〔一〕生还句：能够活着回来，再一次向金山、焦山奠酒，我十分高兴。　酹（lèi）：向某一对象（山水或亡灵之类）拿酒浇奠，表示敬意或祝愿。　金：金山，在江苏丹徒县西北七里。清中叶以前，孤立江中，有江天寺（即金山寺）、中泠泉等名胜。　焦：焦山，距金山约十里，屹立江中，同金山对峙，风景佳胜。　按，金山在清末已同南岸陆地连接。《光绪丹徒县志·摭馀》："金山，《正志》谓在大江中，其时沙虽淤结，尚未成陆，今已四面皆洲，非复大江环绕。"南社诗人傅尃有一首诗，题云："金山旧耸江心，今南接陆，可徒往。"诗中有注云："此诗既出，吴江陈佩忍（按，陈去病）自广州移书见告云：金山浮峙江中，洪杨之役，太平军运江西木箄为舟航，期以东下，不图事败，遂悉弃其筏于山麓，绵亘数里，南北充塞，日久沙积，竟成平陆。此光绪己巳冬亲得之镇江一老儒所口述者。"（《南社诗集》册五）这个传闻，可备一说。

〔二〕江上句：江上诗人之魂我仿佛可以同他打招呼。　金山、焦山向来是文人集会之所，历代都有诗人在这里写下诗篇，所以作者这样说。玉堂居士《蠡庄诗话》卷九："余在京江，游焦山最多，松寥阁、自然庵、文殊阁、海若庵等处，南北名流，屡为诗酒之约。"（按玉堂居士名袁洁，寄籍济南，乾隆、嘉庆间人。）　骚魂：诗人之魂。李商隐《赠刘司户》诗："已断燕鸿初起势，更惊骚客后归魂。"

〔三〕隔岸两句：长江对岸的朋友如果还没有死去，明天我就和他们一起，拿起酒杯，诵读彼此写的曲子了。

按，这一首和下面三首都是作者从甘泉县渡江到丹徒（今镇江市）时，在船上有感而写的。作者这次南归，在诗中不止一次使用"生还"字样，值得注意。"生还"，通常都含有侥倖不死的意思。作者同官僚大地主顽固派以及其他保守势力的斗争，其激烈程度，由此亦可见一斑。

一〇六

西来白浪打旌旗[一],万舶安危总未知。寄语瞿塘滩上贾[二]:收帆好趁顺风时[三]。

〔一〕打旌旗:长江风浪很大,连船上的旗子都给打湿了。

〔二〕寄语:托人捎句话。这是虚拟之词。　瞿塘滩:长江三峡的第一峡,叫瞿塘峡,在四川奉节县东,全长八公里,江面最狭处不到百米,最宽处不超过一百五十米,而主要山峰海拔则达千米至千五百米。以此峡谷窄如走廊,崖壁削如城垣。江心有著名巨礁滟滪堆,长约四十米,宽约十五米,高二十五米。江水涨时,仅小部露出水面,故自古有"滟滪大如象,瞿塘不可上;滟滪大如马,瞿塘不可下"的民谣。舟行至此,常有覆没危险。今礁石已炸去。　贾:指来往长江上下游经营生意的商人。

〔三〕收帆句:在顺风的时候就要收帆。暗示在顺利的时候危险性有时会更大。

按,这首诗似隐有喻意,但所指何人何事,未能详考。也许当时有人劝告作者不要太早退隐;也许有人因宦途顺利而扬扬得意。

一〇七

少年揽辔澄清意[一],倦矣应怜缩手时[二]。今日不挥闲涕泪[三],

渡江只怨别蛾眉[四]。

〔一〕少年句：年青的时候，自己曾立下志愿，要革新政治，使混浊的局面变为澄清。　揽辔澄清：《后汉书·范滂传》："时冀州饥荒，'盗贼'群起，乃以滂为清诏使，按察之。滂登车揽辔，慨然有澄清天下之志。"　辔：套马的缰绳。

〔二〕缩手：指弃官归隐。韩愈《祭柳子厚文》："不善为斫，血指汗颜。巧匠旁观，缩手袖间。"

〔三〕闲涕泪：原指对国家社会不良现象和人民所受苦难洒下的眼泪，但由于自己终于无能为力，也就成为无关重要的闲涕泪了。　按，张祖廉《定庵先生年谱外纪》载，作者于嘉庆廿二年，署其文集曰《伫泣亭文》。王芑孙认为"泣"字不妥，以书劝之。

〔四〕渡江句：如今渡过长江，我只是为了离开那个女郎而伤感。

按，这是对大地主顽固派愤恨至极的反话。意说：你们这帮家伙可以放心了吧，我居然显得如此无聊。

一〇八

六月十五别甘泉[一]，是夕丹徒风打船。风定月出半江白，江上女郎眠未眠[二]？

〔一〕甘泉：清代县名，见第九三首注。

〔二〕江上女郎：未详何人。

一〇九

四海流传百轴刊〔一〕，皤皤国老尚神完〔二〕。谈经忘却三公贵，只作先秦伏胜看〔三〕。（重见予告大学士阮公于扬州〔四〕）

〔一〕四海句：阮元编辑、撰作、刊刻的书籍，在国内广泛流传达百轴之多。　轴：书籍的卷数。我国唐代以前，书籍都是卷装，也就是拿一长幅的纸装成一卷，略似现代书画装帧成的手卷。每卷中心有一圆轴，因此称书一卷为一轴。

〔二〕皤皤句：满头白发的国家元老，神气仍然健旺。　皤（pó）：形容满头白发。　国老：对年老辞官而有政治地位的人的尊称。《礼·王制》："有虞氏养国老于上庠。"疏引熊氏云："国老，谓卿大夫致仕者。"　神完：精神强健。苏轼《题杨惠之塑维摩像》诗："此叟神完中有恃。"

〔三〕谈经两句：我同他谈论经学，忘掉他是高贵的三公身份，只拿他当作传授《尚书》的伏胜看待。　三公：周代以太师、太傅、太保为三公；西汉以大司马、大司徒、大司空为三公。阮元官至大学士，相当于古代三公的地位。　伏胜：秦朝的博士，济南人，汉初传授今文《尚书》时，已是九十多岁的老人。参见第五六首注。

〔四〕予告：大臣年老不能任事，皇帝准予退休，称为予告。　大学士阮公：阮元，字伯元，号芸台，江苏仪征人，乾隆五十四年进士，历官礼、兵、户、工等部仕郎，两广、湖广、云贵等总督，终体仁阁大学士。道光十八年以大学士衔退休，二十九年卒，年八十六，谥文达。生平精研经籍,以提倡学术自任,在广东设立学海堂,在浙江设立诂经精舍,招士子学习进修。校刊《十三经注疏》,汇刻《学海堂经解》,又辑《经籍籑诂》等,流布海内。著有《揅经室全集》。《清史稿》三六四卷有传。

按,关于作者和阮元的交情,魏季子《羽琌山民轶事》有一段生动的记述:"山民故简傲,于俗人多侧目,故忌嫉者多。阮文达家居,人有以鄙事相浼,则伪耳聋以避之。山民至扬,一谈必罄日夕。扬人士女相嘲曰:阮公耳聋,见龚则聪;阮公俭啬,交龚必阔。两公闻此大笑,勿恤也。"由此可知作者此诗后两句并不是随便比拟。

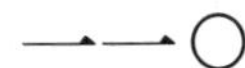

蜀冈一老抱哀弦〔一〕,阅尽词场意惘然〔二〕。绝似琵琶天宝后,江南重遇李龟年〔三〕。(重晤秦敦夫编修恩复〔四〕)

〔一〕蜀冈句:蜀冈一位老者抱着他那声音哀怨的琴。　蜀冈:在江苏扬州城外西北。嘉庆《清一统志》:"蜀冈延亘四十馀里,西接仪征及六合县界,东北抵茱萸湾。"李斗《扬州画舫录》:"蜀冈在郡城西北大仪乡丰乐区,三峰突起,中峰有万松岭、平山堂、法净寺诸胜;西峰有五烈墓、司徒庙及胡范二祠诸胜;东峰最高,有观音阁、功德山诸胜。冈之东西北三面围九曲池于其中,池即今之平山堂坞,其南一线河路通保障湖。"　弦:指琴瑟。

〔二〕阅尽句:看尽了几十年间文坛词场的兴衰以后,如今只剩下怅惘的心情。秦恩复喜欢填词,并且以精于声律自命。《扬州府志》载:“生平喜填词,每拈一调,参考诸体,必求尽善,无一曼声懈字者。著有《享帚词》三卷。”又曾刊刻《词学丛书》,所收《乐府雅词》、《阳春白雪》、《元草堂诗馀》等,校刻精审。他在《词源》跋尾中曾说:“窃谓乐曲一变而为词,词一变而为令,令一变而为北曲,北曲一变而为南曲。今以北曲之宫谱,考词之声律,十得八九焉。”又指摘时人填词不懂音律,说:“近日大江南北,盲词哑曲,塞破世界,人人以姜、张自命者,幸无老伶俊娼窃笑之耳。”

〔三〕绝似两句:如今我回到扬州,再见到秦恩复,很像是杜甫在天宝之乱以后,在江南重新遇见歌者李龟年。杜甫《江南逢李龟年》诗:“正是江南好风景,落花时节又逢君。” 琵琶:元稹《元昌宫词》:“贺老琵琶定场屋”。按贺老名怀智,天宝年间著名琵琶能手,据说他“以石为槽,鹍鸡筋作弦,铁拨弹之”。 天宝:唐玄宗年号(742—756)。 李龟年:开元、天宝年间著名歌者和羯鼓手,受到玄宗的特殊知遇。天宝乱后,流落江南,“每遇良辰胜景,常为人歌数阕,座客闻之,莫不掩泣”。见《乐府杂录》。

〔四〕秦敦夫:秦恩复,字近光,号敦夫,江苏江都人,乾隆五十二年进士,授编修。嘉庆中主讲杭州诂经精舍,助阮元校刊《全唐文》。家多藏书,曾校刊《列子》、《三唐人集》等,称为善本。《寄心庵诗话》:“敦父先生精校勘,延顾千里于家,共相商榷,多搜古本刊之,号为‘秦板’,后半毁于火。”

按,光绪年间,诗人潘飞声有手批《己亥杂诗》,在这首诗上批云:“比拟不伦。”潘氏似未详审龚氏诗中含意。按秦恩复生于乾隆二十五年(1760),卒于道光二十三年(1843)。他的少年和壮年期,正处在所谓“乾嘉盛世”,封建社会的表面繁荣,还能支撑下去,正如唐代开元、天宝之间,也有过一段繁华热闹景象。然而好景不常,到作者此次南归,秦恩复已是年近八十的老人,而清王朝的衰败混乱,危机四伏,再也无法粉饰。正如唐代经历天宝之乱,往日风流,一去不返。在作者已有这种感觉,秦恩复自然感慨更深,所以作者才写下"绝似"两句。借题发挥,含蓄甚深。潘氏的批评,是根本没有看出作意。

一一二

家公旧治我曾游,只晓梅村与凤洲〔一〕。收拾遗闻浩无涘,东南一部小阳秋〔二〕。(太仓邵子显辑《太仓先哲丛书》八帙〔三〕,起南宋,迄乾隆中。使予序之。)

〔一〕家公两句:家父从前管治的地方,我曾经游历过,但只知道有吴梅村、王凤洲两个人物。　家公:家父,指龚丽正。丽正于嘉庆二十年升江南苏松太兵备道,衙署在上海。次年,作者也到上海居住。旧治:指太仓县,在上海西北。　梅村:吴伟业,字骏公,号梅村,江苏太仓人,清初著名诗人。明末官翰林院编修,入清官国子监祭酒。著有《梅村集》等。张大纯《姑苏采风类记》:"梅村在太仓卫西,本王铨部士骐旧业,名贲园,吴祭酒伟业斥而新之,因改今名。中有乐志堂、梅花庵诸胜。"　凤洲:王世贞,字元美,号凤洲,太仓人,著名诗人。明嘉靖间进士,官至刑部尚书。著有《弇州山人四部稿》等。《姑苏采风类记》:"弇山园,亦名弇州园,初称小祇园,在龙福寺西,王司寇世贞所筑也。广七十馀亩,中为山者三:曰西弇、东弇、中弇。"

〔二〕收拾两句:邵子显把太仓县的遗闻旧事搜辑起来,多到无边无际，称得上是东南地区一部小小的《春秋》了。　涘（sì）：水边。　阳秋：即《春秋》。见第七〇首注。按，晋孙盛曾仿《春秋》义例著《晋阳秋》。因晋简文帝郑后小名阿春，遂讳“春”作“阳”。见叶绍翁《四朝闻见录》。

〔三〕邵子显：邵廷烈，字伯扬，一字子显，江苏镇洋县（今太仓县）人，廪贡生，官扬州府学、邳州学训导。著有《竹西吟草》。《寄心庵诗话》：“子显好古博学，尝搜辑娄江前辈所著，为《棣香斋丛书》刊以行世。奖掖风雅，才士多集其门。”

按，作者另有《邵子显校刊娄东杂著序》，此诗自注说是《太仓先哲丛书》，或是后来改名，与《棣香斋丛书》同属一书。

一一二

七里虹桥腐草腥〔一〕，歌钟词赋两飘零〔二〕。不随天市为消长，文字光芒聚德星〔三〕。（时上元兰君〔四〕、太仓邵君为扬州广文〔五〕，魏默深舍人〔六〕、陈静庵博士侨扬州〔七〕，又晤秦玉笙〔八〕、谢梦渔〔九〕、刘楚桢〔一〇〕、刘孟瞻四孝廉〔一一〕、杨季子都尉〔一二〕。）

〔一〕七里句：扬州城外七里的虹桥，已经发出腐草的臭气。　虹桥：李斗《扬州画舫录》卷十：“虹桥即红桥，在保障湖中。《鼓吹词序》云：朱栏数丈，远通两岸，彩虹卧波，丹蛟截水，不足以喻；而荷香柳色，曲槛雕楹，鳞次环绕，绵亘十馀里。春夏之交，繁弦急管，金勒画船，掩映出没于其间。”同书卷十一：“虹桥为北郊佳丽之地。《梦香词》云：扬州好，第一是虹桥。杨柳绿齐三尺雨，樱桃红破一声箫。处处住兰桡。”这是乾隆年间的情况，此后随着清廷政治的日益腐败，社会矛盾的日益发展，扬州逐步衰落，虹桥也大不如前，所以作者有“腐草腥”的形容。

〔二〕歌钟句：富贵人家的歌舞排场，文人学士的词赋集会，如今都衰落得很了。 歌钟，原是古代贵族专用的乐器，这里借指歌舞音乐。 词赋：吟诗填词之类的文艺活动。 李斗《扬州画舫录》卷十：“王士禄曰：贻上（按，王士祯）为扬州法曹日，集诸名士于蜀冈红桥间，击钵赋诗，香清茶熟，绢素横飞。故阳羡陈其年有‘两行小吏艳神仙，争羡君侯肠断句’之咏。至今过广陵者，道其遗意，仿佛欧、苏，不徒忆樊川之梦也。”

〔三〕不随两句：天市星象发生变化，地上的商业也会随之或消或长；可是朋友们的聚会没有随同消长；文人学者们还聚在一起，有如天上的德星聚会。 天市：中国古代天文学家把天北极周围的星划分为三垣，即紫微垣、太微垣、天市垣。按照古代迷信说法，天市垣是同人类商业活动有关的。《史记·天官书》：“房为府”注云：“天市垣二十二星，在房、心东北，主国市聚交易之所，一曰天旗。明，则市吏急，商人无利；忽然不明，反是；市中星众，则实；稀，则虚空。”这是占星家把天象同人事牵扯在一起的无根之谈。 德星：《史记·天官书》：“天晴而见景星，景星者，德星也。其状无常，常出于有道之国。”作者借以比喻朋友们聚集在一起。刘敬叔《异苑》：“陈仲弓从诸子侄共造荀季和父子。于时德星聚，太史奏：五百里内有贤人聚。”

〔四〕上元兰君：其人未详。

〔五〕太仓邵君：即邵子显，见前首注。

〔六〕魏默深：魏源，字默深，一字墨生，湖南邵阳人，道光二十四年进士，官高邮州知州。今文经学家，精于史地学，有志改革社会，刷新政治，反对复古保守，主张吸取外国先进科学技术。与龚自珍齐名，并称“龚魏”。著有《诗古微》、《圣武记》、《海国图志》《古微堂诗文集》等。《清史稿》四八六卷有传。按，魏源此时官内阁中书，所以作者称他为“舍人”。

〔七〕陈静庵：陈杰，字静庵，浙江乌程人，天算学家，嘉庆间，官钦天监博士，转国子监算学助教。著有《算法大成》上下编，《缉古算经细草》、《彗星谱》等。《清史稿》五〇七卷有传。

〔八〕秦玉笙：秦瓛，字玉笙，秦恩复之子。道光元年举人，不仕。善医术，工画山水，晚年以填词著名。著有《意园酬唱集》、《思秋吟馆诗文词集》。

况周颐《选巷丛谭》引徐穆诗跋尾：“吾扬言词学，以秦氏为山斗。西岩先生（按，秦恩复）有《词学丛书》行世。令子玉生孝廉有《词系》，未刻。道光季年，曾联淮海词社，不下二十人，见存者仅穆而已。刻有《意图酬唱集》收入郡志。《八十自遣》末章有：颇知明眼交豪士，留取馀年读异书。爱听仙韶思雅乐，饱尝世味重园蔬。耄荒自古贻明训，好养心头活水鱼。可以知其志矣。”

〔九〕谢梦渔：谢增，字晋斋，号梦渔，一号孟馀，江苏仪征人，道光十四年举人，三十年探花及第，由翰林院编修转户科掌印给事中，历官二十年不迁，卒于光绪五年。

李慈铭《越缦堂日记》光绪五年五月初六日条：“谢梦渔今日开吊。梦渔名增，字孟馀，仪征人，未堂侍郎溶生之孙。幼及见乾、嘉诸宿，有时名。官给事中二十年不迁，以前月十三日卒，其讣告云年六十九，闻其实已七十外也。余与之交游廿馀年，虽性情非契，而文字可谈。老辈凋零，亦为可惜。”

〔一〇〕刘楚桢：刘宝楠，字楚桢，号念楼，江苏宝应人，道光二十年进士，历任文安、宝坻、固安等知县。著有《论语正义》、《韫山楼诗文集》。《清史稿》四八二卷有传。

张舜徽《清人文集别录》卷十四：“宝楠以经学名，顾雅善吟咏。余尤喜诵其五言诗，以为高者直逼陶、谢，次亦不落盛唐以下。扬州诸儒，以学人而兼工诗者，自江都黄承吉外，要当以宝楠为巨擘。”

〔一一〕刘孟瞻：刘文淇，字孟瞻，江苏仪征人，嘉庆二十四年优贡生。精熟《春秋左氏传》，取贾、服、郑三家旧注，疏通证明，纠正杜注错失，著《左传旧注疏证（长编）》八十卷，《左传旧疏考正》八卷。此外尚有《扬州水道记》四卷及《青溪旧屋文集》等。

《清人文集别录》卷十四：“仪征刘文淇，少时家贫，舅氏凌曙怜其颖悟，自课之。年未及壮，即以淹通经史知名江淮间。年甫十八，即开门授徒，且教且学，以至于大成。与宝应刘宝楠齐名，有扬州二刘之目。《左传旧疏考正》虽行世已早，而《旧注疏证》迄未竟功。其子若孙继志述事，三世为之，而犹未克毕其功（此书近年虽已出版，仍属未完之作也）。”按，《左传旧注疏证》，1959年由科学出版社出版，起隐公元年，尽襄公五年。

〔一二〕杨季子：杨亮，原名大承，字季子，江苏扬州人，世袭三等轻车都尉。熟悉西北地理，著有《内蒙古道里表》、《西域沿革图表》、《世泽堂诗文集》等。《清史稿》五〇三卷有传。

《增修甘泉县志》：“亮早工诗古文词，取法汉魏。游京师，从大兴徐松受西域舆地之学，研究精审，松谓其学有替人。”

一一三

公子有德宜置诸，有德公子毋忘诸[一]。我方乞籴忽诵此，箴铭磊落肝脾虚[二]。

〔一〕公子两句：你有恩惠给予别人，你可不要记在心上；若是别人有恩惠给你，你却不要把它忘记。《史记·信陵君传》："客有说公子曰：物有不可忘，或有不可不忘。夫人有德于公子，公子不可忘也；公子有德于人，愿公子忘之也。"句意本此。

〔二〕我方两句：我正要向朋友告贷，忽然记起这两句话，我觉得它就像针对我而发的忠告，心里虚怯，引起警惕。　乞籴：向人借谷。《左传·僖公十三年》："冬，晋荐饥，使乞籴于秦。"引申为向人借钱。箴铭：古代两种文体。箴有规劝作用，铭有警惕勉励作用。　磊落：形容石块很多，这里是沉重的意思。

按，作者《己亥六月重过扬州记》有云："明年（指己亥年），乞假南游，抵扬州，属有告籴谋，舍舟而馆。"知当时作者到扬州打算向朋友借钱。

一一四

诗人瓶水与谟觞[一]，郁怒清深两擅场[二]。如此高才胜高第，头衔追赠薄三唐[三]。（郁怒横逸，舒铁云瓶水斋之诗也[四]。清深渊雅，彭甘亭小谟觞馆之诗也[五]。两君死皆一纪矣。）

〔一〕瓶水：即舒位，详下。　谟觞：即彭兆荪，详下。

〔二〕郁怒：作者认为舒位的诗风格是郁怒横逸。郁怒：郁勃感愤。横逸：不受羁束。　清深：作者认为彭兆荪的诗风格是清深渊雅。清深：清峭深刻。渊雅：典奥古雅。　擅场：原是全场压一的意思，这里作高手解。钱易《南部新书》："升平公主宅即席，李端擅场；送王相之幽镇，韩翃擅场；送刘相巡江淮，钱起擅场。"

〔三〕如此两句：这样高的才华，胜于高中科举。我是鄙薄唐代把进士、补阙之类的头衔追赠给有名诗人的。　高第：科举时代，考中进士称为取得高第。舒位只是一名举人，彭兆荪只是一名贡生，都不属高第之列。　头衔追赠：《唐诗纪事》卷六十三："唐末，宰臣张文蔚、中书舍人封舜卿奏：名儒不遇者十有五人，请赐一官，以慰冥魂。"《唐摭言》则说是诗人韦庄的建议，他列举生前未得进士及第的李贺、皇甫松、陆龟蒙、刘得仁、贾岛、方干等十多人，请朝廷追赠进士，并各赠拾遗，补阙等官职。作者嘲笑这种做法。　三唐：前人对唐诗的分期，即初唐、盛唐、晚唐。玄宗开元以前为初唐，宪宗元和以后为晚唐。但又有人分为初、盛、中、晚四期。

〔四〕舒铁云：舒位，字立人，号铁云，顺天大兴人，乾隆五十三年举人。曾参加云贵总督勒保的幕府工作，后归吴中，贫困力学，以诗闻名。著有《瓶水斋诗集》。

陈文述《舒铁云传》："君之为诗，专主才力，每作必出新意。尝言：自汉魏至近人诗，鲜不读者，非尽其才，无以立也，不作可也。作而不传，犹不作也。故君所作《瓶水斋诗》，不沿袭古法，而精力所到，他人百思不能及。乾隆嘉庆之际，诗人相望，归愚守宗法，随园言性灵，学之者众，未有能尽其才者。君独以奇博创获横绝一世。余所识诗人众矣，必以君为巨擘焉。”

张维屏《听松庐诗话》：“舒铁云诗，出笔则雷霆精锐，运思则冰雪聪明，使事则触手成春，用书则食古能化。”

《晚晴簃诗话》：“铁云小字樨禅，少工诗古文，年十四，随父任之永福，赋《铜柱》诗，安南国人传诵之。丰神散朗，如魏晋间人。喜观仙佛怪诞九流稗官之书，能度曲，所作乐府院本，老伶皆可按歌，不烦点窜。故为诗奇博宏恣，横绝一世。法时帆（按，法式善）常以铁云与王仲瞿（按，王昙）、孙子潇（按，孙源湘）并称，作《三君咏》。”

〔五〕彭甘亭：彭兆荪，字湘涵，一字甘亭，江苏镇洋（今太仓县）人，乾隆贡生，道光元年举孝廉方正。曾作江苏布政使胡克家幕客，晚依两淮盐运使曾燠。精骈体文，诗词并著名。著有《小谟觞馆集》、《潘澜笔记》等。《清史稿》四八五卷有传。

姚椿《彭甘亭墓志铭》：“君字湘涵，又字甘亭，少随父官山西，神俊有声。年十五，应顺天乡试，诸公卿争欲招致，然竟十馀年无所遇。嘉庆丁卯，所知者主江南试，必欲得君，君闻之遂不复应。父殁，自鞠幼弟，只身客游以为奉。诸大吏多贤其才。君文章鸿博沈丽，力追六朝三唐之作者，尤长于诗。始务琦瑰，晚乃益慕澄淡孤夐，深得古人意旨。中年后务观儒书，复耽竺氏籍，研究覃奥，世之为内学者莫能窥其际也。”

李慈铭《越缦堂读书记》：“甘亭一身坎壈，诗多郁抑忼慨之辞，骨力遒上，采色亦足。《楼烦》一集，状塞上风景，尤多名篇，乾嘉以还莫能及也。”

《晚晴簃诗话》：“甘亭早慧，其父官于宁武，侍游塞上，朔管霜笳，文情壮越。居十年，奉亲南还。家中落，客江淮间，声誉益起。其诗藻采似渊颖（按，元诗人吴莱），风骨亚青邱（按，明诗人高启），气局音律效空同（按，李梦阳）、大复（按，何景明）。邵荀慈论文，谓当于藻丽丰缛之中存简质清刚之制。甘亭殆近之。撰《骈体正宗》，传诵于时。又与顾千里同校《通鉴》、《文选》，并为善本。晚年学道，旁及内典，有《忏摩录》之作。”

一一五

荷衣说艺斗心兵〔一〕，前辈须眉照座清〔二〕。收拾遗闻归一派，百年终恃小门生〔三〕。（少时所交多老苍。于乾隆庚辰榜过从最亲厚；次则嘉庆己未，多谈艺之士。两科皆大兴朱文正为总裁官〔四〕。）

〔一〕荷衣句：自己年少时，就同老辈们谈经论艺，彼此也有思想交锋。　荷衣：平民穿的衣服。参见第四七首注。《唐摭言》：“李贺年七岁，以长短之制，名动京华。时韩文公与皇甫湜览贺所业，奇之，而未知其人。因连骑造门请见，既而（李贺）总角荷衣而出。”　艺：经艺、文艺、制艺（八股文）都可称艺。这里应是泛指。　心兵：思想斗争活动。韩愈《秋怀》诗：“诘屈避语穽，冥茫触心兵。”

〔二〕前辈句：老一辈的声音笑貌，照耀座上，显出清雅气氛。　须眉：借指人物的风采。

〔三〕收拾两句：把前辈的遗闻轶事收集起来，使它归为一派，不致漫灭丧失，百年之后还是要靠我这个小门生的。　归一派：成为有系统的。　百年：乾隆二十五年庚辰（1760）中进士的人物，到作者写此诗时(1839),应有百岁以上。 门生:原意是学生,这里是作者自谦之词。《唐摭言》:"李义山师令狐文公(按,令狐楚),于文公处称门生。"

〔四〕朱文正:朱珪,字石君,顺天大兴人,乾隆十三年进士,历官侍读学士、两广总督、体仁阁大学士,卒谥文正。乾隆二十五年庚辰(1760)及嘉庆四年己未(1799)两科均任总裁官(进士考试的总负责人)。《清史稿》三四〇卷有传。

陈康祺《郎潜纪闻》:"朱石君先生每握文衡,必合观经策,以精博求士,乾隆丙午典试江南,一榜多名士宿学。嘉定李许斋方伯赓芸,以第二人中式,仪征阮文达公以第八人中式,尤为先生所奇赏。"

一一六

中年才子耽丝竹〔一〕,俭岁高人厌薜萝〔二〕。两种情怀俱可谅,阳秋贬笔未宜多〔三〕。

〔一〕中年句:据说,才子到了中年,就爱好闲适生活,喜欢玩玩伎乐。 中年:按照过去一般说法,人到四十岁以上就是进入中年。 丝竹:管弦音乐,这里含有伎乐的意思。《晋书·王羲之传》:"谢安尝谓羲之曰:中年以来,伤于哀乐,与亲友别,辄作数日恶。羲之曰:年在桑榆,自然至此,须正赖丝竹陶写。"

〔二〕俭岁句:歉收的年头,隐逸的人也厌弃贫困生活,想另找谋生之路。 薜萝:薜荔和女萝,是山中常见的蔓生植物。后借指隐士的服装,也可指代隐者的住处。刘长卿《使回次杨柳过元八所居》诗:“薜萝诚可恋。”

〔三〕两种两句:这两种人的心情都可以谅解,人们正不必运用《春秋》笔法去过分贬责他们。　阳秋:见第一一一首注。儒家认为《春秋》这部书隐寓了对人和事的褒贬用意,后人对于一些暗藏褒贬的文字也因此称为《春秋》笔法。

一一七

姬姜古妆不如市〔一〕,赵女轻盈蹑锐屣〔二〕。侯王宗庙求元妃,徽音岂在纤厥趾〔三〕?(偶感)

〔一〕姬姜句:古代的贵族女子,她们的打扮就不像倚市门的轻佻女人。　姬:周代帝王的姓。　姜:齐国诸侯的姓。两者借指贵族女子。《左传·成公九年》:“虽有姬姜,无弃蕉萃。”注:“姬姜,大国之女。”不如市:《史记·货殖传》:“刺绣文不如倚市门。”意说辛苦刺绣的女子,她的生活还及不上倚着市门卖弄美色的。

〔二〕赵女句:像赵女之流,她们为了体态轻盈,才穿着尖头鞋子。
赵女:指卖弄美色的女子。《史记·货殖传》:“赵女郑姬,设形容,揳鸣琴,揄长袂,蹑利屣,目挑心招,出不远千里,不择老少者,奔富厚也。”

〔三〕侯王两句:侯王为了祭祀宗庙,选择自己的配偶,配偶的美德难道就在这双小脚上面吗?　侯王宗庙:封建王侯历来都建立宗庙祭祀祖先。儒家又认为侯王选择配偶也是为了奉祀祖先。《礼·昏义》:“昏(婚)礼者,将合二姓之好,上以事宗庙,而下以继后世也。” 元妃：元配，嫡妻。《晋书·后妃传序》：“爰自夐古，是谓元妃；降及中年，乃称王后。” 徽音：美好的品德。《诗·大雅·思齐》：“大姒嗣徽音。” 纤厥趾：指妇女裹小脚的陋习。

按，作者对于妇女缠足的陋习，一向抱着反对态度，并在诗中一再表示自己的意见。除了这首诗之外，他在《婆罗门谣》中，赞颂了不缠足的少数民族妇女，有“娶妻幸得阴山种，玉颜大脚其仙乎”句。在《菩萨坟》诗中，又有“大脚鸾文鞠”的赞语。这首诗语气更为激烈，甚至拿“倚市门”和“奔富厚”的女子相比，可见作者对这种摧残妇女身心的恶习何等痛恶。

一一八

麟趾袅蹄式可寻〔一〕，何须番舶献其琛〔二〕？汉家平准书难续〔三〕，且仿齐梁铸饼金〔四〕。（近世行用番钱，以为携挟便也。不知中国自有饼金〔五〕，见《南史·褚彦回传》，又见唐韩偓诗。）

〔一〕麟趾句：汉代曾经铸造过像麟趾和马蹄的金币，它的形式还可以追寻。《汉书·武帝纪》：“（太始）二年，诏曰：有司议曰：往者朕郊见上帝，西登陇首，获白麟以馈宗庙；渥洼水出天马；泰山见黄金，宜改故名。今更黄金为麟趾、袅蹄，以协瑞焉。”袅（niǎo）：《汉书》注引应劭曰：“古有骏马名要袅，赤喙黑身，一日行万五千里。” 按，马蹄金和麟趾金重新出土，唐宋均有记载，见唐颜师古《汉书·武帝纪注》及宋沈括《梦溪笔谈》卷二一。

解放后又续有发现。如1974年至1975年在西安市西南郊就发现六枚。马蹄金外形如马蹄,中空,底面呈椭圆形,后壁左侧有孔。麟趾金形体较小,底面呈圆形,后右侧有孔。重量由245.6克至261.9克不等。含金量为77%及97%。铭刻有"斤六铢""十五两廿二铢""王""阎"等。

〔二〕何须句:我们何必让外国船舶贡献他们的珍宝呢? 番舶:指当时欧洲国家的轮船。清代初叶和中叶,大量出口茶叶、丝绸等产品,换回银币,这些银币也在市场通行。 琛:珍宝。这里指外国银元。《诗·鲁颂·泮水》:"憬彼淮夷,来献其琛。"

〔三〕汉家句:如果说,汉朝《平准书》所记载的办法,我们难以照搬到今天来。 平准书:司马迁《史记》里面的一章,记载汉代财政经济方面的史实。

〔四〕且仿句:姑且仿照齐、梁铸造饼金的办法铸造自己的银币吧。

〔五〕饼金:饼状硬币。《南史·褚彦回传》:"有人求官,密袖中将一饼金,因求请间,出金示之曰:人无知者。"韩偓《咏浴》诗:"剩取君王几饼金。"

按,外国银元流入中国,最早可上溯到明代末叶,但数量甚微。清初海禁开放以后,广州商人组织公行,外国船只来华渐多,这些商船把银元运来,换取我国茶叶、丝绸等商品,而且洋货输入很少,所以那时我国一直是出超国。据英国东印度公司的纪录,自康熙二十年到道光十三年的一百五十三年间,欧洲船只运到中国的白银,总计在七千万两以上。但自鸦片大量侵入后,情形逆转,白银反而外流,以致形成中国银荒现象。鸦片战争前后数十年间,在我国最通行的外币,是在墨西哥铸造的西班牙银元,种类有双柱、两种查理银元和费迪南七世银元。这些银元之所以受到欢迎,主要是携带、交易都比较方便。作者感到这是不正常现象,于是有自铸银元的建议。

一一九

作赋曾闻纸贵夸〔一〕,谁令此纸遍京华〔二〕? 不行官钞行私钞,名目何人饷史家〔三〕?

〔一〕作赋句:听说,晋朝文学家左思写成《三都赋》,富贵人家争着抄写,使得洛阳纸价都贵起来。《晋书·左思传》:"(思)后欲赋三都,遂构思十年……司空张华见而叹曰:班张之流也,使读之者尽而有馀,久而更新。于是豪贵之家竞相传写,洛阳为之纸贵。"

〔二〕谁令句:现在却是什么原因使纸张这样贵重,在京师到处流通呢? 此纸:指私人商业自己发出的钱票之类。嘉庆、道光年间,私营钱庄和典当商号有自己发行的钱票(定期兑现的本票)。据道光十八年山西巡抚申启贤奏:"查民间贸易货物,用银处少,用钱处多……直隶、河南、山东、山西等省,则用钱票。若一旦禁绝钱票,势必概用洋钱。"作者指的就是这种钱票。

〔三〕不行两句:不发行官府钞票,却发行私人钞票,这些私钞在史书上是找不到先例的。谁人提供一个名堂让史家能够写进史书上呢? 名目:名号,名堂。

按,作者的意思,以为与其让商人自己发行私钞,还不如由政府统一发行官钞。

一二〇

促柱危弦太觉孤[一],琴边倦眼眄平芜[二]。香兰自判前因误,生不当门也被锄[三]。

〔一〕促柱危弦:瑟上面搁弦的桥状物称为柱,可以调节弦的松紧。如果把柱调到使弦拉得极紧,弹奏时,声音便显得哀而急,称为“促柱危弦”。　汪烜《乐经律吕通解》卷四:“大瑟立柱,一弦之柱,去尾九寸,去首七尺二寸。弦应黄钟之宫。由此三分损益,以立十二弦之柱,应十二律。”《文选》张协《七命》:“抚促柱则酸鼻,挥危弦则涕流。”作者借此比喻自己关心国事、主张改革的言论,犹如促柱危弦,声哀而急。　太觉孤:调子太高,没有多少人懂得欣赏。

〔二〕琴边句:我坐在琴边,抬起困倦的眼睛,向长满杂草的原野望去。屈原《离骚》:“哀众芳之芜秽。”朱熹注:“伤善道不行如香草之芜秽。”

〔三〕香兰两句:本来,芳香的兰草既不是长在人家门口,不会妨碍什么人,应该不会给锄掉的,可如今竟然给人家锄掉,这大抵是前世因缘有什么弄错的地方吧!　这是暗用三国时代的典故。当时西蜀有个叫张裕的占星家,私下对人说,刘氏将要灭亡,刘备的西川也保不住。这话给刘备知道,十分恼火,再加上张裕还犯了别的事,刘备便借口把他杀掉。诸葛亮曾问:张裕到底犯了什么死罪?刘备答说:“芳兰生门不得不锄。”见《三国志·周群传附张裕传》。　香兰:指兰草或泽兰,菊科植物,多年生草本,高三四尺,全体有香气,秋末开淡紫色小花,同现在一般说的兰花是两回事。　自判:自己判断。　前因:佛家认为人有过去、现在、未来三世,今世发生的事情是由于前世造下的因。

按,作者由于议论时政,受到顽固派的接连打击,因而产生这种慨叹。无以自解,只好推之于不可知论。这也反映了作者思想上的局限性。

一二一

荒青无缝种交加〔一〕,月费牛溲定几车〔二〕?只是场师消遣法,不求秋实不看花〔三〕。(所僦寓有治圃者〔四〕,戏赠。)

〔一〕荒青句:在长满野草的地上,你纵横交错地种了许多蔬菜。　荒青:荒废的草地。　缝(fèng):读去声,缝隙。　交加:纵横。《文选》宋玉《高唐赋》:"交加累积,重叠增益。"杜甫《春日江村》五首之三:"种竹交加翠,栽桃烂熳红。"

〔二〕月费句:每月消耗牛尿说不定要好几车啊。　牛溲(sōu):牛尿。韩愈《进学解》:"牛溲马勃,败鼓之皮,俱收并蓄。"

〔三〕只是两句:这是园艺家拿来消磨日子的,其实你不想要它的果实,也不想欣赏它的花。　场师:园艺家。《孟子·告子》:"今有场师,舍其梧槚,养其樲棘。"

〔四〕僦(jiù)寓:租赁房子。　治圃:种植蔬菜。

按,这首诗看来也有寓意。地上早已长满野草,硬要在上面种菜,而目的又不在于看花或收实。比喻自己改革社会政治的主张，既费力，又不讨好，更不是打算捞取个人利益。无以名之，只好说是“消遣法”了。　言外显有自嘲意味。

一二二

六朝古黛梦中横[一]，无福秦淮放棹行[二]。想见锺山两才子，词锋落月互纵横[三]。（欲如江宁[四]，不果；亦不得马湘帆户部[五]、冯晋渔比部两同年消息[六]。）

〔一〕六朝句：南京是六朝金粉地，有许多古代胜迹，它们常常在我梦中出现。　六朝：吴、东晋、宋、齐、梁、陈六朝都在南京建都。　古黛：黛是青黑色颜料，古代妇女拿来画眉。又古人常称山色为黛色。古黛是泛指南京历史上的山川人物。

〔二〕无福句：可惜我没福在秦淮河上泛舟游玩。　秦淮：南京著名河流，秦代开凿，源出江苏溧水县，向北流入南京，穿城而过，注入长江。旧时歌楼舞馆，并列城区两岸，画船游艇，纷集其中，是豪富们征歌逐色的地方。

〔三〕想见两句：我在想像中看见锺山之下有两位才子，在月光底下谈古论今，词锋稜利，宛如剑影刀光，与月　交错纵横。　锺山：即南京紫金山。　两才子：指马湘帆、冯晋渔。　词锋：议论风发，有如兵刃。

〔四〕江宁：旧县名，在今南京市南。

〔五〕马湘帆：马沅，字湘帆，号韦伯，江苏上元人，道光九年进士，由庶吉士改户部主事，官至湖广道监察御史。著有《尘定轩稿》。

《国朝正雅集》引姚莹云:“湘帆诗才情艳发,新俊绝伦,似杨升庵而气骨遒健,殆欲过之。偶学昌黎,亦皆神似。”

《寄心庵诗话》:“湘帆侍御善为小诗,有齐、梁遗意。《杨花曲》云:江头杨柳花,随郎渡江去。莫厌黏郎衣,是妾门前树。”

〔六〕冯晋渔:冯启蓁,字晋渔,广东鹤山人(作者在《齐天乐》词序中说冯是海南人,误记。)嘉庆十五年举人(见嘉庆《鹤山县志》)。初官咸安宫教习、内阁中书、兼国史馆分校。离北京后,寓居南京。后赴山西任某州知州。

《同治江宁府志·寓贤》:“冯启蓁,字晋渔,以内阁中书主凤池书院,喜奖拔好古之士,高泽、张宝德其尤也。居明瓦廊欣欣园,其园有绉云峰、樱桃砖舍,古木百馀株,皆大合抱,干霄直上;又有璎珞松,森森偃盖,尤世所罕睹。性好金石古泉,收藏颇夥。后牧晋中某州,卒。”

一二三

不论盐铁不筹河〔一〕,独倚东南涕泪多〔二〕。国赋三升民一斗,屠牛那不胜栽禾〔三〕?

〔一〕不论句:我既不议论盐铁,也无权筹划治理黄河。　盐铁:西汉时代,盐和铁都由政府专卖。昭帝时,代表地方豪强的“文学之士”,同代表中央政权的御史大夫桑弘羊展开一场应否专卖的大辩论。这些辩论,后由桓宽结集成书,称为《盐铁论》。　筹河:黄河自古就经常泛滥迁徙,造成极大祸害。东汉时,贾让曾提出治河三策,以后历代都有人提出治河方略,但始终未能根治河患。清代由于南粮北运，每年有大量谷米通过运河输往京师（称为漕运），中途要横越黄河，黄河出事，漕运便要中断，清政府为此设置河道总督加以管理。作者由于不在其位，所以有“不论”“不筹”的话。

〔二〕独倚句：回到江南，耳闻目见农民生活的痛苦，使我洒下许多眼泪。倚：倚身而立，意即置身其中。黄庭坚《登快阁》诗：“快阁东西倚晚晴。” 东南：指江苏、浙江等东南沿海省分。

〔三〕国赋两句：国家赋税规定三升，农民实际上要交纳一斗粮食，这就难怪斡屠牛的营生，都要比种田好多了。 国赋三升：清政府明文规定的田赋，据冯桂芬《请减苏松太浮粮疏（代作）》云：“伏查大清户律载：官田起科每亩五升三合五勺，民田每亩三升三合五勺，重租田每亩八升五合五勺，没官田每亩一斗二升。是官田亦有通额。独江苏则不然……今苏州府长洲等县，每亩科平粮三斗七升以次不等，折实粳米，多者几及二斗，少者一斗五六升，远过乎律载官田之数。”因此，所谓“国赋三升”，从来都是一纸具文，江苏的农民一向都要交纳一斗甚至二斗的数额。冯桂芬又指出：乾、嘉年间，农民之所以还能勉强完税，是由于辛勤经营各种副业，用副业收入来折银纳税。“无论自种、佃种，皆以馀力业田，不关仰给之需。”“至道光癸未大水，元气顿耗，商利减而农利从之，于是民渐自富而之贫。然犹勉强支吾者十年。迨癸巳大水，而后始无岁不荒，无县不缓，以国家蠲减旷典，遂为年例。”（见《清经世文续编》卷三十一）

一二四

残客津梁握手欷〔一〕，多君郑重问乌衣〔二〕。故家自怨风流歇，肯骂无情燕子飞〔三〕！（重晤段君果行、沈君锡东于逆旅，执手言怀。两君，家大人旧宾客也。）

〔一〕残客句：我在渡口遇见家父旧日的门客，执手问好，彼此伤感。　残客：旧日的门客。从前官宦人家，常有贫苦的知识分子投靠，称为门下客。《南史·张缵传》："初，缵与参掌何敬容意趣不协，敬容居权轴，宾客辐辏。有诣缵，缵辄拒不前，曰：吾不能对何敬容残客。"　津梁：关津渡口。　欷（xī）：伤心叹气。

〔二〕多君句：感谢你们殷勤问候我这个旧家子弟。　多：称美，引申为感谢。　郑重：有频烦、殷勤两义。《汉书·王莽传》："然非皇天所以郑重降符命之意。"注："郑重，犹言频烦也。"《广韵》："郑重：殷勤。"　乌衣：南京的乌衣巷，南朝时是王、谢两姓大族聚居的地方，后人因以乌衣子弟比喻旧家大族的子弟。

〔三〕故家两句：破落了的家族只好埋怨自己的好光景一去不返，怎能责骂旧时的燕子飞到别人家去呢？风流：即流风馀韵，指世代相传的风习。这里直指好的光景。《汉书·赵充国传赞》："其风声气俗，自古而然，今之歌谣慷慨，风流犹存耳。"　燕子：比喻从前投靠过富贵人家的人。刘禹锡《乌衣巷》诗："旧时王谢堂前燕，飞入寻常百姓家。"

一二五

九州生气恃风雷〔一〕，万马齐喑究可哀〔二〕。我劝天公重抖擞，不拘一格降人材〔三〕。（过镇江，见赛玉皇及风神〔四〕、雷神者，祷祠万数〔五〕。道士乞撰青词〔六〕。）

〔一〕九州句：如今整个中国都需要有生气，而生气则要通过大风大雷才能显示出来。　九州：古地理书《禹贡》把我国划分为九州，即冀、兖、青、徐、扬、荆、豫、梁、雍，后代因以九州指中国。　生气：蓬勃生鲜的气象。

〔二〕万马句：无声无息、死气沉沉的局面毕竟是可悲的。　万马齐喑：苏轼《三马图赞》："振鬣长鸣，万马皆喑。"陈维崧《贺新凉》词："万马齐喑蒲牢吼。"作者借指朝廷上下虽然也有许多大大小小的官员，可是他们都像哑巴一样，自己默不作声，甚至禁止别人作声，这是可悲的事。

〔三〕我劝两句：我劝天老爷还是重新振作精神，不要拘限什么资格，让人材大量在社会上涌现。　抖擞：把附着的东西抖掉，引申为振作、振奋。　一格：这里指清王朝拿种种所谓资格来限制人材。例如科举制度，表面上说是选用人材，其实正是限制人材；又如官员升调，也有种种资格限制。作者在《明良论三》指出："今之士，进身之日，或年二十至四十不等，依中计之，以三十为断。翰林，至荣之选也，然自庶吉士至尚书，大抵须三十年或三十五年，至大学士又十年而弱；非翰林出身，例不得至大学士。而凡满洲、汉人之仕宦者，大抵由其始宦之日，凡三十五年而至一品，极速亦三十年，贤智者终不得越，而愚不肖者亦得以驯而到。此今日用人论资格之大略也……一限以资格，此士大夫所以尽奄然而无有生气者也。"

〔四〕赛玉皇：封建社会迷信活动之一。玉皇是道教所谓最高的天神。每年在玉皇神诞这一天，道士们拚命活动，哄骗迷信的男女到神殿求福致祭，借此敛财。

〔五〕祷祠万数：参加祭神求福活动的人数以万计。

〔六〕青词:道士在祭神时献给天神的祝文,照例用青藤纸写硃色字,称为青词。

按,作者根本不是撰写什么青词,而是借题发挥,表达了对清王朝上下一片死气沉沉的不满,对清统治者用所谓资格限制人材的反感。他希望大风大雷出现,扫荡一切污浊,打破一切桎梏,让社会上下呈现蓬勃生鲜的气象,让人材无限制地生长起来。但是作者这种美好的理想,在那个时代当然是没有可能实现的。

一二六

不容儿辈妄谈兵,镇物何妨一矫情〔一〕。别有狂言谢时望,东山妓即是苍生〔二〕。

〔一〕不容两句:东晋初年,北方氐族奴隶主苻坚,亲率九十馀万大军,沿淮水南下。企图一举灭亡东晋。东晋大臣谢安派将军谢玄、谢石率兵八万迎战,在淝水大败敌军,史称"淝水之战"。据《晋书·谢安传》载:"玄等既破苻坚,有驿书至。安方对客围棋,了无喜色。既罢还内,过户限,不觉屐齿之折。其矫情镇物如此。"应该大喜的事,谢安故意违反常情,表示与众不同,这就叫"矫情镇物"。作者则认为,谢安原是不让谢玄等儿辈因胜而骄,妄谈用兵,所以有意这样矫情。

〔二〕别有两句:我还有一句狂妄的话告诉时贤们:东山的歌妓也就是苍生啊!时望:当代有名望的人。《晋书·简文帝纪》:"太常职奉天地,兼掌宗庙,其为任也,可谓重矣。是以古今选建,未尝不妙简时望，兼之儒雅。” 东山妓：谢安隐居东山，经常携带妓女游山玩水，当时曾有人说：“安石不出，如苍生何？”《世说·识鉴》：“谢公在东山畜妓，简文曰：安石必出，既与人同乐，亦不得不与人同忧。”

按，作者的“花月冶游”，很可能受到某些人的讥讽，因此作者在这里加以答覆。诗中借谢安的行为替自己辨解。意思说，表面的行为举动，有时只是矫情，并不一定真实反映内心世界。

一二七

汉代神仙玉作堂〔一〕，六朝文苑李男香〔二〕。过江子弟倾风采〔三〕，放学归来祀卫郎〔四〕。

〔一〕汉代句：汉代有玉堂署。《汉书·李寻传》：“臣随众贤待诏，久污玉堂之署。”王先谦补注：“何焯曰：汉时待诏于玉堂殿，唐时待诏于翰林院，至宋以后翰林遂并蒙玉堂之号。”王锜《寓圃杂记》：“翰林院官，职清务闲，优游自如，世谓之玉堂仙。”这是翰林的典故。又《汉书·谷永传》：“抑损椒房玉堂之盛宠。”师古注：“玉堂，嬖妾之舍也。”这是嬖倖者的典故。作者在此两义合用，详下。

〔二〕六朝文苑：这里专指南朝宋、齐、梁、陈时代的绮靡淫丽文体而言。详下。 李男：指乾隆年间京师宝和部的昆曲旦角李桂官。李字秀章，吴县人，容貌俊美，同毕沅昵好，毕氏未中状元前，李曾大力给以资助。毕氏大魁后，李桂官声名大著，被一些大官僚如史贻直之流称为“状元夫人”，赵翼、袁枚均有《李郎曲》记述此事。参考吴长元《燕兰小谱》、张际亮《金台残泪记》。

〔三〕过江子弟：指江南一带的贵族富豪人家子弟。按，晋怀帝永嘉五年，刘曜、石勒率兵攻陷洛阳，掳去怀帝。中原地区豪室贵族纷纷南逃，在长江下游一带定居。这些人称为过江人士，他们的子弟就称为过江子弟。作者这里指的则是嘉、道年间江南一带的花花公子们。　倾风采：倾慕像“李男”一类人物的风度神采。

〔四〕卫郎：美男子的代称。东晋人卫玠，字叔宝，风神清秀，容貌俊美，被称为璧人。《晋书·卫玠传》：“（玠）总角乘羊车入市，见者皆以为玉人，观之者倾都。”

按，这首诗是讽刺当时贵族官宦子弟玩戏子的恶劣风气。开头两句借毕沅和李桂官的男色关系作引子。因不便明言，故行文颇为隐晦。“玉作堂”，既指毕沅中状元入翰林院的事，也暗含李桂官是毕氏的男嬖。“六朝文苑”指袁、赵等人的《李郎曲》，两诗描写淫秽，都是靡靡之音。作者以“香”字隐含讽意。末后两句，即指在作者当时，江南富豪子弟很多还玩弄男戏子，“倾风采”“袒卫郎”，寓意明显。又按：梁绍壬《两般秋雨庵随笔》四：“毕秋帆尚书沅李郎之事，举世艳称之，袁大令、赵观察俱有《李郎曲》，而袁胜于赵。余最爱其中一段云：‘果然胪唱半天中，人在金鳌第一峰。贺客尽携郎手揖，泥笺翻向李家红。若从内助论勋伐，合使夫人让诰封。’　写得有景有色。溧阳相公呼李郎为状元夫人，真风流佳话也。”梁氏所谓“风流佳话”，正是作者所深恶痛绝的，所以不惜用尖刻的笔墨进行讥讽。为便于读者了解诗意，现将赵翼的《李郎曲》抄录一节于下，可见“六朝文苑”云云，确非泛指：

"李郎昔在长安见,高馆张灯文酒谯。乌云斜绾出堂来,满堂动色惊绝艳。得郎一盼眼波留,千人万人共生羡。人方爱看郎颜红,郎亦看人广座中。一个状元犹未遇(原注:秋帆时为舍人),被郎瞥眼识英雄。每当舞散歌阑后,来伴书帏琢句工。毕卓瓮头扶醉起,鄂君被底把香烘。但申啮臂盟言切,并解缠头旅食供。明年对策金门射,果然榜发魁天下,从此鸡鸣内助功,不属中闺属外舍。五花官诰合移封,郎不言劳转谦谢。专恩肯作郑樱桃,尽许后房多粉麝……"(见《瓯北诗钞》)

一二八

黄河女直徙南东(金明昌元年)〔一〕,我道神功胜禹功〔二〕。安用迂儒谈故道,犁然天地划民风〔三〕。(渡黄河而南,天异色,地异气,民异情。)

〔一〕黄河句:金章宗明昌五年(1194),黄河在阳武县(今河南原阳县),旧堤缺口,淹过封丘县向东注入梁山泊,再分两支,一支由北清河(即大清河)入海,一支由南清河(即泗水)入淮河。这是历史上记载的黄河第四次大迁徙。到元代,北流日渐微弱;明代弘治七年,筑断黄陵冈支渠,北流断绝,黄河全部南流。清代中叶,黄河下游由河南兰封县东南流经江苏砀山、铜山、宿迁、泗阳、淮阴等县出海,即作者当时所见的情况。(作者自注"明昌元年",误记。) 女直:金族原称女真,后改为女直。《文献通考》三二七:"女真,盖古肃慎氏,世居混同江之东,长白山鸭渌水之源……后汉谓之挹娄,元魏谓之勿吉,隋唐谓之靺鞨……

唐贞观中，靺鞨来朝，太宗问其风俗，因言及女真之事，自是中国始闻其名……讫唐世贡不绝。五代时始称女真，后避契丹主宗真讳，更为女直。”

〔二〕我道句：我认为自然界的力量胜于大禹的力量。　禹功：传说帝尧时代，大禹治理黄河，平息了严重的水患。

〔三〕安用两句：何须迂腐不通的儒生议论什么黄河故道，现在黄河南北人民的风气截然不同，就像犁沟那样清楚。　故道：黄河迁徙后留下的旧河床。　犁然：清楚分明。《庄子·山木》：“犁然有当于人心。”

按，作者这首诗嘲笑食古不化的迂儒，因为他大谈夏禹时代的黄河，主张人为地恢复这条故道。这个“迂儒”大抵就是康熙年间著《禹贡锥指》的胡渭。胡渭在《论河》一节中，先说东汉王景治河，使“禹迹荡然无存，君子于此有遗憾焉”。再谈了一番历史，就危言耸听地说：“（黄河）怒不得泄，则又必夺邗沟之路，直趋瓜洲，南注于江，至通州入海，四渎并为一渎，拂天地之经，奸南北之纪，可不惧欤。”然后提出自己的主张：“欲绝此患，莫如复禹旧迹。”他的办法是：“先期戒民，凡田庐冢墓当水之冲者，悉迁于他所，官给其费，且振业之。西岸之堤，增卑培薄，更于低处创立遥堤，使暴水至，得左右游波，宽缓而不迫。诸事已毕，然后纵河之所之，决金龙、注张秋而东北，由大清河入于渤海，殊不烦人力也。”作者说他是“迂儒谈故道”，因为他着眼只在于复古。但黄河南流，害处甚大，而导向北流，从地势来说较为合理。这却不是单纯地“恢复禹迹”。

一二九

陶潜诗喜说荆轲，想见停云发浩歌〔一〕。吟到恩仇心事涌，江湖

侠骨恐无多〔二〕。(舟中读陶诗三首)

〔一〕陶潜两句:陶潜在诗中喜欢提到荆轲,可以想见他写完《停云》诗高声吟唱时的激昂神气。 陶潜:东晋著名诗人,字渊明(或说字元亮,名渊明;或说字深明,名元亮,说法不一),寻阳柴桑人,曾官彭泽令。自称不为五斗米折腰,弃官归隐,以诗酒自娱,世称靖节先生。有《陶渊明集》。 荆轲:战国时代的刺客,接受燕太子丹的委托,入秦企图行刺秦始皇,被杀。按,陶潜有《咏荆轲》诗。 停云:陶潜有《停云》四言诗一首,序云:"《停云》,思亲友也。"

〔二〕吟到两句:作者认为,陶潜喜欢提到荆轲,是因为本身有恩仇的事,借古喻今,他那时江湖上行侠仗义的人怕已经不多了。

按,作者在诗中也是借古喻今,他本人就有些恩仇未了的事,所以有"侠骨无多"的感慨。

一三〇

陶潜酷似卧龙豪(语意本辛弃疾)〔一〕,万古浔阳松菊高〔二〕。莫信诗人竟平淡,二分梁甫一分骚〔三〕。

〔一〕陶潜句:陶潜的豪气很像诸葛亮。 酷似:十分相似。 卧龙:徐庶称赞诸葛亮为卧龙。辛弃疾《贺新郎》词:"把酒长亭说,看渊明风流,酷似卧龙诸葛。"

〔二〕万古句:他永远是个高洁的形象,正如他所种植的松和菊。浔阳:即寻阳,郡名,晋时治柴桑,在今江西九江县西南。 松菊:陶潜《归去来辞》:“三径就荒,松菊犹存。”

〔三〕莫信两句:不要相信诗人那种表面的平淡,其实,他这人的诗三分之二像诸葛亮的《梁甫吟》,三分之一是屈原《离骚》的情味。意思说,陶潜既有政治抱负,又是热爱祖国、感情激烈的人。平淡:梁锺嵘在《诗品》中称陶潜是“古今隐逸诗人之宗”。后来不少诗评家沿用此说,大谈陶诗如何平淡,如葛常之《韵语阳秋》、蔡宽夫《西清诗话》等都是。　梁甫:《三国志·诸葛亮传》:“亮躬耕陇亩,好为《梁父吟》。”甫、父通。

一三一

陶潜磊落性情温〔一〕,冥报因他一饭恩〔二〕。颇觉少陵诗吻薄,但言朝叩富儿门〔三〕。

〔一〕陶潜句:陶潜胸怀磊落,有豪侠的气质,但性情又是温厚的。磊落:形容分明。古乐府《善哉行》:“磊磊落落向曙星。”又作礧落。《晋书·石勒载记》:“大丈夫行事礧礧落落,如日月皎然。”

〔二〕冥报句:吃了人家一顿饭,就表示死后还要报答恩惠。　陶潜有《乞食》诗,最后几句说:“感子漂母惠,愧我非韩才。衔戢(按,藏在心里和放在嘴里)知何谢?冥报以相贻。”　冥报:古人迷信说法,认为人在死后还可以报答恩惠或报复仇恨。

〔三〕颇觉两句:我倒是觉得杜甫写诗口吻有些轻薄,他只说:“朝叩富儿门……”杜甫《奉赠韦左丞丈二十二韵》诗:“朝叩富儿门,暮随肥马尘。残杯与冷炙,到处潜悲辛。”作者认为,杜甫吃了人家的酒饭,倒反说是“残杯冷炙”,口吻未免轻薄。

一三二

江左晨星一炬存[一],鱼龙光怪百千吞[二]。迢迢望气中原夜,又有湛卢剑倚门[三]。(江阴见李申耆丈[四]、蒋丹棱秀才[五]。丹棱,申耆之门人也。)

〔一〕江左句:李申耆是江左一颗晨星,像火炬一样灿然发光。 江左:长江下游地区。 晨星:晨早的星,小的隐没,只有大的还在发光。也比喻人才寥落。 一炬:像火炬的星体。《宋书·天文志》:"国皇大而赤,有芒角,类北极老人,去地二三丈,如炬火。"

〔二〕鱼龙句:李申耆学问渊深博大,不论是海上鱼龙还是天上光怪,百种千般都吞在胸中。

〔三〕迢迢两句:中原的天文学者夜晚向天上望气,还可以看到宝剑的光气倚在李申耆的门旁。 望气:古代天文家夜间观察天空光气,称为望气。许嵩《建康实录》:"秦始皇三十七年,东巡,自江乘渡。望气者云:五百年后,金陵有天子气。"《太平御览》三四四卷引《豫章记》:"斗牛之间,常有紫气。张华闻雷焕妙达纬象,问之,焕曰:宝剑之精,在豫章丰城。即补焕丰城令,到县,掘狱屋基下,得一石函,中有双剑,并刻题,一龙泉,一太阿。" 湛卢:古剑名。《吴越春秋》:"越王允常使欧冶子造剑五枚,曰纯钩、湛卢、豪曹、鱼肠、巨阙。以湛卢献吴。吴公子光以弑其君僚。湛卢夜飞入楚。" 倚门:作者以宝剑比拟蒋丹棱,并借"倚门"作为及门弟子的意思。

〔四〕李申耆：李兆洛，字申耆，号绅琦，晚号养一老人，江苏阳湖人，嘉庆十年进士，官安徽凤台知县，父死去官，主讲江阴暨阳书院几二十年。学问极博，经学、音韵、训诂、地理、天文、历算、古文辞均有造诣。著有《养一斋文集》、《历代地理志韵编今释》，又辑《皇朝文典》、《大清一统舆地全图》，自铸天球铜仪，日月行度铜仪，又手创地球仪。

包世臣《李申耆先生传》："君短身硕腹，豹颀刚目，望之峻耸若不可近，而就之和易。终日手口无停辍，而未尝有疾言遽色。其所藏书，卷逾五万，皆手加丹铅，校羡脱，正错误，矢口举十三经辞无遗失。上自汉唐，下及近世诸儒说，条别得失不检本。尤嗜舆地学，备购各省通志，互校千馀年来水地之书，证以正史。刊定顾祖禹《读史方舆纪要》之与原史不符者。……奉讳去官，江阴延主暨阳书院。江阴人士颇能信受，毘陵之隽亦从而假馆。四方舣舟问字者无虚日。君乃得各就性情之所近，分途讲授。就染既久，多有能得其一体者。"

蒋彤《养一子述》云："闻诸先达推服之言，见诸文章，沈先生钦韩曰：申耆强识敦让，博物多能。刘先生逢禄曰：博综今古，若无若虚，吾不如申耆。江都汪先生喜孙曰：申耆先生有体有用，知古知今，学该汉宋，识贯天人。宝山毛先生岳生曰：吾自见李先生，学问之道，乃得实地，其贤当越唐宋以上而求之。大兴徐星伯松、仁和龚君巩祚，今代硕彦，皆欲以师事。虽慎伯（按，包世臣）、介存（按，周济），擅博辨，喜评骘人物，独于子始终无间言。"

〔五〕蒋丹棱：蒋彤，字丹棱，江苏阳湖人，李兆洛弟子。曾述兆洛平日言行，撰《暨阳答问》二卷，又撰《养一子年谱》一卷。著有

《丹棱文钞》、《史微》。

张舜徽《清人文集别录》卷十二:“彤字丹棱,诸生,少从李兆洛游。兆洛治经宗公羊,而不喜郑氏(郑玄)。彤亦大张常州今文学派之遗绪,而考《礼》好与郑氏立异。顾彤之为学,承李兆洛遗风,主博综而蔑据守,不期以专门名家……于经史之外,亦喜涉猎诸子百家之书……师事李兆洛既久,于其言无所不悦,尊称之为养一子。是集(按,《丹棱文钞》)卷三有《养一子述》,于兆洛学术行事,叙记为详,文长至八千馀字,可谓尽矣。”

按,李兆洛曾称龚自珍为绝世奇才。其《养一斋文集》有与邓生守之书,中有云:“默深(按,魏源)初夏过此,得畅谈。又得读《定庵文集》。两君皆绝世奇才,求之于古,亦不易得。恨不能相朝夕也。”

一三三

过江籍甚颜光禄〔一〕,又作山中老树看〔二〕。赖是元龙楼百尺,雄谈夜半斗牛寒〔三〕。(陈登之别驾座上〔四〕,重晤盛午洲光禄〔五〕。)

〔一〕过江句:在过江名士中,声名响亮的,有你这位颜光禄。　过江:《世说·品藻》:“世论温太真是过江第二流之高者。时名辈共说人物,第一将尽之间,温常失色。”　籍甚:《汉书·陆贾传》:“贾以此游汉廷公卿间,名声籍甚。”意说陆贾名声因游于公卿之间而藉此更盛。　颜光禄:颜延之,南朝宋人,善文章。《宋书·颜延之传》:“延之与陈郡谢灵运俱以词彩齐名,江左称颜谢焉。”作者以颜延之比拟盛午洲。因颜延之曾官光禄大夫,盛午洲也在光禄寺任职。

〔二〕又作句:如今你又像山中老树那样,放在无用的地位。山中老树:《庄子·山木》:"庄子行于山中,见大木,枝叶盛茂。伐木者止其旁而不取也。问其故,曰:无所可用。"杜甫《怀锦水居止》诗:"老树饱经霜。"

〔三〕赖是两句:幸而还有陈元龙这样豪气的人物,彼此高谈阔论,直到深夜,连天上的星辰都凛然感到寒意。　元龙:陈登,字元龙,东汉末年为广陵太守。曹操擒吕布时,有功,加伏波将军。作者借以比拟陈登之。　楼百尺:东汉末年,刘备在刘表座上与许汜议论当时人物,许汜诋毁陈登,说"元龙湖海之士,豪气不除"。刘备问他什么理由,许汜说:"昔过下邳,见元龙无主客礼,自上大床卧,使客卧下床。"刘备说:"君有国士名,而不留心救世,乃求田问舍,言无可采,是元龙所讳也。如小人(刘备自称)当卧百尺楼上,卧君于地,何但上下床之间耶!"(见《三国志·陈登传》)"百尺楼"原是刘备的假设,但后人都拿来作陈登的典故使用。　斗牛:二十八宿中有斗宿和牛宿,每年夏秋间在南方出现。

〔四〕陈登之:陈延恩,字登之(一作敦之),江西新城人,监生,候补通判。道光十八年署江阴知县,曾纂修《江阴县志》。

梁章钜《浪迹丛谈》三:"陈敦之郡丞延恩,前侍御玉方先生之子,文采书名,克继前武,而才气通达,则有跨灶之称,不似侍御之古执也。"

〔五〕盛午洲:盛思本,字诒安,号午洲,江苏阳湖人,嘉庆十九年进士,授编修,改主事,官至光禄寺少卿。

一三四

五十一人忽少三[一]，我闻陨涕江之南。箧中都有旧墨迹，从此袭以玫瑰函[二]。（闻都中狄广轩侍御[三]、苏宾嵎吏部[四]、夏一卿吏部三同年忽然同逝[五]。）

〔一〕五十一人：见第三八首作者自注。

〔二〕袭：拿衣服套在外面叫袭。这里是珍重包藏的意思。　玫瑰函：用宝石装饰的箱子。《汉书·司马相如传·子虚赋》："其石则赤玉、玫瑰。"　注："晋灼曰：玫瑰，火齐珠也。"　函：藏物的匣。玄应《一切经音义》："函，谓以木盛物者也。"

〔三〕狄广轩：狄听，字询岳，号广轩，江苏溧阳人，道光九年进士，官刑部广东司郎中，江西道监察御史。

《溧阳续志·人物志》引戴絅孙《狄烈妇传》："溧阳狄广轩侍御，絅孙己丑同岁生也。以刑部郎改官御史，勤于其职。道光十九年己亥七月卒于官。时淑配王恭人生子骢，甫八阅月，未几殇。恭人即部署家事，为二书，一以贻嗣子豫，一留致侍御诸友人，中夜投缳死。"按，狄听妻名甥桐，江苏江阴人。《清史稿》五一一卷有传。

〔四〕苏宾嵎：苏孟旸，字震伯，号宾嵎，江西鄱阳人，道光九年进士，由庶吉士授吏部主事。工诗，与弟仲鸿并有名于时。

徐荣《怀古田舍诗钞》卷一："苏宾嵎庶常庭春，来游罗浮，其归也，同人集海幢寺送之。笛江为作《黄龙观瀑图》，属予亦墨其上。"据此，知苏又名庭春。

〔五〕夏一卿：夏恒，原名庆云，字裔瑞，号益卿，湖南攸县人，道光九年进士，由庶吉士授吏部考功司主事。

《湖南通志·列传》："夏恒少孤贫，性敏好学，成进士，官吏部考功司主事，偕使江南，还京卒。所著皆讲求经济，为同辈推服。中道殒折，人咸惜之。"

一三五

偶赋凌云偶倦飞〔一〕；偶然闲慕遂初衣〔二〕；偶逢锦瑟佳人问〔三〕，便说寻春为汝归。

〔一〕凌云：《史记·司马相如传》："相如奏《大人》之颂，天子大悦，飘飘有凌云之气，似游天地之间意。" 江淹《别赋》："赋有凌云之称。"原指司马相如写的《大人赋》，这里是指作者自己参加殿试，中了进士。 倦飞：陶潜《归去来辞》："鸟倦飞而知还。"指对做官不感兴趣。

〔二〕遂初衣：《离骚》："退将复修吾初服。"李白《送贺监归四明应制》诗："久辞荣禄遂初衣。"指辞官回家，穿上原来的衣服。

〔三〕锦瑟佳人：杜甫《曲江对雨》诗："何时诏此金钱会，暂醉佳人锦瑟旁。"这里的佳人，指歌女之类。

按，在这首诗里，作者运用极简练的笔墨，概括自己的前半生，手法是很高明的。值得注意的是，诗中一连下了几个"偶"字，好像这一切都出于偶然。其实作者明明知道，由于自己议论时政，主张变革，得罪了大地主顽固派，受到一连串意外打击，终于只好辞官。这些都绝非偶然，而是必然。然而，眼下能有多少人理解这个必然？而且，又何必说它必然，何必不说它是偶然呢？作者感慨深沉，终于提笔写下几个“偶”字。愤怒至极，出诸冷嘲，痛哭无从，遂成惨笑，是心情极度痛苦的变形，比之“天问有灵难置对”可谓更为深刻。有人既不理解作者的深意，甚至对作者抱持成见，仅仅看见几个“偶”字，就胡说什么“其人之儇薄无行，跃然纸墨间”。（王国维《人间词话》）这真是差之毫厘，谬以千里。

一三六

万卷书生飒爽来〔一〕，梦中喜极故人回。湖山旷劫三吴地，何日重生此霸才〔二〕？（梦顾千里有作〔三〕。忆己丑岁与君书，订五年相见。君报书云：“敢不忍死以待〔四〕。”予竟爽约〔五〕，君以甲午春死矣〔六〕。）

〔一〕万卷书生：指顾千里。李兆洛《涧苹顾君墓志铭》：“弱冠从张白华先生游，馆于程氏，程氏富于藏书，君遍览之。学者称为万卷书生焉。不事科举业，年二十，始补博士弟子员。” 飒爽：气概轩昂的样子。杜甫《丹青引赠曹霸》诗：“褒公鄂公毛发动，英姿飒爽来酣战。”

〔二〕湖山两句：经历了许多世代的三吴湖山，什么时候才能再出现这样一个霸才呢？旷劫：许多世代。 三吴：相当于江苏南部和浙江北部地区。《元和郡县志》：“苏州吴郡与吴兴、丹阳，号为三吴。” 霸才：气势迫人一时无两的才华。温庭筠《过陈琳墓》诗：“词客有灵应识我，霸才无主始怜君。”

〔三〕顾千里：顾广圻，字千里，号涧苹，江苏元和（今吴县）人，县学生。读书过目万卷，经史训诂，天算舆地，莫不贯通，尤精于目录学，又善校雠。受孙星衍、张敦仁、黄丕烈、胡克家聘请，校定宋本《说文》、《礼记》、《仪礼》、《国语》、《国策》、《文选》及其他古籍数十种，并写成札记。著有《思适斋文集》十八卷。

李慈铭《越缦堂读书记》："顾氏校雠之学实为古今第一。其时，年辈在前者如卢抱经、孙渊如，皆于此事专门，深相引重；至高邮王氏父子，尤善读古书，而于涧苹极口推服。盖其交好有张古馀、胡果泉、秦敦夫、顾抱冲、黄荛圃，皆经苑老宿，收藏极富，赏奇析疑，不遗馀力，而又多见钱遵王、毛斧季、季沧苇三家藏书，故独步一时，无惭绝学。"

〔四〕忍死以待：年老多病的人，随时都可能死亡，但为了等候某些重要的人或事，希望不让自己死去，就叫"忍死以待"。《晋书·宣帝纪》："天子执帝手，目齐王曰：以后事相托。死乃复可忍，吾忍死待君。"

〔五〕爽约：失约。李商隐《为张周封上杨相公书》："文侯校猎，宁爽约于虞人。"

〔六〕甲午春死矣：王佩诤校本云："按《顾千里年谱》，（顾氏）乙未（1835）二月十九日卒。"作者误记为甲午（1834）。又萧一山《清代学者著述表》记顾卒于道光十九年（1839），则系据李兆洛所撰《墓志铭》而误。《清史稿》二六八卷《顾广圻传》亦同此误。

一三七

故人有子尚饘粥〔一〕，抱君等身大著作〔二〕。刘向而后此大宗〔三〕，岂同陈晁竞目录。(千里著《思适斋笔记》,校定、六籍百家[四],谡其文字[五]。且生陈、晁后七百载,目录方驾陈、晁,亦足豪矣。嗣君守父书[六],京师传闻误也。)

〔一〕故人句:顾千里的儿子还只能喝粥。意思是生活贫困。 馇(zhān)粥:粥类,稠的叫馇,稀的叫粥。《礼记·檀弓》:"馇粥之食。"疏:"厚曰馇,稀曰粥。"

〔二〕抱君句:保存着他父亲繁富的大著作。 等身:同身体一样高。《宋史·贾黄中传》:"黄中幼聪悟,方五岁,父玭,每旦令正立,展书卷比之,谓之等身书,课其诵读。"后人称人家著述很多叫"著作等身"。

〔三〕刘向两句:顾千里的校勘学,是汉代刘向以后一大宗匠,岂能同陈振孙、晁公武钞写目录的工作相比? 刘向:西汉宗室,字子政,刻苦学问,曾校定朝廷所藏古籍,每成一书,撮举内容大旨写成提要,称为《别录》,成为中国目录学的创始者。 陈振孙:宋吉安人,字伯玉,号直斋。在福建莆田县传录郑氏、方氏、林氏、吴氏的藏书五万一千馀卷,撰成《直斋书录解题》。 晁公武:宋钜野人,字子止,曾官临安府少尹。著有《郡斋读书志》。以上两人都是宋代重要的目录学家。

〔四〕六籍、百家:六经和诸子百家。

〔五〕谡其文字:校正古籍的文学错误。谡(shì):纠正。《陈书·姚察传》:"尤好研核古今,谡正文字。"

〔六〕嗣君:指顾千里的儿子。李兆洛《涧苹顾君墓志铭》:"(顾千里)子镐、孙瑞清从予游。君所著多零星,瑞清能守护之者。"

一三八

今日闲愁为洞庭〔一〕，茶花凝想吐芳馨〔二〕。山人生死无消息〔三〕，梦断查湾一角青〔四〕。（拟寻洞庭山旧游，不果；亦不得叶山人昶消息。）

〔一〕闲愁：静中突然涌现的愁情。杜荀鹤《山居自遣》诗："此中一日过一日，有底闲愁得到心。" 洞庭：太湖内有两座著名的山，即东洞庭山和西洞庭山。张大纯《姑苏采风类记》："洞庭东山周五十馀里，一名莫厘山，相传莫厘将军居之，因名；一名胥母，谓子胥尝迎母于此。其山莫厘峰最高。"又云："洞庭西山周八十馀里，一名林屋山，以有林屋洞，故名；一名包山，则又以包公居此而名也。其称洞庭，则以湖中有金庭玉柱。左太冲赋：'指包山以为期，集洞庭而淹留。'山踞太湖中，望若一岛，而重冈复岭，萦洲曲屿，殆不可穷。房琯云：不游洞庭，未见山水。信非虚也。"

〔二〕茶花：洞庭山茶花，以王家园最胜，见作者《哭洞庭叶青原昶》诗自注。《吴县志·物产考》："山茶，一名曼陀罗树，高丈馀，低者二三尺，枝幹交加，叶似木棉，梗有稜，稍厚，中阔寸馀，而头尖，面深绿光滑，经冬不脱，以叶类茶，又可作饮，故得茶名。花有数种，十月开至二月。"

〔三〕山人：隐者的别称。这里指叶昶。叶字青原，太湖洞庭山东里人，能诗，好客，隐居不仕。

〔四〕查湾：在洞庭东山碧螺峰之南，又名槎湾。《苏州府志》："查湾在吴县二十九郡。”

按,作者曾于嘉庆二十三年(1818)及二十五年(1820)两度游览洞庭两山,有纪游诗。见作者与徐廉峰书。又作者曾同叶昶订约,假如不在洞庭山买一块归隐地方,彼此决不相见。如今买山的诺言未能实现,作者便不愿再到洞庭山。诗中所谓“闲愁”,即指此事。参见作者编年诗《哭洞庭叶青原昶》。

一三九

玉立长身宋广文〔一〕,长洲重到忽思君〔二〕。遥怜屈贾英灵地〔三〕,朴学奇才张一军〔四〕。(奉怀宋于庭丈作〔五〕。于庭投老得楚南一令。奇才朴学,二十年前目君语〔六〕,今无以易也。)

〔一〕玉立:形容人的风度高峻整洁。黄庭坚《次韵钱穆父赠松扇》诗:“丈人玉立气高寒。” 宋广文:指宋于庭。 广文:官名。唐玄宗时,开设广文馆,安置文士,置广文博士。后世因称州县教官为广文。宋于庭曾官泰州学正,作者因称他为广文。

〔二〕长洲:旧县名,属江苏苏州府,辛亥革命后废入吴县。

〔三〕屈贾英灵地:指湖南省。屈原、贾谊都死于湖南,所以说“英灵地”。《隋书·文学传序》:“江汉英灵,燕赵奇俊,并该天网之中,俱为大国之宝。”

〔四〕朴学:清人称经学为朴学,以区别于文学的华彩,故称为“朴”。《汉书·儒林传》:“儿宽初见武帝,语经学。上曰:吾始以《尚书》为朴学,弗好。” 张一军:建立一支部队。指宋于庭到湖南当官后，又可以在那边建立一支今文经学的队伍。《左传·桓公六年》："我张吾三军而被吾甲兵。"

〔五〕宋于庭：宋翔凤，字虞廷，一字于庭，江苏长洲人，早年处境艰困，坚苦力学，随母归宁，在常州从舅父庄述祖受业，熟知今文经学；又从段玉裁治《说文》，明文字训诂。嘉庆五年中式举人，官泰州学正，旌德县训导，晚年补授湖南兴宁、耒阳等县知县（兴宁即今资兴，作新宁者误），以老辞官，卒于咸丰十年（1860），年八十五。平生著作甚多，有《尚书略说》、《尚书谱》、《周易考义》、《大学古义说》等，辑为《浮溪精舍丛书》；又能骈文、诗、词，有《朴学斋文录》、《忆山堂诗录》。

锺骏声《养自然斋诗话》："长洲宋于庭（翔凤）年四十，始选为学博，先编其少作为《忆山堂诗》，后又著《洞箫楼诗纪》，凡地域古今，殊风异俗，悉见于其间。

〔六〕目君语：作者评价宋于庭的话。

一四〇

太湖七十溇为墟〔一〕，三泖圆斜各有初〔二〕。耻与蛟龙竞升斗〔三〕，一编聊献郏侨书〔四〕。（陈吴中水利策于同年裕鲁山布政〔五〕。郏侨，郏亶之子〔六〕，南宋人，父子皆著三吴水利书。）

〔一〕太湖：张大纯《姑苏采风类记》："太湖在郡（按，苏州）西六十里。东西二百里，南北一百三十里，周五百里，广三万六千顷。襟带湖、苏、常三州，东南诸水皆归焉。一名震泽，一名具区，一名笠泽，一名五湖。"　七十溇：湖州府从前有七十馀溇，纵横分佈在太湖之南。　明伍馀福《三吴水利论·六论七十三溇》："按诸溇界乌程、长兴之间。岐而视之，乌程三十有九，长兴三十有四。总而论之，计七十有三。大者如溪河，小者如石涧。皆有桑麻芦苇之类以扼其流。"　清王同祖《太湖考》："又以荆溪不能当西来众流奔注之势……又于乌程、长兴之间，开七十二溇。在乌程者三十有八，在长兴者三十有四，皆自七十二溇通经递脉，以杀其奔冲之势而归于太湖也。"　溇（lóu）：排水沟。　为墟：成为平地。

〔二〕三泖圆斜：江苏松江县北旧有三泖（mǎo），又称泖湖。分上中下三泖。《读史方舆纪要·江南娄县》："泖湖，府西三十五里，亦曰三泖。《吴地志》：泖有上中下三名。《图经》：水形圆者曰圆泖，亦曰上泖；南近泖桥水势阔者曰大泖，亦曰下泖；自泖桥以上萦绕百馀里曰长泖，一名谷泖，亦曰中泖。泖湖之水，上承淀湖，凡嘉、湖以东，太湖以南诸水多汇入焉，下流合黄埔入海。"　各有初：各有原来的样子，但如今已经面目全非。

〔三〕耻与句：我认为，同鱼类争夺一升一斗的水是可耻的。　蛟龙：借指鱼鳖之类。　升斗：升斗之水。《庄子·外物》："鲋鱼曰：吾得升斗之水然活耳。"按，江南原有河沟，历年因被豪强地主侵占，有些已变成私人的田，有些由阔变狭，蓄洩能力大减。早在乾隆二十八年，庄有恭在《奏濬三江水利疏》中指出："又如入吴淞之庞山湖、大斜港、九里湖、淑浦等处，向称宽阔深通，大资宣洩者，迩来民间贪图小利，遍植茭芦，圈筑鱼荡，亦多所侵占。"作者在《乙丙之际塾议第二十》也说："今问水之故道，皆已为田……湖州七十二溇之亡，松江长泖、斜泖之亡，咎坐此等。"作者反对这种破坏水利的做法。

〔四〕一编句：我姑且仿效郏亶（jiá dǎn）、郏侨的做法，向当局贡献治理三吴水利的计划。　明归有光《三吴水利书》收录《郏亶书二篇》及《郏乔书一篇》。可略窥郏氏父子对苏南水利主张一斑。

〔五〕裕鲁山：裕谦，姓博罗忒氏，原名裕泰，字鲁山，蒙古镶黄旗人，嘉庆二十二年进士，道光十九年官江苏布政使。二十年，英国侵略者攻陷浙江定海，裕谦劾琦善误国五罪。二十一年，英侵略军攻陷镇海，裕谦投池死。

〔六〕郏亶、郏侨：郏亶，字正夫，北宋昆山人，仁宗嘉祐年间进士，神宗熙宁初为广东安抚使机宜，上书论吴中水利六得六失，任司农丞，从事水利兴修，因吕惠卿劾他措置失当，解官回家，在昆山整治西水田，大获成效，再上书说明前法可用，复任司农丞。见《宋史翼》卷二。他的儿子郏侨，字子高，才能特出，受到王安石的器重，继父亲撰辑三吴水利书，并有所发明。见《尚友录》卷二三。（作者说郏侨是南宋人，误记。）《宋史·河渠志》："熙宁六年，杭州於潜县令郏亶言：苏州环湖地卑多水，沿海地高多旱，故古人治水之迹，纵则有浦，横则有塘，又有门堰泾沥而棋佈之。今总二百六十馀所，欲略循古人之法，七里为一纵浦，十里为一横塘；又因出土以为堤岸。度用夫二十万，水治高田，旱治下泽，不过三年，苏之田毕治矣。"可见郏亶治水主张之一斑。

一四一

铁师讲经门径仄〔一〕，铁师念佛颇得力〔二〕。似师毕竟胜狂禅〔三〕，师今迟我莲花国〔四〕。（江铁君沅是予学佛第一导师〔五〕，先予归一年逝矣。千劫无以酬德,祝其疾生净土[六]。)

〔一〕门径仄:门路狭窄。《广雅·释诂》:"仄,陋也。"

〔二〕得力:收到效果。

〔三〕狂禅:见第七八首注。

〔四〕迟(zhì):等待。《后汉书·章帝纪》:"朕思迟直士。"王先谦《补注》引何若瑶曰:"迟者,待也。" 莲花国:佛国,即佛家所谓"西方极乐世界"。

〔五〕江沅:字子兰,一字铁君,江苏吴县人,嘉庆十二年优贡生,出入段玉裁之门数十年,精于古文字学。著有《说文释例》、《入佛问答》、《染香阁词钞》等。

《苏州府志》:"江沅,江声之孙,优贡生,屡试于乡不得当。平生最精《说文》,篆书自名一家,又工填词。一游闽、粤,馀则里居教授时为多。"

〔六〕疾生净土:佛教徒认为生前行善信佛的人,死后可生于佛国。作者以此祝江沅疾生净土。净土即佛国。《大乘义章》:"经中或时名佛地,或称佛界,或云佛国,或云佛土,或复说为佛刹、净国、净土。"

一四二

少年哀艳杂雄奇[一],暮气颓唐不自知[二]。哭过支硎山下路,重钞梅冶一奁诗[三]。(舅氏段右白[四],葬支硎山。平生诗晚年自涂乙尽[五]。予尚抱其《梅冶轩集》一卷[六]。)

〔一〕少年句:段右白少年时代写的诗,在哀艳之中杂以雄奇。

〔二〕暮气句:到了晚年,出现了暮气,人也颓唐,他自己还不知道。　暮气颓唐:对新事物不感兴趣,精神也振作不起。　作者曾说:"一则暮年颓唐,新亦无所见闻,而旧时所得,与精力而俱谢。"(见文集中《语录》)可作此四字注脚。

〔三〕哭过两句:我经过支硎山哭祭段右白的墓,打算把他的诗《梅冶轩集》重钞一遍。　支硎山:在江苏吴县西南。唐陆广微《吴地记》:"支硎山在吴县西十五里。"清张大纯《姑苏采风类记》:"支硎山距城西二十五里,以晋支遁尝居此,有石磅礴平广,泉流其上,如磨刃石,故名。亦名楞伽山。"　匳(lián):同奁,方形匣子。

〔四〕段右白:作者舅父,段玉裁长子,名骧,国子监生,喜收藏古文物,著《梅冶轩集》一卷。

〔五〕涂乙:涂改删削。

〔六〕抱:收藏紧密。

一四三

温良阿者泪涟涟〔一〕,能说吾家六十年。见面恍疑悲母在〔二〕,报恩祝汝后昆贤〔三〕。(金媪者〔四〕,尝保抱予者也。重见于吴中,年八十有七。　阿者,出《礼记·内则》,今本误为可者。悲母,出《本生心地观经》。)

〔一〕阿者:古代贵族子弟的褓姆。《礼记·内则》:"异为孺子,室于宫中,择于诸母与可者,必求其宽裕、慈惠、温良、恭敬、慎而寡言者,使为子师;其次为慈母,其次为保母,皆居子室。"注:"可者，傅御之属也。”但作者认为“可者”应作“阿者”。

〔二〕悲母：《大乘本生心地观经》卷二：“父母恩者，父有慈恩，母有悲恩。母悲恩者，若我住世，于一劫中说不能尽……一切众生轮转五道，经百千劫，于多生中互为父母，以互为父母故，一切男子即是慈父，一切女人即是悲母。”

〔三〕后昆：后代。《书·仲虺之诰》：“垂裕后昆。”

〔四〕金媪：作者的褓姆，丈夫姓金。

一四四

天教梼杌降家门〔一〕，骨肉荆棒不可论〔二〕。赖是本支调护力〔三〕，若敖不馁怙深恩〔四〕。（到秀水县重见七叔父作〔五〕）

〔一〕天教句：老天把一个灾星降到家门里来。　梼杌（táo wù）：传说是古代一个坏人。《左传·文公十八年》：“颛顼氏有不才子，不可教训，不知语言，天下之民谓之梼杌。”

〔二〕骨肉句：骨肉兄弟变成荆棘野草，痛心之极，无从理论。

〔三〕赖是句：幸赖自己宗枝的人调停护理。　本支：本族的人，这里指七叔父。

〔四〕若敖句：龚氏宗族不致覆灭，祖先神灵不致饥饿，这是靠了七叔父的恩惠。《左传·宣公四年》：“鬼犹求食，若敖氏之鬼，不其馁而？”这是楚国令尹子文的话。子文是若敖氏后裔，他担心子越椒会覆灭自己宗族，所以这样说。馁（něi）：饥饿。怙（hù）：依靠。

〔五〕秀水：旧县名，在浙江北部，辛亥革命后并入嘉兴县。　七叔父:疑即龚绳正,禔身第三子。“七叔父”当系大排行。《国朝杭郡诗三辑》:“龚绳正,字蓉溆,丽正之弟,仁和廪贡生。曾任秀水县校官,后移鄞县训导。”龚守正《季思自定年谱》:“绳正,字从之,嘉兴府秀水县教谕。”

一四五

径山一疏吼寰中〔一〕,野烧苍凉吊达公〔二〕。何处复求龙象力?金光明照浙西东〔三〕。(明紫柏大师刻《大藏》〔四〕,板在径山〔五〕。康熙中,由径山迁嘉兴之楞严寺〔六〕。今什不存四矣。求天台宗各书印本,亦无所得。)

〔一〕径山一疏:明代万历年间,僧人紫柏在径山刻印佛经五千卷。蒋维乔《中国佛教史》:“紫柏(真可)大师念《大藏经》卷帙重多,外间不易得见,因改刻方册,俾易流通。命其弟子密藏、幻予,先后任刊刻之事。贮板于径山寂照庵,世所称《径山藏》是也。”《吴(梅村)诗补注》卷四:“程笺:紫柏大师刻《大藏》方册于吴中,卷帙未半。子晋(按,毛晋)为续之。” 疏:雕刻。此指书籍的雕板。《礼·明堂位》:“殷以疏勺。”疏云:“疏谓镂刻。” 吼寰中:径山刻印《大藏经》的声名,如狮子怒吼,传遍国内。

〔二〕野烧句:如今径山到处是野火烧过的痕迹,我在荒凉的山上凭吊达公和尚。 烧(shào),读去声。放火烧野草。 达公:紫柏字达观,故作者称为达公。

〔三〕何处两句:到哪里再找如龙似象的宏大力量,让佛经的金光明亮照耀浙西、浙东呢？龙象：佛教称修行勇猛有宏大能力的僧人。《智度论》："是五千阿罗汉，于诸阿罗汉中最大力，以是故言如龙如象。" 金光：形容佛法的力量。

〔四〕紫柏：明代僧人，名真可，字达观，俗姓沈，十七岁剃度出家，以后在嘉兴县恢复楞严废寺，在径山刻印《藏经》，到庐山恢复归宗古寺。神宗万历间赴北京，在皇室及大官僚群中活动。万历三十一年，北京忽发生所谓妖书案（有人伪造一书，名《续忧危竑议》，诈称神宗将更换太子），神宗下令全城大搜，紫柏牵连被捕，死于狱中。详见《明史·沈鲤传》及《郭正域传》。又钱谦益《列朝诗集小传·闰集》有传。

〔五〕径山：在浙江馀杭县西北，有东西二径，盘折上山，各长十里许，可通天目山。《舆地纪胜》："径山寺在临安县北五十里，有寺曰能仁禅院。五峰周抱，中有平地。"

〔六〕楞严寺：在嘉兴县城西北二里，始建于宋代，明万历中重建，敕赐《藏经》五千卷。

一四六

有明像法披猖后〔一〕，荷担如来两尊宿〔二〕。龙树马鸣齐现身〔三〕，我闻大地狮子吼〔四〕。（拜紫柏、藕益两大师像〔五〕）

〔一〕有明：明代。 有：语首助词，无义。 像法：佛法。佛教又称像教，故佛法亦称像法。《魏书·释老志》："太延中，凉州平，徙其国人于京邑。沙门佛事皆俱东，像教弥增矣。"《艺文类聚》卷七六江总《建初寺琼法师碑》："荷持像法，汲引人伦，惟此法师，心力备矣。” 披猖：破败、衰落。《北齐书·王晞传》：“人主恩私，何由可保？万一披猖，求退无地。”按，明代佛教衰落，抛弃经义不讲，戒律也不修持，强调“机锋”“棒喝”，走入极端神秘主义，作者对此十分不满，在诗中屡加指摘。

〔二〕荷担如来：把阐扬佛法的责任承担起来。《金刚经》：“则为荷担如来阿耨多罗三藐三菩提。”《五灯会元》卷七：“皎然禅师久依雪峰，峰问师：持经者能荷担如来，作么生是荷担如来？师乃捧雪峰向禅床上。” 尊宿（xiǜ）：年高德劭的人。《观经序分义》：“德高曰尊，耆年曰宿。”

〔三〕龙树：即龙猛，见第三四首注。 马鸣：佛教菩萨之一，居于中印度，出生约在佛灭后五六世纪。先奉婆罗门教，后受胁尊者（一说胁尊者弟子夜奢尊者）感化，改奉佛法。印度大乘佛法得他的阐扬，大为发展。著有《大乘起信论》，成为大乘教派的权威著作。《五灯会元》卷一：“此大士者，昔为毗舍利国王。其国有一类人，如马裸露，王运神力，分身为蚕，彼乃得衣。王后复生中印度，马人感恋悲鸣，因号马鸣焉。”

〔四〕狮子吼：作者以龙树、马鸣比喻紫柏、藕益，认为他两人推扬佛法，如狮子怒吼，群邪慑伏。《狮子吼小经》：“世尊说言：诸比丘，汝等应作狮子吼，曰：是处有沙门，有第二沙门，第三沙门，第四沙门；但无外道得称沙门者。”

〔五〕藕益：明代僧人智旭，字藕益，自号八不道人。生明万历二十七年，少时曾作辟佛论数十篇，十七岁时，读莲池（袾宏）的《自知叙录》、《竹窗随笔》，遂改信佛教。后入径山寺参禅，透悟性相二宗学说，因见律学颓坏，以兴复戒律自任，作《毘尼集要》，又研究天台宗教义。晚年住灵峰，著述达四十馀种。

一四七

道场馣馤雨花天[一],长水宗风在目前[二]。一任拣机参活句[三],莫将文字换狂禅[四]。(示楞严讲主逸云[五]。讲主新刻明人《楞严宗通》一书,故云。)

〔一〕道场:讲道的场所。《大唐西域记》:"证圣道所,亦曰道场。" 馣馤(yǎn ǎi):香气。见《正字通》。 雨花天:天上落下香花。《佛顶心经》:"观世音菩萨说此陀罗尼已,天雨宝花,缤纷乱下。"《法苑珠林》三三:"唐西京胜光寺释道宗,每讲大论,天雨众华,绕旋讲堂,飞流户内,既不委地,久之远去。"

〔二〕长水宗风:长水大师的宗派风格。蒋维乔《中国佛教史》:"华严宗,宋初有长水子璿,即世所称长水大师是也。居长水,说《华严》,其徒多及千人。以贤首教义著《首楞严经义疏》《大乘起信论疏笔削记》等书知名于世。" 宗风:宗派的独特风格。 长水:旧县名。《元和郡县志》:"嘉兴县本长水县,秦为由拳,孙吴时有嘉禾生,改禾兴,后以孙皓父名,改为嘉兴。"即今浙江嘉兴县。

〔三〕拣机参活句:佛教禅宗后期,法师为了启发门徒,把自己的语言说得恍惚迷离,不可捉摸,叫作"机锋语"。机是弩牙,用以发箭;锋是箭锋,比喻锐利。又他们开示门徒时,所用语句绝无意义可通的称为活句,反之便是死句。《林间录》:"洞山初禅师云:语中有语,名为死句;语中无语,名为活句。"作者对这些传教方式极为反对。

〔四〕莫将句:任凭俗僧拣机锋、参活句去吧,我却同意逸云重刻《楞严宗通》,不把文字去换那些狂禅伎俩。　文字:指用文字阐扬佛法。　狂禅:见第七八首注。

〔五〕楞严:佛经名。全称为《大佛顶如来密因修证了义诸菩萨万行首楞严经》。此书在唐、宋、元、明四大佛藏中不收,所以有人认为是唐代房融伪作。但明代僧人袾宏《竹窗随笔》极力为它辩护,说:"有见《楞严》不独义深,亦复文妙,遂疑是丞相房融所作。而考《唐史》,融之才智,尚非柳、韩、元、白之比,何其作《楞严》也?"俞樾《茶香室三钞》十七引《西清笔记》,仍认为西域一向不传此经,是东土人士所著。　逸云:名正感,字念亭,江苏长洲人。弱冠出家,住支硎山中峰寺,能诗,著有《啸云山房诗钞》。

王昶《蒲褐山房诗话》:"念亭住中峰,不与时俗往还,性喜吟咏。吴竹屿爱之,故常造其庐,且于峰前池上,作水平楼以居之。时偕予辈游讌。其诗幽闲澄迴,如染香人身有香气者是也。"

一四八

一脉灵长四叶貂〔一〕,谈经门祚郁岧峣〔二〕。儒林几见传苗裔〔三〕?此福高邮冠本朝〔四〕。(访嘉兴太守王子仁〔五〕。子仁,文肃公曾孙〔六〕,石臞孙〔七〕,吾师文简公子〔八〕。)

〔一〕一脉句:高邮王氏一脉相传,四世都是高官显宦。　灵长:福泽绵长。《广雅·释言》:"灵,福也。"四叶:四世。　貂:貂尾。汉代高级官员冠上用貂尾装饰。《后汉书·舆服志》:"武冠,一曰武弁大冠，诸武官冠之。侍中、中常侍加黄金珰，附蝉为文，貂尾为饰，谓之赵惠文冠。”

〔二〕谈经句：王氏祖孙几代都研究经学，家门名声像山那样高。门祚：家运。《唐书·柳玭传》：“丧乱以来，门祚衰落。” 郁岧峣：深茂高峻。宋之问《灵隐寺》诗：“鹫岭郁岧峣，龙宫锁寂寥。”

〔三〕儒林句：在儒林之中，能够几代都有学者，那是很少见的。苗裔：后代。《离骚》：“帝高阳之苗裔兮。”

〔四〕此福句：高邮王氏这样的福泽在本朝称得上是首屈一指。

〔五〕王子仁：王寿昌，字子仁，江苏高邮人。王引之长子。官嘉兴知府，广西按察使。

〔六〕文肃公：王安国，字书城，王寿昌曾祖。雍正二年殿试第二名及第，官至吏部尚书，谥文肃。

〔七〕石臞：王念孙，字怀祖，号石臞，安国子。乾隆四十年进士，官至永定河道。精音韵学，善校古籍。著《读书杂志》八十二卷，订正先秦古籍如《逸周书》、《战国策》、《管子》、《荀子》、《墨子》及《史记》、《汉书》文字的讹误，每证一字，广引群籍，世称名著；又撰《广雅疏证》三十卷，世称精核。

〔八〕文简公：王引之，字伯申，念孙子。嘉庆四年殿试第三人及第，历官吏部、户部、工部、礼部尚书，卒谥文简。精研经学及小学，著《经义述闻》三十一卷，《经传释词》十卷，解释古籍文字，也称精确。

一四九

祇将愧汗湿莱衣〔一〕，悔极堂堂岁月违〔二〕。世事沧桑心事定，此生一跌莫全非[三]。(于七月初九日到杭州。家大人时年七十有三[四],倚门望久矣[五]。)

〔一〕祇将句:我只有把惭愧的汗水浸湿我这做儿子的衣服。莱衣:春秋时,楚国有老莱子,孝养双亲,七十岁还身穿五彩衣服,作儿童状态。见刘向《列女传》。儒家认为他是孝子的典范之一。作者这里借用,作儿子的衣服解。

〔二〕悔极句:我非常后悔把大好的时光错过了。按,作者这里有两种意思。一是自己的事业毫无成就,白白浪费光阴。一是离开父亲很久,疏于奉侍。　堂堂:形容盛壮。薛能《春日使府寓怀》诗:"青春背我堂堂去。"

〔三〕世事两句:世事如同沧海桑田,变幻不定,我的平生心事已经决定下来;这一次在官场上的闪跌并不完全是坏事情。《后汉书·崔骃传》:"子苟欲勉我以世路,不知其跌而失吾之度也。"

〔四〕家大人:作者父亲丽正,字旸谷,号闇斋,嘉庆元年进士,历官内阁中书、军机章京、江南苏松太兵备道等。著有《三礼图考》、《国语补注》、《两汉书质疑》、《楚辞名物考》。

《国朝杭郡诗三辑》:"闇斋为金坛段茂堂女夫,独得汉学之传,官祠部,入直枢垣,旋典试广西,出守徽州,调安庆,擢苏松太道,权臬司,督理沪关。所得尽赡亲族,解组归田,敝貂粝食,处之泰如。主讲紫阳书院,每勖诸生,必曰:先器识,后文艺。校课綦严,论题辄数百字。著有《国语韦昭注疏》。"

〔五〕倚门望:作者的父亲丽正在道光七年称疾辞官,回杭州主讲紫阳书院,这时正在盼望儿子归来相见。《战国策。齐策》:"王孙贾年十五,事闵王。其母曰:汝朝出而晚来,则吾倚门而望;汝暮出而不返,则吾倚闾而望。"

一五〇

里门风俗尚敦庞〔一〕，年少争为齿德降〔二〕。桑梓温恭名教始〔三〕，天涯何处不家江〔四〕？（家大人扶杖出游，里少年皆起立。）

〔一〕里门句：我家乡的风俗是崇尚敦厚的。　敦庞：朴直淳厚。王符《潜夫论·本训》："淳粹之气，生敦庞之民。"

〔二〕年少句：少年人都争着逊让年老的人。　齿德：年老有德的人。《礼·祭义》："有虞氏贵德而尚齿。"

〔三〕桑梓句：对同乡的长辈温厚恭敬，那是名教的开始。　桑梓：家乡。《诗·小雅·小弁》："维桑与梓，必恭敬止。"　温恭：《诗·商颂·那》："温恭朝夕，执事有恪。"指祭祀时的恭敬态度。　名教：历代儒家都提倡用封建伦理道德进行教育，形成一套封建秩序，称为名教。《晋书·乐广传》："是时王澄、胡母辅之等，亦皆任放为达，或至裸体。广闻而笑曰：名教内自有乐地，何必乃尔？"

〔四〕天涯句：推而广之，在天涯也就同在家乡一样。　家江：家乡。白居易《酬严十八郎中》诗："承明长短君应入，莫惜家江七里滩。"

一五一

小别湖山劫外天〔一〕，生还如证第三禅〔二〕。台宗悟后无来去〔三〕，人道苍茫十四年〔四〕。

〔一〕小别句:短期离开杭州的湖山,对我来说,它仿佛是另一个世界。 劫外天:佛教认为世界由成到坏是一大劫,置身在这劫中世界的就是劫内,反之就是劫外。由于佛教的唯心主义观点,不在自己的生活感觉之中的事物,也可以称为劫外。作者离开杭州后,杭州成为他生活感觉之外的东西,所以可以称是劫外天。

〔二〕生还句:这次生还回来,好像验证了修习禅定时进入第三禅的境界。 第三禅:佛教有所谓四禅定,是佛教徒修习禅功的过程。第三禅是禅定的第三阶段(或境界),据说进入这种境界的人,喜心涌动,但定力还未坚固,因之摄心谛视,喜心即渐消失,于是泯然入定,绵绵快乐,从内发出。《楞严经》:"安隐心中,欢喜毕具,名为三禅。"

〔三〕台宗句:觉悟了天台宗禅理之后,一切事物也就无所谓此来彼去。鸠摩罗什《十喻诗》:"既得出长罗,住此无所住。若能映斯照,万象无来去。"

〔四〕人道句:虽然在人生中我又经历了渺茫的十四年。 人道:佛教把现实世界和空想世界划分为六道,即天道、人道、阿修罗道、畜生道、饿鬼道、地狱道。人道是指现实社会或人生。 苍茫:旷远不分明的样子。十四年:作者在道光六年(1826)离开杭州到北京任职,到现在前后共十四年。

一五二

浙东虽秀太清孱〔一〕,北地雄奇或犷顽〔二〕。踏遍中华窥两戒〔三〕,

无双毕竟是家山[四]。

〔一〕浙东：浙江省以浙江为界，东南面地区称浙东，西北面地区称浙西。浙东包括宁波、绍兴、台州、金华，衢州、严州、温州、处州等地。浙西包括杭州、嘉兴、湖州等地，合称两浙。　清孱：清瘦文弱。

〔二〕北地：指黄河流域以北地区。　犷顽：粗野不驯。

〔三〕两戒：见第三〇首注。

〔四〕无双句：从山川风物来说，毕竟是自己的家乡最好。　家山：唐缺名《东阳夜怪录》："高公乃曰：雪山是吾家山。往年偶见小儿聚雪，屹为峰峦之状，西望故国，怅然。"

按，苏轼《六月廿七日望湖楼醉书》诗："我本无家更安往？故乡无此好湖山。"作者归家，因反其意。

一五三

亲朋岁月各萧闲[一]，情话缠绵礼数删[二]。洗尽东华尘土否[三]？一秋十日九湖山[四]。

〔一〕萧闲：闲得来没有拘束。徐铉《题白鹤庙》诗："满洞烟霞互凌乱，何峰台榭是萧闲？"

〔二〕情话句：充满感情的交谈，彼此把通常的礼节都放开一边。

〔三〕东华尘土：作者在内阁和礼部工作，内阁在紫禁城东华门内，礼部在紫禁城东面，地近东华门。作者往来行走，尘土扑面，所以说"东华尘土"；也含有官场俗气的意思。苏轼《次韵蒋颖叔钱穆父从驾景灵宫》诗:“软红犹恋属车尘”自注:“前辈戏语有西湖风月,不如东华软红香土。”

〔四〕一秋句:整个秋天,十天倒有九天游山玩水。

一五四

高秋那得吴虹生[一],乘轺西子湖边行[二]。一丘一壑我前导[三],重话东华送我情。(时已知浙中两使者消息[四],非吴虹生也。祝其他日使车莅止耳[五]。)

〔一〕吴虹生:见第二六首注。

〔二〕乘轺:轺(yáo):用一匹马拉的车子。《史记·季布传》:“朱家乃乘轺车之洛阳。”索隐:“一马车也。”古代使者出发外地常乘轺车。　西子湖:即杭州西湖。

〔三〕一丘一壑:山势高起的叫丘,低陷下去的叫壑。陆游《乙巳早春》诗:“一丘一壑从来事,起就功名未苦忙。”

〔四〕两使者:指到浙江主持科举考试的正副主考官。清代制度,各省乡试均在礼部会试前一年举行,每省有主考二人,正副各一,规定由朝廷临时简派。通常是八月初一日到达各该省的省会,初六日入闱。道光十九年己亥是恩科乡试年份,作者希望来浙的考官中会有吴虹生在内,但结果落空。考官是奉朝廷派遣出发到各地,也可以称为“使者”。

〔五〕莅止:来到。

按,作者次年有信给吴虹生,希望他“今秋努力,江浙两省为一副考官”。(庚子年是乡试例常举行的年份)是此诗自注中“祝其他日使车莅止”一句的重申。

一五五

除却虹生忆黄子〔一〕,曝衣忽见黄罗衫〔二〕。文章风谊细评度〔三〕,岭南何减江之南〔四〕?(谓蓉石比部)

〔一〕黄子:指黄玉阶。见第二八首注。

〔二〕黄罗衫:蒋防《霍小玉传》记述霍小玉和李十郎相恋,后来分手,长久得不到李的消息,霍小玉因此得病。忽有一天,一个穿黄纻衫的豪客把李十郎送上门来,一家惊喜不置。后人因以“黄衫客”借指豪侠的人。作者曾称黄玉阶“亦狂亦侠”,因此看见黄罗衫就想起他。杜甫《少年行二首》之一:“黄衫年少来宜数,不见堂前东逝波。”黄衫又是隋唐时代少年人的华贵服装。

〔三〕风谊:同风义,指作风和待人态度。 评度:评论、评价。度:读入声。

〔二〕岭南:指广东。黄玉阶是广东番禺人。 江之南:指长江下游以南一带地区。

一五六

家住钱塘四百春〔一〕,匪将门阀傲江滨〔二〕。一州典故闲征遍,撰杖观涛得几人?(八月十八日侍家大人观潮〔三〕)

〔一〕家住句:我家从祖先定居杭州到如今已有四百年。　钱塘:旧县名,明清为杭州府治,辛亥革命后废,即今杭州市。按,龚氏先世自北宋末年从北方南下,初住馀姚,再迁钱塘。作者称"四百春",上溯当在明英宗正统年间,即十五世纪四十年代。

〔二〕匪将句:并不是把我家的门阀向杭州人夸耀。　门阀:封建时代重视族姓的来源,祖上有高官显宦的,称为门阀之家。　江滨:钱塘江边。

〔二〕一州两句:把杭州的遗文旧事全部征引来看,能够侍奉父亲观潮的,在门阀之家有多少人呢?撰杖:拿起拐杖。《礼·曲礼》:"侍坐于君子,君子欠伸,撰杖履。"

〔三〕八月十八日:钱塘江的海潮,是自然界伟观之一。每年以八月潮势最盛。潮来时,推浪如山,潮头高达数丈,喧怒奔腾,气势宏伟。八月观潮成为杭州人的盛会。吴自牧《梦粱录》:"每岁八月内,潮怒胜于常时,都人自十一日起,便有观者;至十六十八日,倾城而出,车马纷纷,十八日最为繁盛,二十日则稍稀矣。"这是南宋时情况。范祖述《杭俗遗风》:"候潮门外至闸口,沿江十里,均可观涛。八月十八日为潮神生日,前后三日均有潮汛。始起之时,微见远处如白带一条,迤逦而来,顷刻波涛汹涌,水势高有数丈,满江沸腾,真乃大观。"这是清代的情况。

一五七

问我清游何日最?木樨风外等秋潮〔一〕。忽有故人心上过〔二〕,乃是虹生与子潇。(吴虹生及固始蒋子潇孝廉也〔三〕。)

〔一〕木樨句：在桂花香气之外等候秋潮到来。木樨：《杭州府志·物产》："木犀有黄红白三色，天竺山多有之。西溪十八里皆行山云竹霭中，衣袂尽绿。桂树大者两人围之不尽，树下花覆地如黄金。山中人缚帚扫花售市上，每石当脱粟之半。"又云："天竺桂花六出，他处所无。"梁绍壬《两般秋雨庵随笔》一："杭人观潮，例于八月十八日……阮芸台（按，阮元）宫保为浙江监临（乡试总负责人），于行台中题一联云：'下笔千言，是槐子黄时，木犀香候；出门一笑，正西湖月满，东海涛来。'"作者此句似含有联中意思，所谓"风外"，暗指自己早已置身于科场之外。　等：等待。高士奇《天禄识馀》："北人土语以候为等，诗人未有用者。范石湖《州桥》诗云：'州桥南北是天街，父老年年等驾回。'用等字亦新。"

〔二〕心上过：想起来的意思。

〔三〕蒋子潇：蒋湘南，字子潇，河南固始人，道光十五年举人，曾入江督、河督幕府，晚年主讲关中书院，修辑《全陕通志》。著有《周礼考证补注》、《七经楼文钞》、《春晖阁诗钞》。

夏寅官《蒋湘南传》："先生之学，自经史、象纬、历律、舆地、农田、礼制、兵刑、名法以及释道两藏，一一寻源沿流，究其得失。学博故见无不大，识精故论无不平，气盛故辞无不达，诚大河南北之巨儒也。"又云："蒋先生少即负盛名。道光戊子（1828），仪征张椒云典河南乡试，将行，往辞阮文达（按，阮元）。文达曰：中州学者，无如蒋子潇，摸索不得，负此行矣。椒云欲请其详，会客至不得言。既至河南，亦不敢问人。私念公所称必好古士，因诫同考官：文有异，虽拙傲，无弃。久之得一卷，文甚瑰玮而不中程，众皆怪笑。椒云强置之榜末。启封，则蒋湘南也。

林文忠(按,林则徐)尝笑椒云曰:吾不意汝竟得一大名士为门生。其为名公卿宿儒所推重如此。”按,椒云即张集馨。薛福成《前陕西按察使权巡抚事张公墓志铭》有云:“公讳集馨,字椒云,扬州仪征人。公以道光九年进士,改翰林,授编修,屡充湖北、河南副考官。”据此,道光八年戊子,张未成进士,何得充考官?夏寅官的“道光戊子”应是道光乙未之误。

锺骏声《养自然斋诗话》:“固始蒋子潇(湘南),邃于经学,其《七经楼文钞》于象纬、舆地、水利、韬略之说靡不精究,乃其《春晖阁诗》皆卓然可传。先生自言初学三李,后师杜、韩,久乃弃各家,而为一己之诗。”

孔宪彝《对岳楼诗续录·怀蒋子潇》诗云:“气盛工文辞,心雄克担荷。不为幕府客,能参定公坐(自注:龚定庵别号定公)。光山多高贤(自注:谓刘侍御光三),试挽中流柁。”

一五八

灵鹫高华夜吐云〔一〕,山凹指点旧家坟〔二〕。千秋名教吾谁愧?愧读羲之誓墓文〔三〕。(表弟吴鹭云,先世丙舍在灵鹫下〔四〕,绘图乞一诗。时予不至先慈殡宫十四年矣〔五〕。)

〔一〕灵鹫句:灵鹫山高峻瑰丽,夜间吐出云气。　灵鹫:杭州灵隐山东南有飞来峰,又叫灵鹫峰。《杭州府志·山水》:“飞来峰在灵隐山东南,亦名灵鹫峰。”又:“咸和元年,西僧慧理登兹山云:佛在世日多为仙灵所隐,今此亦复尔耶!因挂锡造灵隐寺,号其峰曰飞来。”　夜吐云:夜间云气郁勃,有如从山中吐出。

〔二〕山凹句:吴鹭云的祖坟就在灵鹭山的低处。

〔三〕千秋两句:从封建名教的观点来说,我是有所惭愧的,惭愧就在不能像王羲之那样守着母亲的坟墓。　名教:见第一五〇首注。　誓墓文:东晋书法家王羲之任会稽郡守时,听说扬州刺史王述要来检查他的工作,因他平时瞧不起王述,于是称病辞官,在父母墓前自誓,表示不再出山。誓词中有"自今之后,敢渝此心,贪冒苟进,是有无尊之心而不子也"的话。朝廷因他誓词坚决,也就不再找他。见《晋书·王羲之传》。

〔四〕丙舍:坟墓前的建筑物,又叫墓堂。

〔五〕殡宫:墓地。

一五九

乡国论文集古欢〔一〕,幽人三五薜萝看〔二〕。从知阆苑桃花色,不及溪松耐岁寒〔三〕。(晤曹葛民籀〔四〕、徐问蘧楙〔五〕、王雅台熊吉〔六〕、陈觉庵春晓诸君〔七〕。)

〔一〕乡国:家乡。王勃《春思赋》:"盛年耿耿辞乡国,长路遥遥不可极。"　古欢:清人王士祯曾著《古欢录》,记述从上古到明代在乡隐居的知识分子。作者因此称曹等是"古欢"。

〔二〕幽人:隐居的人。杜甫《伤春五首》之五:"春色生烽燧,幽人泣薜萝。"　薜萝:薜:薜荔。　萝:女萝。都是山野常见的蔓生植物,喻隐者之衣。《楚辞·九歌·山鬼》:"若有人兮山之阿,被薜荔兮带女萝。"又借指隐者住处。参见第一一六首注。

〔三〕从知两句:从而知道仙界中的桃花也是暂时好看,及不上山溪中的老松更能耐受寒冷。　阆苑:传说仙人居住的地方,这里借指在科举场中得意的人。参见第九三首注。　桃花色:比喻表面的热闹繁华。　溪松:借指隐居的人。　耐岁寒:经得起考验。这里包括生活上和友情上的。

〔四〕曹葛民:曹籀,原名金籀,字葛民,一字竹书,号柳桥,浙江仁和人,秀才。与魏源、龚自珍交谊甚好。同治间曾辑印《定庵文集》,即后人所称的吴刻本。

潘衍桐《缉雅堂诗话》:"柳桥与龚璱人交好,性耽禅悦,设维摩经会。好金石文字。有《读汉书西域传乐府》十二首致佳。所嗜均如璱人。著有《古文原始》、《春秋钻燧》、《籀书内外篇》、《石屋释文》、《蝉蜕集》、《无尽镫词》。"

马叙伦《读书续记》二:"《籀书》内篇二卷,外篇二卷,续篇四卷,曹籀撰。籀字葛民,仁和人,与戴醇士先生及先外祖邹蓉阁先生,皆红亭诗社中人也。亦与龚定庵交善。其学自谓学定庵者。著书八九种,余但得此书及《春秋钻燧》耳。先生学自今文家言入,故思想多解放,不为绳墨所制。然乾嘉风气渲染于艺林者至深,故先生亦不能尽去其习,喜谈文字语言之学,而穿凿附会强作解人者,随处皆是。盖是时颇有以金石文字说六书者,顾不明六书大例,又不精研金石文字源流,故适蹈元、明人妄习。"

〔五〕徐问蘧:徐楙,字仲繇(一作仲勉),号问蘧,别号问年道人,钱塘人。精研金石篆刻,工篆书、隶古。

《国朝杭郡诗三辑》:"问蘧广见博闻,搜奇嗜古,金石之录,古器之评,莫不真赝鉴别。所藏吉金极富,父癸爵、周应公鼎,尤著珍秘。"

〔六〕王雅台:王熊吉,原名积诚,号雅台。王仁子,钱塘人,道光十一年举人,曾官嵊县教谕。

〔七〕陈觉庵:陈春晓,字杏田,号觉庵,又号望湖,钱塘廪贡生。著有《晚晴书屋诗钞》、《觉庵续咏》、《风鹤吟词》等。

《国朝杭郡诗三辑》:"觉庵为果斋刺史之孙,煦林孝廉之子,孝廉殁于都下,只身扶榇归里。历游粤、楚、吴、皖,奉母教弟,备尝艰苦,其孝友有足称者。"

一六〇

眼前石屋著书象〔一〕,三世十方齐现身〔二〕。各搦著书一枝笔〔三〕,各有洞天石屋春〔四〕。(葛民以画象乞题,为说假观偈〔五〕。)

〔一〕石屋:佛教徒凿石为室,供奉诸佛。中国著名的如敦煌石室、龙门石窟等均是。杭州九曜山也有一个石屋洞。曹籀曾将其著述合刻为《石屋书》。翟灏《湖山便览》:"石屋洞在石屋岭下,高敞虚明,衍迤二丈六尺,状如轩榭。壁上周镌罗汉五百十六身,中间凿释迦佛诸菩萨像。"《名胜志》:"九曜山在南屏之西,又西南过太子湾,折而南为石屋洞,高敞虚明,衍迤二丈六尺,状如轩榭,可佈几筵,其底邃窄通幽。"清陆以湉《冷庐杂识》卷一:"石屋洞宽广三丈,深丈许,中凿释迦佛诸菩萨像,四壁镌罗汉五百馀……题壁诗大半剥落不可读,惟道光二十年郡人曹籀隶书铭十三字,尚可辨识,云:嵚崟兮石屋中,有素书兮留我读。"

〔二〕三世十方:佛家以过去、现在、未来为三世;八方加上下为十方。

《华严经·普贤三昧品》:“普能包纳十方法界,三世诸佛智光明海,皆从此生。” 齐现身:指一个形象化成无数形象,充满于时间空间之中。按,这是佛教天台宗、华严宗的所谓“假观”。华严宗创始人法藏为了证明“一即一切”“一切即一”的唯心主义观点,曾想出一个办法:“取鉴(镜)十面,八方安排,上下各一,相去一丈馀,面面相对,中安一佛像,燃一炬以照之,互影交光。学者因晓刹海涉入无尽之义。”(《宋高僧传》卷五)这便是“十方齐现身”,由一可以出现无数,以此证明一切都是“假观”。

〔三〕搦(nuò):拿起。

〔四〕洞天:道家认为是神仙居住的地方。《茅君内传》:“大天之内,有地之洞天三十六所,乃真仙所居。”这里作为石屋的修饰词。

〔五〕假观偈:佛教龙树宗(空宗)把空观、假观、中观称为三谛。所谓“假观”,即认为客观世界不过是心中造成的假象,并非真实的。参看第二二、二二六首注。 偈(jì):梵文偈陀的简称,义译为颂。通常每偈四句,为佛教文体之一。

一六一

如何从假入空法〔一〕?君亦莫问我莫答。若有自性互不成,互不成者谁佛刹〔二〕?(为西湖僧讲《华严》一品竟,又说此偈。)

〔一〕从假入空:天台宗教徒的“观心”修证过程之一。“从假入空”是修证的第一阶段。天台宗创立人智𫖮在其《修习止观坐禅法要》中说:“能了知一切诸法皆由心生,因缘虚假不实故空,即不得一切诸法名字相,则体真止也。尔时,上不见佛果可求,下不见众生可渡，是名从假入空观，亦名二谛观。”作者在《简炼法》一文中也有类似的话：“何谓先后？从念入于无念，从生悟于无生，此先假后空也。知无可念，而炽然念；知无所生，而炽然生，此先空后假也。”大意是把根源于客观世界的一切念头都收敛起来，脑子里什么都不想，就叫“从假入空”。《艺文类聚》梁孝绰《栖隐寺碑》：“未能照彼因缘，体兹空假，祛洗累惑，摈落尘埃。”

〔二〕若有两句：这两句是申述《华严》的哲理。唐代华严宗的创始人法藏提出一个观点，即“互相遍应”，或称“互遍相资”。意思是：“事相”（世界客观事物）彼此之间有普遍的联系性，称为“互性”；但由于有这种“互性”，事物便不能有“自性”（自己的本质属性）。他们的理由是“自性”如果存在，便不能出现互相联系，因为事物的每个“自一”，仅仅是在它和“多一”（无数一的总和）的相互关系中才能出现，所以“自性”是没有的。《华严策林》说：“大必收小，方得名大；小必容大，乃得小称。各无自性，大小所以相容。”作者在《礼龙树斋结鬘都序》中也说：“惟无自性，乃有互性。”他们之所以提出这种观点，是由于认为种种“事相”都是由“心”所生，根本不肯承认客观事物会有自己的属性。这其实是主观唯心主义者在相对与绝对问题上所玩弄的诡辩。

按，此诗大意是：在修炼时如何“由假入空”，你不要问，我也不答。因为你的问表现为一种“自性”，我的答也表现为一种“自性”，各有自性的结果便是“互不成”（没有互性，一切不成）。如果“互不成”，那算什么“佛刹”（佛土，引申为佛的教义）呢？

一六二

振绮堂中万轴书〔一〕，乾嘉九野有谁如〔二〕？季方玉粹元方死〔三〕，握手城东问蠹鱼〔四〕。（汪小米舍人死矣〔五〕！见其哲弟又村员外〔六〕。）

〔一〕振绮堂：清代著名私人藏书室，创始于乾隆年间的汪宪。汪字千陂，号鱼亭，官刑部员外郎，生平喜爱藏书，建振绮堂作藏书室。子孙数代陆续增加收藏，成为浙江一大藏书家。传世有《振绮堂书目》。　《杭州艺文志》："振绮堂书目五卷，刑部主事汪诚十村撰。诚祖宪有书录十卷，父璐有题识五卷，子迈孙有简明目二卷。此五卷最为详括。"《国朝杭郡诗三辑》："小米中翰昆仲六人，皆善继先志，振绮堂藏书富甲一郡，复多方购求以益之。当咸丰间，守已五世。辛酉之难，始遭兵劫。较之小山赵氏、瓶花吴氏，则已传守过之矣。"

〔二〕乾嘉九野：乾隆、嘉庆年间的中国。《后汉书·冯衍传》："疆理九野，经营五山。"注："九野谓九州之野。"

〔三〕季方句：东汉陈寔有两个儿子，长子陈纪，字元方；幼子陈谌，字季方，都很有才华。陈寔有"元方难为兄，季方难为弟"的评论。作者拿元方、季方比拟汪氏兄弟。　玉粹：像玉那样精纯。

〔四〕问蠹鱼：问汪家藏书情况。蠹鱼是蛀书之虫，"问蠹鱼"相似于问人家无恙。

〔五〕汪小米：汪远孙，字久也，号小米，又号借闲漫士。汪宪曾孙，汪诚长子，浙江钱塘人，嘉庆二十一年举人。著有《诗考补遗》、

《汉书地理志校勘记》、《借闲生诗词集》等。妻梁端及继室汤漱玉均有著作,合刊为《振绮堂遗书》。

胡敬《内阁中书汪君墓志铭》:"先是,千陂公(按,汪宪)性耽插架,多善本,甲乙编排,丹黄多所手定。吾乡之藏书家,若赵氏小山堂,吴氏瓶花斋,杭、厉(按,杭世骏、厉鹗)辈所借观珍惜者,今皆散佚不存。惟振绮堂所藏,岿然具在。孔皆公(按,汪诚)以君之嗜学也,病中指楹书示曰:他日以畀汝。君著书务为根柢之学,排日读《十三经注疏》,以心得者著为考异。又以抱经堂释文多讹缺,欲为补正,功虽未竟,其宗尚已可概见。近人于注疏,能守一经终业者已鲜,矧全经考其异耶? 卢氏释文,本于注疏,脱误处所载已大半增改。近人读不终篇,倦而弃去,矧全帙加以补正耶?"又云:"吾乡志乘,以南宋咸淳《临安志》为最古,君重雕以广其传。他若厉樊榭《辽史拾遗》、《东城杂记》,梁处素《左通》,汪选楼《三祠志》,俱次第梓行,以及亡友诗文,代为校刊者,难以悉数。"

王端履《重论文斋笔记》卷二:"小米振绮堂藏书最富,予曾向借抄孙逢吉《职官分纪》,双行细字,凡二年方得蒇事。卒前数日,尚有书来招余泛棹西湖,作文酒之会。余答言,年已老矣,怕见江波之恶,此事恐难知也。未几而讣音至。故予挽以联云:何时重到西湖,此事谁知,尺素往还成谶语;少日名驰秋水,先生长往,汗青零落剩遗书。"

〔六〕又村员外:汪适(Kuò)孙,字亚虞,号又村,诚次子,候选州同。著有《甲子生梦馀词》,辑有《清尊集》十六卷。

钱泰吉《甘泉乡人稿》卷九:"钱唐汪小米舍人远孙,与余有校史之约,惜其早世,未能成。小米所校《汉书地理志》极精审,与大兴徐星伯松《西域传补注》可以并传。其于《国语》用力尤深,尝辑贾氏逵、虞氏翻、唐氏固之说为《三君注辑存》,而以王氏肃、孔氏晁两家附焉,凡四卷;于韦氏注,则解讹者驳之,义缺者补之,辞意有未昭晰者详说之,搜辑旧闻,博求通语,苟可明者,皆收录焉,为《发正》二十一卷。又以公序本校明道本,凡他书所引之异同及诸家所辨之异字,亦皆慎择而采取之,为《明道本考异》四卷。岁丙申(道光十六年)小米即世,其弟亚虞,延硕甫(按,陈奂)于家,为编定遗草。硕甫亦得自定所撰《毛诗疏》,皆亚虞主之也。癸卯冬(道光二十三年),亚虞又殁;小米之子曾撰,年少好学,岁甲辰(道光二十四年)又卒。硕甫感念故交,不负委任,力为小米编定所著书,阅数年而成。亚虞之弟少洪,乃延吴门蒋芝生为缮写授梓。亚虞名适孙,少洪名迈孙,皆与予善。少洪今亦下世,其子曾本,于辛亥(咸丰元年)得乡举。"

一六三

与吾同祖砚北者(先曾祖晚号砚北老人)〔一〕,仁愿如兄壮岁亡〔二〕。从此与谁谈古处?马婆巷外立斜阳〔三〕。(吊从兄竹楼)

〔一〕同祖:这里是同一曾祖的意思。　砚北老人:龚斌,初名镇,字典瑞,号砚北,又号半翁,邑增生。作者的曾祖。著有《有不能草》。

〔二〕仁愿:敦诚谨重,宽厚爱人。　壮岁:三十岁为壮。

〔三〕马婆巷:在杭州东城。吴自牧《梦粱录》卷十四《仕贤祠》:"昭贶庙……又有行祠在马婆巷,名安济庙。"梁绍壬《两般秋雨庵随笔》卷五："马坡巷，近东花园，为上马坡；北抵清泰门，为下马坡。旧名马婆巷。盖巷犹南宋时名也。见厉樊榭《东城杂记》。"按，作者祖父敬身在此置有住宅，作者就在此宅出生。

立斜阳：此时住宅已售与他人，作者重到马婆巷，想念往事，追忆从兄竹楼，感触很深，在巷外久立不忍离开。

一六四

醰醰诸老惬瞻依〔一〕，父齿随行亦未稀〔二〕。各有清名闻海内〔三〕，春来各自典朝衣〔四〕。（时乡先辈在籍〔五〕，科目〔六〕、年齿与家大人颉颃者五人〔七〕：姚亮甫〔八〕、陈坚木两侍郎〔九〕，张云巢鹾使〔一〇〕，张静轩〔一一〕、胡书农两学士〔一二〕。）

〔一〕醰醰句：诸位老辈情味深厚，使人在接近时感到惬意。　醰醰（tán tán）：醇雅深厚。一般用以形容学术或文艺的造诣。　惬：满足。　瞻依：《诗·小雅·小弁》："靡瞻匪父，靡依匪母。"笺："此言人无不瞻仰其父取法则者，无不依恃其母以长大者。"

〔二〕父齿句：同我父亲差不多年纪的人也还不少。　父齿随行：按年龄排列叫"齿"。《礼·王制》："父之齿随行。"意说，对于同父亲差不多年纪的前辈，自己要随后而行，不可超越。

〔三〕清名：清高的声望。

〔四〕典朝衣：比喻生活清贫而又萧闲。杜甫《曲江》诗："朝回日日典春衣，每向江头尽醉归。酒债寻常行处有，人生七十古来稀。"

〔五〕乡先辈：同乡而又比自己老一辈的人。《仪礼·士冠礼》郑注："乡先生，乡中老人为乡大夫致仕者。"　在籍：指致仕回原籍者。

〔六〕科目:科举出身。

〔七〕颉颃(xié háng):不相上下。《诗·邶风·燕燕》:“燕燕于飞,颉之颃之。”

〔八〕姚亮甫:姚祖同,字秉璋,一字亮甫,钱塘人,乾隆四十九年召试,赐举人,授内阁中书。历官河南、山西、直隶布政使,安徽、河南巡抚等。道光十一年以左副都御史休致。

〔九〕陈坚木:陈嵩庆,原名复亨,字复庵,号荔峰,一号坚木,钱塘人,嘉庆六年进士,官翰林院仕讲学士,迁内阁学士,礼部右侍郎,吏部左侍郎。道光十六年因病免职。

《国朝杭郡诗三辑》:“(嵩庆)生平作文思如泉涌,尤擅八法,以书法名噪海内。”

陈康祺《郎潜纪闻》:“嘉庆某年,御制观龙舟诗,命词臣赓和,众皆窘于‘水嬉’嬉字韵,独钱唐陈太史嵩庆句云:‘万国鱼龙呈曼衍,九重珠玉戒荒嬉。’盖上方以黜奢崇俭示廷臣也。”

〔一〇〕张云巢:张青选,字商彝,号云巢,广东顺德人,乾隆五十四年举人,由知县历官福建按察使,两淮盐运使,湖北按察使。著有《清芬阁诗集》。

张维屏《听松庐文钞》:“(张)公壬辰(道光十二年)入都,选浙江金华衢严道,引见,奉旨以原品休致。南旋寓浙。辛丑(道光廿一年)迁寓苏州。”

〔一一〕张静轩:张鉴,字星朗,号静轩,仁和人,嘉庆六年进士,历官山东道、河南道御史,户科给事中,升内阁侍读学士。道光十八年归里,二十八年卒,年八十一。

〔一二〕胡书农:胡敬,字以庄,号书农,仁和人,嘉庆十年进士,由庶吉士授编修，官至翰林院侍讲学士。著有《崇雅堂文集》、《证雅》。《杭州府志》："胡敬，字书农，嘉庆十年会试第一，历充武英殿文颖馆纂修，《全唐文》、《治河方略》、《明鉴》总纂，所辑皆精审。《唐文》小传出敬手者为多。《进唐文表》凡数千言，典核堂皇，为生平杰作。仁宗耳其名，每有制敕碑版文字，辄传旨命胡敬拟撰。入直懋勤殿，编纂《秘殿珠林》、《石渠宝笈》三编。时溽暑，内监捧卷轴，仓卒展视，敬衣冠端立谛视，执笔录其文，记载尺寸、印章，日至百十卷，未尝偶误。"

《国朝杭郡诗三辑》："胡书农深于词赋之学，袁随园有乾坤清气得来难之誉。以赋水仙花受知于阮文达。主崇文书院二十馀年。"

一六五

我言送客非佛事〔一〕，师言不送非佛智〔二〕。双照送是不送是〔三〕，金光大地乔松寺〔四〕。（重见慈风法师于乔松庵〔五〕。叩以台宗疑义，聋不答。送予至山门，予辞。师正色曰：是佛法）。

〔一〕非佛事：不是佛家人应做的事。

〔二〕非佛智：不是佛家人的宗旨。

〔三〕双照句：佛家说法：破法归空叫遮，存法观义叫照。这里的双照意指同时看到。《宗镜录》："破立一际，遮照同时。"照天台宗的说法，遮就是空观，照就是假观，要同时看到空假二谛，即空即假，便进入中道。句意是说，关于送客的问题，可以说送也是，不送也是；送也非，不送也非，要同时看到这两层道理。

〔四〕金光句:佛家常借金光比喻法性湛深。《大集经》:“菩萨有八光明,能破诸暗。”句意说,这样一来,佛教的道理就在乔松寺大放光芒了。

〔五〕慈风:杭州僧人,作者称他“深于相宗”。相宗即法相宗,又称唯识宗,唐玄奘传入中国。此宗主张在现实世界之上还有一个圆满的超现实世界,属于佛教客观唯心主义一派。　乔松庵:在杭州城东。

一六六

震旦狂禅沸不支〔一〕,一灯慧命续如丝〔二〕。灵山未歇宗风歇〔三〕,已过庞家日昔时〔四〕。(钱△庵居士死矣〔五〕!得其晚年所著《宗玺》二卷。)

〔一〕震旦:见第三四首注。　狂禅:见第七八首注。　沸不支:狂沸的程度无可计量。　支:计量。《后汉书·窦宪传》:“士有怀琬琰以就猥尘者,亦何可支哉!”又有抗拒义。《后汉书·郭泰传》:“天之所废,不可支也。”

〔二〕一灯:佛教徒认为佛法能破众生昏暗,因此拿灯比喻。《大智度论》:“汝当教化弟子,弟子复教馀人,展转相教,譬如一灯复燃馀灯,其明转多。”　慧命:智慧的性命。《四教仪》:“末代凡夫于佛法中起断灭见,夭伤慧命,亡失法身。”

〔三〕灵山:释迦牟尼说《法华经》的地方,在中印度摩揭陀国灵鹫山。　宗风:宗派的风貌。《传灯录》:“师唱谁家曲,宗风嗣阿谁?”

〔四〕庞家日眚:《传灯录》:“襄州居士庞蕴,一女名灵照,居士将入灭,令灵照出视日早晚,及午以报。女遽报曰:日已中矣,而有蚀也。居士出户观次,灵照即登父座,合掌坐亡。居士笑曰:我女锋捷矣。于是更延七日。”按,庞蕴,字道元,唐衡阳人,家居襄阳。为修炼佛法,将珍宝数万投入湘江。临终时,刺史于頔前往问病,庞蕴对他说:“但愿空诸所有,慎勿实诸所无。” 眚(shěng):白内障病。日眚就是日蚀。《左传·庄公二十五年》:“非日月之眚不鼓。”此诗后两句是慨叹钱△庵的宗教风貌消失,自己回来时他已经逝世。

〔五〕钱△庵:佛学居士,字东父,杭州人,生平未详。魏源《古微堂诗集》有《武林纪游呈钱伊庵居士》诗。魏季子《羽琌山民轶事》:“山民学佛,主持咒及天台法华宗旨,詈禅学,尝谓是不识字髡结所为。慈风讲师、钱伊庵居士屡诃之。”钱伊庵即此人。△:音伊,佛经中的字。宋释法云《翻译名义集》卷五引《哀叹品》:“云何名为秘密之藏,犹如伊字三点。若并则不成伊,纵亦不成。如摩醯首罗面上三目,乃得成伊。三点若别,亦不成伊。”又卷六“△”字注引章安跋云:“言伊字者,外国有新旧两伊。旧伊横竖断绝相离,借此况彼,横如烈火,竖如点水,各不相续。不横不同烈火,不竖不同点水。应如此方草‘下’字相。细画相连,是新伊相。”意说∴是旧字,△是新字。作者《蒙古字类表序》亦云:“如大涅槃之△字,又△̈字,隋章安顶师强音之以伊字。”

按,△:同治七年吴刻本、光绪二十九年文瑞楼刻本及龚橙删定本均同。光绪万本堂刻本作“△”。成都官书局光绪刻本误作“人”。

王文濡校编本阙作“□”。王佩诤校本初版迳省去。《四部备要》据通行本排印又改作“[illegible]”,更不知何据。

一六七

曩向真州订古文,飞龙滂熹折纷纭〔一〕。经生家法从来异〔二〕,拓本模糊且饷君〔三〕。(在京师,阮芸台师属为齐侯中罍二壶释文〔四〕。兹吾师觅六舟僧手拓精本〔五〕,分寄徐问蘧〔六〕,属别释一通。因柬问蘧。)

〔一〕曩向两句:从前阮元考订古代文字的时候,我曾把关于《飞龙》和《滂喜》的争论加以解决。　曩向:同向曩,从前。《汉书·司马迁传注》:“向曩,昔时也。”　真州:指阮元。阮是江苏仪征人,仪征旧称真州。作者在此只称阮的籍贯。参见第一〇九首注。　古文:指殷周铜器上的古文字。阮元对铜器碑板文字很有研究,著有《两浙金石志》、《山左金石略》、《积古斋钟鼎彝器款识》等。　折纷纭:解决争执。　折:判断是非。飞龙:东汉崔瑗的小学著作,有《飞龙篇篆草势合》三卷(见《新唐书·艺文志》)。按《后汉书·崔瑗传》作《草书势》,《隋书经籍志》又作崔瑗《飞龙篇》。　滂熹:一作滂喜,东汉贾鲂撰的字书,名《滂喜篇》。后人以《苍颉》为上篇,《训纂》为中篇,《滂喜》为下篇。即所谓《三苍》。关于作者“折纷纭”事,未详。

〔二〕经生句:研究经学的人各有各秉承的“家法”,彼此从来就是不同。暗示研究古文字也各有不同的家法。　经生:研究儒家经籍的人。这里是作者自比。　家法:见第六三首注。

〔三〕拓本句:我的拓本虽然不太清楚,姑且送给你作为参考吧。饷:赠送。

〔四〕齐侯中罍二壶:周代铜器,共两器。一称齐侯中罍,铭文一百四十四,旧藏苏州曹氏怀米山房。一称齐侯罍,铭文一百六十八,旧藏阮氏积古斋,又称为齐侯女罍壶或齐侯罍壶。阮元有《齐侯罍歌》,述此器甚详。其序略云:"此罍铭在腹内,十九行一百六十八字,乃齐侯铸赐田洹子及其妻孟姜之器……铭辞有奉齐侯受命于天子曰尔期璧玉乐舞壶鼎鼓钟用缀尔大舞铸尔斯钘用御天子之吏洹子孟姜用祈眉寿等字,语工字古,铜坚而黝,色泽绝似焦山之鼎。余昔购之安邑宋氏。"

〔五〕六舟僧:僧人达受,字六舟,又字秋檝,号退叟,浙江海昌(盐官)人。俗姓姚氏,年少出家。精六书、章草,善画梅。生平搜罗金石甚富。著有《祖庭数典录》、《六书广通》、《两浙金石志补遗》。

陆以湉《冷庐杂识》四:"杭州近日诗僧,首称海宁六舟达受,工草书、墨梅,尤精金石篆刻。阮文达公称为金石僧。"

〔六〕徐问蘧:见第一五九首注。

按,吴荣光《筠清馆金文》载齐侯罍释文,作者同阮元释文很多不同。如阮释作罍,龚则释为䨻,说是齐侯名字。阮释作子黄,龚释作邑董。阮释作釦,龚释作钘之类。难怪阮元要请徐另释一通,而作者也自称家法不同。

一六八

闭门三日了何事〔一〕?题图祝寿谀人诗〔二〕。双文单笔记序偈〔三〕,

笔秃幸趁酒熟时[四]。

〔一〕了何事:做完了哪些事情?

〔二〕题图:在画上题字。　祝寿:写祝寿的应酬文章。　谀人诗:写恭维人家的诗。

〔三〕双文:骈体文。因为句子是对偶的,所以称为“双文”。　单笔:散文。古称不用韵的散文为“笔”。　记、序、偈:三种文体。记:记事文。《金石例》:“记者,纪事之文也。”　序:叙述或带议论性的文章。《文体明辨序说》:“《尔雅》云:序,绪也。言善叙事理次第有序,若丝之绪也。其为体有二:一曰议论,二曰叙事。”　偈:见第一六〇首注。

〔四〕笔秃句:笔虽然脱了毛(意思是文章写得不好),幸而还趁点酒意。

一六九

劘之道义拯之难[一],赏我出处好我书[二]。史公副墨问谁氏[三]?屈指首寄虬髯吴[四]。(欲以全集一分寄虹生,未写竟。)

〔一〕劘之句:吴虹生常用道义来勉励督促我,又拯救我的危难。劘(mó):同磨,切磋磨砺。

〔二〕赏我句:欣赏我出仕归隐的态度,又爱好我写的文章。

〔三〕史公句:太史公书的副本,该赠给谁呢?　史公:汉代史家司马迁。这里是作者自指。　副墨:副本。《史记·太史公自序》:“藏之名山,副在京师。”指将自己的著作藏在名山,另把一份副本放在京都。　问：赠送。《诗·郑风·女曰鸡鸣》："杂佩以问之。"

〔四〕屈指句：扳着指头数一数，首先应该寄给大胡子老吴。　虬（qiú）髯：络腮胡子。

一七〇

少年哀乐过于人，歌泣无端字字真[一]。既壮周旋杂痴黠，童心来复梦中身[二]。

〔一〕少年两句：我少年时代，不论悲哀还是快乐，表现都比别人强烈。无端的高歌和哭泣，一字一句都是十分真实的。作者《琴歌》有云："之美一人，乐亦过人，哀亦过人。"亦是自指此事。　歌泣：这里主要是指言论和文章中表现的强烈感情。嘉庆二十二年，作者自编文集，题名《伫泣亭文集》，便寓有歌泣之意。

〔二〕既壮两句：三十岁以后，周旋于官僚群中，少年的锋芒收敛起来，还夹杂些假痴呆和小狡猾。那颗童心，只能在梦中恢复。　童心：真纯的心灵。《左传·襄公三十一年》："于是昭公十九年矣，犹有童心。"李贽《童心说》："夫童心者，真心也……最初一念之本也。若失却童心，便失却真心；失却真心，便失却真人。人而非真，全不复有初矣。"　来复：恢复。《易·复》："七日来复，利有攸往。"

一七一

猰㺄猰㺄厉牙齿[一]，求覆我祖十世祀[二]。我请于帝诅于鬼[三]，亚驼巫阳莅鸡豕〔四〕。

〔一〕猰貐(yà yǔ):传说中的吃人恶兽。《尔雅·释兽》:“猰貐,类貙,虎爪,食人,迅走。” 厉:磨利。

〔二〕求覆:企图覆灭。 十世祀:十代的祭祀。覆祀等于灭族,在封建社会是犯了极大的罪的惩罚。

〔三〕请于帝:向上帝投诉。《左传·僖公十年》:“狐突适下国,遇太子,太子使登仆而告之曰:夷吾无礼,余得请于帝矣,将以晋畀秦,秦将祀余。” 诅于鬼:向鬼神诅祝,请鬼神对那人降以灾祸。 诅:向鬼神请求加祸。《书·无逸》:“否则厥口诅祝。”疏:“诅祝,谓告神明令加殃咎也。以言告神谓之祝,请神加殃谓之诅。”

〔四〕亚驼句:亚驼大神和巫阳都将接受我的请求,他们都享用了我的鸡和猪。 亚驼(wū tuó):即滹沱河大神。 巫阳:即巫咸,安邑巫咸河大神。 亚驼、巫咸均见秦国的《诅楚文》。此文开头说:“有秦嗣王敢用吉玉宣璧,使其宗祝邵鼛布,恳告于丕显大神亚驼,以底楚王熊相之多罪。”见于纪录的《诅楚文》有三石,神名不同,诅文相同。在渭水发现的称为《告大沈久湫文》,在长安祈年观下发现的称为《告巫咸文》,在洛水发现的称为《告亚驼文》。原石均不存,《绛帖》有摹本,《古文苑》有释文。

按,诗中所指的“猰貐”,和“天教梼杌降家门”的梼杌,似有关系。梼杌是家族内的坏人,猰貐或是族外的同夥。

一七二

昼梦亚驼告有憙〔一〕,明年三月猰貐死。大神羹枭殄枭子〔二〕,焚香敬告少昊氏〔三〕。

〔一〕有憙:有喜讯。　憙:喜去声。清徐灏以为憙是古体,喜是今体。

〔二〕大神:即滹沱河之神。　羹枭:拿猫头鹰作成肉羹。《汉书·郊祀志》:"用一枭破镜。"如淳注:"汉使东郡送枭,五月五日作枭羹以赐百官。以其恶鸟,故食之也。"　殄(tiǎn):灭绝。

〔三〕少昊(hào)氏:原始社会时期一位氏族首领,据说是黄帝的儿子,名挚,又号穷桑氏或青阳氏。秦国供奉少昊之神,所以向他敬告。《史记·封禅书》:"秦襄公既侯,居西垂,自以为主少皞之神,作西畤,祠白帝。"皞同昊。

按,作者在诗中屡说有恩仇之事。如"恩仇恩仇日苦短","亦有恩仇托,期君共一身","若敖不馁怙深恩",均是。到底是什么恩仇,详不可考。

一七三

碧涧重来荐一毛〔一〕,杉枏喜比往时高〔二〕。故人地下仍相护,驱逐狐狸赖尔曹〔三〕。(吊朱大发、洪士华。二人为先祖守茔者也〔四〕。先母殡宫在先祖侧,地名花园埂也。)

〔一〕荐一毛:拿祭品向死者祭奠。　毛:泛指植物。《左传·隐公三年》:"涧溪沼沚之毛……可荐于鬼神,可羞于王公。"注:"毛,草也。"

〔二〕杉枏:指种在坟墓边的树木。　杉:常绿乔木,叶如针形,木理通直,适于建筑及制作傢具。《本草纲目》三四卷:"杉木旧不著所出之州土，今南中深山多有之。木类松而劲直，叶附枝生，若刺针。” 枏：亦作楠，樟科常绿乔木。《本草纲目》三四卷：“楠木生南方，黔、蜀诸山尤多，其树直上，童童若幢盖之状。干甚端伟，高者十馀丈，巨者数十围，气甚芬芳，为梁栋器物皆佳。”

〔三〕驱逐狐狸：狐狸爱在山林中穴居，常常破坏坟墓。《左传·襄公十四年》：“我诸戎除剪其荆棘，驱其狐狸豺狼，以为先君不侵不叛之臣。”

〔四〕守茔：封建时代，富贵人家雇人守护先人坟墓，这种人称为守墓人。

一七四

志乘英灵琐屑求〔一〕，岂其落笔定阳秋〔二〕？百年子姓殷勤意，忍说挑灯为应酬〔三〕！（乞留墨数行为异日相思之资者〔四〕，填委牖户〔五〕。惟撰次先世事行〔六〕，属为家传、墓表〔七〕，则详审为之，多存稿者。）

〔一〕志乘句：地方志和家传，对于死去的有名人物，即使琐屑的事也搜罗进去。 志：地方志。 乘：族谱、家传。 英灵：死去的著名人物。

〔二〕岂其句：难道落笔就一定要像《春秋》那样？指文章有留传下来的价值。 阳秋：见第一一一首注。

〔三〕百年两句：人在百年之后，子孙们殷勤请求撰写他的生平事迹，我怎忍说灯下执笔只是为了应酬一下呢？意思是要审慎下笔。 子姓：众子孙。《仪礼·特牲馈食礼》：“子姓兄弟。”

《礼·丧大记》:“卿大夫父兄子姓,立于东方。”注:“子姓谓众子孙也。”

〔四〕相思之资:思念的凭藉。

〔五〕填委牖户:纸张塞满屋子,都是请求留墨数行的。

〔六〕先世事行:祖先的事迹。

〔七〕家传、墓表:都是纪述先人事迹的文字。藏在家中的叫家传,刻石立在墓门叫墓表。

一七五

琼林何不积缗泉〔一〕?物自低昂人自便〔二〕。我与徐公筹到此〔三〕,朱提山竭亦无权〔四〕。(近日银贵,有司苦之。古人粟红贯朽〔五〕,是公库不必皆纳镪也〔六〕。予持论如此。徐铁孙大令荣论与予合〔七〕。)

〔一〕琼林句:政府的财库里为什么不可以收藏铜钱呢? 当时清政府规定,农民交纳赋税,要交白银,不能交纳铜钱。由于白银大量外流,银价日贵,钱价日贱,农民负担无形中加重许多。据汤成烈《治赋篇四》所载:“乾、嘉之际,号为富庶,其时银不甚贵,民以千钱完一两之赋,官代易银解正供,裕如也。嘉庆末年,银始贵,然完赋一两,千二三百文耳。道光以来,番舶销售鸦片烟,尽收中国之银而去,银价大昂,自一千五百文,未几而二千文,未几而二千二百数十文。民间完一正一耗,须钱二千五百馀文。所出倍昔不止。”(见《清经世文续编》卷三十四)又《清宣宗实录》载道光十八年闰四月鸿胪寺卿黄爵滋奏:“近年银价递增,每银一两易制钱一千六百有奇,非耗银于内地,实漏银于外夷。盖自鸦片烟土流入中国,粤省奸商勾通巡海兵弁,运银出洋,运烟入口。查道光三年以前,每岁漏银数百万两;三年至十一年,岁漏银一千七八百万两;十一年至十四年,岁漏银二千馀万两;十四年至今,渐漏至三千万两。此外,福建、江浙、山东、天津各海口合之亦数千万两。日甚一日,年复一年,诚不知伊于胡底。"作者正是鉴于这种情况,提出政府财库应该收铜钱的主张。　琼林:唐开元间,玄宗设立琼林、大盈二库,贮藏各地贡品。其后德宗在奉天,想重新设置,为陆贽谏阻而止(见《陆宣公奏议》)。　缗泉:铜钱。《汉书·武帝纪》:"初算缗钱。"李斐曰:"缗,丝也,以贯钱,一贯千钱。"

〔二〕物自句:农民如能获准用铜钱交税,银价高低都可以不去管它,老百姓也感到方便。

〔三〕筹到此:想出这个办法。

〔四〕朱提句:出银子的朱提山便是枯竭了,白银也发挥不了它的权力。　朱提(shū shí):山名,在四川宜宾县南,汉代以产银著名。

〔五〕粟红贯朽:粮食发红腐烂,钱串霉坏。《汉书·贾捐之传》:"太仓之粟,红腐而不可食;都内之钱,贯朽而不可校。"

〔六〕镪(qiǎng):白银。

〔七〕徐铁孙:徐荣,原名鉴,字铁孙,号药垣,广州驻防汉军正黄旗人,道光十六年进士,官遂昌、嘉兴知县,升绍兴府,署杭嘉湖道。咸丰五年在黟县因镇压太平天国起义军,被杀。工隶书,善画梅,著有《怀古田舍诗》。

一七六

俎脍飞沉竹肉喧〔一〕,侍郎十日敞清尊〔二〕。东南不可无斯乐,濡笔亲题第四园〔三〕。(过严小农侍郎富春山馆〔四〕,觞咏旬日。其地为明金尚书别墅,杭人犹称金衙庄〔五〕。予品题天下名园,金衙庄居第四。)

〔一〕俎脍飞沉:筵席上的菜色,天上飞的有,水里游的也有。 俎(zǔ):砧板。 脍:细切的肉。 飞沉:天上飞的和水里游的。《古文苑》扬雄《蜀都赋》:"俎飞脍沉,单然后别。"白居易诗:"飞沉一何乐,鳞羽各有徒。" 竹肉喧:歌唱音乐喧闹嘈吵。《晋书·桓温传》:"桓温问,听妓,丝不如竹,竹不如肉。何谓也?"意说琴瑟之类比不上箫笛,箫笛又比不上人的歌唱。高士奇《天禄识馀》:"唐人谓徒歌曰肉声,即《说文》肉言之意也。"徒歌,现代语叫干唱。

〔二〕侍郎句:严小农侍郎整十天设宴招待客人。 侍郎:官名,位在尚书之下。乾隆四十八年以后,河道总督照例给予兵部侍郎、右副都御史衔,因此作者称严为侍郎。

〔三〕濡笔句:我亲笔把金衙庄题为天下第四园。

〔四〕严小农:严烺,字小农,仁和人,监生。道光间历官河东河道总督及江南河道总督。治运河北路,主张蓄汶水以敌卫河;治南河,则主张蓄清河以敌黄河。撰有《两河奏疏》十卷。

《杭州府志》:"严烺少随父任,往来两河,熟悉河务。以主簿签掣南河,大府咸才之,交疏以通判留南河,署扬河通判,倡议开白田铺。寻署徐州道。丁母忧,服阕,即起用为河北道,旋署河东总督,调江南河道总督,任四年复调南河。”

〔五〕金衙庄:钱咏《履园丛话》卷二十:“皋园在清泰门北,俗名金衙庄。以金中丞曾居于此,故名。国初为馀姚严少司农沆所购。中有梧月楼、小沧浪、墨琴堂、绿雪轩、芙蓉城、怡云轩诸胜。道光壬辰岁,又为严河帅烺卜筑于此。”梁章钜《浪迹丛谈》:“杭州城中,园林之胜,以金衙庄为最。初属章桐门阁老,后为严小农河帅所得。”又说:“严帅归道山后,闻此园又将出售,而皆嫌其屋后大池与城壕相通,夜间颇难防守。而予则正爱其一水盈盈,有浩淼之观,非寻常园林所易得也。”

一七七

藏书藏帖两高人〔一〕,目录流传四十春〔二〕。师友凋徂心力倦〔三〕,羽琌一记亦荆榛〔四〕。(吊赵晋斋魏〔五〕、何梦华元锡两处士〔六〕。两君为予谌正《金石墨本记》者也。)

〔一〕高人:古代称隐居不仕的读书人为高人。

〔二〕目录流传:赵晋斋、何梦华曾编有藏书目录和金石目录,受到重视。

〔三〕师友句:赵、何这样的师友如今都已逝世,自己对金石学的研究也感到疲倦了。　凋徂:凋谢死亡。按,赵晋斋卒于道光五年,何梦华卒于道光九年。

〔四〕羽琌句:我撰写的《羽琌山馆金石墨本记》,如今也像长满荆棘的园庭,荒废无人过问。

〔五〕赵晋斋:赵魏,字恪生,号晋斋,仁和人,岁贡生。著有《竹崦庵金石目》五卷,《传钞书目》一卷。

《清史列传·赵魏传》:"(赵魏)博学嗜古,尤工篆隶。考证碑版最精。所藏商、周彝器款识,汉、唐碑本为天下第一。年至笃老,虽衣褐不完,犹坚守勿释。阮元以为欧、赵著录不是过也。阮元所作《积古斋钟鼎彝器款识》及青浦王昶所作《金石萃编》皆其手定。"

钱咏《履园丛话》卷六:"赵魏,钱塘诸生,精于金石文字。家贫,无以为食,尝手抄秘书数千百卷,以之换米,困苦终身。"

〔六〕何梦华:何元锡,字梦华,又字敬祉,号蝶隐,钱塘人。精于目录学,家多善本书。曾参加《经籍籑诂》编辑工作,任总校。著有《秋神阁诗钞》、《蝶隐庵丙辰稿》。

《石溪舫诗话》:"梦华有金石癖,尝病狂,友人约赠以汉碑,乃服药而愈。"按,龚氏所记与此有异,见下。

龚自珍《记王隐君》:"明年冬,何布衣(按,即何元锡)来,谈古刻,言吾有宋拓李斯郎邪石。吾得心疾,医不救,城外一翁至,言能活之,两剂而愈。曰:为此拓本来也。入室径携去。"

《国朝杭郡诗续辑》:"梦华精于簿录之学,家多旧书善本。嗜古成癖,闻某山中有残砖断碣,则披榛莽、历涧谷,搜幽索险,务获乃已。一日入山迷道不得出,赖野老导之行,始得归,闻者绝倒。素有狂疾,时或触发。"

一七八

儿谈梵夹婢谈兵〔一〕,消息都防父老惊〔二〕。赖是摇鞭吟好句,流传乡里只诗名〔三〕。(到家之日,早有传诵予出都留别诗者〔四〕,时有"诗先人到"之谣。)

〔一〕儿谈句:儿子谈佛经,婢女谈军事。 梵夹:佛经。《资治通鉴·唐纪·懿宗咸通三年》:"上奉佛太过……又于禁中设讲席,自唱经,手录梵夹。"注:"梵夹者,贝叶经也,以板夹之。"

〔二〕消息句:这些传闻流传到家乡,会引起父老们的惊讶。作者希望不致如此。

〔三〕赖是两句:幸而我在出都时还吟了些好诗句,流行在家乡里的只是我写诗的名气罢了。

〔四〕出都留别诗:指《己亥杂诗》第二六首至第四三首,都是留别朋友或同僚的。作者四月二十三日出都,七月初九回到杭州,在路上走了两个多月。所以诗先人到。

一七九

吴郎与我不相识,我识吴郎拂画看。此外若容添一语,含元殿里觅长安〔一〕。(从妹粤生与予昔别时才髫龄,今已寡矣。妹婿吴郎,予固未尝识面也。粤生以其遗像乞题,因说此偈。)

〔一〕含元殿:唐代著名宫殿,在长安城北大明宫宣政门之南。唐李华曾撰《含元殿赋》。徐松《两京城坊考一·大明宫》:"丹凤门内正牙曰含元殿,大朝会御之。" 此外两句:除此之外,假如容我增添一句话,那就像是在含元殿里寻找长安,真是多此一举了。《五灯会元》卷四:"长沙景岑招贤禅师答华严座主问,善财为什么无量劫游普贤身中世界不遍？师曰：你从无量劫来，还游得遍否？曰：如何是普贤师身？师曰：含元殿里，更觅长安。”照招贤和尚的意思，含元殿就在长安城内，在含元殿里找寻长安，可谓多此一举。座主要问如何是普贤师身，亦是多此一问。

一八〇

科名掌故百年知〔一〕，海岛畴人奉大师〔二〕。如此奇才终一令，蠹鱼零落我归时〔三〕。（吊黎见山同年应南〔四〕。见山顺德人，官平阳令，卒于杭州。）

〔一〕科名句：黎应南熟悉近百年的科名掌故。　科名：科举考试制度。

〔二〕海岛句：研究测量的算学家都奉他为大师。　海岛：古代测量术著作。《四库全书简明目录》：“《海岛算经》一卷，晋刘徽撰，唐李淳风注。原本久佚，今从《永乐大典》录出，其书本名《重名》，皆测望之术。唐代乃改称《海岛算经》，盖因第一条以海岛之表设问，遂以卷首之字名之耳。”　畴人：对天文算学家的称呼。《汉书・律历志》：“三代既没，五伯之末，史官丧纪，畴人子弟分散，或在夷狄。”如淳曰：“家业世世相传为畴。”后人因称天文算学家为畴人。　大师：对老师的尊称。《后汉书・桓荣传》：“天子亲自执业，每言辄曰：大师在是。”

〔三〕如此两句：这样的奇才却以一县令而告终。当我前去吊唁的时候，只见遗书散落，无人收拾。　阮元《畴人传》卷五十：“（黎应南）生平著述，秘不示人，亦不编辑。殁后，其子无咎年甫七龄，更不知其稿之散佚与否。所传者唯《开方说后跋》。”

〔四〕黎见山:黎应南,字见山,号斗一,广东顺德人,侨居苏州,嘉庆二十三年举人,官浙江丽水、平阳知县。精于算学,是算学专家李锐(四香)入室弟子,李锐的《开方说》由他续成,又创立“求勾股率捷法”。

《平阳县志·名宦》:“黎应南精畴人术。道光十二年知县,有惠政。秩满宜迁,而簿书不谙,平时为家丁牟蚀,行李萧然,淹留任所,以待上官之命。作《临江仙》词云:‘薄宦读书知已晚,那堪两鬓蓬飞?酒痕如泪旧时衣,凄凉埋剑气,哀怨写琴丝。博得一官犹故我,中年更欲何之?青山有约订归期。薜萝新鬼哭,车笠旧盟稀。’后数月,遂病终试院,殡在杭西湖丛葬中十年,邑人杨配籛筑墓树碑表之,与瑶圃查公合祀试院旁。(祝尧之《牖窥诗话》《续畴人传》《逊学斋文钞》《杨府君墓志》)定庵诗注云:卒于杭州。兹从尧之诗话。”

一八一

惠逆同门复同薮〔一〕,谋臧不臧视朋友〔二〕。我兹怦然谋乃心,君已砉然脱诸口〔三〕。(陈硕甫秀才奂〔四〕,为予规画北行事〔五〕,明白犀利,足征良友之爱。)

〔一〕惠逆句:顺利和不顺利虽然是对立的,但它们又同在一门之内,同聚在一起。　惠:顺利。　逆:顺利的反面。《书·大禹谟》:“禹曰:惠迪吉,从逆凶,惟影响。”注:“顺道吉,从逆凶,吉凶之报,若影之随形,响之应声。”贾谊《服鸟赋》:“祸兮福所倚,福兮祸所伏。忧喜聚门兮,吉凶同域。" 薮:物所聚集的地方。

〔二〕谋臧句:筹划事情得当还是不得当,要看朋友的本领。 谋臧(zāng):筹划得当。《诗·小雅·小旻》:"谋臧不从,不臧覆用。"注:"谋之善者则不从,而其不善者反用之。"

〔三〕我兹两句:我还在心里盘算该怎么办,你已经干净利落地讲了出来。 怦然:心在跳动。 砉(huā)然:啪的一响,比喻干脆。

〔四〕陈硕甫:陈奂,字硕甫,号师竹,晚号南园老人。江苏长洲人,咸丰元年举孝廉方正。一生专治《毛诗》,谨守毛公诗义。初从江沅学古文字,又出入段玉裁门下,为段氏《说文解字注》任校订工作。后到北京,从王念孙、王引之、郝懿行、胡培翚等请质疑义,协助校刊所著。晚年家居授徒,同治二年卒。著有《诗毛氏传疏》、《毛诗说》、《毛诗音》、《诗语助义》、《三百堂文集》。《清史稿·陈奂传》:"奂始从吴江沅治古学。金坛段玉裁寓吴,与沅祖声善,尝曰:我作《六书音韵表》,惟江氏祖孙知之,馀匙有知者。奂尽一昼夜探其梗概。沅尝假玉裁《经韵楼集》,奂窃视之,加朱墨。后玉裁见之,称其学识出孔、贾(按,孔颖达、贾公彦)上。"

〔五〕规画北行事:作者的眷属这时还留在北京,作者决定亲到北京迎接他们回乡,陈奂替他筹划此事。作者便于九月十五日出发北上。

按,这首诗反映了作者对北行的疑虑。他认为此行吉凶难定,筹划不周,会出大问题。可与第三〇〇首诗意同参。

一八二

秋风张翰计蹉跎〔一〕,红豆年年掷逝波〔二〕。误我归期知几许?

蟾圆十一度无多〔三〕。(以下十有六首,杭州有所追悼而作〔四〕。)

〔一〕秋风句:我回乡的日期,总是耽搁又耽搁。　张翰:西晋吴郡人,仕齐王冏为吏曹掾。因秋风起,思念吴中的莼羹鱼脍,于是弃官归乡。见《晋书·张翰传》。后人常拿来作为思乡的典故使用。

〔二〕红豆句:虽然年年相思,可是没有办法,白费了相思。　红豆:豆科植物,有数种。一种像豌豆,全体鲜红。一种像小钮扣,色朱红,扁圆,中呈心脏形。一种全体椭圆如卵,体形略小于大豆,上部(约全体四分之一)呈漆黑色,其馀鲜红色。红豆又名相思子。　逝波:指时间如流水消逝。

〔三〕误我两句:延误我归乡的日期,恰好是十一个月。　蟾(chán)圆:满月。贾岛《忆江上吴处士》诗:"闽国扬帆去,蟾蜍亏复圆。"按:作者所悼的人,也许在作者归乡前十一个月逝世。

〔四〕有所追悼:王文濡校本此诗上有眉批云:"或言定庵悼其表妹而作。"

一八三

拊心消息过江淮〔一〕,红泪淋浪避客揩〔二〕。千古知言汉武帝,人难再得始为佳〔三〕。

〔一〕拊心句:使我捶胸顿足的凶讯,经过江、淮,传到北京。拊心:拿手打着胸口。《列子·说符》:"子列子入,其妻望之而拊心曰……"　过江淮:凶讯由家乡越过长江、淮河。按,作者是在北京听到女郎的死讯。

〔二〕红泪句:避开客人揩着哀痛的眼泪。　红泪:原指女子的眼泪,这里借用。王嘉《拾遗记》:"薛灵芸别父母,泪下沾衣。至升车就路之时,以玉唾壶承泪,壶即红色。"　淋浪(láng):形容流水。　客:指报告凶讯的人。

〔三〕千古两句:汉武帝时,著名歌唱家李延年曾唱一支曲子,有"宁不知倾城与倾国,佳人难再得"的话。后来李的妹子李夫人入宫,大受宠幸。李夫人死后,武帝思念不已。作者认为,人之所以佳,是因为"难再得"。

一八四

小楼青对凤凰山〔一〕,山影低徊黛影间〔二〕。今日当窗一奁镜,空王来证鬓丝斑〔三〕。

〔一〕小楼句:她居住的小楼,对着青苍的凤凰山。　凤凰山:在杭州城南十里。山顶平旷,旧有圣果寺,背山临水,风景优美。陈诜《西湖纪游》:"凤凰山在凤山门外,山东麓宋时环入禁苑,增筑皇城,就山下旧治,改为行宫,起建宫殿。元初,西僧杨琏真伽奏改宫殿为寺。元末,张士诚筑城,截之于外。(山)两翅轩翥,左薄湖浒,右掠江滨,形若飞凤。山顶有两峰如髻,曰双髻峰。"

〔二〕山影句:凤凰山的影象徘徊在她的眉黛之间。意说,山似她的双眉,而她的双眉又似远山。

〔三〕今日两句:如今窗前只剩下一个镜匣,这面镜子正好验证我头上出现的白发。意说,她已死去,而自己头上也出现白发了。　空王：诸佛的通称。这里把镜子说成是空王。《圆觉经》："佛为万法之王，又曰空王。"《南史·陆慧晓传》："庐江何点常称慧晓，心如照镜，遇形触物，无不朗然。"《六祖坛经》载神秀作偈云："身是菩提树，心如明镜台。时时勤拂拭，不使惹尘埃。"

一八五

娇小温柔播六亲〔一〕，兰姨琼姊各沾巾〔二〕。九泉肯受狂生誉〔三〕？艺是针神貌洛神〔四〕。

〔一〕娇小句：她那温柔的美德在年小的时候已经在亲戚中传播开来。　六亲：《汉书·贾谊传》："以奉六亲，至孝也。"王先谦《补注》引王先恭云："六亲为同时亲属。六亲：诸父一也，诸舅二也，兄弟三也，姑姊四也，昏媾五也，姻亚六也。"

〔二〕兰姨句：如兰似玉的姑姨姊妹们，一提起她就掉下眼泪。

〔三〕九泉句：她在九泉之下肯接受我的赞美吗？九泉：死后埋在地下。阮瑀《七哀》诗："冥冥九泉室，漫漫长夜台。"　狂生：作者自指。《史记·郦生传》："县中皆谓之狂生。"

〔四〕艺是句：技艺方面，她是针神；容貌方面，她是洛神。　针神：针黹工夫极好的人。王嘉《拾遗记》："魏文帝美人薛灵芸，擅针工。虽处深帏，不举烛，亦裁制立成。宫中号为针神。"洛神：洛水女神。曹植《洛神赋序》："余朝京师，还济洛川。古人有言，斯水之神，名曰宓妃。"后人或以为是影射曹丕的皇后甄氏。

一八六

阿娘重见话遗徽，病骨前秋盼我归〔一〕。欲寄无因今补赠：汗巾钞袋枕头衣〔二〕。

〔一〕阿娘两句：我拜见她母亲，她母亲谈到她生前给人留下的好印象。还说去年秋天她在病中，一直盼望我能回去见一见面。　徽：美好的品德。何逊《仰赠从兄兴宁置南》诗：“家世传儒雅，贞白仰馀徽。”　病骨：病者。李贺《示弟》诗：“病骨犹能在，人间底事无？”

〔二〕欲寄两句：当时她想寄几件东西给在北京的我，却找不到一个寄去的理由，如今才由她母亲补赠。这几件东西就是汗巾、钞袋和枕头衣。　汗巾：围在腰间的带子。清人尤侗有《香奁咏物诗》二十四首，其中一首咏带，注云：“俗名汗巾。”　钞袋：荷包。翟灏《通俗编·货财》：“佩囊曰钞袋。”　枕头衣：枕头套。都是她生前亲手绣造的。

一八七

云英未嫁损华年〔一〕，心绪曾凭阿母传〔二〕。偿得三生幽怨否〔三〕？许侬亲对玉棺眠〔四〕？

〔一〕云英句：她还没有出嫁就减损了天年。指早逝。　云英：辛文房《唐才子传·罗隐》：“隐初贫来赴举，过锺陵，见营妓云英有才思。后一纪,下第过之。英曰:罗秀才尚未脱白?隐赠诗云:锺陵醉别十馀春,重见云英掌上身。我未成名英未嫁,可能俱是不如人。” 华年:如花的年纪,指青年。

〔二〕心绪句:她的心事曾经通过她母亲传达。 阿母:《古诗为焦仲卿妻作》:“上堂谢阿母,阿母怒不止。”

〔三〕三生:唐人小说《甘泽谣》载:李源和惠林寺和尚圆观(一作圆泽)是好友。两人在三峡附近看见妇人汲水,圆观说:这是我托身的地方,十二年后,你到杭州天竺寺外,会找到我。当晚圆观逝世。十二年后,李源到杭州,看见一个放牛童子吟了一首歌:“三生石上旧精魂,赏月吟风不要论。惭愧情人远相访,此身虽异性长存。”据说这人就是圆观后身。又说杭州天竺寺后山有一块石头,名三生石。 三生幽怨:指生前愿望不能实现的怨恨。

〔四〕侬:我。作者自指。 对玉棺眠:这是想像和提问的话。

一八八

杭州风俗闹兰盆〔一〕,绿蜡金炉梵唱繁〔二〕。我说天台三字偈,胜娘膜拜礼沙门〔三〕。

〔一〕闹兰盆:旧俗,农历七月十五日前后举行盂兰盆会,是一种迷信活动。玄应《一切经音义》:“盂兰盆,此译云倒悬。案西国法,至于众僧自恣之日,盛设佛具,奉施佛僧,以救先亡倒悬之苦。以彼外书云:先亡有罪,家复绝嗣,无人祭神请救,则于鬼处受倒悬之苦。佛虽顺俗,亦设祭义,乃教于三宝田中,深起功德。”

清人顾钱卿《清嘉录》:“盂兰盆会:好事之徒,敛钱纠会,集僧众,设坛礼忏诵经,摄孤判斛,施放焰口。纸糊方相长丈馀,纸镪累数百万。香亭旛盖,击鼓鸣锣,杂以盂兰盆冥器之属,于街头城隅焚化,名曰盂兰盆会。”范祖述《杭俗遗风》:“兰盆会者,拯济孤魂之事也。大者,盐当各商以及绅富为首,出缘簿募化,在于某庙某寺铺设僧道经坛,或七日或五日或三日圆满。其馀大街小巷,均有为首之人排场,大小不等。冥镪山积,何止万万。故有人穷鬼富之说焉。”

〔二〕绿蜡:蜡烛。钱珝《未展芭蕉》诗:“冷烛无烟绿蜡干,芳心犹卷怯春寒。” 梵唱:和尚念诵经文,有似歌唱,称为梵唱。刘敬叔《异苑》:“曹植尝登鱼山,忽闻石岩中有诵经声,清通深亮,远谷流响,即效而则之。今之梵唱,皆植依拟所造。”这是无稽之谈。

〔三〕我说两句:我只需念念天台宗的三字偈,就比阿娘礼拜和尚强多了。 膜拜:合掌礼拜。 沙门:梵语音译,即僧人。《翻译名义集》:“沙门或云桑门,此言功劳,言修道有劳也。”

一八九

残绒堆积绣窗间〔一〕,慧婢商量赠指环〔二〕。但乞崔徽遗像去〔三〕,重摹一帧供秋山〔四〕。

〔一〕残绒:指女郎做针黹的遗物。 绣窗:窗下日常刺绣的地方。

〔二〕慧婢句:侍婢们商量着要把女郎的指环赠给我。

〔三〕崔徽:唐代河中府妓女崔徽,同裴敬中相恋。后来敬中回返兴元,崔徽不能从行。因绘写自己的肖像托人送给敬中,表示坚贞相爱。见元稹《崔徽歌注》。后人常用以借指女子的肖像。史达祖《三姝媚》词:“记取崔徽模样,归来暗写。”这里也是借崔徽指所悼的人。

〔四〕重摹句:把她的遗像重新临摹一帧,放在自己的屋子里供奉起来。　帧:也写作幁,画幅。　秋山:因房屋近山,借指作者的屋子。

一九〇

昔年诗卷驻精魂〔一〕,强续狂游拭涕痕〔二〕。拉得藕花衫子婢〔三〕,篮舆仍出涌金门〔四〕。

〔一〕昔年句:从前我为她写了一些诗,她的灵魂就留在诗卷里。张衡《思玄赋》:“处子怀春,精魂回移,如何淑明,忘我实多。”

〔二〕强续句:如今揩干眼泪勉强再到西湖走一趟。　指旧地重游,凭吊一番。　狂游:少年人狂放的玩乐。薛能《牡丹》诗:“万朵照初筵,狂游忆少年。”

〔三〕拉得句:如今只剩下她的小婢跟我一块儿去。　藕花衫子:绣有荷花的衣衫。

〔四〕篮舆句:小轿子依旧像往时那样,穿过涌金门前往西湖。　篮舆:轿子。《晋书·孙畧传》:“每行乘篮舆。”　涌金门:杭州城的西门。范祖述《杭俗遗风》:“钱塘门过南为涌金门。是系西湖大码头,船只多聚于此。”翟灏《湖山便览》:“涌金门,北宋城门名也。绍兴二十八年增筑杭城,改涌金为丰豫,明初仍称涌金。《云麓漫钞》谓其地即古金牛出现之所,故以为名,亦称小金门。”

按,作者在道光六年写了一首《梦中述愿作》:“湖西一曲坠明珰,猎猎纱裙荷叶香。乞貌风鬟陪我坐,他身来作水仙王。”写的是在西湖同一个女郎许愿的事,疑与此诗的女郎有关。

一九一

蟠夔小印镂珊瑚〔一〕,小字高华出汉书〔二〕。原是狂生漫题赠〔三〕,六朝碑例合镌无〔四〕?

〔一〕蟠夔句:有着蟠夔纽的印章,显出红珊瑚似的美丽花纹。　蟠夔:即盘龙。夔是传说中龙的一种。　镂:刀刻。这里是说印章的花纹像是镂刻在上面。

〔二〕小字句:我给她取个别号,这别号高雅而又华贵,是从《汉书》里找出来的。　高华:《晋书·王恭传》:“少有美誉,清操过人,自负才地高华,恒有宰辅之望。”

〔三〕原是句:这本是我随便写下来送给她的。　狂生:见第四八首注。

〔四〕六朝句:我用六朝碑板文字的格式,不知道是否适合拿来刻印?

一九二

花神祠与水仙祠〔一〕,欲订源流愧未知〔二〕。但向西泠添石刻,骈文撰出女郎碑〔三〕。

〔一〕花神祠:在杭州西湖跨虹桥西,祀花神。《庶物异名疏》:"花神名女夷,乃魏夫人弟子。"范祖述《杭俗遗风》:"(西湖)第五桥西有横堤,过玉带桥为金沙港,对港为花神庙。"《西湖志》:"湖山神庙,在跨虹桥西。祀湖山之神。雍正九年总督李卫建。"李卫《湖山神庙记》:"彼世俗称魏夫人弟子黄令征生能种花,殁为花神,其荒诞不经不足取信于天下明矣。西湖自正月至十二月,无月无花,无花不盛,土性固宜果木……因为屋几楹,中设湖山正神,旁列十二月花神,而加以闰月,各就其月之花,表之冠裳,以为之识。"杨锺羲《雪桥诗话》卷七:"西湖旧有花神庙,李敏达(卫)督浙时,自塑其像厕花神中,后楼别塑小像,并有正夫人及左右夫人像。高宗庚子南巡至浙,幸花神庙,召对大学士嵇文恭,询以花王何粗俗乃尔?文恭对曰:此李卫像也。东楼二女,其所最宠者。曰:旁坐者何人?曰:此季麻子也,善说稗官野史,卫善之,故使侍侧;馀著蛮靴衣短后衣,皆傔从也。曰:卫本贾人,何敢狂悖!因降旨命署布政使德克精布毁其像,投诸湖,而重塑湖神祀之。后楼则塑花神花后二像。"陆长春《香饮楼宾谈》:"西湖花神庙为名手装塑。形貌如生,诸女像皆极美丽,其第三(?)为荷花神,尤妖艳动人。(按,下有魏生在花神庙发狂事)嗣后游人俱以花神魅人,每阴雨,相戒勿入。而神像亦渐次剥落,无复旧时光彩矣。"周之琦《心日斋词·巫山一段云》序:"西湖花神庙仅馀塑像二,侧倚败壁间,而神采奕奕如生。"《杭州府志》:"花神祠:光绪十二年即其基为左文襄祠,仍于祠左筑屋三楹祀花神,改塑像为画,画十二月应时花木。榜曰湖山春社。" 水仙祠:杭州水仙王庙,南宋时在西湖第三桥,见吴自牧《梦粱录》。董嗣杲《西湖百咏》诗注:"水仙庙在水月园西。庙创梁大同年间，号钱塘龙君庙。乾道中重建。宝庆间，郡守别建苏堤上，乃谓旧庙。”翟灏《湖山便览》：“水仙王庙。宋宝庆元年袁韶自宝石山下徙建苏堤之第四桥。”

〔二〕欲订句：我想考订它们的来历，可惜我不知道。

〔三〕但向两句：我只是在西泠桥边添一块石刻，拿骈文写一篇纪念这位女郎的碑文。　西泠：西湖孤山路旧有西陵桥，又称西泠桥。　骈文：一种对偶文体，讲求对仗工整，声调谐美。

一九三

小婢口齿蛮复蛮〔一〕，秋衫红泪潸复潸〔二〕。眉痕约略弯复弯〔三〕，婢如夫人难复难〔四〕。

〔一〕小婢句：小婢的说话带着浓重的南方口音。《礼·王制》：“南方曰蛮。”

〔二〕秋衫句：小婢谈起她的女主人就哭了起来。　潸（shān）：泪下的样子。《诗·小雅·大东》：“潸然出涕。”

〔三〕眉痕句：小婢的眉样弯弯，有点像已逝的女主人。

〔四〕婢如夫人：唐张彦远《法书要录》引梁袁昂《古今书评》：“羊欣书如大家婢为夫人，虽处其位，而举止羞涩，终不似真。”后人因称仿效别人却又不像的为“婢学夫人”。

一九四

女儿魂魄完复完〔一〕，湖山秀气还复还〔二〕。炉香瓶卉残复残〔三〕，他生重见艰复艰。

〔一〕女儿句:已逝的女郎她的灵魂是完美无缺的。

〔二〕湖山句:杭州山川的秀气因她的夭逝而重新恢复过来。暗示这位女郎是集中了山川秀气而出现的。黄庭坚《分宁县藏经阁铭》:"山川之灵,或秀于民。" 还:读作旋。

〔三〕炉香句:熏炉里的香和瓶子里的花都消残凋谢了。借指女郎已经逝去。

按,上述两诗的格调,《全唐诗》收入词类,名《字字双》。《太平广记》卷三三〇引《灵怪集》,谓有中官行宿于官坡馆,夜见古衣冠四人来,置酒作别,相与联句。其联句歌云:"床头锦衾斑复斑,架上朱衣殷复殷。空庭朗月闲复闲,夜长路远山复山。"《钦定词谱》谓见于《才鬼记》。

一九五

天将何福予蛾眉?生死湖山全盛时〔一〕。冰雪无痕灵气杳〔二〕,女仙不赋降坛诗〔三〕。

〔一〕天将两句:老天爷有什么福泽赐给这位女郎啊(什么也没有)。而她的一生一死又都是在湖山全盛的时候(本来是可以享受一点人生快乐的)。

〔二〕冰雪句:她的聪明和风采没有留下一点痕迹;她的灵气也渺然不见。 冰雪:杜甫《送樊二十三侍御赴汉中判官》诗:"冰雪净聪明,雷霆走精锐。"洪觉范《石门文字禅·毛女赞》:"何以风神，洞如冰雪。使人见之，眼寒心折。”

〔三〕女仙句：逝去的女郎连降坛诗都没有写一首，她永远在世界上消失了！　降坛诗：封建时代一种迷信活动，称为扶乩或扶鸾，据说可以招引仙鬼下降。下降时，仙鬼或作诗，或作文，由扶乩的人写在沙盘上，借此同人交谈。

一九六

一十三度溪花红〔一〕，一百八下西溪钟〔二〕。卿家沧桑卿命短，渠侬不关关我侬〔三〕。

〔一〕一十句：溪花红了十三回。指时间过了十三年。

〔二〕一百句：从前佛寺晨夕敲钟，例敲一百零八下。褚人获《坚瓠八集》：“天下晨昏钟声之数叩一百八声者，一岁之义也。盖年有十二月，有二十四气，又有七十二候，正得其数。但声之缓急节奏，各处不同。杭州歌曰：前发三十六，后发三十六，中发三十六声急，通共一百八声息。”　西溪：《杭州府志》引《西湖卧游》：“自白沙岭至西溪，夹路修篁，行两山间凡十里，至永兴寺，山水夷旷，平畴远村，幽泉老树，点缀各各成致。自永兴至岳庙又十里，梅花绵亘村落，弥望如雪。”按，西溪山上多墓葬，清人杭世骏、厉鹗及作者叔父龚守正墓均在此。

〔三〕渠侬句：这些事情同别人没有关系，同我却有深切关系。　渠侬：他。　我侬：我。翟灏《通俗编·称谓》：“吴俗自称我侬，指他人亦曰渠侬。”元好问《杂著》诗：“造物若留残喘在，我侬试舞你侬看。”

一九七

一百八下西溪钟，一十三度溪花红。是恩是怨无性相〔一〕，冥祥记里魂朦胧〔二〕。

〔一〕无性相：没有超脱形象的境界，称为性相。“无性相”则已超脱这个境界。这是佛家的说法。由于女郎逝去，一切恩恩怨怨都不复存在，如同进入超脱形象的境界。王屮《头陀寺碑》：“名言不得其性相，随迎不见其终始。”

〔二〕冥祥句：便是在《冥祥记》里也找不到女郎的魂魄。　冥祥记：书名，南齐王琰撰，十卷，所记都是佛家因果报应的事。见《法苑珠林》一一九卷。

按，这一组诗写于己亥年，但事情的发生似不在己亥。细参“一十三度溪花红”句，女郎死后葬在西溪已十三年。由己亥上溯十三年是道光七年，则女郎是在道光七年逝去。这一年作者三十六岁，在北京官内阁中书。道光八年可能返杭州一行，从“误我归期”“蟾圆十一度”可知。当时作者由于戒诗（道光七年十月起又戒诗，见《跋破戒草》），没有记述此事。直至此次回杭，然后补作。诗中所谓“阿娘重见”“亲对玉棺”“但乞遗像”“拉得小婢”都是追记十三年前旧事，最末两首才用“一十三度溪花红”暗暗点出，这是作者的苦心，也是作者细心之处。

一九八

草创江东署羽陵[一],异书奇石小崚嶒[二]。十年松竹谁留守[三]?南渡飞扬是中兴[四]。(复墅[五])

〔一〕草创句:这座别墅草创在江东,题名为羽陵。　江东:作者的羽琌山馆在昆山县,县在长江出海口附近,故称江东。　羽陵(líng):《穆天子传》:"天子三月舍于旷原□,天子大享正公诸侯王勤七萃之士于羽琌之上。"郭璞注云:"下有羽陵,疑亦同。"洪颐煊补注:"《太平御览》八百三十二引作羽陵。"知"羽琌""羽陵"本是一地。作者诗中或作"羽琌",或作"羽陵"。

〔二〕异书句:山馆里藏有异书,周围又有奇石,它们岩巉耸立,颇有不平之气。　崚嶒(léng céng):高耸貌。沈约《游锺山》诗:"郁律构丹巘,崚嶒起青嶂。"

〔三〕十年句:十年来这些松树竹子有谁来看守它呢?　留守:官名。始于东汉和帝南巡时以张禹为留守,其后唐、宋、元、明并沿其制。作者在此借用。

〔四〕南渡句:如今我南渡归来,羽琌山馆又可以中兴了。飞扬:《诗·小雅·沔水》:"鴥彼飞隼,载飞载扬。"　中兴:衰而复兴。

〔五〕复墅:把别墅加以恢复。

一九九

墅东修竹欲连天[一],苦费西邻买笋钱[二]。此是商鞅垦土令,不

同凿空误开边[三]。(拓墅)

〔一〕墅东句:羽琌山馆东面有许多竹子,绿阴蔽天。　修竹:长大之竹。

〔二〕苦费句:害得我这西邻花了许多买竹笋的钱。　按,这是拓墅的藉口。

〔三〕此是两句:把那块竹地买过来,不过像商鞅下令开垦荒地,我并没有如同张骞开拓边疆的野心。　垦土令:《史记·商君传》:“为田开阡陌封疆。”《商君书》有《垦令》篇。　凿空:开通道路(把原来阻塞的地方加以打通)。《史记·大宛传》:“张骞凿空。”注:“骞始开通西域道。”《汉书·张骞传》:“然骞凿空。”师古注:“空,孔也,犹言始凿其孔穴也。”

二〇〇

灵箫合贮此灵山[一],意思精微窈窕间[二]。丘壑无双人地称[三],我无拙笔到眉弯[四]。(祈墅[五])

〔一〕灵箫句:灵箫是合适安置在这座灵山之中的。　灵箫:作者在袁浦遇见的妓女,见第九七首注。

〔二〕意思句:我的用意是深远微妙而又曲折的。　窈窕:深曲的样子。乔知之《从军行》:“窈窕九重闺。”

〔三〕丘壑句:别墅的山川风景独一无二,把灵箫安置在这里,算得上人地相称。　丘壑:见第一五四首注。　称:相当。

〔四〕我无句:可惜我没有一支拙笔像张敞那样替她画眉。《汉书·

张敞传》:“敞无威仪,为妇画眉。有司以奏。上问之。敞曰:臣闻闺房之私,有甚于画眉者。”

〔五〕祈墅:对别墅有所祝愿。

按,灵箫这时还没有到羽琌山馆,所以诗中只是希冀之词。参见第二七六首注。

二〇一

此是春秋据乱作〔一〕,升平太平视松竹〔二〕。何以功成文致之?携箫飞上羽琌阁〔三〕。(又祈墅)

〔一〕此是句:我这别墅开始建设的时候,原是一片荒芜,如同《春秋》是据乱而作一样。　据乱作:何休《春秋公羊经传解诂序》:“传《春秋》者非一,本据乱而作。”公羊学家认为,孔丘删削《春秋》,隐藏着“通三统”“张三世”的微言大义。开头是乱世,跟着进入升平世,最后才达到太平世。作者借此形容羽琌山馆最初购置时是一片混乱景象。

〔二〕升平句:它是否进入升平世以至太平世,就要看那些松树、竹子长得怎么样。

〔三〕何以两句:如果羽琌山馆建成功了,拿什么来增加它的文彩呢?我将携着灵箫飞上别墅的高阁。　文致:修饰、润饰。《公羊传·定公四年注》:“春秋定哀之间,文致太平者,实不太平,但作太平文而已。故曰文致太平也。”　箫:作者特有词藻,有时指诗词,有时指哀怨心情,也曾指在袁浦遇见的灵箫。这里是指后者，所以自注为“又祈墅”。

二〇二

料理空山颇费才〔一〕，文心兼似画家来〔二〕。矮茶密致高松独，记取先生亲手栽〔三〕。

〔一〕料理句：料理这座羽琌别墅，颇费了我一番心思。 空山：通常指隐居的地方，这里特指羽琌山馆。

〔二〕文心句：既要有写文章的构思技巧，又要有画家那样的布局安排。

〔三〕矮茶两句：矮小的山茶，要安排得密集有趣致；高大的松树，却要让它显得孤高挺拔。请记住，这都是我定庵亲手种下去的。

二〇三

君家先茔邓尉侧，佳木生之杂绀碧〔一〕。不看人间顷刻花，他年管领风云色〔二〕。（从西邻徐屏山乞树栽〔三〕，屏山允至邓尉求之。）

〔一〕君家两句：你家先人的坟墓是在邓尉山附近，那儿长着许多珍贵树木，颜色又绀又青，十分好看。 邓尉：山名，在江苏吴县西南。汉代有隐士邓尉曾隐居于此，故以为名。山多梅树，是当地的名产。《姑苏采风类记》：“邓尉山在光福里锦嶂山西南，去城七十里，迤逦十里，周围三十里有奇，其高五百馀　尺。”

绀(gàn):黑中透红的颜色,又叫红青。

〔二〕不看两句:我不想观看那些易开易落的花,而要管理和率领那些将来能够呼唤风云的大树。　顷刻花:马上能开的花。韩湘《言志》诗:"解造逡巡酒,能开顷刻花。"　风云色:指高耸的大树造成的气势,可以招来风声云影。枚乘《忘忧馆柳赋》:"出入风云,去来羽族。"

〔三〕徐屏山:疑即徐坍。《续修昆新合志》:"徐坍,号平山,道光壬午岁贡生。"　树栽:树苗。

二〇四

可惜南天无此花,腰身略似海棠斜〔一〕。难忘槐市街南宅,小疏群芳稿一车〔二〕。(忆京师鸾枝花〔三〕)

〔一〕腰身句:鸾枝花的姿态,稍似海棠,枝幹欹斜。　腰身:形容整棵花树的姿势。

〔二〕难忘两句:还记得我住在槐市街南的时候,为了记述和注释各种花木,曾积累了成车的稿子。　槐市:作者曾住在北京宣武门南下斜街,附近有槐市,又称槐树斜街。戴璐《藤阴杂记》:"朱竹垞于康熙己巳自古藤书屋移寓槐市斜街。有诗云:老去逢春心倍惜,为贪花市住斜街。考《六街花事》引:丰台卖花者于每月逢三日至槐市斜街上卖。今土地庙市逢三,则槐市为今上下斜街无疑。"《六街花事》云:"丰台种花人,都中目为花儿匠。每月初三、十三、二十三日,以车载杂花,至槐树斜街市之。桃有白者,梨有红者,杏有千叶(按,即复瓣)者,索价恒浮十倍。” 疏:解释。《文心雕龙·书记》:“疏者,布也,布置物类,撮题近意。故小券短书,号为疏也。”

〔三〕鸾枝花:又作栾枝花。《广群芳谱·花谱》卷三二:“鸾枝花,木本,枝幹俱似桃,叶有刻缺,似棣棠。三月附枝开花,或著树身,最繁茂。瓣多而圆,似郁李而大,深红色。京师多有之。”李皋《花隐篦》卷一:“鸾枝,花在叶先,花落叶出,开时遍枝如锦,有大红、粉红二种。花多绿心,映日如霞,燕中春初第一。”张廷玉《春日澄怀园看花诗》八首之三:“品居艳杏缃梅次,开并海棠秾李时。草木江南千百种,好花曾未见栾枝(自注:京师栾枝,南方所无也)。”查慎行《再饮严蘧庵侍御鸾枝花下作》:“卖花声里过斜街,不记招寻月几回。只有绣衣真爱客,印泥封酒必同开。”“僦居喜近慈仁寺,移得鸾枝隔岁栽。报道退朝今日早,东栏昨夜有花开。”

二〇五

可惜南天无此花,丽情还比牡丹奢[一]。难忘西掖归来早,赠与妆台满镜霞[二]。(忆京师芍药[三])

〔一〕丽情句:从艳丽来说,芍药的情调比牡丹还要更煊赫些。

〔二〕难忘两句:我还记得从皇城西门回家的时候,天色还早,我买了一大把芍药,送到妻子的妆台旁边,连镜子也发出了红霞的光彩。 西掖:紫禁城西门。孙承泽《天府广记》:“紫禁内城,其门凡八:曰承天门,曰端门,曰午门,即俗所谓五凤楼也;东曰左掖门,西曰右掖门。”

〔三〕京师芍药：芍药，毛茛科多年生草本，初夏开花，有单瓣、复瓣、白色、红色数种。秦朝釪《消寒诗话》："京师芍药奇丽，香比牡丹更蕴藉。 花容细腻，又复过之。白者更胜，玉瓣千层，红丝一缕，艳绝，而北人呼曰抓破脸。予每闻辄为绝倒。"柴桑《京师偶记》："丰台芍药最盛，园丁折以入市者，日几千万朵。花较江南者更大。"又云："丰台芍药有名点妆红者，最佳；要白质丰而神清，花品尤高。"

二〇六

不是南天无此花，北肥南瘦二分差[一]。愿移北地燕支社，来问南朝油壁车[二]。（忆海棠[三]）

〔一〕北肥句：北方海棠比南方海棠要饱满些，肥瘦相差两成左右。

〔二〕愿移两句：我想把北方海棠移植到南方来，同南方海棠交个朋友。燕支社：燕支，同胭脂。 社：指海棠成阵，有如结社。李嘉瑞《北平风俗类征》引《北地胭脂》诗："彩烛光遥嘴脸红，胭脂北地古遗风。南朝金粉惟清淡，雅艳由来迥不同。" 油壁车：车厢髹漆的车子，通常是妇女乘坐的。《钱塘苏小歌》："妾乘油壁车，郎乘青骢马。"这里是比喻南方海棠，参见龚氏编年诗《城北废园将起屋……》诗："门外间停油壁车。"

〔三〕海棠：《群芳谱·花谱》："海棠有四种。贴梗：丛生，花如胭脂。垂丝：柔枝长蒂，色浅红。西府：枝梗略坚，花稍红。木瓜海棠：生子如木瓜，可食。"人们所欣赏的多数是西府海棠。

二〇七

弱冠寻芳数岁华[一],玲珑万玉嫭交加[二]。难忘细雨红泥寺,湿透春裘倚此花[三]。(忆丁香[四])

〔一〕弱冠句:我二十岁左右,喜欢看花,常常计算着这时节该有什么花开,可以去看了。　岁华:岁时,季节。刘方平《秋夜泛舟》诗:"岁华空复晚,乡思不堪愁。"唐人韩鄂有《岁华纪丽》二卷,按季节记风俗及花事。

〔二〕玲珑句:丁香花密密簇生,就像万玉玲珑,交相映照,十分美丽。　嫭(hù):美好。

〔三〕难忘两句:还记得那天正下着细雨,我在红泥寺里,衣裘都湿透了,还依恋着丁香花不愿离开。红泥寺:寺墙通常粉刷成红色,所以称为红泥寺。这里似是指北京的崇效寺。徐珂《清稗类钞》:"京师崇效寺花事最盛。顺、康时以枣花名,乾隆中以丁香名,光绪中以牡丹名。"

〔四〕丁香:桃金娘科植物,常绿木本,多产热带,高二丈馀。花淡红色,多簇生于茎顶。花蕾为芳香性调味药,为制丁香油原料。一名鸡舌香。

二〇八

女墙百雉乱红酣[一],遗爱真同召伯甘[二]。记得花阴文谳屡,十年春梦寺门南[三]。(忆丰宜门外花之寺董文恭公手植之海棠一首[四])

〔一〕女墙句:在城墙旁边,海棠花一片乱红,繁茂极了。　女墙:城墙上的掩蔽体,开有瞭望孔。《释名。释宫室》:“城上垣曰睥睨,言于孔中睥睨非常也。亦曰女墙,言其卑小,比之于城,若女子之于丈夫也。”　百雉:古代以城长三丈高一丈为雉。《礼·坊记》:“都城不过百雉。”

〔二〕遗爱句:意指董诰在这里种下的海棠树,真是如同召伯的甘棠那样。召伯:周文王庶子,封于岐山之南。《诗·召南·甘棠》:“蔽芾甘棠,勿剪勿伐,召伯所茇。”诗人借甘棠来纪念召伯。

〔三〕记得两句:记得在花阴底下,屡次举行文人酒会,过去十年间寺门南的这些旧事,恍如一场春梦。　按,道光十年,作者的朋友徐宝善邀请作者到花之寺看海棠;十二年,作者又邀集一班朋友在此集会。杨懋建《梦华琐簿》:“三官庙中有花之寺。壬辰初入京,龚定庵招余会公车诸名士宋于庭、包慎伯、魏默深、端木鹤田诸公十四五人于其中。既而戾止,则绮窗尽拓,湘帘四垂,‘花之寺’绰楔(按,意为扁额)在焉。前后皆铁梗海棠,境地清幽,颇惬幽赏。”

〔四〕花之寺:即三官庙。张祥河《关陇舆中偶忆》:“京师丰宜门外三官庙,海棠最盛,花时为士大夫谦集之所。向不知种自何手。阮芸台相国(元)告予:此是董文恭公(诰)所植。文恭公奉讳回浙江,闻三省‘教匪’滋事,不敢家居,俶装赴都。及至城外,和相珅不为奏明,遂侨寓庙中数月,种花自遣。今三官庙改名花之寺,盖取《日下旧闻》所载寺名移置于此。”　董文恭公:董诰,字雅伦,一字西京,号蔗林,浙江富阳人,乾隆二十八年进士,由编修累官东阁大学士,国史馆总裁,太子太保。诗、文、画均有名。曾奉敕参与编《全唐文》一千卷。卒谥文恭。

二〇九

空山徙倚倦游身[一]，梦见城西阆苑春[二]。一骑传笺朱邸晚，临风递与缟衣人[三]。（忆宣武门内太平湖之丁香花一首[四]）

〔一〕空山句：我在羽琌山馆徘徊往来，已是个倦于仕宦的人了。徙倚：徘徊。屈原《远游》："步徙倚而遥思兮。" 倦游：倦于宦游，即不再做官。

〔二〕梦见句：又在梦中看到京城西面那仙苑中的春花。 阆苑：仙人居住的地方，见第九三首注。这里的"阆苑春"，指丁香花，也可能与下文的"缟衣人"有关。

〔三〕一骑两句：一个骑马的人把花笺从王侯府第带出来，那时天色已晚，花笺送给了临风而立的穿白绢衣服的人。 朱邸：封建时代，贵官府第用朱漆大门，称为朱邸。 缟衣：《诗·郑风·出其东门》："缟衣綦巾。"缟衣一说是"白色男服也"。（郑玄笺）一说是"女服中之贫陋者"。（朱熹集注）

〔四〕太平湖：在北京宣武门内宗帽胡同西南。

按，这首诗是追忆在京师时一段旧事。对于此事，后人颇有一些猜测传说。有人认为龚氏同一个叫顾太清的女人闹恋爱，此人是满洲宗室奕绘的侧室。太平湖丁香花正是指她。如曾朴写的小说《孽海花》就有一段隐约描述两人恋爱的事。又冒广生（鹤亭）有《记太清遗事》诗六首，其六云："太平湖畔太平街（原注：邸西为太平湖，邸东为太平街），南谷春深葬夜来（南谷，大房山东，贝勒与太清葬处）。人是倾城姓倾国，丁香花发一低徊。"末两句暗指其人姓顾，又暗点出龚氏这首诗。

又按，关于作者和顾太清的关系，虽有上述传说，但也有人替他们进行辩解。孟森《心史丛刊》三集有一篇考辨文章，极力为作者剖白，节录如下：

“高宗（弘历）曾孙绘贝勒，名奕绘，号太素道人，著有《明善堂集》。生于嘉庆四年己未，卒于道光十八年戊戌，年四十。有侧室曰顾太清，名春，字子春，号太清，世常称之曰太清春。工词翰，篇什为世所宝。太清不但丰于才，貌尤极美。冒鹤亭尝云：太清游西山，马上弹铁琵琶，手白如玉，琵琶黑如墨，见者谓是一幅王嫱出塞图也。风致可想。

“丁香花公案者，龚定庵先生己亥出都，是年有《己亥杂诗》三百十五首，中一首云：‘空山徙倚倦游身……’世传定公出都，以与太清有瓜李之嫌，为贝勒所仇，将不利焉，狼狈南下。又据是年《杂诗》，至冬再北上迎眷，乃不敢入国门，若有甚不愿过阙下者。说者以此益附会其词，谓有仇家足惮。至道光二十一年，定公掌教丹阳，以暴疾卒于丹阳县署，或者谓即雠家毒之。所谓丁香花公案，始末如此。

“定公集最隐约不明者，为《无著词》一卷，又有《游仙》十五首等诗。说者以其为绮语，皆疑及太平湖。此事宜逐一辨之。《无著词》选于壬午，刻于癸未，则作词必在壬午以前。《游仙》之作在辛巳，自注为考军机不得而作，当可信。要之作此者在道光初元，至十九年己亥出都。安有此等魔障，亘二十年不败，而至己亥则一朝翻覆者？定公集所有绮语，除踪迹本不在都门者不计，《无著词》、《游仙诗》按其年月，皆不当与太平湖有关。惟丁香花一诗，非惟明指为太平湖，且明指为朱邸，自是贝勒府之花。其曰缟衣人者，《诗》：缟衣綦巾，聊乐我员。（按，朱熹注：缟衣綦巾，女服中之贫陋者。虽贫且陋，而聊可以自乐也。)谓贫家之妇,与朱邸之嫔相对照而言。盖必太清曾以此花折赠定公之妇,花为异种,故忆之也。太清与当时朝士眷属多有往还,于杭州人尤密。尝为许滇生尚书母夫人之义女,集中称尚书为滇生六兄,有《许滇生司寇六兄见赠银鱼螃蟹诗以致谢》一首,时在己亥新年。定公亦杭人,内眷往来,事无足怪。一骑传笺,公然投赠,无可嫌疑。贝勒卒于戊戌七夕,见集中。时太清已四十岁,盖与太素齐年。己亥为戊戌之明年,贝勒已殁,何谓为寻雠?太清亦已老而寡,定公年已四十八,俱非清狂荡检之时。循其岁月求之,真相如此。"按,此下还有顾太清被嫡子所逼,离开贝勒府事,以与此事无关,从略。

二一〇

缱绻依人慧有馀〔一〕,长安俊物最推渠〔二〕。故侯门第歌钟歇〔三〕,犹办晨餐二寸鱼。(忆北方狮子猫〔四〕)

〔一〕缱绻:缠绵的意思。《左传·昭公二十五年》:"缱绻从公。"注:"不离散也。"

〔二〕俊物:被人珍惜的动物。

〔三〕故侯句:贵族人家已经没落。　歌钟:古代诸侯贵族的礼器。《国语·晋语》:"郑伯嘉来,纳女乐二八,歌钟二肆。"陈瑑注:"歌钟即《周礼》磬师所掌之编钟,盖小钟编次成列者。"《左传》服注:"悬钟十六为一肆。"吴伟业《九峰草堂歌》:"歌钟粲戟侯王宅。"

〔四〕狮子猫:珍贵动物之一,又称波斯猫。相传明末由波斯传入。猫头浑圆,脚粗短,通身披长毛,耳上毹毛下垂至眼际,体重可达十斤以上。毛色以纯白为贵,黄白杂次之,斑驳或云斑为变种。黄汉《猫苑》:“张孟仙曰:狮猫产西洋诸国,毛长身大,不善捕鼠。一种如兔,眼红耳长,尾短如刷,身高体肥,虽驯而笨。张心田云:狮猫眼有一金一银者。”徐珂《清稗类钞》:“历朝宫禁卿相家多蓄狮猫。咸丰辛亥五月,太监白三喜使其犹子曰大者,进宫取狮猫,遂获咎。”可见当时宫禁及官宦人家竞蓄狮子猫的风气。

二一一

万绿无人嘒一蝉〔一〕,三层阁子俯秋烟〔二〕。安排写集三千卷,料理看山五十年〔三〕。(欲写全集清本数十分〔四〕,分贮友朋家。)

〔一〕万绿句:无数绿树,幽静无人,只听到一种蝉的鸣声。 嘒(huì):蝉鸣。《诗·小雅·小弁》:“鸣蜩嘒嘒。”

〔二〕三层阁子:《续修昆新合志》:“(龚自珍)得昆山徐尚书(按,应为徐侍郎,即徐秉义)园亭,园筑峻楼三层。”《梁书·陶弘景传》:“永元初,更筑三层楼。弘景处其上,弟子居其中,宾客至其下,与物遂绝。惟一家僮得侍于旁。特爱松风,每闻其响,欣然为乐。”

〔三〕安排两句:在这里,我要安置三千卷我的诗文写本;还打算在这里观赏山容水色五十年。 三千:是个虚拟数字,形容其多。

〔四〕全集清本:全部文章诗词誊写清楚,成为一个清本。按,作者出都时自称有文集百卷,现散佚甚多。王佩诤校本后附佚著待访目,单是文章目录就有六十条,尚遗漏《内典旁师考》一目(见作者《上国史馆总裁书》),但这个佚书目录仍不过是所佚的一部分。至于诗词散佚之数,更无可稽考。

二一二

海西别墅吾息壤〔一〕,羽琌三重拾级上。明年俯看千树梅,飘颻亦是天际想〔二〕。

〔一〕海西别墅:即羽琌山馆。 息壤:传说是取了又重新长出来的神奇泥土。《山海经·海内经》:"洪水滔天,鲧窃帝之息壤,以堙洪水。"注:"息壤者,言土自长,故可湮水也。"又是地名。但作者取义却在于休息的地方。他的《桐君仙人招隐歌》有云:"两家息壤殊不远,江东浙东一棹堪洄沿。"即取后一义。

〔二〕明年两句:明年在阁子上俯看千树梅花,那就像仙人那样飘飘然如在天上了。 天际想:《世说容止》:"桓大司马曰:仁祖企脚北窗下弹琵琶,故自有天际真人想。"按,仁祖即谢尚。真人即仙人。

二一三

此阁宜供天人师〔一〕,檀香三尺博士为〔二〕。阮公施香孰施字〔三〕?徐公字似萧梁碑〔四〕。(造佛像之匠谓之博士,出《摩利支天经》。予供天台智者大师檀香像〔五〕。徐问蘧为予书扁曰:观不思议境。书楹联曰:智周万物而无所思;言满天下而未尝议。)

〔一〕天人师:指释迦牟尼。《大唐西域记》卷八:“如来既成正觉,称天人师。”它又是佛家十号之一。

〔二〕檀香三尺:三尺檀香雕刻的佛像。《大唐西域记》卷五:“憍赏弥国城内故宫中有大精舍,高六十馀尺,有刻檀佛像,上悬石盖。邬陀衍那王之所作也。”

〔三〕阮公施香:送檀香木给我的是阮公(阮元)。 施:布施,把物品送给佛寺或僧人。

〔四〕徐公:徐懋,见第一五九首注。按,“公”,龚橙定本改作“君”。 萧梁碑:萧梁时代(公元502—557年)刻的石碑文字。梁朝皇帝姓萧,后人为区别朱温的梁朝,故称萧梁。萧梁碑传世的有《始兴忠武王碑》、《刘敬造像》、《释慧影为父母师僧及身造释迦佛像题字》等二十种。见《广艺舟双楫》。

〔五〕智者大师:智𫖮,陈、隋间僧人,佛教天台宗的创立人。字德安,俗姓陈。十八岁出家,初居瓦官寺,讲《法华经》、《大智度论》。陈大建七年入天台山国清寺修炼。隋开皇十一年,晋王杨广(炀帝)镇守建康(今南京),遣使迎至,称之为智者大师。开皇十七年卒。著有《法华疏》、《净名疏》、《摩诃止观》等。为作者崇奉的佛教宗师之一。

宋濂《释氏护教编后记》:“梁陈之间,北齐惠闻因读《中观论》悟旨,遂遥礼龙胜为师,开空、假、中为三观心观法门,以《法华》宗旨授慧思,思授天台国师智𫖮,𫖮授灌顶,顶授智威,智威授惠威,惠威授玄朗,朗授湛然。是为四教法性观行之宗。”

二一四

男儿解读韩愈诗，女儿好读姜夔词[一]。一家倘许圆鸥梦[二]，昼课男儿夜女儿[三]。（时眷属尚留滞北方。　近人郭频伽画《鸥梦圆图》[四]，予亦仿之。）

〔一〕姜夔：南宋词人，字尧章，号白石道人，江西鄱阳人，隐居不仕，工诗词，精晓音律。著有《白石道人歌曲集》等。他的词以清峭见长，清代浙派词家很多都宗奉他。

〔二〕圆鸥梦：鸥：比喻江湖上闲散的人，如隐士之类。　圆梦：意为团圆。

〔三〕课：考核。这里是督教的意思。吴伟业《课女》诗："挽来灯下立，携就月中看。"

〔四〕郭频伽：郭麐，字祥伯，号频伽，江苏吴县人，幼有神童之称，屡考科举不中。家贫作客，无所遇合。所作诗、古文，清婉有法度。著有《灵芬馆集》。

王昶《蒲褐山房诗话》："祥伯诗初效李长吉、沈下贤，稍变而入于苏、黄。予题行卷云：揽其词旨，哀怨为宗；玩厥风华，清新是尚。如见卫叔宝、许元度一流人物，不患其过清而寒，过瘦而枯，过新而纤，如姬传仪部所云也。"

徐世昌《晚晴簃诗话》："阮芸台曰：郭君频伽，臞而清，白一眉。与余相识于定香亭上。其为诗也，自抒其情与事，而灵气入骨，奇香悦魂，不屑屑于流派，殆深于骚者乎！"

玉堂居士《蠡庄诗话》："吴江汪宜秋女史，父兄夫婿皆非士人，境遇艰辛，十指为活，依舅氏家。其表弟朱铁门，吴江诗人也，与宜秋唱和甚多，著有《宜秋诗草》。题郭频伽《水村第四图》云：深闺未识诗人宅，昨夜分明梦水村。却与图中浑不似，万梅花拥一柴门。频伽摘其落句绘为图。” 鸥梦圆图：郭麐《浮眉楼词》有《红情·题二娱鸥梦圆图用玉田韵》词云：“生香活色，有水天闲话，凭肩语密。除却鸳鸯，只有眠鸥似相识。三十六陂旧梦，明镜里，低徊潜忆。问微步一晌凌波，罗袜可曾湿？小立，髻鬟侧。想明月那时，流水今日。春风灵液，淡荡其间浪痕碧。自恨采香太晚，重到也，红衣非昔。又况画船舣处，船中玉笛。”

二一五

倘容我老半锄边〔一〕，不要公卿寄俸钱〔二〕。一事避君君匿笑：刘郎才气亦求田〔三〕？（俭岁〔四〕，有鬻田六亩者〔五〕，予愿得之。友人来问此事。）

〔一〕倘容句：假如让我终老在半耕半读的环境中。 半锄：生涯一半依靠锄头，即做半个农民。

〔二〕不要句：我将不接受公卿们分给我一部分俸钱。按，古人偶然也有分俸赠友的事。《宋史·吕端传》：“故相冯道子正之病废，端分俸给之。”李逢吉《酬致政杨祭酒见寄》诗：“应将半俸沾邻里。”

〔三〕一事两句：有一件事情瞒着你幹，你知道了一定会心里暗笑：像定庵这样有刘郎才气的人，也会求田问舍吗？ 刘郎才气：《三国志·陈登传》载刘备对许汜说:"君有国士之名,而求田问舍,言无可采。"辛弃疾《水龙吟》词:"求田问舍,怕应羞见,刘郎才气。"

〔四〕俭岁:歉收的年头。

〔五〕鬻(yù):出卖。

二一六

瑰癖消沈结习虚〔一〕,一篇典宝古文无〔二〕。金灯出土苔花碧,又照徐陵读汉书〔三〕。(沪上徐文台得汉宫雁足灯〔四〕,以拓本见寄,乞一诗。是时予收藏古吉金星散,见于《羽琌山典宝记》者,百无一二。)

〔一〕瑰癖句:收藏古铜器的嗜好,我早已消沈,那个老习惯如今都已成为空话。　瑰癖:奇丽的嗜好,指收藏古文物。　瑰:奇伟。张衡《西京赋》:"攒珍宝之玩好,纷瑰丽兮奢靡。"　结习:见第一〇二首注。

〔二〕一篇句:正如《尚书序》提到的《典宝》一篇,在古文中早已失传一样,我那些古文物也已经星散不存了。　典宝:古文《尚书》中的一篇,早已亡佚。据《尚书序》说:"夏师败绩,汤遂从之,遂伐三朡,俘厥宝玉。谊伯、仲伯作《典宝》。"但这篇所谓古文,只有目录而不见篇章。此句亦可解为:我的《羽琌山典宝记》所收文字,是古文典籍所无的。

〔三〕金灯两句:汉宫的金灯重新出土,它上面还留下绿色的铜锈。如今,它又照着你这徐陵阅读《汉书》,真是相得益彰。　苔花:指古铜器埋在地下日久长出的绿锈。　徐陵:陈朝文学家,字孝穆,官至御史中丞。文章词藻绮丽,与庾信齐名。著有《徐孝穆集》,辑有《玉台新咏》。他曾代陈主草拟一封答北齐的移文,陈主赐他一个烛盘。作者因徐文台姓徐,所以借徐陵的名字,祝他得到汉宫雁足灯。

〔四〕徐文台:徐渭仁,字文台,号紫珊,江苏上海人,工书法、绘画。著有《隋轩金石文字八种》,又刻《春晖堂丛书》,收集前辈的诗文,使能流传世间,不致埋没。

蒋宝龄《墨林今话》:"徐紫珊渭仁,字文台。天资警敏,于学靡不探讨。篆隶行楷悉有法。少时及见山舟学士,继与曼生司马、椒畦典簿、叔未解元暨沙君笠甫、韩君古香为书画金石友,佳搨古器,多所储藏。尝获隋开皇时董美人碑,珍秘特甚,自号隋轩。近又购得述庵少司寇旧藏建昭雁足灯,因颜其居曰西汉金灯之室。时邑宰黄公创建义仓,属君佐理,得元时顾氏露香园遗址,有地一泓,营构之馀,复葺秋水亭、万竹山房,以芑堂征君所摹石鼓文贮之,沪上遂增一名胜矣。紫珊既精于书,年三十八,忽学为画,初写兰竹,下手已自不凡,旋去而作山水,闭关研求,夜以继日,宋元各家,无不窥其堂奥。后以索者坌集,不能遍应,遂辍而弗为。诗近宋贤,不屑屑以字句求工。为人勇于任事,交友有始终。初学琴于古香,古香客死沪城,君为经纪其丧,其风义如此。" 汉宫雁足灯:又名建昭雁足灯。建昭是汉元帝年号之一,起公元前三十八年,终前三十四年。朱文藻《汉铜雁足灯搨本,赵晋斋索题,即次王述庵先生韵》诗下注云:"灯铭共六十一字:建昭三年考工工辅为内者造铜雁足灯,重三斤八两,护建佐博啬夫福掾光主右丞宫令相省中宫内者第五故家四十五字隶书,在槃下。今阳平家画一至三阳朔元年赐十三字篆书,在前唇。后大厨三字,篆书,在趾下。”可见此灯大概。此灯旧为青浦王昶所藏,即上文的“述庵少司寇”。

二一七

回肠荡气感精灵〔一〕,座客苍凉酒半醒〔二〕。自别吴郎高咏减〔三〕,珊瑚击碎有谁听〔四〕?(曩在虹生座上,酒半,咏宋人词,呜呜然。虹生赏之,以为善于顿挫也。近日中酒,即不能高咏矣。)

〔一〕回肠荡气:歌唱诗词时使人感情激动,称为回肠荡气。曹丕《大墙上蒿行》:“女娥长歌,声协宫商。感心动耳,荡气回肠。” 精灵:这里指鬼神。李涉《与李渤新罗剑歌》:“暗中往往精灵语。”

〔二〕座客句:客人在半醉半醒时,听到我的咏唱,都悲凉感慨。

〔三〕吴郎:吴葆晋,屡见前。

〔四〕珊瑚句:如今就算打碎了珊瑚,又有谁来欣赏我的咏唱呢?《晋书·王敦传》:“王敦酒后,辄咏魏武帝乐府歌曰:老骥伏枥,志在千里。烈士暮年,壮心不已。以如意打唾壶为节,壶边尽缺。”后人因以“击碎唾壶”作为叹赏诗文或歌咏的用语。作者略变字面,改为珊瑚。明蒋一葵《尧山堂外纪》载元人高则诚题张小山《苏堤渔唱》词,有“好将如意,击碎珊瑚”句。

二一八

随身百轴字平安〔一〕,身世无如屠钓宽〔二〕。耻学赵家臣宰例,归来香火乞祠官〔三〕。

〔一〕百轴:书籍百卷。　字平安:报告平安的家信。宋张镃《皇朝仕学规范》:"安定胡先生侍讲(按,胡瑗),布衣时,与孙明复、石守道同读书泰山,攻苦食淡,终夜不寐,一坐十年不归。得家问,见上有平安二字,即投之涧中,不复展读。"又见朱熹《五朝名臣言行录》。

〔二〕身世句:个人生活最宽广的就是屠和钓了。意思是做一个平民。屠钓泛指一般体力劳动。

〔三〕耻学两句:像宋朝的官吏,辞官以后还向朝廷乞求祠禄,那是我耻于仿效的。　祠官:宋朝对官吏待遇优厚,年老退休,还可以按他原来职位高低,给予某宫某观的使、提举、提点等虚衔,领取半俸。这种官叫祠禄官。宋赵升《朝野类要》卷五:"宫祠:旧制有三京分司之官,乃退闲之禄也。神庙置宫观之职以代之,取汉之祠官祝厘之义,虽曰提举主管某宫观,实不往供职也。故奏请者多以家贫指众为辞,降旨必曰:依所乞,差某处宫观任便居住。惟在京宫观不许外居。"　香火:宫和观是奉祀道家神灵的庙宇,每天都要点燃香灯,称为香火。

二一九

何肉周妻业并深〔一〕,台宗古辙幸窥寻〔二〕。偷闲颇异凡夫法〔三〕,流水池塘一观心〔四〕。

〔一〕何肉句:我这人又吃肉又娶妻,这是两种很深的业障。　何肉周妻:《南史·周颙传》:"颙妙于佛法,虽有妻子,独处山舍;何胤亦精信佛法,侈于食味,后稍去其甚者,犹食鱼蟹蚶蛎之属。文惠太子问颙:卿精通佛法,何如何胤?颙曰:三涂八难,共所未免;然各有累。太子曰:累伊何?对曰:周妻,何肉。" 业:业障,佛家认为是妨害修道的东西。

〔二〕台宗句:自己幸而修习了天台宗,知道前人走过的道路。 古辙:前人留下的言行纪录。

〔三〕凡夫法:指佛教的小乘法。作者《重辑六妙门序》:"故合不净观,谓之二甘露门,要是凡夫禅,小乘法。"

〔四〕流水池塘:元释梵琦《西斋净土诗》有《池观》诗云:"第五观心池水观。"又有《水观》诗云:"第二观门名水观。"

二二〇

皇初任土乃作贡〔一〕,卅七亩山可材众〔二〕。媪神笑予无贫法〔三〕,丹徒陆生言可用〔四〕。(吾友陆君献〔五〕,著种树书,大指言天下之大利必任土;"货殖"乃"货植"也;有土十亩,即无贫法。昔年曾序之。)

〔一〕皇初句:从很古的时候开始,就根据农民在土地上种植的收获,定出交纳贡税的种类和份额。 皇初:古皇之初。《文选》班固《典引》:"厥有氏号,绍天阐绎,莫不开元于太昊皇初之首。" 任土作贡:《书·禹贡序》:"禹别九州,随山濬川,任土作贡。"注:"任其土地所有,定其贡赋之差。"

〔二〕卅七句:有面积三十七亩山地,可以作成材料的树木就很多了。

〔三〕媪神句:连土地神都开玩笑说,我拥有这些山地,种植开发,保证不会贫困。　媪神：土地婆婆。《汉书·礼乐志》：“惟泰元尊，媪神蕃厘。”李奇曰：“媪神，地也。”《初学记·地部》引《物理论》：“地者，其卦曰坤，其德曰母，其神曰祇，亦曰媪。”媪（ǎo）：老太婆。

〔四〕丹徒句：丹徒陆献的著作是大有用处的。作者在《陆彦若所著书序》中，提到陆献有《种树方》三卷，《种菜方》一卷，《种药方》一卷，可惜已经失传。

〔五〕陆献：字彦若，号伊湄，南宋陆秀夫的裔孙，世居江苏丹徒镇。道光元年顺天举人，道光七年随钦差大臣那彦成到新疆办理善后事宜，保举知县，选授山东蓬莱知县，转繁县、曹县。所至劝民种树栽桑养蚕，设立教织局，刊印论文等。咸丰间去官回籍。在山东时，著《山左蚕桑考》，在安徽又重印张扬园的《农书》及元人的《蚕桑辑要》，又著有《尊朴斋诗草》。卒年五十八。《丹徒县志》有传。

二二一

西墙枯树态纵横，奇古全凭一臂撑〔一〕。烈士暮年宜学道，江关词赋笑兰成〔二〕。（羽琌之西，有枯枣一株，不忍斧去。）

〔一〕西墙两句：西墙边有一棵枯掉的枣树，枝幹交错纵横，姿态倔强。它之所以显得不同寻常，全靠一支像巨臂的枝幹撑拄在碧空之中。

〔二〕烈士两句：一个志向远大的人，到了晚年，应当研究宇宙人生的哲理。假如像庾信那样，只是吟咏凄凉的词赋，那真是可笑的。 烈士:曹操《短歌行》:“烈士暮年,壮心不已。” 江关词赋:杜甫《咏怀古迹》诗:“庾信平生最萧瑟,暮年诗赋动江关。” 兰成:庾信小字。陆龟蒙《小名录》:“庾信幼而俊迈,聪敏绝伦。有天竺僧呼信为兰成,因以为小字。”庾信是南北朝人,初仕梁,后出使西魏,被留在长安,北周时官至骠骑大将军,开府仪同三司。晚年思念南方,作《哀江南赋》,凄恻动人。著有《庾开府集》。

按,庾信曾写过《枯树赋》,作者或因此起意;但作者欣赏枯树的倔强性格,并联想到“烈士暮年”,显然有不怕顽固派的打击,不忘变革社会政治的用意。

二二二

秋光媚客似春光,重九尊前草树香〔一〕。可记前年宝藏寺,西山暮雨怨吴郎〔二〕。(丁酉重九〔三〕,与徐星伯前辈〔四〕、吴虹生同年,连骑游西山之宝藏寺〔五〕,归鞍骤雨。重九前三夕作此诗,阁笔而雨〔六〕。)

〔一〕秋光两句:秋天的风景就像春天一样逗引人们;重阳时节,在筵席上也闻到草树散发的香气。

〔二〕可记两句:可还记得前年也是重九,在北京游览宝藏寺,傍晚回家路上碰上一场大雨,吴虹生把老天爷着实埋怨了一番。

〔三〕丁酉:道光十七年(1837)。

〔四〕徐星伯:即徐松,见第四二首注。

〔五〕宝藏寺:郭沛霖《游宝藏寺记》:“宝藏寺在万寿山之西五里许。

考吴太初《宸垣识略》云:过金山口数里,有谷颇幽邃,上坡三里许,度大壑,又三里许,是为宝藏寺。正统四年西域僧道深建,初名苍雪庵,敕赐今额。”陈康祺《郎潜纪闻》卷十二:“都门花事,以极乐寺之海棠(大十围者八九十本),枣花寺之牡丹,丰台之芍药,十刹海之荷花,宝藏寺之桂花,天宁寺之菊花为最盛。春秋佳日,挈榼携宾,游骑不绝于道。”

〔六〕阁笔:把笔放下。

二二三

似笑山人不到家,争将晚节尽情夸〔一〕。三秋不陨芙蓉马,九月犹开窅窳花〔二〕。(马,徐锴音乎感切〔三〕。)

〔一〕似笑两句:别墅的花花草草好像笑我长期不在家中,如今我回来了,它们拚命在深秋的时节开放,夸耀它们是有晚节的。山人:作者自指。　晚节:不怕时节寒冷,仍然保持着蓬勃生机。韩琦《九日水阁》诗:“不羞老圃秋容淡,且看寒花晚节香。”

〔二〕三秋两句:九月天气,荷花还长着蓓蕾;桂花还不断开放。马(hǎn):花的蓓蕾。徐锴《说文系传·通释》卷十三:“马,嘾也,草木之华未发。凡马之属皆从马。臣锴曰:嘾者含也,草木花未吐,若人之含物也。”　窅窳(yǎo yǔ):桂花。《汉书·礼乐志》:“都荔遂芳,窅窳桂华。”

〔三〕徐锴:字楚金,扬州广陵人,南唐时官至内史舍人。能诗,精通古文字学。著有《说文系传》、《说文解字篆韵谱》。

二二四

莱菔生儿芥有孙（借苏句）[一]，离披秋霰委黄昏[二]。青松心事成无赖，只阅前山野烧痕[三]。

〔一〕莱菔句：萝卜生了儿子，芥菜也养了孙儿。　这是苏轼《煮菜》诗的第二句。“莱菔”原作“芦菔”。

〔二〕离披句：在散乱的黄昏细雨中，它们伸开叶子安然生长。　离披：散乱貌。《楚辞·九辩》：“白露既下百草兮，奄离披此梧楸。”　霰：冰粒。这里是形容冷雨有如冰粒。

〔三〕青松两句：我本想效法青松，战风斗雨，坚挺不拔，这种心事现在忽然觉得无聊，我只是默然看着山前野火烧过的残破痕迹。　无赖：同无聊。《三国志·华佗传》：“呻呼无赖。”

按，作者在同大地主顽固派的斗争中，受到连续迫害打击，如今回来，看到山前野火焚烧树木的残迹，不禁引起感触，觉得这个“衰世”时代，像萝卜、芥菜只懂生儿育女，倒还安稳；反之，青松却要遭到摧残。这该怎么说呢？诗语表面平淡，其实忧愤深广。

二二五

银烛秋堂独听心[一]，隔帘谁报雨沉沉？明朝不许沿溪赏，已没溪桥一尺深[二]。

〔一〕银烛句：我坐在屋子里，蜡烛在燃烧，我却独自听着内心的活动。　听心：指心思专一。陆龟蒙《三宿神景宫》诗：“万籁既无声，澄明但心听。”《庄子·人间世》：“回曰：敢问心斋？仲尼曰：一若志，无听之以耳，而听之以心，无听之以心，而听之以气。”

〔二〕隔帘三句：隔帘不知谁在说：雨下得很大了。到明早，你想到溪边走走也不行，小溪上的木桥都浸在水里一尺深了。

二二六

空观假观第一观，佛言世谛不可乱〔一〕。人生宛有去来今，卧听檐花落秋半〔二〕。

〔一〕空观两句：观察客观世界的空和它的假，是修炼佛法的开头。佛祖说对客观世界的观察，不要乱了次序。　天台宗创立人智𫖮在《修习止观坐禅法要》中，把“观心”修炼过程分为三个阶段。第一阶段是“止”，即“能了知一切诸法皆由心生，因缘虚假不实故空，即不得一切诸法名字相，则体真止也。尔时，上不见佛果可求，下不见众生可度，是名从假入空观，亦名二谛观”。第二阶段是“观”，即“心性虽空，缘对之时，亦能生出一切诸法，犹如幻化，虽无定实，亦有见闻觉知等相，差别不同。行者如是观时，虽知一切诸法毕竟空寂，能于空中修种种行……是名方便随缘止，乃是从空入假观，亦名平等观”。第三阶段是“止观双照”，即“因是二空观，得入中道第一义观，双照二谛，心心寂灭，自然流入萨婆若海”。这段充满神秘主义的说教，大意是：先理解一切皆空，即“止”于空；再看到一切皆假，即“观”于假；然后进一步领悟到空和假同时存在，不能偏执于一，于是认识的过程圆满。这是他知道客观世界不能完全否认抹杀，因而只好说那是一种假象。由于空观、假观是进入“中道”的必经过程，所以说是“第一观”。　世谛：佛家认为世谛是真谛的对立面，即人们所认识的客观世界。梁萧统在《解二谛义令旨》中说：“二谛者，一是真谛，二名俗谛。真谛亦名第一义谛，俗谛亦名世谛。”这是把客观世界归结为“浮伪造作”的俗谛，而把虚幻的本体说成是真谛。

〔二〕人生两句：在人世间，去来今三者是宛然存在的，我躺着听到屋檐上的秋花掉到地上，在这一瞬间，体验了去来今的存在。去来今：三种时间。智觊在解释这三种时间时，作了如下的答辩：“问曰：汝云何观心？若观过去心，过去心已过。若观未来心，未来心未至。若观现在心，现在心不住。若离三世，则无有别心，更观何等心？答曰：汝问非也。若过去永灭，毕竟不可知者，云何诸圣人能知一切过去心？若未来心未至有不可知，云何诸圣人能知一切未来心？若现在心无住不可知，云何诸圣人能知一切十方众生现在念事？当知三世之心虽无定实，亦可得知。”这其实是拿神秘主义回避了问题的实质，并没有真正的思辨价值。

二二七

剩水残山意度深〔一〕，平生几緉屐难寻〔二〕。栽花郑重看花约，此是刘郎迟暮心〔三〕。

〔一〕剩水句：虽然水只有一湾，山只有一角，但它们的意态还是深远的。　这是指羽琌山馆的风景。　剩水残山：杜甫《游何将军山林》诗："剩水沧江破，残山碣石开。"辛弃疾《贺新郎》词："剩水残山无态度，被疏梅料理成风月。"

〔二〕平生句：我自己平生游山玩水的机会其实不多，所以找不到有几双游山的屐。　几緉屐：几双木屐。晋朝阮孚喜欢登山，曾亲自吹火蜡屐，还对人叹息说："未知一生当著几緉屐？"见《晋书·阮孚传》。　緉（liǎng）：一双（专指鞋屐）。

〔三〕栽花两句：我不仅亲自种花，还郑重其事同花约定看它的日期。这是我这人到晚年的一点心事。　刘郎：作者自比。刘禹锡《元和十年自朗州承召至京戏赠看花诸君子》诗："玄都观里桃千树，尽是刘郎去后栽。"

二二八

复墅拓墅祈墅了，吾将北矣乃图南〔一〕。无妻怕学林逋独，有子肯为王霸惭〔二〕？（料理别墅稍露崖略〔三〕，将自往北方迎眷属归以实之。）

〔一〕复墅两句：恢复、开拓和祝福别墅的事情都已告一段落，我将向北行，而目的乃是为了回到南方。图南：《庄子·逍遥游》："而后乃今培风背负青天，而莫之夭阏者，而后乃今将图南。"

〔二〕无妻两句：我怕像林逋那样过着孤独的生活；而且我的儿子还有志气，自己不至于像王霸那样脸红。　林逋：宋代隐士，字君复，隐居杭州西湖，孤独一身，种梅养鹤，人称他是"梅妻鹤子"。　王霸：东汉隐士，字儒仲，自称"天子有所不臣，诸侯有所不友”。他有个朋友令狐子伯，当了楚国的相。有一回，子伯叫儿子带信问候王霸，令狐儿子那时官为郡功曹，车马仆从，很有气派。到了王家，刚巧王霸的儿子在地里，听说家中来了客人，回家接待，他一见令狐儿子那副气派，羞愧得不敢抬头。王霸看他这副脸相，禁不住自己也脸红起来。见《后汉书·列女传·王霸妻》条。

〔三〕稍露崖略：大略是这个样子。　崖略：大略。《庄子·知北游》："夫道窅然难言哉！将为汝言其崖略。"

二二九

从今誓学六朝书〔一〕，不肄山阴肄隐居〔二〕。万古焦山一痕石〔三〕，飞升有术此权舆〔四〕。（泾县包慎伯赠予《瘗鹤铭》〔五〕。九月十一日，坐雨于羽琌山馆，漫题其后。）

〔一〕从今句：我现在立下志愿，要学习六朝人的书法。　六朝书：吴、东晋、宋、齐、梁、陈六朝，这段时期是中国书法史上很著名的时期，龚氏又是最喜爱这段时期书法的人。据《定庵先生年谱外纪》："先生曰：吾不以藏汉碑名其家，唐、宋所录亦稀。汉以后隋以前，最精博矣。自契印曰：汉后隋前有此家。志所学也，与所乐也。"包世臣《安吴论书》："杭州龚定庵藏宋拓八关斋七十二字（按，颜真卿六十四岁作），一见疑为《鹤铭》。始知古人《鹤铭》极似颜书之说有故。"

〔二〕不肄句：我不学王羲之，但要学陶隐居的书法。　肄：学习。山阴：东晋著名书法家王羲之是山阴人。　隐居：陶弘景，字通明,齐、梁间人,初官左卫殿中将军,后隐居勾曲山,自号华阳真人。著有《真诰》等。

〔三〕万古句:万年的焦山只有这一小块石碑最宝贵。 一痕石:指《瘗鹤铭》刻石。详后。

〔四〕飞升句:让我变成仙人,白日飞升,这就是入门的方法了。 飞升:借指获得高官厚禄。清代科举考试,除了考八股文、试帖诗,还要讲究楷书写得好看。但作者在书法上偏偏不行,于是影响了他在仕途上的发展,间接也影响了他进行革新政治的抱负。后来他在《干禄新书自序》中叙述自己失败的经过:"龚自珍中礼部试,殿上三试,三不及格(按,指覆试、殿试、朝考),不入翰林;考军机处,不入直;考差,未尝乘轺车(按,清代乡试考官派出时,照例先经过考试。'乘轺车'即有资格当上乡试考官。)乃退自讼,著书自纠。"这本《干禄新书》是教人怎么写字的,实是作者寄愤之作。又道光十二年,作者《跋某帖后》有云:"予不好学书,不得志于今之宦海,蹉跎一生。回忆幼时晴窗弄笔一种光景,何不乞之塾师,早早学此,一生无困阨下僚之叹矣!可胜负负!"可见作者悲愤心情。 权舆:开头。郝懿行《尔雅义疏》:"按《大戴礼·诰志篇》云:孟春百草权舆。是草之始萌,通名权舆矣。"

〔五〕包慎伯:包世臣,字慎伯,安徽泾县人,嘉庆十三年举人,曾为新喻知县,被劾去官。平生喜谈经济、军事,主张社会变革,和龚氏有相同的志趣。当时河道、漕运、盐政的大僚,曾聘他为幕客。又精行草书法,著有《安吴四种》。

《续修江宁府志》:"世臣早负盛名,道光中以大挑知县仕江右,中丞忮之,甫到省,即使署某县,即借公文字句劾罢之。然世臣之名转益盛。陶文毅公、杨端勤公皆延为上宾。素喜交游，延揽知名之士。居鼓楼侧之绸市口，户外之屦常满。又善谈论，娓娓千百言，皆使人之意消。善扁书，开近人北魏一派。其子兴言以枣木刻于鄂中。所著有《安吴四种》，其第二种曰《艺舟双楫》，即自言其书法之功也。"

谢应芝《书安吴包君》："君姓包氏，名世臣，字慎伯，泾人也。泾本汉县，而三国时尝置安吴县，以故学者称安吴先生。君学书三十年，尽交天下能书之士，备得古人执笔运锋结体分行之奇。其法双钩、悬腕、实指、虚掌、逆入、平出、峻落、反收，而归于气满，盖兼秦篆汉隶以为六朝正艹书，遂称书家大宗。君为人短小精悍，而口如悬河，喜兵家言，善经济之学。"又云："君少举于乡，晚岁宦游不得志，弃官而归，寓居江宁，布衣翛然。每作书，自署曰白门倦游阁外史。癸丑岁，以避乱卒于途。" 瘗鹤铭：梁天监十三年（五一四）华阳真逸所撰碑文，原刻在镇江县焦山崖石上，曾两次坠落江中，又被捞起，已极残破。宋朱胜非《秀水闲居录》："《瘗鹤铭》在润州扬子江焦山之足石岩下，惟冬序水退，始可模打。"清末傅尃《瘗鹤铭》诗注云："铭旧刻焦山之崖，雷雨中裂坠山麓。宋时已必俟水涸，仰卧施拓。欧公得六十字为最多，常仅得数字而已。清康熙二十五年，长沙陈恪勤公鹏年，始出石，移立寺中，云得七十馀字。今寺僧拓本称八十九字。以余谛审，石上立字，表上华字，尚存少半，可算九十一字。不知恪勤公何以反少？"这个碑被清代书家极力推崇，认为书法艺术很高。

按，《瘗鹤铭》书法自不能作科举考试的敲门砖，龚氏不过借此宣泄其愤慨而已。

二三〇

二王只合为奴仆，何况唐碑八百通〔一〕！欲与此铭分浩逸，北朝差许郑文公〔二〕。（再跋旧拓《瘗鹤铭》。谓北魏兖州刺史郑羲碑，郑道昭书。）

〔一〕二王两句：王羲之和王献之的书法，只能做《瘗鹤铭》的奴仆，更不用说那八百张唐人写的碑文了。 八百通：高似孙《纬略》卷七："唐人说李邕前后撰碑八百通。"

〔二〕欲与两句：假如说可以同《瘗鹤铭》分一分浩逸的话，只有北朝的《郑文公碑》还比较可以。 浩逸：气象阔大而又飘逸。 差许：比较地同意。差（chā）：较为。 郑文公：指《郑羲碑》，通称《郑文公碑》，北魏宣武帝永平四年（五一一）郑道昭书，有上下两碑，受到书法家的重视。包世臣《安吴论书》及刘熙载《艺概》均有论述。按，郑道昭为郑羲子，字僖伯，自称中岳先生，官至平南将军，谥文恭。

按，《瘗鹤铭》，作者认为是陶弘景所书，所以把二王、唐代书家都一齐抹倒。但此碑的书者是谁，历来有不同说法。宋人苏舜钦、黄庭坚以为是王羲之书，欧阳修以为是颜真卿书，沈括又以为是唐诗人顾况，黄伯思则主张陶弘景，董逌又认为是无名隐士所为。明清之际，主顾况者有焦竑、张弨等，主陶弘景者有顾炎武等。清人多数倾向于陶弘景，但也另有新说，如丹徒人程南耕便说是晚唐诗人皮日休写的，他有《张力臣瘗鹤铭辨书后》云："皮日休先字逸少，后字袭美，见《北梦琐言》。其诗集内有悼鹤诗云：却向人间葬令威。此瘗鹤之证也。"

二三一

九流触手绪纵横〔一〕，极动当筵炳烛情〔二〕。若使鲁戈真在手，斜阳只乞照书城〔三〕。

〔一〕九流句：先秦的九个学术流派，当我接触它们的时候，觉得它们系统纵横交错，头绪纷繁，彼此对立而又互相影响。　九流：《汉书·艺文志》记载先秦十个学派，即儒家、道家、阴阳家、法家、名家、墨家、纵横家、杂家、农家和小说家。但又把小说家排除在外，只称九流。后人相沿也称九流，以概括先秦各个学术流派。

〔二〕极动句：坐下来的时候，就很想好好读它们的书，进行深入研究。　筵：席子。古人席地而坐，当筵指在几席之前。　炳烛：比喻年老还好学不倦。《说苑·建本》："老而好学，如炳烛之明。"《颜氏家训·勉学》："老而学者，如秉烛夜行，犹贤乎瞑目而无见者也。"

〔三〕若使两句：假如鲁阳的戈真在手中，我要太阳回升，照耀我的书城。　鲁戈：《淮南子·览冥》："鲁阳公与韩构难，战酣日暮，援戈而挥之，日为之反三舍。"三舍：指三个星座的距离。古人曾将二十八宿称为二十八舍。则一舍为一宿，也即一个星座。

二三二

诗谶吾生信有之〔一〕，预怜夜雨闭门时〔二〕。三更忽轸哀鸿思〔三〕，九月无襦淮水湄[四]。(出都时,有空山夜雨之句,今果应。今秋自淮以南,千里苦雨。)

〔一〕诗谶句:写诗成为谶语,我一生中实在是有的。　诗谶(chèn):古人迷信,以为有些诗可以作预言来看,称为诗谶。《南史·侯景传》:"初,简文(按,萧纲)《寒食》诗云:雪花无有蒂,冰镜不安台。又作《咏月》云:飞轮了无辙,明镜不安台。后人以为诗谶。"

〔二〕预怜句:我早就预言,在闭门高卧时会听到夜间大雨。　作者曾有"来叩空山夜雨门"句,写于本年四月间。见第一二首。

〔三〕三更句:半夜听着雨声,忽然想到贫苦的老百姓。　轸:沉重怀念。　哀鸿:流离失所的人。《诗·小雅·鸿雁》:"鸿雁于飞,哀鸣嗷嗷。"朱注:"流民以鸿雁哀鸣自比而作此歌也。"

〔四〕九月句:他们在淮河边上,九月天气还没有保暖的衣服。《诗·豳风·七月》:"七月流火,九月授衣……无衣无褐,何以卒岁?"黄景仁《都门秋思》诗:"全家都在风声里,九月衣裳未剪裁。"　襦(rú):短袄。

二三三

燕兰识字尚聪明[一],难遣当筵迟暮情[二]。且莫空山听雨去,有人花底祝长生[三]。

〔一〕燕兰句:我的儿子已经识字,人还聪明。　燕兰:燕姞所生儿,名兰。《左传·宣公三年》:"郑文公有贱妾曰燕姞,梦天使与己兰,曰:余,而祖也。以是为而子。既而文公见之,与之兰而御之。生穆公,名之曰兰。”后人因用梦兰比喻自己有了儿子。此“燕兰”则指自己的儿子。

〔二〕难遣句:想起他们,自己年纪老大的这种感觉就难以排除。 当筵:见第二三一首注。 迟暮:人年老了好像进入黄昏时候。屈原《离骚》:“恐美人之迟暮。”

〔三〕且莫两句:还是不要呆在别墅里听那雨声吧,如今正有人在花阴底下祝祷自己长寿。 祝长生:封建时代,做子女或妻妾的,在花园里烧夜香,祝愿亲人健康长寿。元曲中《西厢记》、《拜月亭》都描写过这种情况。

二三四

连宵灯火宴秋堂,绝色秋花各断肠〔一〕。又被北山猿鹤笑,五更浓挂一帆霜〔二〕。(于九月十五日晨发矣)

〔一〕连宵两句:别墅里连晚举行送行的宴会。各种漂亮的秋花,都眼泪汪汪,舍不得我走。 按,句中暗点是在秋雨之后,花朵都沾满雨水。

〔二〕又被两句:我走了,又给那些北山的猿鹤讥笑我了。五更天那么冷的天气,船帆还挂满浓重的秋霜。 北山猿鹤:孔稚珪《北山移文》:“蕙帐空兮夜鹤怨,山人去兮晓猿惊。”这是讽刺那位改节出山的隐士,说他抛弃山中的生活,猿和鹤都大为不满。这次作者虽然不是再度出仕,但既然离山而去,作者认为也难免受到猿鹤的讥笑。

二三五

美人信有错刀投〔一〕，不负张衡咏四愁〔二〕。爇罢心香屡回顾〔三〕，古时明月照杭州〔四〕。

〔一〕美人：指作者一位要好的朋友。“美人”在诗词中，男女均可用。

错刀：有两义。一、王莽时铸造的刀币。王先谦《汉书补注》引钱坫《款识》：“错刀长二寸，文曰：一刀平五千。一刀：阴识，以黄金错之；平五千：阳识。”二、刀名。谢承《后汉书》：“诏赐应奉金错把刀。”

〔二〕张衡：东汉人，字平子，曾官太史令，创制候风地动仪，成为世界最早的测量地震仪器；又制成水运浑天仪，以观测天象。著有《灵宪》等。顺帝时，见天下将乱，郁郁不乐，仿效屈原以美人为君子，以珍宝为仁义，作《四愁诗》四首，其中有“美人赠我金错刀，何以报之英琼瑶”句。

〔三〕爇罢心香：盘成心字形的香称为心香，这里借用为心的代词。“爇罢心香”意指心中铭感。

〔四〕古时明月：意思是古道照人。作者曾有“照人胆似秦时月”句，借以赞扬朋友的高尚品格。

按，关于“金错刀”，是指王莽的刀币还是指用金错镂的刀子，在李善注《文选》的《四愁诗》时，已无法确定，只好二者并注。作者此诗既是借用张衡诗语，所指也不明显。如指的是刀币，则“错刀投”当是朋友接济金钱；如指的是金错的刀子，又似是朋友的好意规劝。这次作者北上迎接家属，要花一笔旅费，朋友给予接济固然是可能的事；但北行会否发生危险,在当时不但作者有这种考虑,朋友们也会考虑,所以说是规劝的忠言,也有可能。姑存两说以备参考。

二三六

阻风无酒倍消魂〔一〕,况是残秋岸柳髡〔二〕? 赖有阿咸情话好〔三〕,一帆冷雨过娄门〔四〕。(从子剑塘送我于苏州)

〔一〕阻风:风色不利,船只不能开行。

〔二〕岸柳髡:岸边的柳树脱光了叶子。　髡(kūn):剃光头发。这里转作脱叶解。

〔三〕阿咸:魏晋间诗人阮籍有个侄儿阮咸,字仲容,通解音律,潇洒不羁,是所谓"竹林七贤"之一,与阮籍齐称"大小阮"。后人因称侄儿为阿咸。这里是指作者的侄儿剑塘。

〔四〕娄门:旧时苏州城的东门。唐陆广微《吴地记》:"娄门,本号疁门。秦时有古疁县,至汉王莽改为娄县。"

二三七

杭州梅舌酸复甜〔一〕,有笋名曰虎爪尖〔二〕。芼以苏州小橄榄〔三〕,可敌北方冬菘醃〔四〕。(杭人捣梅子杂姜桂糁之,名曰梅舌儿。)

〔一〕梅舌:用梅子拌和姜、桂做成的凉果。《杭州府志·物产》:"杭州四时果子有青梅、黄梅。西溪绿萼梅结实尤佳,他处莫及。糖盐醃制致四远。"

〔二〕虎爪尖：笋的一种。徐荣《怀古田舍诗钞》卷二《虎爪笋》："惊雷新笋记杭州，冬节春鞭嫩玉抽。色乱山茶传虎爪，价高香市胜猫头。"按，徐氏所藏奇石中有似虎爪笋者，故有此诗。《杭州府志·物产》："虎爪笋尖出天目山，不可多得，形如虎爪。"

〔三〕芼（mào）：拌和之意。《礼·内则》："雉兔皆有芼。"注："芼谓菜酿也。" 小橄榄：可能是丁香橄榄。俞樾《茶香室丛钞》："丁香橄榄，今尚珍之，吴下以为隽品也。"

〔四〕冬菘腌：腌制的大白菜。阙名《燕京杂记》："以盐洒白菜上压之，谓之腌白菜，逾数日可食。色如象牙，爽若哀梨。"徐嘉瑞《北平风俗类征》引《食味杂咏》："寒月取盐菜入缸，去汁，入沸汤瀹之，勿太熟，即以所瀹汤浸之，浃旬而酸，与南中作黄虀法略同，而北方黄芽白菜肥美，及成酸菜，韵味绝胜，入之羊羹尤妙。"

二三八

拟策孤筇避冶游，上方一塔俯清秋〔一〕。太湖夜照山灵影，顽福甘心让虎丘〔二〕。（上方山在太湖南〔三〕）

〔一〕拟策两句：我想拄着手杖登上上方山的塔，俯看太湖秋景，这样可以避免同妓女混在一起。筇（qióng）：杖。策筇，即拄杖。 冶游：原指找同心伴侣，引申为狎妓。《乐府诗集》卷四四《子夜四时歌》："冶游步春露，艳觅同心郎。"

〔二〕太湖两句：太湖在夜月中照出山的倒影，我和它都宁肯把庸顽的福气让给虎丘山。 顽福：顽钝者之福。张祖廉《定庵年谱外纪》引龚氏论"顽夫廉"一条云:"廉乃稜角之义。顽则顽钝,与刓通,刓去稜角则钝,故廉训为稜,刓训为钝,对文也。" 虎丘:吴县西北阊门外的小山,又名海涌山。嘉庆《清一统志》:"虎丘泉石奇诡,应接不暇。其最胜者,剑池、千人石、秦王试剑石、点头石、憨憨泉,皆山中之景。"

〔三〕上方山:又名楞伽山,在吴县西南,太湖东侧。张大纯《姑苏采风类记》:"楞伽山一名上方山,在吴山东北。上为楞伽寺,有浮图七级,隋大业四年司户严德盛撰铭。山上有望湖亭,八月十八日观串月,登此。"《吴县志》引《钱牧斋轶事》:"吴俗每年八月十八日咸至上方山看串月。上方山东临石湖,石湖之东数里有宝带桥,横亘南北,此桥最长,通水之环洞五十有三。仲秋之十八夜,月光出土,正对环洞。人必于山间之望湖亭东瞰,而桥西波面,一环一月,连络横流,荡漾里许,俨如一弦贯串,故名之串月。若月出时云气遮闭,或云开而月已上桥,即无此景。"

二三九

阿咸从我十日游,遇管城子于虎丘〔一〕。有笔可橐不可投,簪笔致身公与侯〔二〕。(剑塘买笔筩〔三〕,乞铭之〔四〕。)

〔一〕管城子:毛笔的别称。韩愈《毛颖传》:"秦始皇使恬赐之汤沐,而封诸管城,号曰管城子。"相传毛笔是秦朝大将蒙恬创制,因此韩愈这样描述。其实先秦时早已出现毛笔,战国楚墓曾有实物出土。有人认为殷代已有。

〔二〕有笔两句:既然有了笔,就要好好放在笔盒里,不要弃文就武;

因为替皇帝写写文章，就可以进身到公侯的地位了。　橐笔：见第六首注。　投笔：东汉班超，初时是替官府钞写文书的小吏，后来投笔从戎，出使西域，因功封为定远侯。

〔三〕笔箭：即笔筒，插笔的筒形物，多为竹制或陶制。

〔四〕铭：文体的一种，内容多寓有劝勉、赞颂的意思。

按，此诗颇含讽意。当时清政府重文轻武，对于追随左右的文官如军机章京之类，提拔很快，所以作者有后两句话。

二四〇

濯罢鲛绡镜槛凉〔一〕，无端重试午时妆〔二〕。新诗急记消魂事，分与胭脂一掬汤〔三〕。（重过扬州有纪〔四〕）

〔一〕鲛绡：古人传说海中有鲛人，能够织绡（丝织品的一种）。这里或指丝织手帕。明人沈鲸撰《鲛绡记》，其中即有男主角以鲛绡手帕作为信物的情节。　镜槛：放镜的架子。李商隐《镜槛》诗："镜槛芙蓉入，香台翡翠过。"

〔二〕午时妆：午后重新打扮。

〔三〕一掬汤：指洗脸的热水。

〔四〕重过扬州：再经过扬州，又去看看小云，写下了四首诗。参见第九九首注。

二四一

少年尊隐有高文〔一〕，猿鹤真堪张一军〔二〕。难向史家搜比例，商量出处到红裙〔三〕。

〔一〕高文：作者二十多岁时，写了《尊隐》一文，指出清王朝已决定地转入衰世，一切美好事物都已由朝廷转到"山中"，并预料"夜之漫漫，鹖旦不鸣，则山中之民，有大音声起，天地为之钟鼓，神人为之波涛矣"。（意说，连天地鬼神都将帮助山中之民。）这是一篇目光锐利，寓意深长的文章，作者到晚年提起它，还引为骄傲，称之为"高文"。

〔二〕猿鹤句：猿鹤：借指山中隐士。作者认为在野的隐士也真可以建立自己一支队伍。《太平御览》卷九一六引《抱朴子》："周穆王南征，一军尽化，君子为猿为鹤，小人为虫为沙。" 张一军：韩愈《醉赠张秘书》诗："阿买不识字，颇知书八分。诗成使之写，亦足张吾军。"

〔三〕商量出处：作者重过扬州，同小云再见面，小云向他商量她今后的出处问题，大抵希望替她脱籍。作者带点开玩笑地说：这是很难在史书上找到例子的，女子也要商量自己的出处问题吗？ 出处：《易·系辞》："子曰：君子之道，或出或处，或默或语。"

二四二

谁肯心甘薄倖名〔一〕？南舣北驾怨三生〔二〕。劳人只有空王谅，那向如花辨得明〔三〕？

〔一〕谁肯句：谁愿意心甘情愿担当薄倖的名声呢？ 薄倖名：杜牧

《遣怀》诗:“十年一觉扬州梦,赢得青楼薄倖名。”

〔二〕南舣句:但我是南船北马到处奔走的人,只能怨自己命运不好。

舣:疑应作舣。有仪、俄、蚁三音。整舟向岸之意。

〔三〕劳人两句:奔波劳苦的人只有佛祖才会谅解,怎能向你这如花似玉的人解释清楚呢? 劳人:奔波劳碌的人。《诗·小雅·巷伯》:“劳人草草。” 空王:诸佛的通称。 如花:形容美貌。王僧孺《咏陈南康新有所纳》诗:“二八人如花,三五月如镜。”

二四三

怕听花间惜别辞,伪留片语订来期〔一〕。秦邮驿近江潮远,是剔银灯诅我时〔二〕。

〔一〕怕听两句:害怕听到小云惜别的话,只好趁她不在的时候,向她的仆人留下一句话,假说自己不久就会再来看她。

〔二〕秦邮两句:我坐着航船,已经接近高邮州,离开长江相当远了。小云这时会发现我不辞而别,她一定剔着银灯咒骂我一番了。 秦邮:江苏高邮州(今高邮县),旧称秦邮。州城在运河边上,是作者北上必经之路。 江潮:借指扬州。扬州南面不远就是长江,所以用“江潮”代指。 诅:见第一七一首注。

二四四

停帆预卜酒杯深,十日无须逆旅金〔一〕。莫怨津梁为客久,天涯有弟话秋心〔二〕。(从弟景姚,以丹阳丞驻南河〔三〕。予到浦,馆其廨中。)

〔一〕停帆两句:船到清江浦停下来,就知道同堂弟有一番欢叙。住在他衙门里整十天,不需要旅馆费用。　逆旅:客舍。《左传·僖公二年》:"今虢为不道,保于逆旅,以侵敝邑之南鄙。"

〔二〕莫怨两句:用不着埋怨旅途中停留太久,还有弟弟能够在秋色中畅谈心事。　津梁:见第九〇首注。　天涯:按照从前诗人写诗的习惯,凡是离家较远的地方,都可以称为天涯。　话秋心:谈心的意思。加"秋"字点出时令。

〔三〕南河:清代管理南运河及黄河下游等的洩水、行漕事务的最高官员称为江南河道总督,简称南河,驻节在江苏清江浦。辖下有同知、通判、州判、县丞等。作者从弟景姚是以丹阳县丞身分在南河衙门办事。　廨(xiè):衙署。

二四五

豆蔻芳温启瓠犀〔一〕,伤心前度语重提〔二〕。牡丹绝色三春暖,岂是梅花处士妻〔三〕?(己亥九月二十五日,重到袁浦。十月六日渡河去。留浦十日,大抵醉梦时多醒时少也。统名之曰《寱词》〔四〕。)

〔一〕豆蔻:比喻少女,这里是指灵箫。参见第九七首注。杜牧《赠别》诗:"娉娉嫋嫋十三馀,豆蔻梢头二月初。"　瓠犀:瓠瓜的子。《诗·卫风·硕人》:"齿如瓠犀。"　瓠(hù):葫芦科植物,果为长椭圆形,供食用。瓠子方正洁白,排列整齐,所以用瓠犀比喻牙齿。

〔二〕语重提:上一次作者同灵箫见面时,灵箫曾提出为她脱籍的问题,这一回她又提出来。

〔三〕牡丹两句:灵箫就像绝色的牡丹,繁华富丽,盛开在春暖之时,岂能成为梅花处士的妻子? 梅花处士:即林逋,宋代隐士。见第二二八首注。这里作者借以自比。

〔四〕寱词:在睡梦里说出的话。 寱:同呓。玄应《一切经音义》:“寱语,出《广百论》。《通俗文》:梦语谓之寱。”况周颐《蕙风簃随笔》:“云门问僧甚处来? 曰:江西来。门曰:江西一队老宿,寱语住也未? 僧无对。龚定庵《己亥杂诗》寱语本此。”按,云门和尚这句话原载《五灯会元》。

二四六

对人才调若飞仙〔一〕,词令聪华四座传〔二〕。撑住南东金粉气,未须料理五湖船〔三〕。(此二章,谢之也〔四〕。)

〔一〕对人句:你应付人的才情格调就像天仙一样,有俯视尘世的气概。 才调:才华,才情。

〔二〕词令句:口才伶俐又富于华采,四座的人都早已有所传闻。 词令:《北史·高颎传》:“颎少明敏,有器局,略涉文史,尤善词令。”

〔三〕撑住两句:你应该支撑住东南地区的繁华气象,还没有到了像西施追随范蠡归隐五湖的时候。金粉:形容繁华绮丽。吴伟业《残画》诗:“六朝金粉地。” 五湖船:春秋时,越国大夫范蠡在功成以后，同西施坐着鸱夷（船名）到五湖隐居。见《越绝书》。

〔四〕谢之：谢绝她提出的要求。

二四七

鹤背天风堕片言，能苏万古落花魂〔一〕。征衫不渍寻常泪〔二〕，此是平生未报恩。

〔一〕鹤背两句：从骑鹤的仙人（比喻灵箫）那里落下了一句话，于是使久已死去的落花之魂苏醒过来。　鹤背：骑鹤的仙人。这里比喻灵箫。元好问《步虚词》："万里风头鹤背高。"　片言：一句话。陆机《文赋》："立片言以居要。"　落花魂：作者曾以落红自比，此则比喻自己的寂寞情怀。

〔二〕征衫：旅行者穿的衣服。

二四八

小语精微沥耳圆，况聆珠玉泻如泉〔一〕。一番心上温馨过〔二〕，明镜明朝定少年。

〔一〕小语两句：她那耳边小语在我听来显得精微而圆润；何况滔滔不绝，恍如珠玉泻泉，清快而又流利。　沥：形容泉水声。于武陵《早春日山居寄城郭知己》诗："入户风泉声沥沥。"　珠玉：形容声音好听。白居易《琵琶行》："大珠小珠落玉盘。"

〔二〕温馨：温暖芳香。皮日休《金鸂鶒》诗："温馨飘出麝脐香。"

馨:古音奴魂切,香气。

二四九

何须谯罢始留髡,绛蜡床前款一尊〔一〕。姊妹隔花催送客〔二〕,尚拈罗带不开门。

〔一〕何须两句:用不着宴会完了客人走尽才留下我这淳于髡。就在床前燃起红色蜡烛,她款待我喝酒清谈。　留髡:留下特别亲密的客人。《史记·淳于髡传》:"日暮酒阑,合尊促坐,男女同席,履舄交错,杯盘狼藉,堂上烛灭,主人留髡而送客。"

〔二〕隔花:庾信《结客少年场行》:"隔花遥劝酒,就水更移床。"

二五〇

去时栀子压犀簪〔一〕,次第寒花掐到今〔二〕。谁分江湖摇落后,小屏红烛话冬心〔三〕。(是夕立冬〔四〕)

〔一〕去时句:上次离开清江浦的时候,看见她头上的栀子花还压在发簪上。　栀子:茜草科常绿灌木,又名白蟾、木丹越桃。花六出,夏月开,色白,有浓烈香气。　犀簪:犀角制成的发簪。

〔二〕次第句:从栀子花开以后,已经过了几种花的季节,如今是摘到寒天开的花了。　掐(qiā):摘下来。

〔三〕谁分两句:谁想到天寒水冷之后,我们又在小屏风旁边,点起红蜡烛,彼此抒述着冬日的情怀。江湖摇落:杜甫《蒹葭》诗:"江湖摇落后,亦恐岁蹉跎。”指天气寒冷,草木凋谢。　话冬心:谈心的意思。加“冬”字点明时令。

〔四〕是夕立冬:道光十九年(1839)立冬在农历十月初三日,即公历十一月八日。作者上次离开清江浦时则是农历五月十二日。

二五一

盘堆霜实擘庭榴〔一〕,红似相思绿似愁〔二〕。今夕灵飞何甲子〔三〕?上清斋设记心头〔四〕。

〔一〕盘堆句:盘子里堆着经霜擘裂的石榴。江总《衡州九日》诗:“园菊抱黄花,庭榴剖朱实。”皮日休《石榴歌》:“石榴香老愁寒霜。”

〔二〕红似句:果实的红色象征相思,绿色象征哀愁。

〔三〕今夕句:今晚在道家的经典中算是什么日辰呢?　灵飞:道教经典中有《上清灵飞六甲真文经》。又《汉武内传》:“伏见扶广山青真小童,受《六甲灵飞》于太甲中元君,凡十二事。”　甲子:指日辰。

〔四〕上清句:刚好是上清的节日,她不曾忘记设斋拜祀。　《云笈七签》卷三七《斋戒》:“上清斋有二法:一、绝群独宴,静气遗形,清坛肃侣,依太真仪格。一、心斋,谓疏瀹其心,澡雪精神。”

二五二

风云材略已消磨〔一〕,甘隶妆台伺眼波〔二〕。为恐刘郎英气尽,卷帘梳洗望黄河〔三〕。

〔一〕风云材略：叱咤风云的才能谋略。《三国志·贾诩传》注：“指麾可以振风云，叱咤足以兴雷电。”

〔二〕伺眼波：看眼色行事，等于说伺候。

〔三〕为恐两句：生怕刘郎消失了精锐勇猛的志气，她在梳洗的时候，故意卷起帘子，远望黄河。　刘郎：作者自指。　英气：姜夔《翠楼吟》词：“仗酒祓清愁，花销英气。”作者有“酒祓清愁花消英气”印，丁龙泓刻。　黄河：黄河自金明昌五年决口后，分两支出海；明弘治以后全部南流，经江苏夺淮河故道出海，直至清咸丰六年再向北徙。在北徙之前，黄河流经清江浦之北，与运河交会。因此在清江浦登楼北望，便可以看到黄河。参见第一二八首注。

二五三

玉树坚牢不病身〔一〕，耻为娇喘与轻颦〔二〕。天花岂用铃旛护〔三〕，活色生香五百春〔四〕。

〔一〕玉树坚牢：比拟灵箫。《最胜王经》：“大地神女名坚牢。”坚牢又是娑罗树的别称。《止观论》释娑罗树云：“娑罗，西音，此名坚牢。坚之名，称树德也。”

〔二〕娇喘轻颦：李商隐《独居有怀》诗：“怨魂迷恐断，娇喘细疑沉。”元好问《纪子正杏园燕集》诗：“阳和入骨春思动，欲语不语时轻颦。”

〔三〕天花:也是比拟灵箫。 铃旛:保护花的两种事物。《开元天宝遗事》载,宁王李宪为了保护园中的花,特别装置铜铃,用以惊走鸟雀。郑还古《博异志》载:唐士子崔元徽遇见几位少女,要求他制一面朱旛,上画七曜,立在园中。朱旛立了以后,那天起了狂风,树木拔倒,花却安然无恙。

〔四〕活色生香:生动的颜色,鲜活的香气。薛能《杏花》诗:"活色生香第一流。"

二五四

眉痕英绝语谡谡〔一〕,指挥小婢带韬略〔二〕。幸汝生逢清晏时〔三〕,不然剑底桃花落〔四〕。

〔一〕眉痕英绝:眉宇之间表现出不凡的气概。周邦彦《蝶恋花》词:"愁入眉痕添秀美,无限柔情,分付西流水。"梁简文帝《答湘东王书》:"文章未坠,必有英绝领袖之者。" 谡谡:形容劲利。《世说·赏誉》:"世目李元礼,谡谡如劲松下风。"

〔二〕韬略:行军作战的谋略。

〔三〕清晏时:太平无事的时世。《拾遗记》:"河清海晏,至圣之君以为瑞。"《三国志·锺会传》:"拓平西夏,方隅清晏。"

〔四〕剑底桃花落:作者的前一辈诗人舒位《重题项王墓》诗有句云:"美人一剑花初落。"指虞姬自刎。作者认为灵箫的性格颇似虞姬。

二五五

凤泊鸾飘别有愁〔一〕，三生花草梦苏州〔二〕。儿家门巷斜阳改〔三〕，输与船娘住虎丘〔四〕。

〔一〕凤泊句：这样美好的人却处在不幸的环境中，真不是一般的愁苦。韩愈《岣嵝山》诗："科斗拳身薤倒披，鸾飘凤泊拏虎螭。"韩诗是形容岣嵝山的神禹碑文，这里是指灵箫的不幸沦落。

〔二〕三生句：灵箫也许前生是苏州的花草，因此在梦中也看见苏州。按，灵箫是苏州（今江苏吴县）人。

〔三〕儿家句：她居住的地方，连夕阳都不像以前了。暗指灵箫原是良家少女，后来沦落为娼，又从苏州移居到清江浦。　斜阳改：刘禹锡《乌衣巷》诗："朱雀桥边野草花，乌衣巷口夕阳斜。"

〔四〕输与句：现在她还及不上船家妇女，可以在虎丘山居住。　虎丘：见第二三八首注。

二五六

一自天锺第一流〔一〕，年来花草冷苏州〔二〕。儿家心绪无人见，他日埋香要虎丘〔三〕。

〔一〕天锺：上天赋予的。薛能《桃花》诗："秀气自天锺，千年岂易逢。"　第一流：第一等人物。具体指哪些人，因情况不同而异。《世说·品藻》："桓大司马问真长：闻会稽王（按，梁简文帝）语奇进,尔耶?刘曰:极进,然故是第二流中人耳。桓曰:第一流复是谁?刘曰:正是我辈耳。”这是拿声誉高下为准。戴叔伦《长门怨》诗:“自忆专房宠,曾居第一流。”这是拿受宠高下为准。陆游《送施武子通判》诗:“迈往欣逢第一流。”这是拿人品高下为准。作者这里所谓“第一流”,则径指灵箫。

〔二〕年来句:意谓由于第一流的人物(灵箫)离开苏州而寓居清江浦,苏州富商巨贾又很少,所以苏州花草便显得冷落。　花草:指歌儿舞女之类。

〔三〕儿家两句:灵箫的心情是没有人知道的,她死后埋葬也要回到苏州去。　按,虎丘剑池旁有真娘墓。真娘是唐代名妓,从前来往文士不少在她墓上留下题咏。

二五七

难凭肉眼识天人〔一〕,恐是优昙示现身〔二〕。故遣相逢当五浊〔三〕,不然谁信上仙沦〔四〕?

〔一〕难凭句:自己是肉眼凡胎,不能认识她是天人下凡。《翻译名义集》卷六:“大论释云:肉眼见近不见远,见前不见后,见外不见内,见昼不见夜,见上不见下。以此碍故求天眼。”苏轼《北寺悟空禅师塔》诗:“只应天眼识天人。”

〔二〕恐是句:也许她是佛国的优昙钵花转生的。　优昙:即无花果树,佛经译作优昙钵或优昙波罗。这种植物的花通常生在囊状总花托内,不易看见。《法华经》:“如优昙钵花,时一现耳。”又认为优昙钵开花是佛的瑞应。《法华经》:“优昙钵花三千年一见,见则金轮(佛名)出世。” 示现:佛家语。佛在人间化成另一种人物,称为示现身。

〔三〕故遣句:因此派遣她同自己相逢,抵当自己身上的五浊。 五浊:佛教认为世上有五种浊恶,即一、众生浊,二、见浊,三、烦恼浊,四、命浊,五、劫浊。见《法华经·方便品》。

〔四〕不然句:否则仙人是不会沦谪到世间来的。

二五八

云英化水景光新〔一〕,略似骖鸾缥缈身〔二〕。一队画师齐敛手,只容心里贮秾春〔三〕。

〔一〕云英句:她捧茶的时候,恰似当日云英捧水的光景。 云英:唐代小说人名。《太平广记》引裴硎《传奇》,说唐代秀才裴航,路经蓝桥驿,口渴求饮,一个老婆婆唤云英拿水来,就看见帘子下伸出一双洁白的手,捧着瓷瓯,裴航喝完水,掀起帘子,看见一个非常漂亮的姑娘,就是云英。 化:募化。

〔二〕略似句:大约好像骑着鸾凤的仙女。江淹《杂拟》诗:“纨扇如团月,出自机中素。画作秦王女,乘鸾向烟雾。” 骖:乘驾。

〔三〕一队两句:一班画家对着她不能下笔,因为笔下无法重现她的美丽,她的美丽只能让人藏在心里。画师:杜甫《送郑十八虔贬台州》诗:“郑公樗散鬓成丝,酒后常称老画师。” 秾春:指美好的情韵。

二五九

酾江作醅亦不醉[一],倾河解渴亦不醒[二]。我侬醉醒自有例[三],肯向渠侬侧耳听[四]!

〔一〕酾江句:让江水变成酒把它喝干,我也不会醉。　酾(shī):酾酒是把酒里的渣滓滤清。　醅:未滤过的酒。

〔二〕倾河句:我如果喝醉了,便算倾尽一河的水,也不能使我解渴而清醒过来。

〔三〕我侬句:我的醒或醉都有自己的规律。

〔四〕肯向句:我怎肯侧着耳朵听别人来劝告。　我侬、渠侬:见第一九六首注。

按,这是作者在对待灵箫的事情上表现了倔强的态度。

二六〇

收拾风花佚荡诗[一],凌晨端坐一凝思。勉求玉体长生诀,留报金闺国士知[二]。

〔一〕收拾句:还是把描写花月风情、抒述狂放情怀的诗收起来吧。　这里是暗指其他花月冶游的行为。　风花:风情月态。　佚荡:狂放不羁。《汉书·史丹传》:"貌若佚荡不备,然心甚谨密。"

〔二〕勉求两句:我打算努力寻求保重身体延年长寿的秘诀,留来报答这位闺中国士的知遇之恩。　玉体:宝贵的身体。男女可用,这里是作者指自己。《后汉书·桓荣传》:“愿君慎疾加餐,重爱玉体。”　长生诀:长寿的方法。许浑《学仙》诗:“欲求不死长生诀。”　金闺:妇女闺阁的美称。卢纶《七夕》诗:“何事金闺子,空传得网丝?”　国士:举国共推的才士。《史记·淮阴侯传》:“诸将易得耳。至如信者,国士无双。”

二六一

绝色呼他心未安,品题天女本来难〔一〕。梅魂菊影商量遍,忍作人间花草看〔二〕?

〔一〕绝色两句:称灵箫是绝色美人吗?心里总觉得不那么稳妥。评定一位天女的品格本来就是一件难事。　品题:评定高下,给出名目。李白《上韩荆州书》:“一经品题,便作佳士。”

〔二〕梅魂两句:我想过用“梅魂”,也想过用“菊影”,自己同自己商量过许多名目,都认为不够完满。我怎忍心将她看成是人间的花花草草呢!　梅魂菊影:梅花和菊花的精神意态。

二六二

臣朔家原有细君〔一〕,司香燕姞略知文〔二〕。无须诇我山中事,可肯花间领右军〔三〕?

〔一〕臣朔句:我家里原来就有一个妻子。　臣朔:即东方朔。这里是作者自指。《汉书·东方朔传》:“归遗细君,又何仁也!”注:“细君,朔妻之名。”后人因以细君指妻子。

〔二〕司香句:还有个管烧香的姬妾,也略为懂得文字。　燕姞:春秋时郑文公的姬妾,见第二三三首注。按,春秋时有两燕国。北燕姬姓,战国七雄之一。南燕为姞姓小国,其地在今河南延津县东。《史记·秦本纪》注引《括地志》:“滑州故城古南燕国。应劭云:南燕,姞姓之国,黄帝之后。”

〔三〕无须两句:你用不着打探我家中的情况,我却问你愿不愿意带领花间一支右军?　诇(xiòng):刺探。《汉书·淮南王安传》:“多予金钱,为中诇长安。”　山中:指作者隐居的地方。　右军:古代军事组织,有中军、左军、右军之分。《左传·桓公五年》:“王为中军,虢公林父将右军,周公黑肩将左军。”这里的“右军”指姬妾身份。

二六三

道韫谈锋不落诠〔一〕,耳根何福受清圆〔二〕?自知语乏烟霞气〔三〕,枉负才名三十年〔四〕。

〔一〕道韫:谢道韫,东晋谢奕的女儿,王凝之的妻子,聪明才辨,神情散朗。有一次,她的小叔子王献之同客人辨论,快要理屈词穷,她拿步障遮蔽,出来同客人辨论,客人无法折服她。见《晋书·王凝之妻谢氏传》。　谈锋:议论的锋芒。　不落诠:不落言诠的省略。即讲话不落痕迹,不让人家拿住把柄。严羽《沧浪诗话》:“不涉理路,不落言筌者,上也。”

〔二〕耳根:佛家称听觉器官为耳根。　清圆:形容讲话声音清朗圆润。

〔三〕烟霞气:山水清润的气息。苏轼《赠诗僧道通》诗:"语带烟霞从古少,气含蔬笋到君无。"元李俊民《毛晋卿肖山堂》诗:"一时烟霞语,慎勿骇廊庙。"

〔四〕三十年:作者自嘉庆十五年庚午中副榜贡生,至道光十九年己亥,恰三十年。

二六四

喜汝文无一笔平〔一〕,堕侬五里雾中行〔二〕。悲欢离合本如此,错怨蛾眉解用兵〔三〕。

〔一〕喜汝句:你表现出来的态度,就像写文章那样,没有一笔是平铺直叙的。　指灵箫对作者的态度曲折变化,使人难测。

〔二〕堕侬句:你把我推到五里雾中,令我昏头转向,找不到能走的路。　五里雾:东汉人张楷,传说他能作五里雾。《初学记》卷二引谢承《后汉书》:"张楷字公超,性好道术,能作五里雾。"后人常用"如堕五里雾中"比拟对某些事情迷惑不解。

〔三〕悲欢两句:大抵人生的悲欢离合就该是这样的吧,我倒是错怪了女子也懂得用兵之术。　用兵:指灵箫对作者玩弄手段。

二六五

美人才地太玲珑〔一〕,我亦阴符满腹中〔二〕。今日帘旌秋缥缈〔三〕,

长天飞去一征鸿〔四〕。

〔一〕才地：原指才能地位。《晋书·郑默传》："默谦虚温谨，不以才地矜物。"这里作为才能禀赋解。　玲珑：空灵而不可捉摸。

〔二〕阴符：见第八七首注。

〔三〕帘旌：帘子挂起来好像旌旗。　李商隐《正月崇让宅》诗："蝙拂帘旌终展转，鼠翻窗网小惊猜。"　秋缥缈：秋气在远处的天空浮荡。

〔四〕长天句：浩渺的天空，一只远征的鸿雁飞走了。苏轼《送刘道原归觐南康》诗："朝来告别惊何速？归意已逐征鸿翔。"

按：灵箫和作者闹了一些别扭，这一回作者故意不辞而别。诗中的"太玲珑"，显然含有贬意；"阴符满腹"，作者又颇为自负。

二六六

青鸟衔来双鲤鱼〔一〕，自缄红泪请回车〔二〕。六朝文体闲征遍，那有萧娘谢罪书〔三〕？

〔一〕青鸟句：灵箫托人给我捎来一封信。　青鸟：比喻使者。《汉武故事》："七月七日，忽有青鸟飞集殿前。东方朔曰：此西王母来。有顷，王母至，三青鸟夹侍王母旁。"　双鲤鱼：书信。古诗："客从远方来，遗我双鲤鱼。呼童烹鲤鱼，中有尺素书。"古代书信常用尺素结成双鲤形状，所以有这样比喻。

〔二〕自缄句：灵箫在信中向我道歉，请我回去。　红泪：见第一八三首注。　回车：《史记·邹阳传》："邑号朝歌，墨子回车。"《古诗十九首》:“回车驾言迈。”

〔三〕六朝两句:把六朝的各体文章都找来看过,哪里有萧娘谢罪的信呢?意说,风尘女子写信认罪是找不到例子的。　萧娘:唐诗中常称一般女子为萧娘。徐凝《忆扬州》诗:“萧娘脸下难胜泪,桃叶眉头易得愁。”

二六七

电笑何妨再一回〔一〕,忽逢玉女谏书来〔二〕。东王万八千骁尽〔三〕,为报投壶乏箭材〔四〕。

〔一〕电笑:《神异经》:“东荒山中有大石室,东王公居焉。恒与一玉女投壶,每投千二百矫,矫出而脱误不接者,天为之笑。”注:“言笑者,天口流火炤灼,今天上不雨而有电光,是天笑也。”作者拿“电笑”“投壶”代指赌博。

〔二〕玉女:相传华山上有神女,名明星玉女。这里似借指灵箫。曹唐《游仙诗》(其九十二):“北斗西风吹白榆,穆公相笑夜投壶。花前玉女来相问,赌得青龙许赎无?”　谏书:写信劝谏。指灵箫劝他不要赌博。《诗·大雅·民劳》:“王欲玉女(汝),是用大谏。”

〔三〕骁:《西京杂记》:“武帝时,郭舍人善投壶。激矢令还,一矢百馀返,谓之为骁。”这里借作赌博的筹码解。“骁尽”是说赌输了。

〔四〕箭材:制箭材料。这里比喻赌博的本钱。

按,扶轮社本及王文濡校本此诗下注云:“此定公负博进而作也。

魏蕃室云。”所谓“负博进”，就是赌输了钱。语出《汉书·陈遵传》。

又按，作者的朋友周仪玮也有诗谈及龚氏好赌博。有《三月七日偕子广出都忆都中杂事录以纪实》诗，其七云：“嗤他阳向术非工，古意沉酣射覆中。何必樗蒲须担石，神仙妙手本空空。”（自注：龚瑟人主事窘而好博。）“阳”：汉相王吉。“向”：刘向。传说均能炼金。见《汉书》本传。

二六八

万一天填恨海平，羽琌安稳贮云英〔一〕。仙山楼阁寻常事，兜率甘迟十劫生〔二〕。

〔一〕万一两句：如果老天爷填平恨海，让我能够同灵箫结合姻缘，我便把灵箫安置在羽琌山馆。　恨海：积恨成海。通常指男女双方不能结合。　云英：见第二五八首注。

〔二〕仙山两句：什么海上仙山、瑶楼贝阙，对我来说都平常得很，我宁可推迟十劫才投生到兜率宫去。　兜率：佛经认为兜率陀天是预备成佛的地方。《法华经》：“若持不杀，不盗，不邪淫，不妄语、两舌、恶口、绮语，得生兜率陀天。”蒋维乔《中国佛教史》卷二：“兜率往生云者，为上生兜率天，而俟弥勒之下生，受其化导，以冀成佛之谓。盖弥勒菩萨继释迦下生此婆娑世界，而以济度众生为事者也。”　十劫：《弥陀经》：“阿弥陀佛成佛已来，于今十劫，有无量无边声闻弟子，皆阿罗汉。”

二六九

美人捭阖计频仍〔一〕,我佩阴符亦可凭〔二〕。绾就同心坚俟汝〔三〕,羽琌山下是西陵〔四〕。

〔一〕美人句:她拿出种种开合变化的手段来。　捭阖(bǎi hé):古代纵横家用语,指用言语打动人的技巧。《鬼谷子》:"捭之者开也,言也,阳也。阖之者闭也,默也,阴也。"又说:"此天地阴阳之道而说人之法也。"意思是在劝说别人的时候,要看情势,或说或不说,反覆进行试探。后来苏秦、张仪把它发展成为纵横捭阖之术。　频仍:一再重复。

〔二〕我佩句:我身上佩有阴符也是可靠的。　阴符:见第八七首注。

〔三〕绾就句:我编好了同心结,一直等待着你。　绾(wǎn):编结。　同心:古人拿锦带结成连环回文,称为同心结,表示相爱。

〔四〕羽琌句:羽琌山馆就是结同心的西陵了。　西陵:《钱塘苏小歌》:"何处结同心?西陵松柏下。"这里是借用其意。

二七〇

身世闲商酒半醺〔一〕,美人胸有北山文〔二〕。平交百辈悠悠口,揖罢还期将相勋〔三〕。

〔一〕身世句:在喝酒半醉的时候,偶然谈论到个人的身世。

〔二〕美人句:原来她也是鄙视官场、同情隐逸的人物。　北山文:即孔稚珪《北山移文》,文章讽刺一个出山追求禄仕的猥琐之徒。作者认为灵箫也抱有孔稚珪那样的思想。

〔三〕平交两句:在数以百计的平生交游中,尽是说些无聊的话;相见作揖以后,就恭维你封侯拜相,真是庸俗不堪。　悠悠口:《晋书·王导传》:"悠悠之谈,宜绝智者之口。"　将相勋:建立将相功业。

二七一

金釭花烬月如烟[一],空损秋闺一夜眠[二]。报道妆成来送我,避卿先上木兰船[三]。(《寱词》止于此)

〔一〕金釭句:油灯渐渐熄灭了,月光照进房子里,恍如烟雾。　金釭:古代照明用的灯盏,或用铜制,称为金釭。　花烬:灯花变成灰烬。

〔二〕空损句:徒然使得灵箫一夜没有睡好。

〔三〕报道两句:听说她妆扮完了就来给我送行。为了避开她,我先上船了。　木兰船:船只的修饰语。《述异记》:"七里洲中,有鲁班刻木兰为船,舟至今在洲中。诗云木兰船,出于此。"

二七二

未济终焉心缥缈[一],百事翻从阙陷好。吟到夕阳山外山,古今

谁免馀情绕〔二〕？（渔沟道中题壁一首〔三〕）

〔一〕未济句：我和灵箫的谈判破裂，正如《易卦》以“未济”终结，这颗心于是变得空虚飘忽。　未济：《周易》最后一卦，卦形是坎下离上，卦象是火在水上。占得这卦的，表示事情使用不上，也就是无济于事。《易序卦传》：“物不可穷也，故受之以未济终焉。”

〔二〕吟到两句：夕阳下山，人在旅途上，想起“夕阳山外山”的句子，禁不住引起恋恋馀情。这种情怀，古今人谁能避免得了呢？夕阳山外山：宋诗人戴复古《世事》诗：“春水渡旁渡，夕阳山外山。”见《宋诗钞·石屏诗钞》。按，戴复古这两句诗同此时作者的心境并不一样。作者虽然套用这五个字，心中却有另外一套语言。他所想起的，毋宁是下面这样几句：“四围山色中，一鞭残照里。遍人间烦恼填胸臆，量这些大小车儿如何载得起？”（《西厢记·别宴》）

〔三〕渔沟：江苏清河县（今清江市）西北一个镇，是当时的交通站，离清江浦三十五里。

二七三

欲求缥缈反幽深，悔杀前番拂袖心〔一〕。难学冥鸿不回首，长天飞过又遗音〔二〕。（渔沟道中奉寄一首）

〔一〕欲求两句：我本想把自己的心情变成空虚，想不到反而变得深沉。如今真是后悔前次拂袖而行的卤莽举动。

〔二〕难学两句：想学征鸿那样头也不回地飞走，可是办不到，只好飞上天空又留下一些声音。　暗指又写了一首诗寄给灵箫。冥鸿:远天的鸿雁。扬雄《法言》:“鸿飞冥冥,弋人何篡焉?”遗音:《易·小过》:“飞鸟遗之音,不宜上,宜下。”

二七四

明知此浦定重过〔一〕,其奈尊前百感何?亦是今生未曾有,满襟清泪渡黄河〔二〕。(众兴道中再奉寄一首〔三〕)

〔一〕此浦:指清江浦。作者到北京接眷南还时,必再经清江浦,故有此语。

〔二〕渡黄河:作者由清江浦出发,此时已在黄河北岸。参见第二五二首注。

〔三〕众兴:江苏泗阳县最大市集。嘉庆《清一统志》:“众兴集在桃源县北,中河北岸,为水陆必由之道。《河防考》:桃源县北岸主簿、桃源河营守备俱驻扎众兴集,修防黄河北岸。”

二七五

绝业名山幸早成〔一〕,更何方法遣今生?从兹礼佛烧香罢,整顿全神注定卿〔二〕。

〔一〕绝业名山:超绝的著述称为绝业。把著述收藏起来称为藏之名山。《史记·太史公自序》:“厥协六经异传,整齐百家杂语,藏之名山,副在京师,俟后世圣人君子。”后人因称著述为名山事业。

〔二〕卿:这里指灵箫。

二七六

少年虽亦薄汤武,不薄秦皇与武皇〔一〕。设想英雄垂暮日〔二〕,温柔不住住何乡?

〔一〕少年两句:我在少年时期虽然也轻视汤王和周武王,却没有看轻秦始皇和汉武帝。　汤:商朝第一代帝王,灭了夏桀取得天下。　武:周武王,周朝第一代帝王,灭了商纣取得天下。因为西晋嵇康已有"又每非汤武而薄周孔"的话,所以句中用了"亦"字。

〔二〕垂暮日:汉成帝宠幸赵飞燕姊妹,曾说要终老于温柔乡。见《飞燕外传》。

按,作者此诗有手抄真迹,诗后自注云:"作此诗之期月(按,一年后的同一个月叫期月),实庚子九月也。偶游秣陵(今南京)小住,青溪一曲,萧寺中荒寒特甚,客心无可比似。子坚以素纸索书,书竟,忽觉春回肺腑,掷笔拏舟回吴门矣。仁和龚自珍并记。"所谓回吴门,就是到苏州去替灵箫脱籍。这是道光二十年九月后的事。作者《上清真人碑书后》文末有"姑苏女士阿箾(同箫)侍"七字亦可为证。

二七七

客心今雨昵旧雨〔一〕,江痕早潮收暮潮〔二〕。新欢且问黄婆渡(袁

浦地名），影事休题白傅桥〔三〕。（顺河集又题壁三首〔四〕）

〔一〕今雨旧雨：杜甫《秋述》："秋，杜子卧病长安，旅次多雨生鱼，青苔及榻。常时车马之客，旧，雨来；今，雨不来。"旧是老朋友，所以下雨也来；今是新朋友，下雨就不来了。

〔二〕江痕句：新的事情发生，就把旧事情的痕迹洗刷掉。正如晨早的潮水冲洗了隔晚潮水痕迹那样。

〔三〕新欢两句：如今且理会黄婆渡的新相好；至于白公堤那段往事，像幻影一样早已成为过去，不必再提起了。　白傅桥：唐诗人白居易筑堤的桥。杭州钱塘门北，有白居易所筑堤；又苏州虎丘山下有白公堤，也是白居易所筑。诗中所指，未知何地。

〔四〕顺河集：与宿迁县城隔运河相对，是当时的交通大站。

按，作者自书的真迹本没有这一首，可能是后来删去。

二七八

阅历天花悟后身〔一〕，为谁出定亦前因〔二〕。一灯古店斋心坐，不似云屏梦里人〔三〕。（顺河道中再奉寄一首，仍敬谢之，自此不复为此人有诗矣。寄此诗是十月十日也。越两月，自北回，重到袁浦，问讯其人，已归苏州闭门谢客矣。其出处心迹亦有不可测者，附记于此。）

〔一〕阅历句：同天花打过一番交道以后，如今我已是觉悟过来的人。

〔二〕为谁句：为什么从入定状态中又出定？这大抵是前生因缘吧。　出定：佛家语。佛徒将心定息，不言不动，谓之入定；从入定状态恢复日常状态，谓之出定。《观无量寿经》："出定入定，恒闻妙法，行者所闻，出定之时，忆持不舍。”作者把他同灵箫一段关系比作出定，即不能收心敛性。

〔三〕一灯两句：孤灯一盏，在旅店中心情安静地坐着，这时候，我完全不像是睡在云屏旁边那个人（指灵箫）的梦中人。　斋心：收心敛性。《易·系辞》注：“洗心曰斋。”　云屏：绘有云彩的屏风，宫廷或富贵人家的陈设物。李商隐《龙池》诗：“龙池赐酒敞云屏，羯鼓声高众乐停。”

二七九

此身已作在山泉，涓滴无由补大川〔一〕。急报东方两星使，灵山吐溜为粮船〔二〕。（时东河总督檄问泉源之可以济运者〔三〕，吾友汪孟慈户部董其事〔四〕。铜山县北五十里曰柳泉〔五〕，泉涌出；滕县西南百里曰大泉〔六〕，泉悬出〔七〕，吾所目见也。诗寄孟慈，并寄徐镜溪工部〔八〕。）

〔一〕此身两句：我已经是在野之身，如同在山的泉水一样。这点滴的水，对于大河来说，谈不上有什么帮助。　在山泉：杜甫《佳人》诗：“在山泉水清，出山泉水浊。”

〔二〕急报两句：我赶紧向你两位查勘泉水的使者报告，山上吐出泉水来，它为了便于粮船的运输。星使：古天文家认为天上有使星，主持出使的事。诗人常以“星使”比喻奉朝廷派遣到地方办事的人。汪和徐是以户部和工部官员身份查勘水源，所以称为“星使”。　溜：（liù）水流。《文选》潘岳《射雉赋》：“泉涓涓而吐溜。”

〔三〕东河总督：官名。清制，设河东河道总督一员，凡山东的运河、通惠河、泇河、卫河都归他管辖。　济运：引泉水注入运河。

〔四〕汪孟慈：汪喜荀，原名喜孙，字孟慈，江苏甘泉人，汪中长子。嘉庆十二年举人，官户部员外郎，怀庆知府等。著有《大戴礼记补》、《国朝名臣言行录》、《且住庵诗文稿》等。

王翼凤《河南怀庆府知府汪公墓表》："道光元年改官员外，签分户部，派山东司行走，寻兼河南司充主稿。奏议之文皆自己出，手稿数百通，下笔如飞，侍吏愕顾。著有《户部时事策十三条》、《库帑议拨项条》、《河南司揭行文遗漏说帖》、《河南藩库节用议》、《河南摊捐河工秸料银两议》、《河南金储议》、《户部查积欠议》……十九年经部保送河工，奉旨发往东河差遣使用。公到工，于堤工、泉源、漕运、振务靡不悉心讲究，作《河流分合考》、《河道曲直分合说》、《治河说》、《沁河考》……二十六年至二十七年夏，（怀庆）郡大旱，公躬祷王屋山，又深入太行山，徒行乱石中六十馀里，祷于白龙潭取水而归。积劳云久，乘以山瘴暑湿，竟至困顿，八月初三日告终官署，年六十有二。"

〔五〕铜山县：旧县名，即今江苏徐州市。

〔六〕滕县：县名，在山东省西南。

〔七〕泉悬出：泉水成为瀑布流下。《尔雅·释水》："滥泉正出。正出，涌出也。沃泉悬出。悬出，下出也。

〔八〕徐镜溪：徐启山，字镜溪，安徽六安州人，道光九年进士，官工部主事。

二八〇

昭代恩光日月高〔一〕，烝彝十器比球刀〔二〕。吉金打本千行在〔三〕，敬拓斯文冠所遭[四]。(谒至圣庙[五],瞻仰纯庙所颁祭器十事[六],得拓本以归。)

〔一〕昭代:封建时代称本朝为昭代。褚亮《伤始平李少府》诗:"声华满昭代。" 恩光:指清代统治者对孔丘的尊崇。

〔二〕烝彝十器:祭祀时使用的十种礼器。 烝:冬祭。彝:盛酒器。《曲阜县志》:"乾隆三十六年,颁周笵铜器于阙里孔子庙。"冯云鹏《金石索》卷首全载十器图形及文字拓本。即木鼎、亚尊、牺尊、伯彝、册卣、蟠夔敦、宝簠、夔凤豆、饕餮甗、四足鬲。 球刀:见第六六首注。

〔三〕吉金:见第七九首注。 千行在:作者自称曾收集古代铜器拓本达千行之多。 打本:即拓本。

〔四〕斯文:指清高宗颁给孔庙的铜器的文字形制。 冠所遭:放在平日所收集的古文字拓本前面。

〔五〕至圣庙:即孔子庙,在山东曲阜县。

〔六〕纯庙:清高宗弘历,庙号纯皇帝。

二八一

少年无福过阙里[一],中年著书复求仕。仕幸不成书幸成,乃敢斋祓告孔子[二]。(曩至兖州[三],不至曲阜。岁癸未[四],《五经大义终始论》成;壬辰[五],《群经写官答问》成;癸巳[六],《六经正名论》成,《古史钩沉论》又成,乃慨然曰:可以如曲阜谒孔林矣[七]。今年冬,乃谒林。斋于南沙河,又斋于梁家店。)

〔一〕阙里:在山东曲阜县。嘉庆《清一统志·兖州府》:“阙里在曲阜县城中。”《孔子家语》:“孔子始教学于阙里。”

〔二〕斋祓:古人在祭祀前,先做一番身心整洁的工作,称为斋戒,也称斋祓。　祓(fú):除灾求福。

〔三〕兖州:古州名,清代州治在山东滋阳县。

〔四〕癸未:道光三年(1823)。

〔五〕壬辰:道光十二年(1832)。

〔六〕癸巳:道光十三年(1833)。

〔七〕如:前往。　孔林:在山东曲阜县北,孔子墓地。冢茔中树以百数,相传弟子各自其乡携树来植,故皆异种。

二八二

少为贱士抱弗宣〔一〕,壮为祠曹默益坚〔二〕。议则不敢腰膝在〔三〕,庑下一揖中夷然〔四〕。(两庑从祀儒者〔五〕,有拜,有弗拜,亦有强予一揖不可者。)

〔一〕少为句:少年时,自己是个地位低微的读书人,对于某些所谓“先儒”,有自己的看法,但藏在心里没有说出。

〔二〕壮为句:到了壮年,在礼部做官,自己的看法更加坚定了,可是仍然保持缄默。　祠曹:作者于道光十七年任礼部主事祠祭司行走。

〔三〕议则句:自己虽然不敢妄加议论,可是我的腰腿是硬的,不能随便拜跪。

〔四〕庑下句:走到庑下,我对某些先儒只作一个揖,心里是安详无愧的。　夷然：《诗·召南·草虫》："我心则夷。"　笺："夷，平也。"

〔五〕两庑从祀儒者：孔庙两廊下安放历代儒者的神位。哪些人应该安放，放在什么位置，历代封建统治者都作出明文规定。清代，东庑从祀的儒者有公孙侨以至邵雍等人，西庑则有蘧瑗以至陆世仪等人。　庑：庙宇两旁的走廊。

二八三

囊将奄宅证淹中〔一〕，肃肃微言謦欬逢〔二〕。肯拓同文门畔石？古心突过汉朝松〔三〕。

〔一〕囊将句：奄宅：即古奄国。《后汉书·郡国志》："鲁国，古奄国。"注："《皇览》曰：奄里伯公冢在城内祥舍中，民传言鲁五德奄里伯公葬其宅。"王先谦引惠栋曰："《史记》从郭出鲁奄中。张华云：即鲁之奄里。"嘉庆《清一统志》："奄里，在曲阜县城东，古奄国。"　淹中：古地名。《汉书·艺文志》："礼古经者，出于鲁淹中。"苏林注："里名也。"淹中是否在曲阜，历代学者颇有争论。作者这句的意思是，他曾证明"奄"就是"淹中"。

〔二〕肃肃句：恭敬地走进曲阜，经书中精微之言，仿佛可以听见。肃肃：恭敬的态度。　謦欬（qìng kài）：一言一笑的神态。《庄子·徐无鬼》："况乎昆弟亲戚之謦欬其侧者乎？"

〔三〕肯拓两句：我怎肯拓下汉、魏时代的碑文，我的思想境界已经超过汉代种下的松树了。　同文门：在曲阜县城内奎文阁前，门两旁有汉、魏、唐、宋刻的石碑，著名的有孔子庙堂碑、史晨碑、孔彪碑、孔宙碑等，都是后人研究汉隶书法的重要资料。　石：指碑刻。

二八四

江左吟坛百辈狂，谁知阙里是词场〔一〕？我从宅壁低徊听，丝竹千秋尚绕梁〔二〕。（时曲阜令王君大淮，其弟大堉，其子鸿，皆工诗。孔氏则有孔绣山宪彝，宪彝弟宪庚，孔氏之甥郑宪铨，皆诗人也。）

〔一〕江左两句：长江下游的诗坛人物，乱哄哄的数以百计，谁知道在阙里还有个诗歌园地？

〔二〕我从两句：我在旧宅旁边徘徊倾听，原来千年前的丝竹声音还绕梁不绝。　宅壁：《汉书·艺文志》："武帝末，鲁共王坏孔子宅，欲以广其宫，而得古文《尚书》。共王往入其宅，闻鼓琴瑟钟磬之音，于是惧，乃止不坏。"作者借用此事，称赞曲阜诗人是有艺术传统的。　绕梁：形容歌声回旋不绝。《列子·汤问》："昔韩娥之齐，匮粮，过雁门，鬻歌假食。既去而馀音绕梁欐，三日不绝。"

二八五

嘉庆文风在目前，记同京兆鹿鸣筵〔一〕。白头相见山东路，谁惜荷衣两少年〔二〕？（酬曲阜令王海门〔三〕。海门吾庚午同年也。）

〔一〕嘉庆两句：嘉庆年间的文坛风貌还好像在眼前，记得我和王海门考中举人副榜以后,一同参加鹿鸣宴。　嘉庆文风:作者在嘉庆十五年庚午应顺天乡试,由监生中式副榜贡生第二十八名。王海门也是同科中式副榜。　京兆:汉代三辅之一,作者借指北京。　鹿鸣筵:在乡试放榜后第二天,举行宴会,邀请考官、执事人员和新举人参加,称为鹿鸣宴。

〔二〕白头两句:如今两人头上都有了白发,重新在山东见面;谁怜惜当初彼此还是穿平民衣服的少年呢?　荷衣:见第四七首注。

〔三〕王海门:王大淮,字松坡,号海门,天津人,嘉庆十五年副榜贡生,道光十七年任曲阜知县。

按,清代科举制度,在乡试举人定额之外,另取若干名,称为副榜,取中者称副榜贡生或副贡。由于地位远逊于正榜,不少人在中式后仍然再度参加乡试。龚自珍在嘉庆庚午中式副榜后,嘉庆二十三年再考乡试,中式第四名举人。

二八六

少年奇气称才华,登岱还浮八月槎〔一〕。我过东方亦无负,清尊三宿孔融家〔二〕。(馆于孔经阁宪庚家〔三〕,题《经阁观海图》。)

〔一〕少年两句:孔宪庚年青而又气概不凡,同他的才华相称。他既登上泰山,还坐船到海上去。　岱:泰山,五岳之一,又称岱宗。　八月槎:张华《博物志》:"近有人居海上者,年年八月有浮槎来,不失期。"槎:木排。

〔二〕我过两句:并没有辜负我到山东走一趟,能够在孔融家中开樽畅饮，住了三天。　孔融：后汉鲁国人，曾说："座上客常满，樽中酒不空，吾无忧矣。"作者拿孔融比拟孔宪庚。

〔三〕孔经阁：孔宪庚，字叔和，号经之，山东曲阜人，道光二十九年拔贡生。著有《十三经阁诗集》、《疏华馆纪年诗》。盛大士云："阙里孔大令峻峰先生有才子三人，长星庐，次绣山，次经之。皆能世其家学。经之平生性癖耽诗，其述怀、感遇、思亲、忆兄，即事写情，抚今追昔，沉思孤往，托兴遥深。"

按：作者曾为孔氏兄弟撰写《孔宪彝母碣》，今存集中。这一回作者来到曲阜，孔宪庚曾有《赠仁和龚定庵巩祚礼部二首》，诗云："铭幽三百字，巨笔仰如椽。我母藉千古，贞珉勒十年。执鞭心最切，佩德意难宣。幸得高轩过，重留翰墨缘。""风雨论文好，西斋泼旧醅。诗翻匡鼎说，学抱杜陵才。冀北驱车去，江南鼓棹来。主宾深契洽，花亦素心开。"（见《道咸同光四朝诗史一斑录》）第一首开头四句，就是指撰碣文的事。

二八七

子云壮岁雕虫感〔一〕，掷向洪流付太虚〔二〕。从此不挥闲翰墨，男儿当注壁中书〔三〕。（经阁投诗江中，作《云水诗瓢图》〔四〕。）

〔一〕子云句：西汉学者扬雄，字子云，爱好辞赋，壮年以后，转向哲理方面的探索。他在《法言》中曾说："或问：吾子少而好赋？曰：然，童子雕虫篆刻。俄而曰：壮夫不为也。"他认为写作辞赋之类只是少年时代的雕虫小技。作者引用这段事，表示孔经阁也有同样的看法。

〔二〕掷向句：把自己的诗稿丢到江水里，付诸虚空。　太虚：广大的虚空。《庄子·知北游》："是以不过乎昆仑，不游乎太虚。"

〔三〕从此两句：从此以后，再也不写无关重要的文字，男儿应当拿出精力注解孔壁的经书。　壁中书：西汉时，从孔丘旧宅墙壁中发现古文《尚书》、《礼记》等数十篇，后人称为"壁中书"。这里泛指经书。

〔四〕诗瓢：《唐诗纪事》卷五十："唐球，居蜀之味江山，为诗撚稿为团，纳大瓢中。临病，投瓢于江曰：斯文苟不沉没，得者方知吾苦心耳。"孔经阁投诗江中，所以也称为"诗瓢"。

二八八

倘作家书寄哲兄，淮阴重话七年情〔一〕。门前报有关山客，来听西斋夜雨声〔二〕。（时经阁兄绣山方游京师〔三〕。《淮阴鸿爪图》，绣山、经阁所合作也。）

〔一〕倘作两句：如果你（经阁）写信给哥哥，重提七年前在淮阴绘图的旧事。　哲兄：《汉书·谷永传》："察父哲兄覆育子弟，诚无以加。"　淮阴：县名，在今江苏省清江市西南。

〔二〕门前两句：你就向他说，如今来了一位跋涉关山的客人，在西斋中听着夜间的雨声。　西斋：孔经阁招待作者住的屋子，即拏云馆，见下附录。

〔三〕绣山：孔宪彝，字叙仲，号绣山（一作秀珊），道光十七年举人，官内阁侍读学士。工诗文，善绘画，尤精画兰。曾主讲滋阳启文书院，辑有《阙里孔氏诗钞》、《曲阜诗钞》，著《韩斋文集》、《对岳楼诗集》。作者曾称他的诗“古体浑厚，得力昌黎、昌谷居多；近体风旨清深，当位置于随州、樊川之间”。（见《对岳楼诗录题跋》）郑宪铨云：“绣山为吾伯舅氏仲子，幼随宦长芦津门。梅树君学博，方启梅花诗社，名流角艺。君以弱龄独整一队。弱冠游京师，朱虹舫阁学见君诗于陈荔峰侍郎座中，击节叹赏，以其子妻之。”

附录：孔宪彝《龚定庵自吴中寄示〈己亥杂诗〉刻本，读竟题此，即效其体》（五首）

去年来游矍相圃，今年小憩沧浪亭。我归君去两相失，江南河北山空青。（自注：君去冬来曲阜，宿余韩斋三日。余在京师，今夏始返。）

颐道好仙君好佛，诗仙诗佛在杭州。他年仙佛团圞会，说法吴山最上头。

不须言行编新录，此即君家记事珠。出处交游三十载，新诗字字青珊瑚。

一家眷属神仙侣，有女能文字阿辛。莫爱南朝姜白石，学爷才调自惊人。

戒诗以后诗尤富，哀乐中年感倍增。值得江淮狂士笑，不携名妓即名僧。（《对岳楼诗续录》卷一）

又：《王子梅稿有龚定庵遗墨云：己亥十月龚巩祚读于孔氏拏云馆。感赋》

拏云馆宿曾三日，落月梁空已四年。残墨留题痕尚在，为君肠断早梅天。（《对岳楼诗续录》卷二）

二八九

家有凌云百尺条，风烟培护渐岧峣〔一〕。生儿只识秦碑字，脆弱芝兰笑六朝〔二〕。（《海门种松图》）

〔一〕家有两句：你家中有凌云百尺的枝条，在风露云烟的培育下逐渐高大起来。　百尺条：白居易《有木诗》八首之七："偶依一株树，遂抽百尺条。"　条：枝条。　风烟：此指风云。《图绘宝鉴》："黄齐作风烟欲雨图，非阴非霁，如梅天雾晓霏微晻霭之状，殊有深思。"　岧峣：高耸。参见第一四八首注。

〔二〕生儿两句：儿子生下来只让他认识秦碑上面的文字，像六朝人那样把儿子作为芝兰看待，是可笑的。　秦碑：秦始皇统一中国后，在峄山、泰山等地树立石碑，表扬功绩。《汉官仪》："秦始皇上封泰山，风雨暴至，休于松下，因封其松为五大夫。"作者把泰山松树和秦碑两事合用，赞扬王大淮的儿子。　芝兰：《晋书·谢玄传》："（谢）安尝曰：子弟亦何豫人事，而政欲使其佳？玄答曰：譬如芝兰玉树，欲使其生于庭阶耳。"作者认为，孩子要让他像泰山松树那样经历风雨，如果看作庭阶的芝兰，长在温室之中，只会变成脆弱的东西。

二九〇

盗诗补诗还祭诗，子梅诗史何恢奇〔一〕？鄙人劝君割荣者，努力删诗壮盛时〔二〕。（王子梅鸿《祭诗图》〔三〕）

〔一〕盗诗两句：王子梅给人偷走了诗，后来又补诗，如今又有《祭诗图》，这种诗的史实何其奇怪。　作者前年有《题王子梅盗诗图》诗，其中说到王子梅“自言有所恨，客岁遇山贼，劫掠资斧空，祸乃及子墨。今所补存者，贼手十之七”。知王子梅曾遇盗失去诗稿，事后凭记忆补回，仅得十分之七。　祭诗：唐诗人贾岛每年岁暮，设酒祭诗，说是“劳吾精神，以是补之”。王子梅则是祭奠失去的诗。　恢奇：恢诡奇怪。

〔二〕鄙人两句：我是劝你芟除多馀枝叶的人，希望你趁这壮盛年纪努力删汰不好的诗。　荣：茂盛。《史记·范雎传》：“天下有明主则诸侯不得擅厚者，何也？谓其割荣也。”　按，作者以前也劝告王子梅：“清词勿须多，好句亦须割，剥蕉层层空，结穗字字实。”大抵王子梅写诗的毛病是贪多务得。

〔三〕王子梅：王鸿，字子梅，江苏吴县人，原籍天津，王大淮的儿子。官山东聊城县丞。著有《子梅诗稿》。

符葆森《寄心庵诗话》：“岁戊申（道光二十八年）子梅访余于扬州，未值而行。顷客京师，子梅寓书并诗稿，自山左邮寄，中有《同玉溪访余不遇》诗云：同访诗人兴不孤，闲鸥梦冷在菰蒲。绿杨城郭寻来遍，不见城南一老符。子梅游历数省，所交皆当世贤豪，故酬唱无虚日。诗亦挥洒自得，无斧凿痕。”

徐世昌《晚晴簃诗汇》：“王鹄，原名鸿，字子梅，天津籍，长洲人。官聊城县丞。有《喝月楼诗录》、《天全诗录》。”又《诗话》：“子梅诗才气横溢，隶事精核，惟贪多填砌，时失之冗。自言学诗先学杜，后学苏，则不流于轻率。自名集曰《铸苏》。有句云：谁得铸苏真面目？我先饮杜易肝肠。盖自道其得力如此。”

二九一

诗格摹唐字有稜[一]，梅花官阁夜锼冰[二]。一门鼎盛亲风雅，不似苍茫杜少陵[三]。（王秋垞大堉《苍茫独立图》[四]）

〔一〕诗格句：王秋垞的诗摹拟唐人，文字很有锋稜。　作者在《题王子梅盗诗图》诗中说："令叔诗效韩，字字扪崋崒。我欲跻登之，气馁言恐窒。"知王秋垞是学韩愈诗格的。

〔二〕梅花句：在官衙的梅花旁边，晚上雕琢着诗句。　梅花：杜甫《和裴迪登蜀州东亭送客逢早梅相忆见寄》诗："东阁官梅动诗兴，还如何逊在扬州。"　锼冰：比喻写作诗文。黄庭坚《送王郎》诗："镂冰文章费工巧。"　锼（sōu）：镂刻。

〔三〕一门两句：王家一门都能写诗，气象旺盛，不似杜甫那样凄凉冷落。　风雅：原指《诗经》的国风和小雅、大雅，引申为美好的诗歌。　杜少陵：唐代诗人杜甫。他有《乐游园歌》，后两句是："此身饮罢无归处，独立苍茫自咏诗。"

〔四〕王秋垞：王大堉，字秋垞，王大淮之弟。工诗，著有《苍茫独立轩诗集》。

二九二

八龄梦到矍相圃[一]，今日五君来作主[二]。我欲射侯陈礼容[三]，可惜行装无白羽[四]。（王海门及弟秋垞、嗣君子梅、孔经阁、郑子斌五君[五]，饯之于矍相圃。）

〔一〕矍相圃：在曲阜县孔庙仰高门外，曲阜县学附近。《礼·射义》："孔子射于矍相之圃。"古代乡大夫士在饮谦时举行射箭的礼仪。

〔二〕来作主：作招待的主人。

〔三〕射侯：射箭。侯：箭靶，用皮或布制成。《仪礼·乡射礼》："凡侯，天子熊侯，白质，诸侯麋侯，赤质，大夫布侯，画以虎豹，士布侯，画以鹿豕。" 陈礼容：摆出乡射礼的仪式。《仪礼·乡射礼第五》郑玄注："州长春秋以礼会民而射于州序之礼。"

〔四〕白羽：古代举行射礼时树起的旗帜类物。《仪礼·乡射礼》："旌：各以其物；无物，则以白羽与朱羽糅杠，长三仞，以鸿脰，韬上二寻。"

〔五〕郑子斌：郑晓如，原名宪铨，以字行，一字子斌，号意堂，安徽歙县人，曲阜原籍。咸丰元年举人，拣发广东知县。著有《防山书屋诗集》。孔宪彝云："子斌诗喜言时弊，然深厚朴挚，不为过激语，殆长于风者欤！尤嗜古诗，自汉迄唐，靡不观览。"（按，郑是孔宪彝的表兄）

按，作者临走时，朋友为他饯行。作者由此想到古代的乡射礼，但由于时代不同，实在无法举行。所以说"行装无白羽"。《礼·射义》：孙希旦集解云："乡饮酒者，乡大夫士之燕礼也。诸侯谓之燕，乡大夫士谓之饮酒，其礼一也。"

二九三

忽向东山感岁华〔一〕，恍如庾岭对横斜〔二〕。敢参黄面瞿昙句，此是森森阙里花〔三〕。(时才十月,忽开蜡梅一枝〔四〕,经阁折以伴行。)

〔一〕忽向句:在东山看见蜡梅开花,突然觉得一年又快完了。　东山:《诗·豳风·东山》:“我徂东山,慆慆不归。”集疏:“东山者,鲁之东山,其先奄之东山。”　岁华:一年中的节令。陈子昂《感遇》之二:“岁华尽摇落,芳意竟何成?”

〔二〕恍如句:这蜡梅好像大庾岭上那些姿势横斜的梅树。　庾岭:大庾岭,在江西大庾县南,广东南雄县北,又称梅岭,岭上梅树很多。　横斜:梅树的姿势。林逋《梅花》诗:“疏影横斜水清浅,暗香浮动月黄昏。”

〔三〕敢参两句:这枝蜡梅是在阙里生长的,我岂敢用参佛的句子来比喻它? 黄面瞿昙句:宋杨万里《蜡梅》诗:“江梅珍重雪衣裳,薄相红梅学杏妆。渠独小参黄面老,额间艳艳发金光。”清曾燠《观音寺僧道源献蜡梅一枝酬以数句》诗:“道人能参黄面老,当为五祖开道场。”都是拿蜡梅比拟黄面的佛像。　瞿昙:释迦牟尼的姓,又译作乔答摩,后人以瞿昙代指释迦牟尼。《萨遮迦大经》:“时有诸人见我如是(按释迦修道时,曾严格节食,因此身体极度虚弱),有作斯念:沙门瞿昙是黑色。有作斯念:沙门瞿昙非黑色,乃是褐色。有作斯念:沙门瞿昙非黑色,亦非褐色,沙门瞿昙是黄金色。”故称黄面瞿昙或黄面老。

〔四〕蜡梅:落叶灌木,高丈馀,冬月开花,花被片数很多,内层带紫色,外围各片黄蜡色,有香气。赵彦卫《云麓漫钞》卷四:“今之蜡梅,按山谷诗后云:京洛间有一种花,香气似梅,花亦五出,而不能晶明,类女功撚蜡所成。京洛人因谓蜡梅。”

二九四

前车辙浅后车缩〔一〕,两车勒马让先跃〔二〕。何况东阳绛灌年,贾生攘臂定礼乐〔三〕。(见两车子相掉罄〔四〕,有感。)

〔一〕前车句:前面的车子陷入浅的洼坑里,后面的车子就退缩不愿前进。

〔二〕两车句:两部车子都停下来,勒住马,要让对方先走。按,当时正是隆冬季节,满地冰雪,路上洼坑不容易看清,车上人生怕先走有危险,所以都让别人先走。

〔三〕何况两句:这么一点儿危险他们都害怕,何况在东阳、绛、灌这班大臣掌权的年代,年少的贾谊却揎起袖子制定礼乐,他冒的危险不是大得多吗? 贾生:西汉著名政治家、政论家贾谊,二十多岁官博士,汉文帝很重视他,超升太中大夫。他认为汉朝应当改变正朔,更换服色,订定官名,兴建礼乐。于是改变旧法,定出一套新制度,获得文帝同意,部分实行。但引起绛侯周勃、灌婴、东阳侯张相如、冯敬等大臣的反对,贾谊被贬为长沙王太傅。参见第四七首注。 作者从两部车子退缩不前,联想到清王朝的现实情况:“内外大小之臣,具思全躯保室家,不复有所作为。”“仕久而恋其籍,年高而顾其子孙”(见《明良论》),尽是畏葸怯懦,毫无进取精神的人,因此产生很大感慨。他渴望朝廷中能出现像贾谊一样的人,敢于大胆改革,去旧图新,冲破死气沉沉的局面。这说明作者虽然已经归隐,但是对于改革社会、刷新政治的主张,始终不曾放弃。

〔四〕掉磬:又作掉罄,意为出言急躁。“相掉磬”就是吵架。《礼·内则》:“毋敢敌耦于冢妇。”注:“虽有勤劳,不敢掉磬。”疏:“隐义云:齐人谓相绞讦为掉磬。”

二九五

古人用兵重福将〔一〕,小说家明因果状〔二〕。不信古书愎用之〔三〕,水厄淋漓黑貂丧〔四〕。(或荐仆至,其相不吉,自言事十主皆失官。予不信,使庀物〔五〕,物过手辄败;使雇车,车覆者四;幸予先辞官矣。《法苑珠林》及明小说皆有此事〔六〕,记之以贻纂类书者〔七〕。)

〔一〕福将:依靠运气打胜仗的将领。魏泰《东轩笔录》卷一:“宋真宗次澶渊,一日语莱公曰:何人可为朕守?莱公曰:古人有言,智将不如福将。臣观参知政事王钦若,福禄未艾,宜可为守。王公驰骑入天雄,但屯塞四门,终日危坐,越七日,虏骑退。”可见自古就有这种说法。

〔二〕因果状:祸福因果的过程。

〔三〕愎(bì):倔强不听别人劝告。

〔四〕水厄:遭受水的灾祸。《南史·梁武烈世子方等传》:“元帝谓曰:汝有水厄,深宜慎之。”作者在大雨泥泞中翻车四次,丢掉黑貂裘,所以这样说。

〔五〕庀(pǐ):准备,收拾。

〔六〕法苑珠林:书名,唐释道世撰,原为一百卷,嘉兴藏本改为一百二十卷,所载都是佛家故事,分类编排,用意在劝告世人敬重佛法。

〔七〕贻:赠送。　类书:工具书的一种,因为是用分类编排的方法,故称类书。如唐代的《北堂书钞》、《艺文类聚》,宋代的《太平御览》、《册府元龟》,宋、元间的《事文类聚》,清代的《渊鉴类函》等,都是。

二九六

天意若曰汝毋北〔一〕,覆车南沙书卷湿〔二〕。汶阳风雨六幕黑〔三〕,申以东平三尺雪〔四〕。

〔一〕天意句:老天爷好像说,你不要再向北走了。

〔二〕南沙:山东肥城县北及滕县南均有南沙河。

〔三〕汶阳:山东汶上县,金代称汶阳。嘉庆《清一统志》:"汶阳旧城,在宁阳县北,本春秋时鲁地。"和现在的汶上县不同。　六幕:指上下及东西南北四方。

〔四〕东平:山东东平州,在东平湖东侧。以上都是作者北行时所经。　申:再一次。

二九七

苍生气类古犹今〔一〕,安用冥鸿物外吟〔二〕?不是九州同急难,尼山谁识怃然心〔三〕?(北行覆车者四,车陷淖中者二〔四〕,皆赖途人以免。)

〔一〕苍生句:人群之间同气相处、同类相求,古今都是一样。　气类:《文选》任昉《王文宪集序》:“许与气类。”注:“气类,谓同气相求,方以类聚也。”

〔二〕安用句:何必高唱着像天上鸿雁,超然物外呢? 物外:世外。梁简文帝《神山寺碑》:“智周物外。”

〔三〕不是两句:如果不是看到人们勇于助人的义气行动,我怎能理解孔子奔走人间,不肯避世的心情? 急难:帮助别人脱离危难。《诗·小雅·常棣》:“鹡鸰在原,兄弟急难。” 尼山:山名,又称尼丘,在山东曲阜县东南。此指孔丘。《史记·孔子世家》:“叔梁纥与颜氏祷于尼丘,得孔子,故名丘,字仲尼。”《论语·微子》载:孔丘和子路经过一个地方,要找渡口。子路去问耕地的长沮、桀溺,两人知道他是孔丘弟子,着实嘲笑了一番。子路回去报告经过,“夫子怃然曰:鸟兽不可与同群,吾非斯人之徒与而谁与?”意思说,我既然不可能与鸟兽混在一起,如果不同人们打交道,又同什么打交道呢? 怃(wǔ):怅惘失意。

〔四〕淖中:烂泥坑。

二九八

九边烂熟等雕虫〔一〕,远志真看小草同〔二〕。枉说健儿身手在,青灯夜雪阻山东〔三〕。

〔一〕九边句:我虽然烂熟边疆的地理情况,但有人认为不过等于雕虫小技,没有大用。 九边:明代把北部中国分成九个军事区,各设重兵镇守,称为九边。即辽东、蓟州、宣府、大同、山西、延绥、宁夏、固原、甘肃九个镇。 雕虫:见第二八七首注。

〔二〕远志句：怪不得前人说，远志和小草本来是一种东西。　远志：草药名。《世说·排调》："谢公始有东山之志，严命累臻，势不获已，始就桓公司马。时人有饷桓公草药，中有远志。公取以问谢：此药又名小草，何一物而有二称？谢未即答。时郝隆在坐，应声答曰：此甚易解，处则为远志，出则为小草。谢甚有愧色。"作者引用这个典故，意思说，我研究西北边疆地理，本来立志高远，可是人家不想用，也不过等同小草罢了。

〔三〕枉说两句：如今山东下一场雪就把自己拦住，还说什么健儿身手呢？　作者平日颇以健儿自许，参见第四六首"健儿身手此文官"注。

二九九

任丘马首有筝琶〔一〕，偶落吟鞭便驻车〔二〕。北望觚稜南望雁，七行狂草达京华〔三〕。（遣一仆入都迎眷属，自驻任丘县待之。）

〔一〕任丘句：我的马到了任丘，前面听到秦筝、琵琶的声音。　任丘：县名，在河北省白洋淀南。任，平声。　马首：马头所向的地方。刘沧《从郑郎中高州游东潭》诗："夹路野花迎马首，出林山鸟向人飞。"

〔二〕偶落句：马鞭偶然跌下，我便决定暂住下来。唐人小说《李娃传》："有娃方凭一双鬟青衣立，妖姿要妙，绝代未有。生忽见之，不觉停骖久之，徘徊不能去。乃诈坠鞭于地，候其从者，敕取之。"　吟鞭：见第五首注。

〔三〕北望两句：向北看是京师；向南看，雁儿正在朝南飞翔。于是我写了一封信寄去北京。 觚稜：宫殿上面转角处的瓦脊。王观国《学林》："屋角瓦脊，成方角稜瓣之形，故谓之觚稜。"后人多借指京师。杜牧《昔事文皇帝》诗："凤阙觚稜影，仙盘晓日暾。"孔武仲《汴河》诗："觚稜渐喜金阙近。" 七行狂草：狂草是草书的一种，这里指书信匆匆写成。按，句中的雁，作者似在比喻自己有早日回转南方的焦急心情。

三〇〇

房山一角露崚嶒〔一〕，十二连桥夜有冰〔二〕。渐近城南天尺五〔三〕，回灯不敢梦觚稜〔四〕。（儿子书来，乞稍稍北，乃进次于雄县〔五〕；又请，乃又进次于固安县〔六〕。）

〔一〕房山句：房山露出一角，突兀耸立。 房山：大房山，在北京西南房山县西十五里，山势雄秀。又名上方山。《读史方舆纪要·直隶》："大房山，房山县西十五里。境内诸山，此山最为雄秀。古碑云：幽燕之奥室也。山下有圣泉水，西南有龙穴，汤泉出焉。" 崚嶒：形容山势突兀高耸。

〔二〕十二连桥：在河北省雄县城南十里铺南面。光绪《雄县志》附地图：桥南北相接，纵贯淀中，桥东为大港淀，桥西为莲花淀。周星誉《入都日记》（写于咸丰六年）有云："去雄县十里渡河，河面可三里。盖去年秋河决，此间遂潴为湖，十二连桥俱在水中。"黄均宰《金壶七墨》载："将至十二连桥，舍车而舟。仆夫驾空车探水前往，若马之浮渡者然。余与同人放櫂湖中。"这是咸丰年间的情形。在道光年间，桥是可以通行的。

〔三〕天尺五：比喻离皇帝的宫殿非常接近。天：指皇室。《辛氏三秦记》："城南韦、杜，去天尺五。"说长安城南的韦、杜两姓，离天上只有尺五远，极言其与皇室接近。

〔四〕回灯：把灯重新点起来。白居易《琵琶行》："移船相近邀相见，添酒回灯重开宴。"　梦觚稜：陆游《蒙恩奉祠桐柏》诗："回首觚稜渺何处，从今常寄梦魂间。"此反其意。

〔五〕雄县：在北京之南，约距京城二百多里。

〔六〕固安县：在北京之南，约距京城一百多里。

按，王文濡校本在此诗上有批语云："定公出都，或谓别有不可言者。观其渐近国门而惮于前进，人言殆非尽诬欤！"意指作者同顾太清事。此事不可信，已见前引孟森《心史丛刊》。但作者"惮于前进"，则是事实。从当时情况看，清廷中的大地主顽固派对作者进行政治迫害或其他方面的压迫，均有可能。这首诗，看见房山而觉得它"崚嶒"，走过十二连桥又强调"夜有冰"，看来都不是偶然下笔。

三〇一

艰危门户要人持〔一〕，孝出贫家谚有之。葆汝心光淳闷在〔二〕，皇天竺胙总无私〔三〕。（儿子昌匏书来〔四〕，以四诗答之。）

〔一〕艰危句：艰辛困苦的家庭要有人撑持。

〔二〕葆汝句：保持你心灵的宽厚和诚朴。　心光：指心灵。《庄子·齐物论》："注焉而不满，酌焉而不竭，而不知其所由来，此之谓葆光。"　淳闷：《老子》："众人察察，我独闷闷。"又："其政闷闷，其民淳淳。”闷闷是宽厚，淳淳是诚朴。

〔三〕竺胙：同笃胙。笃：丰厚。胙：福报。

〔四〕昌匏：作者的大儿子，名橙，更名公襄，字孝拱。著有《诗本谊》、《重订易韵表》、《古俗通谊》等。

谭廷献《龚公襄传》：“龚公襄，字公襄，仁和监生……龚氏之学既世，时海内经生讲东汉许郑学者日敝，君乃求微言于晚周、西汉，摧陷群儒，闻者震骇。《尚书》二十八篇，分别伏、孔读定之。理三家遗书，广以《史记》、《汉书》，諟正《毛诗》叙义，为《诗大谊》。又撰《形篇》、《名篇》，推究许书，皆持之有故，非妄作也。治诸生业久不遇，间以策干大帅，不能用，郁郁无所试，遂好奇服，流寓上海。欧罗巴人语言文字，耳目一过辄洞精。咸丰十年，英吉利入京师，或曰：挟龚先生为导。君方以言詟长酋换约而退，而人间遂相訾謷。君久居夷场，洞识情伪。……怀抱大略，不见推达，退而著书，又多非常异议可怪之论，所谓数奇者也。”按，咸丰十年，英法侵略联军攻入北京，焚烧圆明园。当时有人谣传说是龚橙指使的，所以谭氏在此予以辩解。

三〇二

虽然大器晚年成〔一〕，卓荦全凭弱冠争〔二〕。多识前言畜其德〔三〕，莫抛心力贸才名〔四〕。

〔一〕大器晚成：《老子》：“大方无隅，大器晚成。”一件巨大制品，不可能一下子完成。比喻一个人的学问成就也是这样。

〔二〕卓荦：超出一般水平之上。班固《典引》：“卓荦乎方州，羡溢乎要荒。”注:“卓荦,殊绝也。” 弱冠:《礼·曲礼上》:“二十曰弱冠。”古时男子二十岁行冠礼,后用“弱冠”指青年。

〔三〕多识句:多了解前人的言论、著述,提高自己的道德才能。《易·大畜象辞》:“多识前言往行,以畜其德。”《朱子语录辑略》卷六:“书虽是古人书,今日读之,所以蓄自家之德,却不是欲这边读得些子,便搬出做那边用。易曰:君子以多识前言往行,以蓄其德。公今却是读得一书,便做得许多文字,驰骋跳掷,心都不在里面。如此读书,终不干自家事。”

〔四〕莫抛句:不要花费精力去追求才子的名气。

三〇三

俭腹高谈我用忧〔一〕,肯肩朴学胜封侯〔二〕。五经烂熟家常饭,莫似而翁歠九流〔三〕。

〔一〕俭腹句:肚子里很少东西,却又夸夸其谈,这是我所担心的。

〔二〕肯肩句:把朴实的学问承担起来,比之封侯还要优胜。 朴学:见第一三九首注。

〔三〕五经两句:希望你把《五经》读到烂熟,不要像你父亲吸取那些“九流”的东西。 五经:《诗》、《书》、《易》、《礼》、《春秋》五部儒家经典。 而翁:《史记·项羽本纪》:“汉王曰:吾与项羽俱北面受命怀王,曰:约为兄弟。吾翁即若翁,必欲烹而翁,则幸分我一杯羹。” 九流:先秦时代九个学术流派,见第二三一首注。 歠(chuò):饮、喝。

三〇四

图籍移从肺腑家〔一〕，而翁学本段金沙〔二〕。丹黄字字皆珍重〔三〕，为裹青毡载一车。

〔一〕肺腑家：指作者同外祖父段玉裁的亲戚关系。《史记·惠景间侯者年表序》："诸侯子弟若肺腑。"索隐："肺音柿（fèi），腑音附。柿，木札也。附，木皮也。以喻人主疏末之亲，如木札出于木，树皮附于树也。"《汉书·刘向传》："臣幸得托肺腑。"王先谦《补注》引王念孙曰："肺腑皆谓木皮。肺为柿之假借字。言己为帝室微末之亲，如木皮之托于木也。"《颜氏家训·书证》："《后汉书·杨由传》云：风吹削柿。此是削札牍之柿耳。古者书误则削之。故《左传》云：削而投之。是也。"肺腑、肺附、柿：即现代语的刨花，这里引申为亲族关系。

〔二〕段金沙：即段玉裁，见第五八首注。

〔三〕丹黄：在书上加圈点、批注之类，使用硃墨或黄墨，称为丹黄。这里是指作者点读段氏的《说文解字注》。

按，关于龚氏父子对《说文解字注》的研读，叶景葵《卷庵书跋》有《岱顶秦篆残刻题跋》云："同日得见（徐）积馀所藏定庵父子批校段氏《说文注》，定庵读周三次，前后六年，批释极矜慎。孝拱自题外曾曾小子，其批驳之处，词气凌厉，不少假借，间有恭楷，大都信笔疾书，其行草极为恢奇而有金石气。"又云："孝拱名橙，改名公襄。段注校本自题外曾孙祢，又作袗。"

三〇五

欲从太史窥春秋，勿向有字句处求[一]。抱微言者太史氏[二]，大义显显则予休[三]。（儿子昌匏书来，问《公羊》及《史记》疑义[四]，答以二十八字。）

〔一〕欲从两句：要从司马迁的《史记》去寻求《春秋》的微言大义，不要在有字句的地方寻找。　太史：官名，负责修撰史书，兼掌天文时历。司马迁曾官太史令，自称为太史公。

〔二〕抱微句：司马迁撰写《史记》，不单是纪录历史事件，而且暗中含有褒善贬恶的用意。　微言：《汉书·艺文志》："仲尼殁而微言绝，七十子丧而大义乖。"参见第五九首注。

〔三〕大义句：能够显扬《春秋》大义，我却许予何休。　显显：发扬光大。《诗·大雅·假乐》："显显令德。"　予：通"与"，赞许。《荀子·大略》："言味者予易牙。"　休：何休。见第五九首及第七〇首注。按作者在《六经正名答问》中，主张以《左传》《公羊》《郑语》《史记》四书配《春秋》，此处又指出《史记》作者司马迁能抱持《春秋》的微言，而经师何休著《公羊解诂》，则能显扬《春秋》大义，故两书各有专精独诣之处。

〔四〕公羊：见第五九首注。　史记：中国第一部纪传体历史，西汉司马迁著，记述从远古五帝时代到汉武帝时代的事迹，共一百三十卷。

三〇六

家园黄熟半林柑，抛向筠笼载两三〔一〕。风雪盈裾好持赠，预教诗婢识江南〔二〕。

〔一〕家园两句：家乡的果园结了半林黄熟的柑子，两三个竹篓子装得满满的。

〔二〕风雪两句：在这大风雪的时候正好送给在北京的你们，让那些没有到过江南的婢女们先认识认识江南吧！　裾：衫襟。苏轼《浣溪沙》词："门外东风雪洒裾。"　诗婢：《世说·文学》载，东汉经学家郑玄，家中婢女都懂得念诗，称为诗婢。作者借用指自己北京寓所的婢女。

三〇七

从此青山共鹿车〔一〕，断无只梦堕天涯〔二〕。黄梅淡冶山矾靓〔三〕，犹及双清好到家〔四〕。（眷属于冬至后五日出都〔五〕）

〔一〕鹿车：东汉时，鲍宣娶桓少君为妻。桓氏送给女儿许多装奁，鲍宣很不高兴。桓少君就退还装奁，自己同丈夫拉着鹿车回到丈夫家乡。见《后汉书·列女传》。又《后汉书·范冉传》："遭党人禁锢，遂推鹿车，载妻子，捃拾自资，或寓息客庐，或依宿树荫，如此十馀年，乃结草室而居焉。"清王贤仪《辙环杂录》："鹿车即今二把手车，北地最多，若独推小车，殆所谓簿笨车也。用以运粗物。近则济南省城皆用之。初见乡妇或老年左右坐,日可行七八十里。”

〔二〕只梦:孤单一人。

〔三〕黄梅句:黄梅、山矾,植物名,这里指作者的两个儿子,即龚橙、龚陶。　黄梅:蜡梅,注见第二九三首。　淡冶:淡净娇艳。　山矾:又名芸香、玚花、玉蕊,三月开白花,极香。　靓:明丽。《本草纲目》引黄庭坚曰:“江南野中椗花极多,野人采叶烧灰,以染紫为黝,不借矾而成。予因以易其名为山矾。”黄庭坚《王充道送水仙花》诗:“含香体素欲倾城,山矾是弟梅是兄。”后人遂以梅和山矾比喻一双兄弟。

〔四〕双清:心情和行止都毫无挂碍。杜甫《屏迹》诗:“杖藜从白首,心迹喜双清。”又高则诚《琵琶记》:“唯愿取年年此夜,人月双清。”是夫妻团聚的祝语。作者此句两种用意都有。作者《寒月吟》诗:“可隐不偕隐,有如月一轮,心迹如此清,容光如此新。”

〔五〕冬至后五日:道光十九年己亥农历十一月十七日冬至。作者眷属于十一月廿二日出都。

三〇八

六义亲闻鲤对时〔一〕,及身删定答亲慈〔二〕。刬除风雪关山句,归到高堂好背诗〔三〕。(今年七月,蒙家大人垂询文集定本,命呈近诗。)

〔一〕六义句:关于诗的教育作用,我曾亲自听父亲说过。　六义:儒家对诗的教育作用的解释。《诗·大序》:“诗有六义,一曰风,二曰赋,三曰比,四曰兴,五曰雅,六曰颂。”郑康成注:“风,言圣贤治道之遗化。赋之言铺,直铺陈今之政教善恶。比,见今之失,不敢斥言,取比类以言之。兴,见今之美,嫌于媚谀,取善事以喻劝之。雅,正也,言今之正者,以为后世法。颂之言,诵也,容也。诵今之德,广以美之。” 鲤对:指受父亲的启发。《论语·季氏》:“鲤趋而过庭。曰:学诗乎?对曰:未也。不学诗,无以言。鲤退而学诗。”这是孔丘和他儿子鲤的一段对话。

〔二〕及身句:把自己的作品亲手删改,成为定稿,报答父亲的教育。

〔三〕刬除两句:今后再不写风雪关山(指在外地奔走)的句子,回家侍奉父亲,给父亲背诵诗歌。 刬(chǎn):铲掉,消除。

三〇九

论诗论画复论禅,三绝门风海内传〔一〕。可惜语儿溪畔路,白头无分櫂归舷〔二〕。(方铁珊参军饯之于保阳〔三〕。 铁珊名廷瑚,石门人。父薰,字兰士,以诗画名,好佛。君有父风。年七十矣,犹宦畿南。)

〔一〕论诗两句:方廷瑚能够谈诗,论画,又能谈论佛学,这是继承父亲的门风。这种“三绝”的门风,海内人士都知道。

〔二〕可惜两句:可惜的是,方廷瑚已经年老,还没有办法抛弃官职,回到家乡语儿溪去。 语儿溪:在浙江石门县(今崇德县)城东南一里,又名沙渚塘。 櫂(zhào):船桨。这里作动词用。归舷:回乡的船。

〔三〕方铁珊:方廷瑚,字铁珊,号幼樗,浙江石门人,方薰长子。嘉庆十六年举人,官直隶平谷知县,保定府经历(一说保定广盈仓大使)。著有《幼樗吟稿》。

《两浙輶轩录·补遗》:"汪福春曰:(方廷瑚)先生为雪屏先生孙,兰坻先生子。先世以能诗善画著名于时,尤喜收藏金石。先生博闻好古,能世其学,由优贡登贤书,知平谷县,以廉明称,殁于官,贫不能归榇。清风亮节,乡人交颂之。" 方薰:字兰士,一字兰坻,号樗庵,乾隆时著名画家,能诗,善书法。著有《山静居稿》。

《墨林今话》卷五:"兰士幼敏慧,侍其父雪屏先生梅,游三吴两浙间,与贤士大夫交,即以笔墨著。后侨寓禾中之梅里。雪屏殁,极困窘,乃就食桐乡,时金比部鄂岩,年尚少,其太夫人信奉释氏,留之写经,且绘佛像。鄂岩长,亦善绘事,癖嗜书画,多购禾中项氏所藏名迹,属其摹仿。由是朝夕点染,山水人物,草虫花鸟,悉臻其胜。中年赘梅里王氏,旋僦屋桐华馆左右焉。维时海内画家,屈指可数,而如兰士兼擅众长者尤罕,故其名日益重。屡有以千金聘者,鄂岩辄为谢绝。既而阮芸台尚书视学浙中,慕其名招之,不得已,遂至西湖。逾年归里,遘疾卒,年六十有四。"又云:"《灵芬馆诗话》云:《山静居集》,五言古体,有汉、魏、盛唐之情致,而无其面目。五七言律亦不减唐贤。一时诗人未能或之先也。" 参军:清代在宗人府、通政司、都察院、布政司、按察司及各府设置经历官,掌出纳文移。北齐称为功曹参军。 保阳:直隶(今河北省)保定府的别称。

三一〇

使君谈艺笔通神[一],斗大高阳酒国春[二]。消我关山风雪怨,天涯握手尽文人〔三〕。(陈笠雨明府饯之于高阳〔四〕。　笠雨名希敬,海昌人,以进士为令,史甚熟,诗、古文甚富。)

〔一〕使君句:陈笠雨谈诗论艺,文章又写得很好。　笔:古人称无韵之文为笔。　通神:与鬼神相通,意思是写得极好。杜甫《李潮八分小篆歌》:"书贵瘦硬方通神。"

〔二〕斗大句:斗样大的高阳县城,充满了酒国的温暖。　高阳:县名,在河北保定市东南。嘉庆《清一统志》:"高阳县城,周五里,门四。明天顺中筑,乾隆二十四年重修。"可见县城很小。　酒国:《史记·朱建传》:"郦生瞋目案剑叱使者曰:走!复入言沛公,吾高阳酒徒也。"按,郦生故乡高阳在河南雍丘县,作者牵合使用。

〔三〕消我两句:消除我越历关山满襟风雪的苦况,真是天涯握手尽是文人了。

〔四〕陈笠雨:陈希敬,字笠渔(又作笠雨),浙江海盐人,道光三年进士,历官金坛、江阴、高阳知县。咸丰三年任直隶深州知州。太平军陷城,死。著有《菰芦老屋吟稿》、《退耕堂诗集》。　明府:县令的敬称。赵与时《宾退录》:"明府,汉以称太守,唐人以称县令。"

三一一

画禅有女定清真〔一〕,合配琳瑯万轴身〔二〕。百里畿南风雪路〔三〕,我来着手竟成春〔四〕。(铁珊有女及笄〔五〕,笠雨丧偶,使予为蹇修焉〔六〕。)

〔一〕画禅：指方铁珊。清人布颜图《画学心法问答》："问：画学乌得称禅？所谓画禅者何也？曰：禅者，传也，道道相传也。僧家有衣钵，而画家亦有衣钵。"方铁珊得其父方薰的画学传授，故作者称之为画禅。　清真：纯洁。李白《王右军》诗："右军本清真，潇洒在风尘。"

〔二〕琳瑯万轴：琳瑯：名珠美玉；万轴：万卷图书。比喻陈笠雨读书很多，很有才华。

〔三〕百里畿南：保定和高阳相距只有一百多里，同在京师之南。

〔四〕着手成春：成就了一段美满婚姻。司空图《诗品》："俯拾即是，不取诸邻，俱道适往，着手成春。"

〔五〕及笄：女子到待嫁年龄。《礼·内则》："女子十有五年而及笄。"郑注："谓应年许嫁者。女子许嫁，笄而字之。其未许嫁，二十则笄。"笄(jī)：发簪。

〔六〕蹇修：媒人。《离骚》："解佩纕以结言兮，吾令蹇修以为理。"王逸注："蹇修，伏牺氏之臣。令蹇修为媒，以通辞理。"

三一二

古愁莽莽不可说〔一〕，化作飞仙忽奇阔〔二〕。江天如墨我飞还，折梅不畏蛟龙夺〔三〕。（十二月十九日，携女辛游焦山〔四〕，归舟大雪。）

〔一〕古愁句：积郁已久的愁怀漫天盖地，无法向人言说。按，古愁是形容雪前的天气恍似积古愁情。李白《将进酒》诗："与尔同销万古愁。"

〔二〕化作句：它忽地化成无数飞仙在太空中飞翔，奇丽而且浩阔。

按,指满天大雪,但又另有寓意。

〔三〕江天两句:上面天空,下面江水,都阴沉如墨,而我终于飞回来了。我手中擎着一枝梅花,不怕水中蛟龙能够把它抢走。　蛟龙:比喻某些凶恶的坏人。杜甫《梦李白》诗:"水深波浪阔,无使蛟龙得。"

〔四〕女辛:见第一八首注。

按,作者上次回来远望焦山时,有"生还重喜酹金焦"句,这次游焦山,又有"江天"两句,好像过了长江,便有安全之感,这一情况颇值得注意。

三一三

惠山秀气迎客舟〔一〕,七十里外心先投〔二〕。惠山妆成要妆镜,惠泉那许东北流〔三〕?(廿二日携女辛游惠山〔四〕)

〔一〕惠山句:惠山灵秀之气远远迎接我这游客的船。

〔二〕七十句:我在七十里外,这颗心就已经投向它。

〔三〕惠山妆成两句:惠山打扮完了,还需要一面镜子,我们怎么能够让惠山的泉水平白向东北流掉呢?　作者认为,如果在惠山脚下开凿一个大湖把泉水贮起来,就更加合乎理想。这说明他在很小事情上也想到如何有利于国计民生。

〔四〕惠山:又名慧山,在江苏无锡县城西。山上有泉名慧山泉,水清味醇,称为天下第二泉。明僧圆显《慧山记》:"慧山于锡诸山最大,其脉由蜀、楚宛转相承,历天目而来,至是峰九起,故又曰九龙。泉出龙首为第一峰,其第九峰号龙尾。”又云:“慧山泉,唐人陆羽品为天下第二,故名第二泉,又名陆子泉,在第一峰下,源出石中,或正或侧,皆东流渟于上池,演于中池,于是有渠承之,左右诸穴咸会,瀑于龙吻,汇于下池,北过于鼋池,于金莲池,于香积池,东入于芙蓉湖。又北东达双河,合五泻水入于江。此其正脉也。又一脉由下池东下锡山涧,入于梁溪,又西南入于太湖。运河皆资之。其馀旁支别派,斜分曲汇,溉田数十顷云。”又据《锡山景略》:惠山泉在唐朝代宗大历末年开凿,经陆羽品定,认为庐山康王谷洞帘水是天下第一泉,惠山泉列为第二。元人赵孟頫题“天下第二泉”五字在第二泉亭后墙上。

三一四

丹实琼花海岸旁,羽琌山似峚之阳〔一〕。一家可惜仍烟火,未问仙人辟谷方〔二〕。(岁不尽五日〔三〕,安顿眷属于海西羽琌之山。戏示阿辛〔四〕。)

〔一〕丹实两句:红色果实,玉色花朵,在海边灿烂开放。羽琌山馆就像峚山之阳,一派仙境。《山海经·西山经》:“峚山其上多丹木,圆叶而赤茎,黄花而赤实,其味如饴,食之不饥。”陶潜《读山海经》诗:“丹木生何许?乃在峚之阳。” 峚(mì):山名。

〔二〕一家两句:可惜一家人还要生火烧饭,还没有找到仙人辟谷的方子。 辟谷:不吃粮食。《史记·留侯世家》:“乃学辟谷,道引轻身。”《太平御览》卷六五九引《道基经》:“食谷者名之谷仙,行之不休,则可延久长也。不食谷者,可以度世。”《道藏》中有《太清经断谷方》。

〔三〕岁不尽五日:据紫金山天文台《二百年历表简编》,道光十九年己亥农历十二月小。据此,“岁不尽五日”应是十二月廿五日。但作者在庚子年春与吴虹生书,则说“至腊月二十六日抵海西别墅”,则实为岁不尽四日。或作者写诗时误记。

〔四〕戏示阿辛:作者在诗中对阿辛说,别墅的环境是很好,像仙山一样;可惜我们一家子还要吃饭,这就要到外面找生活去,老呆在这里是不行的。

三一五

吟罢江山气不灵,万千种话一灯青〔一〕。忽然搁笔无言说〔二〕,重礼天台七卷经〔三〕。

〔一〕吟罢两句:在一灯青荧之中,我写下了千言万语;现在一年已尽,我的吟咏又算告一段落。我仿佛觉得江山灵气都收入我的诗卷中,连江山本身灵气都消失了。参见第一九四首“湖山秀气”句注。

〔二〕忽然句:忽然搁下了笔,达到一种无言的境界。《维摩诘所说经》:“文殊师利问维摩诘:何等是菩萨不二法门?时维摩诘默无言。文殊师利叹曰:善哉善哉!乃至无有文字语言,是真入不二法门也。”《华严经·如来出现品》:“无有言说,而转法轮,知一切法不可说故。”苏轼《去年秋偶游宝山上方》诗:“我初无言说,师亦无对酬。”

〔三〕重礼句:我重新礼拜天台宗的七卷经文。　七卷经:即《妙法莲华经》,中国译本有姚秦时鸠摩罗什译的七卷本,流行最广。

按,从开头第一首的“不奈卮言夜涌泉”,到最后一首的“忽然搁笔无言说”,一开一阖,是一年的小总结,又是前半生的大总结。但是作者并非真的从此没有言说,己亥以后,他还写了不少文章,还打算到梁章钜幕下参加抗英斗争,可见这“忽然搁笔”,无非表示《己亥杂诗》至此结束罢了。然而,如此作结,终不能不是暴露了作者思想上的消极情绪。我们正不必“为贤者讳”。